Rebecca Bradley
Stewart Sloan

Temutma

UT *metro* wird
herausgegeben von
Thomas Wörtche

Zu diesem Buch

Die besten Köpfe der Hongkonger Mordkommission stehen vor einem Rätsel. Eine reiche Industriellenfamilie wird tot aufgefunden. Triaden? Satanische Rituale? Keine Erklärung passt. Es trifft Reiche und Arme, Ehrenmänner und Schurken, und alle haben keinen Tropfen Blut mehr in den Adern. Dann trifft es auch die Freundin von Superintendent Michael Scott, und der abgebrühte Polizist sieht etwas, das es nicht geben darf.

Die Spur führt in die Labyrinthe der Ummauerten Stadt, nach Kowloon. Dort wohnt in einer unscheinbaren Wohnung der alte Gelehrte Wong San-bor inmitten einer riesigen Bibliothek. Er hütet ein Geheimnis.

Die Autoren

Rebecca Bradley und Stewart Sloan gründeten 1994 den Verlag Hong Kong Horror Publishing und schrieben 1997 zusammen ihr Opus Magnum *Temutma*. Inzwischen lebt Rebecca Bradley wieder in Kanada, wo sie als Archäologin und Schriftstellerin arbeitet. Stewart Sloan ist in Hongkong geblieben und betreibt dort eine Privatdetektei.

Mehr über Buch und Autoren im Anhang
oder auf *www.unionsverlag.ch*

Rebecca Bradley

Stewart Sloan

Temutma

Aus dem Englischen von
Jürgen Bürger

Gelesen 2000

Spannung hoch 10
der Kritik
auf der Rückseite
nichts zuzufügen.
Moni

Unionsverlag

Die Originalausgabe erschien 1998
unter dem Titel *Temutma* im
Verlag Asia 2000, Hongkong.

Deutsche Erstausgabe

Auf Internet
Aktuelle Informationen
Dokumente, Materialien
www.unionsverlag.ch

Unionsverlag Taschenbuch 169

Rieterstrasse 18, CH-8059 Zürich
Telefon 0041-1 281 14 00, Fax 0041-1 281 14 40

Umschlaggestaltung: Heinz Unternährer
Umschlagfoto: Prisma/Westlight
Druck und Bindung: Clausen & Bosse, Leck
ISBN 3-293-20169-5

Die äußersten Zahlen geben die aktuelle Auflage
und deren Erscheinungsjahr an:
1 2 3 4 5 - 04 03 02 01 00

Prolog: 1991

Satt und zufrieden, gewindelt in Zerfall, beruhigt durch Stille, umhüllt von Dunkelheit, Fäulnis und dem Gestank tropfenden Mauerwerks, schlief er etwas länger als vier Dekaden. War von Zeit zu Zeit etwas so unvorsichtig, nahe genug zu kommen, um sich ohne die Anstrengung eines vollen Erwachens davon nähren zu können, nuckelte er im Schlaf, nachdem er die Ranken seines Willens ausstreckte und die Nahrung zu sich zog. Dann wurden seine blutigen Träume durch echte purpurne Ströme und Festgelage echter panischer Angst mit Leben erfüllt. Geborgen und bei Kräften gehalten durch solche zufälligen sowie gewisse andere regelmäßige Gaben, hätte er problemlos weitere vierzig Jahre schlafen können.

Doch ein über hunderte von Dekaden entwickelter Instinkt reagiert sehr empfindlich auf Veränderungen in der Umgebung des Nests – Dezimierungen oder Zerstörung, das Prasseln von Feuer, das Geschrei von Seuche oder Pogrom, das Keuchen von Flüchtlingen und die Jagdrufe ihrer Verfolger, das Grollen von Erdbeben, Überschwemmung oder marschierenden Armeen, all die feinen oder groben Verschiebungen in der Balance des Äthers, die eine Flut an Blut und erfreuliche Gelegenheiten ankündigen. Durch den roten Schimmer seiner Träume spürte er jetzt dieses erste Beben einer sich ändernden Struktur des Nests. Er rührte sich im Schlaf.

Das Gleichgewicht schwankte und verschob sich hin zum Wandel. Er spürte es wie ein klares Hornsignal, wie das dumpfe Schlagen von Kriegstrommeln, wie einen Schrei. Hinter seinen Lidern preschte die letzte Armee seines Traumzyklus auf stattlichen Pferden durch die Tore einer brennenden Stadt, teilte sich um eine hoch aufgetürmte Pyramide aus Schädeln und fiel hinter schwarzen wogenden Wolken unter ihm zurück, während er von seinen Instinkten hoch über die Steppen des Schlafs hinausgehoben wurde. Zum ersten Mal seit ungefähr vierzig Jahren öffneten sich seine Lider, aber noch stand er nicht auf. Er wartete, dass die Worte zurückkehrten.

1

Kwong Liu-So fühlte sich ungeschützt. Ihm war es egal, dass sein strapazierfähiger Overall sicher in kniehohen Gummistiefeln steckte, seine Lederhandschuhe anderthalb Zentimeter dick gepolstert waren und die Gazemaske ihr Bestes tat, die faulige Luft erträglicher zu machen. Bei solchen Gelegenheiten wünschte er sich, die Stadtwerke würden etwas diesen altmodischen Tauchanzügen Vergleichbares zur Verfügung stellen, mit einer schönen großen Metallkugel als Helm, der den Gestank fern hielt, und am liebsten auch noch mit einer zusätzlichen Panzerung, damit sich die Dunkelheit hinter seinem Rücken leichter ignorieren ließ.

Er atmete durch den Mund, meinte, den Gestank buchstäblich schmecken zu können, und fluchte hinter seiner Gesichtsmaske. Hier unten war's schlimmer als in den Abwasserkanälen.

Wenn er darüber nachdachte, war's sogar noch schlimmer als der letzte Job, den Mr. Chu ihm gegeben hatte, als er aufspüren musste, was einen abgedeckten Entwässerungsgraben in Mong Kok verstopfte. Das Hindernis stellte sich als Hundekadaver in einem fortgeschrittenen Stadium der Verwesung heraus, der sich im Abflussrohr verkeilt hatte, wodurch dahinter das Wasser aufgestaut und die Gasse in einen stinkenden Morast mit einer bunten Palette giftiger Industrieabfälle verwandelt wurde. Ausgesprochen ekelhaft, und ein wirklich unvergesslicher Geruch, aber es dauerte nur fünf Minuten, den Hundekadaver in Einzelteilen herauszubekommen, während der aktuelle Job ihn locker mehrere Wochen in diesem Stinkloch festhalten konnte.

Kwong schnaubte verächtlich. Sechs Tage, so lautete die Schätzung. Sechs Tage. Welcher blöde Schreibtischhengst auch immer für die Arbeitspläne verantwortlich zeichnete, er war offensichtlich noch nie in – oder besser unter – dem dreidimensionalen Labyrinth gewesen, das als Kowloon Walled City oder Ummauerte Stadt bekannt war. Und egal wie lange es am Ende wirklich dauerte, Kwong konnte sich darauf verlassen, dass er dank Mr. Chu bis zu den Achseln in der miesesten aller Aufgaben steckte. Wieder dachte er über die Möglichkeit nach, dass sein direkter Vorgesetzter ihn auf dem Kieker hatte. Die Anhaltspunkte dafür waren deprimierend eindeutig.

Trotz Maske war der Gestank bestialisch und schlug den letztwöchigen Cocktail aus verfaulendem Hundefleisch und unverdünntem Industriemüll auf Kwongs persönlicher Gestankhitparade noch um Längen. Er verzog das Gesicht hinter seiner Baumwollmaske, richtete den Strahl der Taschenlampe nach oben und ließ ihn über die feucht glänzenden Steinwände gleiten.

Wie viel tiefer konnte dieser verfluchte Keller denn noch gehen? Er befand sich bereits zwei Ebenen unter dem offiziell untersten Kellergeschoss mit Wänden aus sauber gearbeitetem Backsteinmauerwerk, und es störte ihn, dass die Wände hier unten stattdessen wie in einer Höhle aus grob behauenem Fels bestanden. Zögernd ging er weiter und ließ den Lichtkegel von einer Seite zur anderen schnellen.

Es war gewaltig, *gewaltig*. Er blieb stehen und schwenkte die Taschenlampe langsam einmal im Kreis. Er staunte, wie weit zurück die Treppe bereits lag, während sich die dunkle Kammer vor ihm in eine pechschwarze und stinkende Unendlichkeit zu erstrecken schien. Die Decke wurde von offenbar aus dem rohen Fels zu alptraumhaften Gestalten geschlagenen Säulen getragen, die beinahe menschlich wirkten, bis er den Lichtstrahl direkt auf sie richtete, die auf ihren gekrümmten Rücken und missgebildeten Schultern das auf ihnen lastende Gewicht zu tragen und nur darauf zu warten schienen, sich wieder zu bewegen, sobald er sie aus dem paralysierenden Strahl seiner Taschenlampe befreite.

Er zwang sich, weiterzugehen, ließ die Taschenlampe vor- und zurückpendeln, blieb erneut stehen, bewegte den Lichtstrahl langsam zu etwas zurück, das er beinahe übersehen hätte. Ja, da war's, knapp fünf Meter vor ihm und ein Stück zur Seite: ein Spalt im Boden, wie der Rand einer Grube oder – er stöhnte – womöglich das Kopfende einer weiteren Treppe, die sich noch tiefer in diesen infernalischen Steinhaufen grub. Er ging ein paar Schritte, bis er sehen konnte, dass es nur eine Grube war, ein Tümpel der Finsternis mit schartigen Kanten, der alles Licht verschluckte und nichts zurückgab.

Das Geräusch und der neuerlich intensivierte Geruch erreichten ihn fast gleichzeitig: ein Geräusch wie eine zaghafte Bewegung, gedämpft und schwerfällig, gerade so, als mühte sich etwas schwach unter einem feuchten Gewicht ab; der Geruch war mit Abstand die unübertroffene Nummer eins auf Kwongs persönlicher Gestankhitparade und stark genug, um beinahe eine eigene Substanz zu besitzen, die sich wie drahtige schwarze Finger durch die Poren seiner Maske bohrte, ein so übler und erstickender Geruch, dass Kwong der bisherige Gestank vergleichsweise wie Weihrauch und Kirschblüten vorkam. Er würgte und sackte auf die Knie, behielt dabei instinktiv die Taschenlampe fest umklammert – doch dann kam wieder das Geräusch, lauter diesmal und gar nicht mehr so schwach, zusätzlich durchdrungen von einer Entschlossenheit, die an schierer Bösartigkeit durchaus dem Geruch in Kwongs Nase gleichkam.

Es kam aus der Grube.

Kwong war bereits halb die erste Treppe hinauf, bevor er überhaupt begriff, dass er sich bewegte. Diese Erkenntnis bremste ihn allerdings nicht – fieberhaft stolpernd nahm er die restlichen Stufen, stürmte durch den oberen, aus dem Fels gehauenen Keller und kämpfte sich gerade auf die Ebene hinauf, wo das Mauerwerk begann, als er Hals über Kopf gegen einen dunklen, unförmigen Gegenstand krachte, der sofort aufjaulte, auf ihn eindrosch und ihn der Länge nach seitlich zu Boden schleuderte.

»Kwong, du verfluchter Idiot«, dröhnte Mr. Chus Stimme aus der Dunkelheit, »willst du mich umbringen, oder was?«

Bei dem Geräusch fliehender Schritte rührte er sich: Das Tempo interessierte ihn, weil es Angst erkennen ließ, und Angst war ein Wort, an das er sich schnell wieder erinnerte. Angst: ihr intensiver Geschmack, die Hitze, die sie in den Herzen der niederen Rasse entfachte, die dichte Konsistenz, die sie ihrem Blut verlieh. Angst war gut.

Er bewegte sich erneut, erinnerte sich und wischte die Hülsen aus vierzig Jahren gelegentlicher Nahrung von sich, manche klein und pelzig, andere größer und unbehaart, aber alle schon lange ohne jeden Wert für ihn.

Wo war er? Was war er? Irgendwo in seinem Verstand verborgen lagen andere Worte, Worte, mit deren Hilfe er sich definieren konnte, aber sie waren vorläufig nur Schemen und noch nicht der Mühe wert, sie weiter zu verfolgen. Er ließ die Geister in einem chaotischen Wirbel von Bildern davontanzen.

Das Erwachen jedoch war eine vertraute Handlung, etwas, von dem er spürte, dass er es schon viele Male zuvor getan hatte. Er untersuchte seine Erinnerungsbilder des Erwachens, sah sich selbst geborgen tief im Schoß der Erde liegen, zugedeckt von Knochen und immer wieder aus seinen Blutträumen gerissen von neuen Barbarenkönigen, denen man folgen, neuen Schlachtfeldern, die abgegrast werden konnten. Ja, dieses Aufwachen war nichts Neues für ihn. Doch nach und nach nahmen andere Bilder Gestalt an – so viele und so verschieden, dass er von der Last und Fülle seiner Erinnerungen verwirrt war. Langsam setzte er sich auf und empfand beinahe so etwas wie Schmerz, als sich die lange nicht benutzte Muskulatur zu erinnern begann, wie man sich streckte – wessen Armee war er zuletzt gefolgt? Und spielte es eine Rolle? Die letzten paar tausend Jahre hatten ihn gelehrt, dass sich ein Blutbad kaum vom anderen unterschied.

Als er sich aufrichtete, wogte das Bett, bestehend aus den Knochen anderer Lebewesen. Als er sich in der Dunkelheit zu voller Größe streckte, flatterten die Fetzen seiner Uniform zusammen mit den Geistern anderer Gewänder um ihn – wallende Umhänge und federgeschmückte Helme, Panzerhandschuhe mit Eisendornen, Kettenhemden, verwobene Lederriemen und Silberfäden, blaue und ockerfarbene Pigmentschichten.

Einen Moment erinnerte er sich fast an sich.

Schade, dass er diesem ersten warmen Ding zu entkommen erlaubt hatte, aber schon bald würde sich etwas anderes ergeben. So war es immer.

Tatsächlich fand Mr. Chu nicht, dass er den jungen Kwong auf dem Kieker hatte, wenngleich er keine besonders hohe Meinung von der Intelligenz seines Untergebenen hegte. Schon früh war er zu der Überzeugung gelangt, dass Kwong eines Tages ein geschickter und wertvoller Arbeiter werden könnte, allerdings nur, wenn er sorgfältig beaufsichtigt und in regelmäßigen Abständen gezüchtigt wurde, und so hatte sich Mr. Chu pflichtbewusst der Aufgabe verschrieben, Kwongs Fähigkeiten zur vollen Blüte zu bringen. Wenn ihm dies zuweilen sogar Spaß machte, wenn es ihm Vergnügen bereitete, Kwong zu demütigen, indem er ihm zusätzlich Pflichten aufbürdete oder die unerfreulicheren Aufgaben im öffentlichen Dienst zuwies, mit denen Mr. Chus Abteilung betraut war, dann konnte er sich stets damit rechtfertigen, dies alles geschehe nur zum Besten der weiteren Karriere des jungen Kwong.

Mit anderen Worten, Mr. Chu hatte Kwong auf dem Kieker.

Er knipste seine Taschenlampe wieder an und richtete sie voll in Kwongs Gesicht. Kwong zog seine Gazemaske herunter und schirmte die Augen mit der Hand ab.

»So … und jetzt steh gefälligst auf, du Idiot! Was ist nur los mit dir? Und wo führt diese Treppe hin? Die geht doch nicht …« Verärgert ließ Chu seinen Satz unvollendet stehen und richtete den Lichtstrahl auf das Klemmbrett in seiner anderen Hand, an dem mehrere Blätter weiter unten der beste Plan der untersten Ebenen dieses Abschnitts der Ummauerten Stadt in Kowloon hing, der den Behörden zur Verfügung stand.

Langsam rappelte Kwong sich auf. »Mr. Chu?«

»Halt den Mund.« Chu war in Gedanken – dieser Keller war zwar mit dicken Strichen auf dem Plan verzeichnet, die Treppe weiter hinunter jedoch nicht, und es gab auch sonst keine Hinweise auf noch tiefer liegende Keller. Er fixierte Kwong anklagend über die Oberkante des Klemmbretts, als wären diese Auslassung des Vermessungstrupps und die bloße Existenz der Treppe einzig und allein Kwongs Schuld.

»Dumme Vermesser, die haben alle nur Melonen als Kopf«, maulte er verbittert.

»Sir?«

»Was ist?«

Kwong räusperte sich nervös und richtete seine Taschenlampe auf das dunkle Loch in der Wand, das die Treppe markierte. Direkt daneben stand in spitzem Winkel zur Wand ein großer, halb verfallener altmodischer chinesischer Schrank, dessen von Würmern zerfressene Gittertüren die beiden Männer wie ein Mund voller messerscharfer Zähne angrinste.

»Und?«, fauchte Mr. Chu.

»Als ich runtergekommen bin, stand der Schrank vor dem Zugang, Sir. Ich habe den Spalt dahinter bemerkt, aber ich denke, der Vermessungstrupp muss ihn wohl übersehen haben …«

»Nicht denken«, unterbrach Mr. Chu. »Ich bin hier der Vorgesetzte. Das Denken übernehme ich.« Er richtete die Taschenlampe nach unten und starrte auf die Schleifspuren des Schranks, vermischt mit den Abdrücken von Kwongs Stiefeln in der dicken Staubschicht auf dem Boden. Kwong hielt den Mund und trat sich in den Hintern, nicht dem guten Beispiel des Vermessungstrupps gefolgt zu sein. Dann grunzte Mr. Chu, ging zu dem Durchgang und hockte sich an den Rand der Treppe. Erstaunt ließ er dicht über dem Boden eine Hand über die Kante des Türpfostens gleiten.

»Sieh dir das an, Kwong«, sagte er. »In die Seite des Durchgangs hat jemand eine nette kleine Nische gehauen.«

»Ich glaube, da steckt was drin, Mr. Chu.«

»Sehe ich selbst«, erwiderte Mr. Chu scharf. »Hol's raus!«, befahl er. »Aber sei vorsichtig, es könnte wertvoll sein.«

Gehorsam zog Kwong seinen dicken Handschuh aus, um an dem Kerzenwachs zu knibbeln, das die winzige Nische verschloss. Nach wenigen Minuten konnte Mr. Chu hineingreifen und den Gegenstand herausnehmen: eine etwa zehn Zentimeter hohe, primitive Tonfigur, die über und über mit winzigen, eingeritzten schwarzen Schriftzeichen bedeckt war. Mr. Chu drehte sie auf seiner Handfläche und betrachtete nachdenklich die Schriftzeichen. Nachdem er einige Minuten herumgerätselt hatte, begriff er, dass sie für seine beschränkte Bildung zu alt waren.

»Was bedeuten sie?« Kwong reckte den Hals über Mr. Chus Schulter.

»Geht dich nichts an.« Mr. Chu stand auf und schob das herausgebrochene Wachs mit der Stiefelspitze in die leere Nische zurück. »Ist sowieso wertlos«, fügte er angewidert hinzu und warf die Figurine achtlos fort. Kwong hörte sie auf dem Steinboden zerbrechen.

»Ich denke, das hätten Sie nicht tun sollen, Sir«, meinte er beklommen. »Für mich sieht das wie eine Art Schrein aus.«

»Ich hab's dir schon mal gesagt, Junge, ich übernehme hier das Denken. Und jetzt gehen wir runter und werfen mal einen Blick auf die Kanalisation.« Mr. Chu stapfte die ersten paar Stufen hinunter, blieb dann stehen und drehte sich um. Kwong, ein von seiner nach unten gehaltenen Taschenlampe schwach umrissener Schatten, hatte sich nicht gerührt.

»Nein«, sagte Kwong. »Ich will da nicht runter.«

Mr. Chu schnaufte, als er die Treppe wieder heraufkam. Er hatte hundert verschiedene Möglichkeiten, den jungen Kwong wegen Gehorsamsverweigerung zu bestrafen, falls es so weit kommen sollte, aber er hoffte, es würde nicht nötig sein; erheblich befriedigender war es, den Burschen vor der rohen Gewalt der Persönlichkeit seines Vorgesetzten kriechen zu sehen. »Ich sagte, *komm!*«

»Nein.« Kwong räusperte sich und fügte entschuldigend hinzu: »Ich hab da unten was gehört, Sir – und es hat fürchterlich gestunken …«

»Ach ja? Es hat fürchterlich gestunken? Du meine Güte«, sagte Mr. Chu trügerisch sanft. Dies, um die Wirkung seiner nächsten Äußerung zu verstärken, die er aus Leibeskräften herausbrüllte. Echos hallten den Keller hinauf und hinunter. »Du bist ein Rosengärtner, kleiner Kwong, was? Du verkaufst den *tai tais* in Central womöglich Parfum, ja? Oder vielleicht bist du selbst ein kleines Blümchen?«

Kwong ließ den Kopf hängen.

»Und? Und? Was hast du zu deiner Verteidigung zu sagen? Ein fürchterlicher Gestank, ja? Wir sind Kanalarbeiter, mein kleines Blümchen, fürchterliche Gerüche sind unser Job, und unser Job ist es, in diesem Loch hier die Kanalisation zu überprüfen, bevor die Bulldozer kommen. Sollte es später zu einer Absenkung kommen und ihr heiß geliebter Park bricht ein, dann weißt du ja, wem sie die Schuld in die Schuhe schieben, oder? Uns! Und ich werde *dir* die Schuld geben! Also« – er schob sein wütendes Gesicht Zentimeter vor Kwongs Nase – »gehen wir jetzt da runter und erledigen unseren Job. *Sofort.*«

Mr. Chu drehte sich um und setzte sich wieder, die Treppe hinunter, in Bewegung. Kwong blieb immer noch unschlüssig stehen. Als Mr. Chu hinter sich keine Schritte hörte, blieb er stehen und wirbelte erneut schnaufend herum.

»Was ist mit dem Geräusch?«, fragte Kwong kleinlaut.

Mr. Chu seufzte mit Unheil verkündender Geduld. »Ratten«, antwortete er. »Ratten hast du doch schon mal gesehen, oder, mein kleiner Kwong?«

Kwong nickte stumm. Natürlich hatte er. Dafür hatte Mr. Chu vor ungefähr drei Monaten schon gesorgt, als er Kwong allein und nur mit einer Schaufel bewaffnet in eine Senkgrube unter Kwai Chung geschickt hatte, die von den Ratten zu einer Art Rattenmetropole ernannt worden war. Das hatte Kwong Mr. Chu immer noch nicht ganz verziehen. Stur schlurfte er einen weiteren Schritt von der Treppe zurück.

Es folgte ein langes Schweigen.

»Schön«, sagte Mr. Chu. »Ich hatte sehr viel Geduld mit dir, kleiner Kwong, aber jetzt ist meine Geduld zu Ende. Falls du nicht gleichzeitig mit mir am Fußende dieser Treppe stehst, ist dein Job beendet. *Aus und vorbei.* Verstanden?«

Kwong ließ den Kopf hängen und blieb, wo er war. Der Gedanke, seinen Job zu verlieren, erschien ihm irgendwie reizvoller als die Vorstellung, Mr. Chu die Treppe hinunter in diese dunklen, eklig stinkenden Grabgewölbe zu folgen, in diesen Sumpf unterhalb der Ummauerten Stadt, nur um dort – was? – gegenüberzutreten. Was immer diese Geräusche verursacht hatte, diesen widerlichsten aller widerlichen Gerüche ... Er wandte sich ab.

»In *Ordnung*«, schimpfte Mr. Chu. »Ich werde dafür sorgen, dass du das noch bitter bereuen wirst, kleiner Kwong.« Er drehte sich um und stapfte wütend die Treppe hinunter.

Etwas kam. Etwas Warmes. Er hob den Kopf, um im Äther zu schnuppern, um zu erspüren, was für eine Mahlzeit es wohl sein würde. Ein kashlik? *Ein* lilitak?

Eingehüllt in erfreuliche Assoziationen kehrten die Worte zurück. Mit einem *kashlik* musste man zuerst im Kampf spielen, und das würde gut sein; ein *lilitak* besaß eine weiche, glatte Haut und war dafür da, penetriert zu werden, und auch das würde gut sein. Als er jedoch die ätherische Spur dieses warmen Dings schmeckte, erkannte er Enttäuschung wieder. Diese Beute war weder *kashlik* noch *lilitak* – einfach nur ein Beutel voll Blut, ein geistloser *bhutik* und nur zu einem zu gebrauchen: als Nahrung.

Trotzdem – er hatte Hunger, ja, war nach seinem langen Schlaf geradezu ausgehungert, und ein *bhutik* würde vorläufig genügen. Der Spaß konnte bis später warten. War er bereit? Noch nicht ganz, denn ein kleiner *bhutik* stellte keine echte Herausforderung dar und rechtfertigte nicht die Mühe, ihm in körperlicher Gestalt gegenüberzutreten. Ohne das behindernde Fleisch konnte sich die Essenz erheblich effizienter ernähren.

Die zerlumpte Uniform knitterte und fiel als leere Hülle zu Boden. Ein unsichtbarer Nebel hing in der Dunkelheit.

Jetzt war er bereit.

Kwong rührte sich nicht, bis er Mr. Chus Schritte und sein Gemurmel durch die Kammer unter ihm hallen und dann allmählich die unterste Treppe hinunter schwinden hörte. Dann schlich er zum Kopfende der Treppe und spitzte die Ohren.

Eine lange Stille.

Und dann, gedämpft aufgrund der Entfernung und der dazwischenliegenden Felsmassen, Mr. Chus erhobene Stimme … zuerst in einer Frage und dann in einem Schrei, einem sehr kurzen Schrei, der abrupt endete.

Wieder Stille.

Kwong verharrte und dachte scharf nach. Er sollte wirklich hinuntergehen und nachsehen, ob sein Vorgesetzter vielleicht Hilfe benötigte, aber andererseits besaß sein Schwager ein Antiquitätengeschäft an der Cat Street, und es ging ihm inzwischen so gut, dass er einen Angestellten suchte. Die Bezahlung war bestimmt miserabel, aber wenigstens würde er nicht mehr unter der Erde arbeiten müssen.

Geräusche von unten. Wieder spitzte er die Ohren. Schlurfende, stockende Schritte. Stiefel? Vielleicht – vielleicht sogar Mr. Chus schwere Gummistiefel mit den unverwechselbaren Absatzeisen. Aber etwas an diesem Gang war merkwürdig. Als steckten die Stiefel an Füßen, die aus irgendeinem Grund das Gehen verlernt hatten und sich erst langsam wieder erinnerten, wie es zu machen war.

»Mr. Chu?«

Stille.

»Mr. Chu?«

Und irgendwo in dieser Stille das leise Zischen von Luft, die eingeatmet wurde. Dann wieder die Stiefel, ein wenig schneller jetzt und bereits merklich sicherer. Näher. Kwong holte tief Luft und richtete seine Taschenlampe in die Dunkelheit am Fußende der Treppe. Die Stiefel verharrten.

»Mr. Chu?«

Und es war Mr. Chu. Sein Gesicht schob sich ins Licht. Er lächelte. Seine Augen hoben sich zu Kwong, und er schnupperte in der Luft. Das Lächeln wurde breiter.

»*Lilitak*«, sagte er.

»Mr. Chu?«

Später war von dem lilitak *nicht mehr genug übrig, um es sich zu borgen, die Hülse des* bhutik *jedoch war noch zu gebrauchen. Also die Treppe hinauf. Und noch mehr Treppen; und schließlich erreichte er eine mit Schutt gefüllte Kammer, und dann noch einige weitere Treppen, und dann einen Raum voller alter Gerüche nach Nahrung, sowohl seiner als auch ihrer Art. Er füllte die Nase seines geborgten Körpers mit der Geruchsspur von lebendem Fleisch und schaute sich mit den Augen des* bhutik *um. Der Raum war im Moment leer, aber er spürte, dass hier manchmal etwas Warmes lebte und vielleicht auch wieder zurückkehrte. Falls nicht – auf der anderen Seite des Raumes befand sich eine weitere Tür und dann noch eine stabilere und dann ein langer, schmutziger Korridor in grauem Dämmerlicht und die Geräusche von* bhutik-*Schritten, die sich schnell einer nahe gelegenen Biegung näherten …*

Temutma, immer noch unbeholfen auf seinen geborgten Füßen, bewegte sich ebenfalls auf diese Biegung zu.

2

Julia starrte auf die vorbeiziehenden Serpentinen der schwach beleuchteten Peak Road hinaus und unterdrückte ein Gähnen. Simon nahm die Kurven viel zu schnell, doch sie lehnte es ab, darauf nervös oder beeindruckt zu reagieren. Sie wusste, dass er bereits den ganzen Weg von Aberdeen über seinen nächsten Schritt nachdachte, und bis zu einem gewissen Grad konnte sie sogar erraten, was das sein würde:

die Hand-auf-Oberschenkel-Nummer. Bislang war er absolut vorhersehbar gewesen. Wie die meisten Männer.

Sie in die derzeit angesagte neue Bar und anschließend in den Aberdeen Marina Club zu schleifen, waren plumpe Versuche gewesen, sie zu beeindrucken – wirklich ausgesprochen blöd. Sie stand schon nicht mehr auf Nachtclubs, seit sie alt genug war, legal hineinzukommen, und dem Marina Club gehörte sie seit frühester Kindheit an. Verdammt, dachte sie, wenn ich mit den alten Stockfischen hätte reden wollen, zu denen sich Simon unbedingt an die Theke setzen musste, hätte ich genauso gut zu Hause bleiben können. Waren sowieso alles Freunde ihrer Eltern.

Öde.

Die Dreiervorstellung war das Einzige, was er an diesem Abend richtig hingekriegt hatte, denn nicht jeder ihrer Verehrer würde sich hintereinander drei Folgen *Nightmare on Elm Street* reinziehen, nur um ihr Herz zu erobern. Zu dem Zeitpunkt hatte sie noch gedacht, es gäbe vielleicht doch ein paar Hoffnungsschimmer, dass er kein komplettes Arschloch war. Selbst seine beknackten Kommentare während der drei Filme, mit denen er beweisen wollte, wie obercool er war, hatten ihr den Spaß nicht völlig verderben können. Hätte er auch nur einen Funken Verstand besessen, dann hätte er unmittelbar nach dem Kino versucht, sie zu verführen.

Im gelblichen Schein der Straßenlaternen warf sie einen Blick auf sein Profil – selbstgefällig. Einen Augenblick später fiel auch schon wie zufällig eine Hand auf ihren Schenkel.

»Die brauchst du doch fürs Schalten, oder nicht?«, fragte Julia gelassen.

»Oh, tut mir Leid.« Die Hand verschwand. Kurzes Schweigen, und dann Simons unverzagte, aber immer noch hoffnungsvolle Stimme: »Weißt du, ich bin gern im Dunkeln mit dir allein.« Wieder senkte sich die Hand auf Julias Oberschenkel, und diesmal machten sich die Finger sofort auf die Suche nach empfindlicheren Gefilden.

Julia verzog das Gesicht. Sie wusste noch nicht, ob sie mit ihm schlafen würde, auch wenn das durchaus möglich war – er wäre nicht der erste Idiot, den sie in ihr Bett steigen ließ, und es gab keinerlei Grund zu der Annahme, dass er der letzte sein würde. Die Frage war nur, wie weit wollte sie ihn bei diesem ersten Date gehen lassen? Oder, um es anders auszudrücken, wie viel Dressur brauchte er vorher?

Die Finger begannen ihren Schenkel zu massieren und näherten sich der Gefahrenzone. Julia seufzte. Er konnte nicht wissen, wie sehr sie es hasste, befummelt zu werden, andererseits nervte es aber auch gewaltig, darauf hinweisen zu müssen.

»Die Hände aufs Lenkrad, Simon. Es ist eine kurvenreiche Strecke.«

»Vielleicht sollten wir links ranfahren?« *Fummel.*

»Vielleicht solltest du mich nach Hause bringen.«

Daraufhin nahm er zögernd die Hand weg und trat das Gaspedal durch. Sie konnte seine Zähne schimmern sehen, als er nun lächelte – mein Gott, dachte sie, der bildet sich tatsächlich ein, ich würde ihn einladen, noch mit reinzukommen. Dieses Mal gähnte sie unverhohlen.

»Julia?«

»Fahr einfach«, sagte sie, »und sei leise, wenn wir ankommen. Ich möchte meine Eltern nicht aufwecken.«

Sie fuhren schweigend weiter, bis Simon mit dem Porsche in die dunkle Toreinfahrt einbog und die Allee zum Haus hinauffuhr, wobei er den Motor fast im Leerlauf schnurren ließ, um so wenig wie möglich Lärm zu machen. Im Schatten der Bäume an der Seite des Hauses ließ er den Wagen ausrollen.

»So«, meinte er zuversichtlich, »da wären wir.«

»Sehe ich, ja.« Julia war immer noch unschlüssig. Sie beugte sich hinüber und gab ihm versuchsweise einen Kuss. Er reagierte, indem er ihr sofort seine ziemlich feuchte Zunge zwischen die Lippen schob und mit einer Hand die Brust knetete, was sie vermutlich anturnen sollte. Sie versteifte sich.

Er beendete den Kuss und schob seinen Mund an ihr Ohr. Heißer, feuchter Atem kitzelte ihr Trommelfell. »O Babe«, hauchte er, »ich könnte *so* gut für dich sein.«

O Gott, dachte sie, das war's dann. Damit hatte sich Simon ihr Bett verscherzt, zumindest was die unmittelbare Zukunft betraf. Er hätte nicht so dumm sein sollen, sie »Babe« zu nennen oder einer Frau mit dieser »Gut für dich«-Geschmacklosigkeit zu kommen.

»Eigentlich«, sagte sie frostig, »stehe ich mehr auf Männer, die *schlecht* für mich sind.«

Sie entfernte seine Hand von ihrer Bluse, lächelte dabei aber, um dem Stachel etwas an Schärfe zu nehmen – schon möglich, dass er ein Idiot war, aber er war ein Idiot, der gerade den Freddy-Test bestanden hatte und außerdem reich und vorzeigbar genug, um für die Tochter eines der stinkreichsten Männer Hongkongs einen brauchbaren Begleiter abzugeben. Er glotzte sie fassungslos an; jetzt kam die Feuerprobe. Würde er wie ein ausgemachtes Arschloch reagieren oder wie eines, das man noch abrichten konnte? Julia drückte ihm einen Kuss auf die Wange und strahlte ihn an.

»Weißt du, es ist schon ziemlich spät. Danke für den tollen Abend, Simon. Das Filmfestival war echt super.«

»Ach ja?«, erwiderte er unterkühlt.

»Klar. Die gute alte Elm Street.«

Simon fing sich wieder. Seine Hand wanderte abermals Richtung Bluse. »Warum komm ich nicht einfach mit rauf und vergewissere mich, dass Freddy nicht in deinem Schlafzimmer lauert?«

»Nein, danke. Was würde mein Vater denken, wenn er dich morgens um« – sie sah auf ihre Uhr – »zwanzig nach vier in meinem Schlafzimmer entdeckt?«

»Aber ich dachte …«

»Gute Nacht, Simon.«

»Aber …«

»Wir sehen uns. Ruf mich an.«

Sie gab ihm noch einen trockenen Schmatzer auf die Wange, öffnete in einem fließenden Bewegungsablauf die Beifahrertür, stieg aus und drückte sie mit einem leisen Klick zu. Seine Lippen bewegten sich hinter der Scheibe, und er lächelte jetzt nicht mehr – Männer aufgeilen? Sah aus, als hätte er das gesagt. Tja, schon möglich, dass sie das machte, vielleicht auch nicht, jedenfalls sah es ganz danach aus, als würde Freund Simon nur so gerade eben den definitiven Idiotentest bestehen. Sie drehte sich um und ging an der Hausseite vorbei zum Hintereingang – das verringerte die Wahrscheinlichkeit, ungewollt einem schlaflosen Elternteil in die Arme zu laufen –, erstarrte dann jedoch entsetzt, als sie hörte, wie Simon den Motor aufheulen und abrupt die Kupplung kommen ließ. Mit durchdrehenden Reifen raste er die Zufahrt hinunter und schleuderte Kies gegen die Bäume.

»Mein Gott, was für ein ausgemachtes Arschloch«, brummte sie. »Warum hat er sich nicht noch ein paarmal auf die Hupe gelegt und gleich den ganzen Peak geweckt?«

Sie vermutete, dass Diskretion jetzt sinnlos war, aber zur Hintertür war es bereits näher als zum Vordereingang, also ging sie weiter und kramte in ihrer Handtasche nach den Schlüsseln. Ihre Finger schlossen sich genau in dem Moment um das Schlüsselbund, als sie die Tür erreichte. Immer noch sauer über Simons Verrat, versuchte sie den Schlüssel ins Schloss einzuführen, als sie bemerkte, dass dies nicht mehr nötig war. Die Tür war bereits offen. Durch den Druck des Schlüssels gegen das Schloss schwang sie ein paar Zentimeter auf, und ein kalter Luftzug wirbelte heraus.

Eine Gänsehaut lief ihr über den Rücken. Einbrecher, Vergewaltiger, Mörder … Freddy. All die zahllosen Horrorfilme und Slashervideos, die sie je gesehen hatte, eine breite Palette der ekelhaftesten Szenarien stürmte auf sie ein. Sie dachte kurz daran, zurück zur Straße zu laufen, um Simon noch zu erwischen, doch der war inzwischen wahrscheinlich längst fort.

Jetzt mal ganz langsam, dachte sie. Die Vernunft verschaffte sich wieder Geltung. Ihre Eltern hatten jemanden auf ein paar Drinks eingeladen, was einer der Gründe gewesen war, weswegen sie alles andere als begeistert reagiert hatten, als Julia ihnen mitteilte, sie werde ausgehen und abends nicht da sein. Sie hatten gewollt, dass sie zu Hause blieb und ihren Gast kennen lernte, aber Julia roch es eine Meile gegen den Wind, wenn sie verkuppelt werden sollte, und die Männer, die ihre Eltern für sie aussuchten, waren ausnahmslos *gigantische* Arschlöcher.

Der springende Punkt aber war – und sie spürte auch noch den letzten Rest ihrer Panik schwinden –, dass sie getrunken hatten, und sie wusste genau, wie gern ihre Eltern dem Wein zusprachen, genau wie Whiskey, Gin, Rum, Brandy und Wodka. Julia trank auch ganz gerne mal einen, doch sie genehmigten sich ungefähr sechsmal mehr, als gut für sie war. Wahrscheinlich hatten sie den Abend mit reichlich Alk verbracht und waren aus den Latschen gekippt, ohne sich vorher zu vergewissern, dass alles richtig abgeschlossen war. Das war schon zweimal passiert, und nur Demmy, die einzige Angestellte, die auch im Haus wohnte, hatte eine mögliche Katastrophe verhindert, indem sie noch einmal aus dem Bett gestiegen war, nachdem die Gäste gegangen waren, und aus eigener Initiative alles abgeschlossen hatte. Die gute alte zuverlässige Demmy.

Also, wo steckte Demmy heute Abend? Julia durchzuckte ein unsicheres Gefühl, das sie allerdings mühelos verdrängte. Sie war viel zu müde, um richtig Angst zu haben. Trotzdem schlich sie auf Zehenspitzen in die Küche.

Der dunkle Raum war friedlich, und über der Stille lag nur das beruhigende, beinahe unterschwellige Summen des Kühlschranks. Julia blieb neben der offenen Tür stehen und lauschte – nichts rührte sich in den dunklen Winkeln des Hauses. Sie seufzte und drehte sich um, weil sie die Tür schließen wollte.

Ein heftiger, kalter Luftschwall packte sie von hinten und zerzauste ihr das Haar. Erschreckt spannte sie sich an. Die Luft umhüllte sie wie ein eisiges Futteral und blieb ein paar Sekunden. Dann schnappte Julia nach Luft, als sie einen kalten, festen Druck auf ihren Brüsten spürte, ein Kneten, als würde jemand sie in die hohle Hand nehmen, die Brustwarzen finden, drücken, ziehen, nicht zärtlich, und dann war es wieder weg. Mit einem lauten Aufschrei stürzte sie sich auf den Lichtschalter neben der Tür und tauchte den Raum in grelles Neonlicht. Die Küche war leer.

Julia holte tief Luft.

Natürlich war sie leer. Was erwartete sie denn? Die Eskapaden von Freddy und seinen kleinen Freunden hatten die Fantasie mit ihr durchgehen lassen … Geschickt hatten sich ihre versoffenen Eltern genau diesen Abend ausgesucht, die Hintertür nicht abzuschließen … Mehr steckte nicht dahinter. So konnte sich ein schlichter kalter Luftzug in einen Phantomgrapscher verwandeln. Sie schaute sich noch einmal in der Küche um, fluchte über sich selbst und drehte sich dann um, um die Tür zu schließen. Ein Nebelschwaden waberte durch den Garten. »Toll«, flüsterte sie. »Genau das hat mir noch gefehlt. Gespenstische Special Effects. Vielen Dank, lieber Gott.« Sie zog die Tür zu und schloss ab.

Er schwebte als Nebel im Garten und beobachtete die lilitak *durch den Kristall der Tür, bis sie verschwand; dann ließ er sich durch die Blätter eines großen Baums weiter hinauftreiben, teilte sich, wirbelte und formte sich um, bis er auf das Dach dieses seltsamen kleinen Palastes mit seinen fahlen Statuen und dem hellblauen Teich hinablächeln konnte. Ein guter Ort, der in seiner Erinnerung positive Bilder weckte – Blut auf Seide, Blut auf Marmor, mit Gold eingefasste Kehlen. Und mehr noch, der unverwechselbare Geschmack von Macht und Stolz in diesem Blut, so anders als der Geschmack der erbärmlichen* bhutiks, *an denen er sich zuvor gütlich getan hatte. Ja, ein guter Ort.*

Ihn verblüffte nur, dass dieser Palast so klein war.

Nachdenklich schwebte er in der Luft. Es wäre überhaupt kein Problem, wegen der Weichhäutigen jetzt noch einmal zurückzukehren, dieser kleinen *lilitak.* Und es würde sich ebenfalls lohnen, in körperlicher Gestalt zu ihr zurückzukehren, denn ihr Körper besaß für ihn einen Wert über das Blut hinaus, das er enthielt, seidig würde sie sein, innen wie außen …

Aber seinen Hunger hatte er bereits gestillt, und es war angenehm hier oben in den Wipfeln, war doch eine unschätzbar lange Zeit vergangen, seit er das letzte Mal bei Mondschein im Freien geschwebt hatte. Vielleicht fiel ihm ja sogar sein Name wieder ein. Die *lilitak* konnte warten.

Leise durchquerte Julia die Küche ins Esszimmer und zwang sich, im Vorbeigehen das Licht in der Küche auszuknipsen. Dies war mit Sicherheit nicht der richtige Augenblick, Angst vor der Dunkelheit zu entwickeln. Außerdem war das Esszimmer alles andere als pechschwarz. Das Licht der Außenbeleuchtung wurde von den pastellfarbenen Wänden zurückgeworfen; tagsüber ein geschmackvolles Apfelgrün, im Augenblick ein mattes Grau, das von den Schatten sich bewegender Blätter im Garten verschmiert wurde; Schatten, die Händen überraschend ähnlich waren, als sie jetzt hinsah, Phantomhände, die sich blind die Wände hinauftasteten und ihr sich entgegen streckten, ein ausgesprochen effektvolles Bild, das in einen Hitchcock-Film gepasst hätte …

Dann überlegte sie, das Licht doch einzuschalten.

Sie kalkulierte schnell. Der nächste Schalter befand sich hinter ihr neben der Küchentür. Das dürfte genügen, um durchs Esszimmer zum Schalter neben der Tür zum Salon zu kommen. Von dort aus würde sie wiederum die Schalterleiste in der Eingangshalle mit ihrem Marmorboden erreichen. Damit hätte sie genug Licht für die Treppe, die hinauf zu den Schlafzimmern und in Sicherheit führte.

In Sicherheit? Sie wusste genau, warum ihr dieses Wort in den Sinn gekommen war. Diese verdammten Schatten an der Wand, natürlich, und die Nachwirkungen einer dreifachen Dosis von dem alten Pizzagesicht. Ihr Bett und eine Mütze voll Schlaf waren genau das, was sie brauchte. Sollten ihre Eltern neugierige Fragen stellen, wo sie bis tief in die Nacht gesteckt hatte, oder meinen, ihr Vorwürfe machen zu müssen, weil sie im Erdgeschoss alle Lampen hatte brennen lassen, dann hatten sie ihr bereits die perfekte Gegenmunition geliefert. Säufer. Schluckspechte. Wer hatte denn vergessen, die Hintertür abzuschließen? Bestärkt durch Empörung tapste Julia zurück zum Lichtschalter.

Irgendetwas erregte ihre Aufmerksamkeit, als sie die Hand ausstreckte. Etwas am Esszimmertisch. Sie drehte sich um, runzelte die Stirn, linste einen Moment angestrengt durch das Dämmerlicht und versuchte, etwas zu erkennen. Ein Stapel Servietten, die verkrumpelt über die Tischkante hingen …

Nein: ein weißes Hemd. Und *jemand* trug es.

Ein Schrei aus dem kleinen Palast. Interessant. Die lilitak? *Temutma löste sich aus seinen Träumereien, war immer noch schläfrig und trieb hinunter zu den mondbeschienenen Dachziegeln.*

»O verdammte Scheiße!« Als Julia wieder zu Atem kam und ihr Herz aufhörte, Rumba zu tanzen, war sie wütend. Ein wildfremder Mensch lag zusammengesackt über dem Esszimmertisch, sabberte die polierte Teakoberfläche voll und hatte einen Arm ausgestreckt, als greife er nach der Kristallvase mit Rosen in der Mitte des Tisches. Offensichtlich der Saufkumpan ihrer Eltern und viel zu besoffen, um nach Hause fahren zu können. Und ihre hochverehrten Eltern waren ebenfalls zu betrunken gewesen, um etwas anderes tun zu können, als ihn einfach dort liegen zu lassen, wo er aus den Latschen gekippt war. Reizend.

»Ich hoffe, du hast einen fetten Kater, wenn du aufwachst, du dummer Mistkerl«, flüsterte sie. »Mir so einen Scheißschrecken einzujagen!« Sie starrte ihren unfreiwilligen Hausgast an und fragte sich beiläufig, welches grässliche Exemplar ihre Eltern ihr diesmal vorzusetzen versucht hatten. Das Gesicht hatte sie noch nie gesehen, doch sie erkannte den Typ. Irgendein ehrgeiziger, noch ziemlich junger Geschäftsmann, dessen größter Wunsch darin bestand, genau so zu werden wie ihr Vater. Der sich, falls sie ihn heiratete, die größte Mühe geben würde, aus ihr jemanden genau wie ihre Mutter zu machen. Ein Arschloch. Ein Idiot.

Und noch dazu kein besonders gesund aussehender Idiot. Genau genommen sah er ziemlich tot aus. Julia runzelte die Stirn, als sie seine Hautfarbe registrierte, ein teigiges Weiß, ein kranker Farbton, der sie an schmutzige Kreide erinnerte. Und so einen hielten ihre Eltern für einen geeigneten Heiratskandidaten? »O verdammte Scheiße«, wiederholte sie angewidert, denn plötzlich war ihr aus Richtung des Fremden der strenge Geruch von Exkrementen in die Nase gezogen – der Kerl war nicht nur zu besoffen zum Autofahren, sondern auch noch zu besoffen, um es bis zur Toilette zu schaffen.

Sie hatte sich bereits abgewandt, als ihr ein schrecklicher Gedanke kam. Angenommen, er sah nicht nur tot aus – angenommen, er *war* tot. Angenommen, er war im Schlaf gestorben, erstickt an seinem eigenen Erbrochenen, war an einem Herzinfarkt gestorben oder an einem geplatzten Äderchen im Gehirn. So was kam vor, ja, musste angesichts der exzessiven Trinkgewohnheiten ihrer Eltern und ihres Freundeskreises früher oder später passieren. Auf Zehenspitzen schlich sie zum Tisch, rümpfte über den Gestank die Nase, als sie näher kam, und griff nach der schlaffen Hand.

Kalt.

Julia sprang zurück und riss erschrocken die Hände zur Brust. Eiskalt und klamm.

Der Fremde war tot.

Julia wischte sich die Hand am Kleid ab und versuchte, die ansteckende Berührung mit dem toten Fleisch ungeschehen zu machen. Ihr Verstand arbeitete inzwischen fieberhaft. Mutter. Vater. Sie musste sie wecken und es ihnen sagen. Sie drehte sich um und stürmte durch den Salon zur Treppe. Als sie die Eingangshalle erreichte, blieb sie abrupt stehen und griff nach dem Lichtschalter. Aber das Licht aus dem Esszimmer schwappte durch den Salon und ergoss sich durch die zweiflügelige Tür.

O mein Gott!

Irgendetwas lag über der untersten Treppenstufe, etwas, das zu begreifen sich ihr Gehirn einen Moment weigerte, denn es war so offenkundig absurd. Es war Demmy, das Hausmädchen, so weit war es schon in Ordnung. Aber sie lag halb auf dem Boden und halb auf der untersten Stufe, so als hätte sie nur eine Pause eingelegt, um ein Nickerchen zu machen, als sie gerade damit beschäftigt war, die Teppichstangen aus Messing zu polieren.

»Demmy? Demmy? Ist mit Ihnen alles in Ordnung? Demmy, ich brauche Ihre Hilfe!«

Die Hausangestellte lag in bequemer Schlafhaltung auf der Seite, hatte das Gesicht von Julia abgewandt und den Kopf auf einen ausgestreckten Arm gelegt. Beeinflusst von einem letzten Rest verzweifelter Beteuerungen, dass im Grunde immer noch alles völlig normal war, dass Demmy aus irgendeinem unerfindlichen Grund beschlossen hatte, auf dem Axminsterteppich ein Nickerchen zu halten, und es überhaupt nicht nett wäre, sie zu stören, zögerte Julia einen Augenblick. Dann riss sie sich zusammen, eilte zu Demmy und kniete sich neben sie. Sie streckte die Hand aus, zog behutsam an der Schulter der Frau – »Demmy?« – und drehte sie auf den Rücken.

Und wieder brauchte ihr Gehirn ein paar Sekunden, um die Signale zu verarbeiten, die es von ihren Augen erhielt. Demmys tote Augen waren geöffnet und starrten zur Decke. Demmys Mund war zu einem letzten, stummen Schrei weit aufgerissen. Und unter diesem Mund, quer über Demmys Hals, befand sich eine grauenhafte, blutleere Wunde: ein ausgefranster Wundrand, zerfetzte Adern und freigelegter grauer Knochen. Julia schrie und fiel nach hinten, strampelte verzweifelt mit den Beinen.

Sie keuchte jetzt. Ihre Eltern, sie musste ihre Eltern finden. Sie nahm ihren ganzen Mut zusammen und sprang über Demmys Leiche auf die Treppe, nutzte die Kraft der aufkeimenden Panik, während sie hinauf zum Treppenabsatz stürzte. Sie sah, dass die Tür zum Schlafzimmer ihrer Eltern offen stand.

»Dad! Mutter!«

Sie rannte den Flur entlang auf das dunkle Rechteck zu, stolperte durch die Tür, knipste das Licht an. »Mutter«, sagte sie, einen Moment dankbar, und dann: »Mutter!«, fast ein Schrei, denn allmählich machten ihre Augen schneller Sinn aus dem Unvorstellbaren.

Ihre Mutter lag quer über dem Bett. Julias erster Gedanke war Vergewaltigung – doch ihre Mutter hatte die gleiche Hautfarbe wie Demmy, wie der blutleere Teint des Fremden im Esszimmer. Ihr purpurrotes Seidenkleid war zerrissen und bis zur Taille heruntergezogen. Auch ihr BH, ein Hauch schwarzer Seide, war heruntergerissen worden, um ihre blassen Brüste zu entblößen, jetzt ein entsetzliches Fischbauchweiß, verwüstet und mit Bissen übersät. Und das Handgelenk …

Schluchzend hob Julia den Hörer vom Telefon neben dem Bett.

Er schwebte vor dem Fenster und beobachtete, wie die lilitak *in ein Gerät schnatterte, dessen Zweck er nicht verstand. Davon gab es in dem kleinen Palast mehrere, und er erinnerte sich, wie sich der* bhutik *unten verzweifelt auf ein solches Gerät gestürzt hatte, als wäre es eine Waffe oder ein Machtinstrument, mit dessen Hilfe sich der Eindringling abwehren ließ. Verwirrend. Er hatte keinerlei Macht in dem Gegenstand entdecken können, als er ihn später von der Wand riss und näher untersuchte.*

Er dachte über diese *lilitak* nach, fühlte sich nicht versucht, unmittelbar etwas zu unternehmen. Auch das war verwirrend. Ihre Haut war sehr glatt; warum sie nicht jetzt sofort nehmen? Was hielt ihn zurück? Vielleicht war sein Hunger nicht mehr so intensiv wie zuvor, aber das war nicht alles. Es gab noch einen zweiten guten Grund, zu zögern. Die Worte waren da, wenn er sie nur packen könnte.

Ein Spiel spielen.

Ein Spiel spielen? Das waren die Worte. Er untersuchte sie, folgte den Fäden ihrer Assoziationen zurück zu anderen Bildern von lilitaks, *die auch nicht sofort genommen worden waren, sorgfältig vorbereitete* lilitaks.

Erregung wogte durch seine Essenz, als er sich zu erinnern begann. Umwerbungsspiele, Jagdspiele. Spiele, um das Blut einer lilitak *zu würzen und dank einer umsichtigen Verzögerung sein eigenes Vergnügen zu steigern. Spiele, die die Mahlzeit am Ende interessanter machten.*

Ja. Er würde mit dieser hier ein Spiel *spielen.*

Und er würde jetzt damit anfangen.

Immer noch vor dem Fenster schwebend, formte er ein Gesicht, das die *lilitak* sehen konnte, und wartete darauf, dass sie aufschaute.

Julia schaute auf.

Der Tagesanbruch rückte näher. Das Spiel hatte einen guten Anfang genommen, das Spielfeld war vorbereitet, den nächsten Schritt hob er sich lieber für ein anderes Mal auf. Temutma schoss hoch in die Luft und streifte über den erwachenden Straßen, über das dunkle Wasser, folgte mühelos seiner eigenen ätherischen Spur durch die Wolke der bhutik-*Ausdünstungen, die über der Stadt wirbelte.*

Dann erwischte ihn ein jäher Lärm wie ein körperlicher Schlag. Etwas flog über ihm vorbei, etwas, das kreischte und mit mächtigem Wind die Luft zerfetzte, auf ihn eindrosch, ihn bis dicht über die Dächer abstürzen ließ. Wütend schraubte er sich wieder hinauf in den Himmel und bereitete sich auf den Kampf vor.

Hinter ihm fiel kreischend ein großes Schiff aus den Wolken: weiß, mit Augen auf dem Bauch. Im nächsten Augenblick berührte es die Erde und flüchtete vor ihm auf einer Straße so gerade wie ein Messerschnitt und so breit wie die Prachtstraße eines Barbarenkönigs. Er brüllte, wirbelte triumphierend herum und machte sich auf die Rückkehr zu den Türmen, die das Nest verbargen.

3

Superintendent Michael Scott trat vorsichtig über die Umrisslinie, die jene Stelle markierte, an der Demelsa Maria Cortez bis vor wenigen Minuten geruht hatte, als sie in einen Leichensack gelegt und zum bereits wartenden Fahrzeug der Gerichtsmedizin gebracht worden war. Die Leichen von Mr. und Mrs. Ralston sowie von ihrem Gast, laut Personalausweis in seiner Brieftasche ein gewisser Charles Allway, einer Brieftasche übrigens, die recht provozierend mit Kreditkarten und Bargeld voll gestopft war, lagen immer noch dort, wo man sie gefunden hatte. Die Brieftasche und die Tatsache, dass offenbar keine Wertsachen entwendet worden waren, schlossen einen Raubüberfall als Motiv für den Angriff nachhaltig aus, und genau das war ein Problem. Er rieb sich die Hände.

»Mein Gott, es ist verflucht kalt hier.«

Der Chef der Spurensicherung schaute von einem kleinen Matschklumpen auf, den er gerade in einen Beweismittelbeutel gesteckt hatte, und nickte.

»Kalt? Ja, ich war schon in wärmeren Leichenschauhäusern. Als wäre die Temperatur im Haus aus Mitgefühl für die Opfer gefallen.«

»Sie sind ein poetisches Arschloch, Albert«, meinte Scott trocken, war aber gleichzeitig froh, dass Al Masters auf seine üblichen makabren Witze verzichtete. Masters besaß einen morbiden Sinn für Humor, den er für Scotts Geschmack ein bisschen zu oft von der Leine ließ. Fairerweise nahm Scott an, dass es für Masters ein Abwehrmechanismus war; vielleicht konnte man nicht fünfzehn Berufsjahre verstümmelte und/oder verwesende menschliche Leichen untersuchen und dabei völlig normal bleiben.

Masters rappelte sich auf und wedelte glücklich mit dem Beweismittelbeutel in seiner Hand. Er war knapp zwanzig Zentimeter kleiner als der gebürtige Schotte mit seinen einsdreiundneunzig, war eher zierlich und schmächtig, während Scott breit und muskulös war, und die dicken Brillengläser mit dem schwarzen Gestell verliehen ihm das Aussehen eines verrückten Genies, das noch ziemlich grün hinter den Ohren war. Scott jedoch erkannte in ihm den besten Spurensicherungsspezialisten, mit dem er je zusammengearbeitet hatte, geschmacklose Witze hin oder her. »Ich hab ein ziemlich ungutes Gefühl bei dieser Sache, Mike«, sagte Masters.

»Du bist ein beknackter Sassenach, Albert. Kannst du dir irgendwen vorstellen, der bei so einer Sache ein gutes Gefühl hat?« Scott ging an Masters vorbei ins Wohnzimmer und schaute zu, wie die rangniedrigeren Leute der Spurensicherung die Leiche von Charles Allway zum Abtransport vorbereiteten. Als sie die steifen Schultern bewegten, klaffte die Wunde auf dem Hals des Mannes weit auseinander.

Sauber, dachte Scott. Viel zu sauber.

Er schnupperte. Der metallische Geruch von Blut, der normalerweise über solchen Tatorten hing und manchmal den Gestank von Kordit, Exkrementen oder verbotenen Drogen unterstrich, fehlte hier völlig. Und das war genauso ein Rätsel wie Mr. Allways pralle Brieftasche.

»Komisch, Albert, verdammt komisch«, sagte Scott über die Schulter nach hinten.

»Was?«

»Tja, sieh dich doch mal um. Sieh dir den Teppich an. Sieh dir die Wände an.«

»Ja, hübsch«, meinte Masters. »Hübsch und sauber«, fügte er hinzu.

»Zu sauber, würdest du nicht auch sagen?«

»Viel zu sauber. Kein Blut. Ist es das, was dir zu schaffen macht, Mike?«

Scott grunzte. »Ein paar Blutflecken wären normal, oder? Bei einer solchen Verletzung der Halsschlagader, sollte man doch meinen …«

»Dass man anschließend die Anstreicher kommen lassen muss, ja.« Masters grinste. »Und es ist ja durchaus nicht so, als hätten sie nicht geblutet.«

»Was meinst du damit?«

Masters unterbrach sein Gekritzel in das Formular auf seinem Klemmbrett und schaute mit leuchtenden Augen zu Scott auf. »Es ist eine gottverdammt vertrackte Sache, Mike. So was habe ich noch nie gesehen.« Er blätterte zu einer anderen Seite auf seinem Klemmbrett zurück und las aus seinen Notizen. *»Körper gleichmäßig blassblau gefärbt. Keine Hypostase.* Das betraf die Cortez, das Hausmädchen. Das Gleiche gilt aber für alle vier. Und sie haben lange genug dort gelegen, dass sich die Hypostase eigentlich entwickelt haben müsste.«

»Lass mal sehen.« Scott schnappte sich das Klemmbrett, überflog die Notizen und gab sie dann langsam zurück. Es war wirklich eine gottverdammt vertrackte Sache, gottverdammt unglaublich. Jede einzelne der zahlreichen Leichen, die ihm in seinem Berufsleben unter die Augen gekommen waren, hatte ausgedehnte Flecken bleifarbener oder violetter Bereiche gezeigt, wo sich das Blut in den unten liegenden Gefäßen gesammelt hatte; es war praktisch das Erste, wonach ein Gerichtsmediziner schaute, wenn er feststellen wollte, ob die Muster der Hypostase mit der Lage der Leiche zum Zeitpunkt des Auffindens übereinstimmten. Selbst wenn ein Opfer verblutete, blieb immer noch genug in den Adern, um diese charakteristische Fleckenbildung zu bewirken. Wenn allerdings auch nicht das geringste Anzeichen einer Hypostase feststellbar war, dann musste das automatisch bedeuten …

»Du willst damit sagen, dass sich auch *in* den Leichen kein Tropfen Blut mehr befindet. Ist es das, Al?«

»Sieht so aus, ja.«

»Aber das ist unmöglich.«

Masters spreizte die Hände. »Sieh doch selbst. Fang mit Allways Arsch an. Müsste mit Ausnahme der direkten Kontaktstellen inzwischen mattrot sein, ist aber genauso leichenweiß wie der Rest. Oder sieh dir seine Füße an, falls dir das lieber ist.«

Scott musterte Masters kühl, dann hielt er die Bahre mit Allways Leiche darauf an und zog den Reißverschluss des Leichensacks auf.

Einen Moment schaute er hinein. Dann zog er den Reißverschluss wieder hoch und nickte den Trägern zu. Nachdem er beobachtet hatte, wie sie ihre Last durch die Tür manövrierten, drehte er sich um und starrte wieder Masters an, der vergnügt auf seinem Klemmbrett herumkritzelte.

»Willst du hören, was ich denke?«, fragte Masters.

Scott seufzte. »Schieß los, sag's mir.«

»Okay, stell dir Folgendes vor«, sagte Masters und trat näher. »Sieben Eindringlinge – sieben scheint mir irgendwie die richtige Zahl zu sein, findest du nicht? In verschissen großen schwarzen Umhängen mit Kapuzen, die sie sich bis tief ins Gesicht gezogen haben, okay? Ein schickes kleines Messerchen, sehr scharf, um Kehlen aufzuschlitzen – oder, in Mrs. Ralstons Fall, die große Arterie am Handgelenk. So weit kannst du mir folgen?«

»So weit, ja«, sagte Scott.

»Und dann der Knaller. Eine große, schicke Schüssel – vielleicht aus Silber und mit okkulten Symbolen bedeckt –, um das Blut aufzufangen. Alles. Und für alles, was noch in den Körpern zurückbleibt, haben sie dieses kleine Pumpendings, um es herauszupumpen ...« Er zögerte. »Genau genommen habe ich diesen Teil noch nicht so ganz geknackt.«

Scott verzog das Gesicht. »Du scheinst eine Vorliebe für dieselben Filme zu haben wie dieses Ralston-Mädchen. Denkst du an einen Sektenhintergrund?«

»Satanistische Kulte. Kinder des Teufels«, sagte Masters fröhlich, »spezialisiert auf Menschenopfer. Du weißt selbst, dass die Preise für Hühnchen permanent steigen.«

»Es ist nicht zu fassen, Albert«, sagte Scott. »Schreib das in deinem Bericht, und Andy Halley wird denken, du hättest nicht mehr alle Tassen im Schrank.«

»Gib's zu, du hast das Gleiche gedacht.«

»Nein, habe ich nicht. Einer von uns muss der Stichwortgeber sein. Komm schon, Al, vergiss es, wir sind hier noch nicht fertig.«

Als Masters sich abwandte, hörte Scott, wie draußen auf der Zufahrt die Heckklappe des Leichenwagens zugeschlagen und der Motor angelassen wurde. Zwei weg, zwei blieben noch. Die Blitzbirnen ploppten jetzt um Ralstons Leiche. Was bedeutete, dass sich der Fotograf auf den Seidenschonbezug des größeren Sofas stellen und seine Hasselblad senkrecht nach unten zwischen Sofa und Wand richten musste. Seine Fußabdrücke besudelten den empfindlichen Stoff, der vermutlich so viel gekostet hatte, wie jeder im Raum anwesende Mann in einer Woche verdiente, aber die Ralstons würden sich bestimmt nicht mehr beschweren, und nach Spuren war es bereits abgesucht worden.

Ralston war ein großer, schwerer Mann gewesen – sein massiger Leib hatte sich in dem schmalen Zwischenraum verkeilt, wohin er sich anscheinend in einem vergeblichen Fluchtversuch vor seinen Mördern verkrochen hatte. Am Ende würde man das Sofa wegschieben müssen, um ihn dort herauszubekommen. Während der Fotograf den Film wechselte, beugte Scott sich vor, um den zerfetzten Hals und die steifen, vor seinem Gesicht gespreizten Hände zu untersuchen, das vor Entsetzen erstarrt war.

Auch hier kein Blut. Nicht ein Tropfen. Angesichts der beengten Platzverhältnisse dürfte Masters' Szenario mit der Silberschüssel ein wenig schwerer aufrechtzuerhalten sein. Scott wandte sich angewidert ab, kehrte zur Treppe zurück und starrte düster auf die Kreidelinie hinab, wo Demelsa Maria Cortez gelegen hatte. Er war froh, dass die arme Frau abtransportiert worden war. Wie sie dort lag, hatte sie ihn an Vergie erinnert – an eine schlafende Vergie, an eine Vergie, die mit Vorwürfen oder liebevollen Worten auf den Lippen aufwachen konnte, sowohl nach ihm greifen als auch sich von ihm fortdrehen konnte, an eine Vergie, die ihn wahnsinnig machte – er schüttelte das beunruhigende Bild von Vergie ab, als er Masters hinter sich treten hörte.

»Hast du dir oben schon die andere Frauenleiche angesehen?«, fragte Scott.

»Oben habe ich angefangen«, sagte Masters. »Warte nur noch darauf, dass Li seine Starfotos schießt, dann kann sie weggebracht werden.«

»Was denkst du, Al?«

»Du meinst, ob sie sich noch mit ihr amüsiert haben, bevor sie sie umgebracht haben? Würde ich mal so sagen – aber warte meinen Bericht ab.«

»Irgendwelche guten Zahnabdrücke?«

Masters schüttelte den Kopf. »Jede Menge merkwürdige Spuren. So merkwürdig, dass ich nicht mal sicher bin, ob sie wirklich gebissen wurde. Diese vermeintlichen Bissverletzungen scheinen mit etwas Spitzerem als Zähnen beigebracht worden zu sein. Es sei denn ...«

Er zögerte und grinste. Scott seufzte. Scott war im Augenblick überhaupt nicht nach blöden Witzen, und er sah ganz deutlich, dass Masters einen ausbrütete.

»Es sei denn was?«, fragte er lustlos.

»Es sei denn, wir reden hier von Vampirzähnen«, sagte Masters, dessen Grinsen noch breiter wurde.

»Zieh Leine, Albert«, sagte Scott. »Die Sache mit der Pumpe und der Silberschüssel war schon schlimm genug.« Er wollte sich fortdrehen, doch Masters hielt ihn mit einer Hand auf seinem Arm zurück.

»Nichts, was ich sage, ist immer ausschließlich ein Witz, Mike.« Er schien noch mehr zu sagen zu haben, doch er unterbrach sich, als Li ihn aus dem Wohnzimmer rief. »Merk dir meine Worte, Mike«, sagte er über die Schulter, »dieser Fall ist eine richtig beschissene Kiste.«

»Ja, genau«, sagte Scott zu sich selbst, als er in den nicht gekennzeichneten Wagen der Kriminalpolizei stieg. Albert Masters hatte noch nie ein wahreres Wort gesprochen. Dieser Fall würde sich zu einer lupenreinen beschissenen Kiste entwickeln, gar keine Frage. Sobald die Presse Wind davon bekam, was unvermeidlich war, wenn man wusste, wie leicht Neuigkeiten aus dem Polizeipräsidium nach draußen sickerten, hatten die Zeitungen ihren großen Tag. Er sah schon die Schlagzeilen: *Moderne Vampire massakrieren europäischen Millionär in Luxusresidenz auf dem Peak.* Er würde Al eindringlich warnen müssen, seinen blöden Vampirwitz nicht in der falschen Runde zu wiederholen. Selbst der Unsinn über eine satanistische Sekte war allemal besser.

Weiterhin war es praktisch so gut wie sicher, dass irgendein hohes Tier im Präsidium die Ralstons gekannt hatte und sich von daher persönlich für den Fall interessieren würde. Die da oben würden schon sehr bald Antworten auf dem Tisch haben wollen, und im Moment konnte Scott absolut nichts bieten – es sei denn, Masters und seine Spurensicherung machten noch eine dramatische Entdeckung.

Und natürlich war da noch die Tochter. Julia: ein hübsches Mädchen, eine dieser blonden Schönheiten mit zarten Gesichtszügen, die mit zunehmendem Alter spitzer würden, schrägen Augenbrauen und einem gebieterischen Mund. Er hatte sie noch nicht persönlich kennen gelernt, da sie, kurz bevor er am Tatort eintraf, unter Schock ins Queen Mary Hospital gebracht worden war, aber ihr Bild war überall im Wohnzimmer gewesen, allein und auf Familienfotos. Vater, Mutter, Tochter – alle sahen gut aus, und ihre Gesichter strahlten mit diesem speziellen Glanz von Gesundheit und Selbstbewusstsein, den man bekommt, wenn man auf haufenweise Geld sitzt. Anscheinend eine glückliche Familie; aber nach achtzehn Jahren bei der Polizei hatte er genug gesehen, um zu wissen, wie trügerisch der äußere Schein sein konnte. Reiche Familien hatten genau wie arme Familien ihre Geheimnisse, und manchmal waren die Geheimnisse, die sie sich leisten konnten, furchtbarer als alles, was er je auf den schäbigen Straßen von Mong Kok oder Wan Chai sehen würde.

Er dachte über das Mädchen nach, als er aus der Zufahrt des vom Schicksal geschlagenen Hauses fuhr. Vielleicht sollte er sie langsam als Hauptverdächtige sehen. Es hatte keinerlei Hinweise auf einen Einbruch gegeben; die Schlösser waren unversehrt, die Fenster ganz, die Alarmanlage schien für die Nacht nicht angestellt worden zu sein.

Das deutete für Scott darauf hin, dass die Ralstons nicht von Fremden, sondern von jemandem heimgesucht worden waren, den sie kannten, und zwar gut kannten – vielleicht von Töchterchen mit einer erlesenen Gruppe Freunden? So besehen machte die Sektentheorie womöglich Sinn; selbst ein flüchtiger Blick ins Zimmer des Mädchens hatte Scott verraten, dass sie ein paar ziemlich morbide Vorlieben hatte. Ihre Hysterie könnte gespielt gewesen sein.

Es lohnte sich auf jeden Fall, diesen Aspekt nicht aus den Augen zu verlieren, aber er würde dabei sehr vorsichtig vorgehen müssen. Bei der geringsten Andeutung von Opferbelästigung würden sich sowohl die hohen Tiere als auch die Presse begeistert auf seine Kehle stürzen. Dieselben hohen Tiere, die mit den Eltern im Marina Club gefeiert hatten, würden die Tochter ebenfalls kennen. Und es war jederzeit möglich, dass er sich irrte und nur an einen trügerischen Strohhalm klammerte, dass sie tatsächlich nichts mit den Morden an ihren Eltern zu tun hatte, wie sie behauptete.

Es herrschte dichter, aber fließender Verkehr, als er in die Stubbs Road einbog, und so blieb es, bis er den Wong-Nei-Chong-Kreisel erreichte, wo der Verkehr schlagartig zum Erliegen kam. Scott fluchte. Weiter vorne am Kreisverkehr erkannte er die charakteristischen Merkmale eines kleinen Unfalls – irgendein fetter Drecksack mit einer kleinen Beule in der Stoßstange wollte jeden anderen auf der Straße dafür leiden lassen.

Es war eine traurige Tatsache des Hongkonger Alltags, dass sich Autofahrer, die auch nur in die geringfügigsten Blechschäden verwickelt waren, einfach weigerten, ihre Fahrzeuge zu bewegen, gleichgültig, welche Auswirkungen das auf den übrigen Verkehr hatte, bis die Polizei eintraf, um den Schuldigen zu ermitteln. Und tatsächlich, unmittelbar vor dem Kreisverkehr standen zwei Männer mit hochroten Köpfen neben einem Mercedes 500 SEL und einem alten Jaguar E, waren taub und blind für das Chaos, das sie verursachten. Scott stieß ein stummes Dankgebet an die Leute aus, die der Kriminalpolizei nicht gekennzeichnete Dienstwagen gaben. So ziemlich das Letzte, was er in seiner augenblicklichen Stimmung brauchte, war, in eine Verkehrsstreitigkeit hineingezogen zu werden. Er funkelte die Fahrer wütend an, als er sich zentimeterweise vorbeischob – zwei egoistische Bastarde, die wahrscheinlich meinten, ihr kleiner Zwischenfall sei das welterschütterndste Ereignis, welches das Territorium an diesem Tag heimsuchte. Sollen die sich mal vier verstümmelte und bis auf den letzten Tropfen ausgeblutete Leichen ansehen – wollen doch mal sehen, wie wichtig sie sich dann noch vorkommen …

Kurs halten, Mike, sagte er sich. Es bringt nichts, auf die ganze Welt sauer zu sein. Er hatte einen Krankenbesuch im Queen Mary Hospital zu machen; und er hoffte einfach nur, dass Julia Ralston fit genug sein würde, ihm ein paar Fragen zu beantworten.

Das war Julia Ralston nicht. Sie lag sediert, aber halb wach in einem Privatzimmer im Queen Mary Hospital und wartete darauf, dass die letzte Injektion sie ins Reich der Träume schickte.

Freddy?

Wenn sie sich den Medikamenten auslieferte, wenn sie sich erlaubte einzuschlafen, würde sie dann träumen? Würde Freddy auf sie warten und ihr mit seiner tödlichen, metallenen Maniküre zuwinken, Traumlichter von seinen Nadelfingern blitzen lassen, mit seinen blutunterlaufenen Augen, seinen grinsenden Zähnen?

Oder etwas noch Schlimmeres als Freddy?

Konnte *Old Pizzaface,* wie lächelnd auch immer, an Grauen mit dem Gesicht konkurrieren, das sie flüchtig am Fenster gesehen hatte – würde es dieses Gesicht sein, das kam und sie in ihren Träumen angrinste?

Sie schloss die Augen und stellte fest, dass es nicht half, stellte fest, dass die Dunkelheit hinter ihren Lidern unterbrochen wurde von Bildern in grellem, hellem Schwarzweiß – der weiß gestrichene Fensterrahmen im Schlafzimmer ihrer Eltern, dahinter die schwarze Nacht, vom Wind gepeitschte dunkle Äste, und dann erstarrte ein

Gesicht auf der Fensterscheibe, wie Eisblumen, *dieses Gesicht,* dieses Gesicht. Eigentlich nur die Andeutung eines Gesichts: totenbleich, tiefe dunkle Schatten, wo die Augen sein sollten, wie Löcher in die schwarze Hölle, ein schartiger, klaffender Mund, dessen Winkel sich nach oben verzogen, während sie hinschaute, ein heimtückisch grinsender Totenkopf, skizziert von einem dämonischen Kind – und dann der letzte Horror, das absolute Grauen, weswegen sie das Telefon fallen ließ und sich an der kalten Seite ihrer Mutter zusammenkugelte.

Die Zunge, die sich entrollte …

Sie riss die Augen auf. Das kalte, antiseptische Licht aus dem Korridor wusch die Vision fort. Sie begriff, dass sie jetzt gegen die Medikamente ankämpfte, darum kämpfte, wach zu bleiben, doch es war nicht nur die Angst vor ihren Träumen, die sie dazu trieb. Seite an Seite mit der Angst waren andere Emotionen, übel zugerichtet und schwindend, aber alles andere als tot. Sie wollte sie spüren.

Wut. Empörung. *Rache.*

In einem anderen Krankenhaus auf der anderen Seite des Hafens, ein anderes Krankenhausbett: hart, graue Bettwäsche, eines in einer langen Doppelreihe ähnlicher Betten, überspült von hartem Licht und einer Flut komplexer Geräusche – Geklapper, Stöhnen, gezischte Stimmen, schlurfende Schritte in Pantoffeln und kleine Räder, die über den nackten Linoleumboden quietschten, genug elektronische Piepser und Triller für eine ausgewachsene Spielhalle. Die Augen konnte Wong San-bor schließen, schwerer jedoch war es, auch die Ohren zu verschließen.

Ah Tso, der alte Mann zwei Betten weiter, war vor einer halben Stunde gestorben, mitten beim Frühstück – und jetzt wurden die gummiartigen grauen Vorhänge, die um seinen kleinen Teil der Station zugezogen worden waren, zurückgerissen, und weitere kleine Räder quietschten, als ein Pfleger das Bett mit dem reglosen Körper von Ah Tso unter einem Berg Decken den Mittelgang hinunterschob.

Wong San-bors Blicke folgten ihm beiläufig; er war in Gedanken woanders.

Temutma war wach.

Wong hatte bereits seit Monaten darauf gewartet, dass *er* sich rührte, genau genommen seit Bekanntwerden des bevorstehenden Abrisses der Ummauerten Stadt in Kowloon. Unruhe, dunkle Leidenschaften, menschliche Wut, Habgier und Verzweiflung, genau dies waren die Warnglocken, die Temutma aus seinem furchtbaren Traumzyklus rufen konnten, und es war einfach Wongs Pech – und das der Welt –, dass ihn diese Krankheit erwischt hatte, bevor er die erforderlichen Vorsichtsmaßnahmen zu Ende bringen konnte. Wieder schloss er die Augen und verfluchte den gemeinen Verrat seines Körpers.

In den Sechzigerjahren war es ziemlich knapp gewesen, als, ausgelöst durch die Kulturrevolution, die Flutwellen von Terror und Blutgier durch die psychischen Äther Asiens rollten, als es in Hongkong zu Ausschreitungen kam und auf den Straßen der Stadt Blut floss. Aber damals war Wong noch dreißig Jahre jünger und auch stärker gewesen. Und selbst damals war nicht mehr nötig gewesen als weitere Kerzen und weitere Opfergaben verzauberten Bluts, um Temutma in seinem betäubten Schlummer zu halten – damals war die vergessene Gruft, wo *er* lag, noch nicht von Zerstörung bedroht gewesen.

Eine Hand berührte seine Schulter. Seine Augen flogen auf.

»Mr. Wong?«

Er starrte in das freundliche Gesicht einer Krankenschwester.

»Sind Sie wach? Wir haben eine Überraschung für Sie.«

Er folgte ihrem Blick ans Fußende des Bettes, wo sich ein Schwarm Krankenschwestern und zwei junge Ärzte aufgestellt hatten. Es bereitete ihm eine bittere Belustigung, als er sah, dass einer der Ärzte einen Geburtstagskuchen mit ein paar brennenden kleinen Kerzen obendrauf in Händen hielt.

»Wir haben in Ihren Unterlagen gesehen, dass Sie heute neunzig

Jahre alt werden«, sagte die Krankenschwester neben seinem Bett fröhlich. »Kommen Sie, ich helfe Ihnen auf.«

Wong wusste nicht, ob er lachen oder ausspucken sollte. Gewöhnliche Menschen sind ja solche Narren, dachte er – sentimentale, hilflose, weichherzige Narren mit ihren Gesten leerer Freundlichkeit und ihrem blinden Verwechseln von äußerem Schein und tiefer tödlicher Wahrheit. Wenn sie nur wüssten! Wenn sie nur sehen könnten, was hinter seinen Augen lag, dann würden sie schreiend von ihm fortlaufen, und Alpträume würden sie den Rest ihres Lebens verfolgen – und die Ironie, die absolute und lächerliche Ironie, war, dass er tat, was er tat, um Menschen wie *sie* zu schützen.

Im konkreten Fall lachte er weder, noch spuckte er aus. Er spielte die Rolle, die er über viele Jahre perfektioniert hatte. Er erlaubte der Krankenschwester, das Kopfteil des Bettes anzuheben, sodass er sich nun in sitzender Position befand, und er zwang sich ein paar Tränen ab, die ihm über die eingefallenen Wangen rollten. Das Krankenhauspersonal schien gerührt von diesem ergreifenden Zeugnis seiner Dankbarkeit. Der arme, einsame alte Mann! Er konnte es ihren Schafsgesichtern ablesen.

Und dann wurde er nur für einen Augenblick, und zu seiner eigenen Überraschung, genau das: ein armer, einsamer alter Mann, der Tränen aufrichtiger Rührung weinte. Die Jahre erhoben sich, um ihn zu verspotten. Mit welchen guten Vorsätzen er angefangen hatte – der Beschützer der Unschuldigen, der Soldat des Lichts gegen die Dunkelheit, eine Macht für das Gute, die einer uralten und furchtbaren Macht des Bösen gegenübertritt. O ja. Aber er fragte sich dies: Hätte Marachandra ihn vor einhundertzweiundvierzig Jahren gewarnt, welches Monster der Kampf aus ihm machen würde, wäre er dann trotzdem bei dieser ersten Schlacht angetreten?

Bewusst unbeholfen nahm er das Kuchenmesser von der Krankenschwester. Die Antwort lautete ja; natürlich hätte er den Kampf angenommen, gar keine Frage. Nichts, weder Weisheit noch ein flüchtiger Blick auf die Zukunft, hätte ihn zurückhalten können. Damals war er jung, und die Jungen sind sehr töricht, und er hatte vorsätzlich und bewusst nicht registriert, was der Kampf aus Maracandra gemacht hatte. Er hatte damals nur eines gewollt: Rache.

Die Krankenschwester führte seine Hand, um ihm beim Schneiden des Kuchens behilflich zu sein, ihm das erste Stück auf einen Teller zu tun, und übernahm dann die Verteilung an das übrige Personal und die Patienten in den unmittelbar benachbarten Betten. Mr. Wong betrachtete angeekelt sein Stück und zwang sich, ein paar Krümel zu schlucken.

»Ist er gut, Mr. Wong?«

»Herzlichen Glückwunsch zum Geburtstag, Mr. Wong.«

»Essen Sie Ihren schönen Kuchen, Mr. Wong.«

Er zwang sich zu einem Lächeln, als ihm die Ärzte und die meisten Krankenschwestern alles Gute wünschten und dann zu ihren Aufgaben zurückkehrten. Er hörte die Erwartung seines nahen Todes aus ihrem schwatzhaft liebenswürdigen Tonfall heraus. Sie glaubten, er werde die Station erst wieder verlassen, wenn sie ihn wie den armen alten Tso im übernächsten Bett mit einem Laken über dem Gesicht hinausrollten. Sie hielten sich für schrecklich nett, so mitfühlend, indem sie die letzten Tage eines bedauernswerten alten Mannes aufheiterten.

Diese Narren.

Ich bin einhundertzweiundfünfzig Jahre alt, sagte er sich, *und ich stecke immer noch voller Leben. Während der letzten einhundertfünfunddreißig Jahre habe ich fast neunzig Menschen getötet, und ich weiß, dass ich wahrscheinlich schon sehr bald wieder töten muss, denn Temutma ist aufgewacht, und mir bleibt gar keine andere Wahl. Aber ich bin jetzt ein alter Mann, und Rache schmeckt bei weitem nicht mehr so süß wie früher, und die Pflicht ist eine schwere Bürde, und ich bin müde.*

Sehr, sehr müde.

4

Um 9.35 Uhr klingelte das Telefon auf Joe Fairfields Schreibtisch. Die Stimme am anderen Ende der Leitung war ausgelassen und laut, und obwohl Joe sehnlich darauf gewartet hatte, diese Stimme zu hören, wirkte sie im ersten Moment wie eine glühend heiße Hutnadel, die ihm durchs Ohr ins Gehirn eingeführt wurde.

»Yo! Joe, ich bin's, Sy. Wie geht's, wie steht's, Kumpel?«

Joe stützte seine Stirn in die freie Hand und grunzte.

»So gut? Mal was ganz Neues. Du warst letzte Nacht wie ein Besessener, Joe, und immer noch in Topform, als ich abgeschwirrt bin. Wann bist du nach Hause gekommen?«

Joe räusperte sich ausführlich, bevor er antwortete, aber seine Stimme blieb belegt. Nachdem er sich letzte Nacht ein Pint herbes Bier nach dem anderen in den Rachen gekippt hatte, war sein Hals wund und empfindlich, und auch seine Lungen fühlten sich nicht so besonders. Was an den zwei Päckchen Zigaretten liegen dürfte.

»Bin nicht mehr nach Hause gegangen«, antwortete er endlich. »Bin um halb acht direkt zur Arbeit.«

»O-oh.«

»Tja«, sagte Joe müde, »wenn man in Hongkong bei einer *guten* Tageszeitung arbeitet, bringt's nichts, zu spät anzutanzen.«

»Genau«, sagte Sy. »Man geht einfach halb besoffen in schmutzigen alten Klamotten hin und stinkt nach Suff. Hat Sinn.«

»Tja, ist doch gut so, du Idiot«, sagte Joe. »Ich nehme an, du hast meine Nachricht erhalten?«

»Deshalb rufe ich an. Was gibt's?«

Joe sah sich kurz in der Redaktion um. Niemand schaute in seine Richtung. »Sy, gestern Abend oder am frühen heutigen Morgen hat sich eine große Sache ergeben. Ich habe noch nicht alle Details, dieser Bastard David Strange soll darüber berichten, aber ich weiß einfach, dass die Story heiß ist. Sekunde.« Er unterbrach sich und schaute sich erneut um. Zwei Leute schienen zu seinem Schreibtisch unterwegs, einer davon ziemlich entschlossen. Im letzten Augenblick schwenkten sie ab. Gott sei Dank. Auf der anderen Seite der Redaktion brüllte David Strange in ein Telefon. Als er Joes Blick bemerkte, winkte er. Joe fletschte die Zähne, lächelte gepresst und winkte zurück.

»Hör zu«, sagte er, immer noch breit lächelnd, ins Telefon, »ich kann hier nicht richtig reden. Wir müssen uns treffen. Ich liefere die nackten Fakten, du schmückst die Story ein bisschen aus, und anschließend teilen wir uns den Gewinn, okay?«

Sy dachte kurz nach und sagte dann: »In Ordnung. In zwanzig Minuten bei *McDonald's.*«

»Scheiß auf *McDonald's*«, sagte Joe. »Ich brauch was von dem Stoff, mit dem ich aufgehört habe. Wir treffen uns im *Dai pai dong.*«

Ohne eine Antwort abzuwarten, legte er den Hörer auf.

Simon Yung Sy-pao, zweiunddreißig, gut aussehend, gepflegte Manieren, trug seine journalistischen Verpflichtungen genauso lässig wie seine Armanianzüge. Das *China Echo,* eine gemäßigte kantonesische Tageszeitung, gehörte seinem Onkel Albert. Die Armanianzüge bezahlte er nicht von seinem Gehalt. Er war in San Francisco zu Hause, aber nach Hongkong geschickt worden zu sein, um »seine Wurzeln zu finden«, stellte keinerlei Härte dar, zumal große Teile der Stadt vom Familienimperium kontrolliert wurden. Nein, Sy genoss es, den Journalisten zu spielen; es hätte ihn überrascht, zu erfahren, dass er ein guter war. Es hätte ihn auch amüsiert.

Joe Fairfield war kein Freund der Sorte, wie man sie bei ihm erwarten würde: ein vulgärer, hinterwäldlerischer und sieben Jahre älterer Kanadier, dessen Hemden immer verknittert waren, dessen ständig blutunterlaufene Augen einen leicht irren Blick hatten und dessen Haare in einer unbezähmbaren Tolle stets in alle Richtungen abstanden. Vor etwa zwei Jahren hatten sie sich in einer Bar in Wan Chai kennen gelernt, als beide für die gleiche Story recherchierten, eine brutale Messerstecherei zwischen rivalisierenden Banden in einem nahe gelegenen Restaurant. Sy hatte Joe sofort als Journalisten erkannt, eine Schlussfolgerung, die schnell bestätigt wurde, als Joe Sy irrtümlicherweise für einen Unterboss der Triaden hielt und sich die größte Mühe gab, ihn zu interviewen. Sy ließ sich interviewen und gab zunehmend haarsträubendere Antworten – bis ihm dämmerte, dass mit fortschreitendem Interview die Fragen ebenfalls immer haarsträubender wurden. Joe hatte den Schwindel durchschaut und zahlte mit gleicher Münze heim.

Was konnten sie nach dieser gegenseitigen Verarsche anderes tun, als zusammen einen zu trinken? Und noch ein paar mehr. Und am nächsten Abend wieder ein paar, und am Abend danach und an den meisten Abenden seitdem. Obwohl zwei völlig unterschiedliche Typen, brachte sie die gemeinsame Freude an Wein in großen Mengen, Frauen in engen Kleidern und laut geschmetterten Liedern als Freunde und Saufkumpane zusammen. Doch es gab noch etwas, das sie verband. Sie nützten sich gegenseitig.

Joes Stellung versorgte ihn mit nützlichem Klatsch und heißen Tipps; leider war nicht nur sein Kantonesisch zum Heulen, er verscherzte sich auch regelmäßig die gesellschaftlichen Kontakte, die ihm andernfalls hätten helfen können, seine Informationen voll zu nutzen. Sy hingegen verfügte über ausgezeichnete gesellschaftliche Kontakte und sprach sowohl Kantonesisch als auch Putonghua; weiterhin hatte er keinerlei Bedenken, das Bestechungsbudget der Zeitung aus eigener Tasche aufzustocken, wenn die Story viel versprechend genug erschien. Und da Joe für die englischsprachige Presse arbeitete und Sy für die kantonesische, bestand zwischen ihnen auch keine unmittelbare Konkurrenz. Bei ihrer investigativen Zusammenarbeit gab es nur eine einzige Regel: Sie wechselten sich darin ab, wer als Erster die Ergebnisse veröffentlichen durfte. Es war ein Arrangement, das für beide Seiten ausgezeichnet funktionierte.

Nichts außer Gewohnheit und Brauch trennte das *Dai pai dong* von der Straße. Sy schlängelte sich durch die ersten Tischreihen, schmutzig unter ihren verschossenen Plastiktischdecken, winkte dem Inhaber zu, einem fetten Mann in dem unerlässlichen Unterhemd und mit der obligatorischen, an der Unterlippe klebenden Zigarette, und hielt auf ihren gewohnten Treffpunkt im hinteren Teil des Lokals zu, der teilweise durch eine Plane abgeschirmt wurde, die früher vielleicht einmal weiß gewesen war. Er blieb stehen, um einen Kellner mit mehreren Bambuskörbchen *dim sum* vorbeizulassen. Die Düfte, die seine Nase bombardierten, *cha siu bao* und *har gow* und *siu mi,* brachten starke Kindheitserinnerungen zurück – lange, herrliche Sonntagmorgen mit seiner Familie in einem Teehaus in der Chinatown von San Francisco, wo sie *dim sum* aßen und schier endlos Tee tranken … Er seufzte. Überraschenderweise hatte er in Hongkong weniger Zeit, Chinese zu sein.

Joe war bereits da. Er saß über den Tisch gebeugt und bekämpfte seinen Kater mit einer großen Flasche Carlsberg. Er schaute mit blutunterlaufenen Augen auf, als sich Sy näherte.

»Mein Gott, setz dich ruhig hin«, sagte er.

Sy setzte sich mit einem Kotau geheuchelten Gehorsams. Aus dem Mundwinkel raunte er: »Okay, Bwana, was geben?«

Joe wurde schlagartig ernst. Er stellte sein Glas auf den Tisch, beugte sich vor und flüsterte: »Mord.«

Sy neigte den Kopf und starrte ihn an. »Mord? Bwana Witze machen. Bwana rufen mich weite Weg in miese *Dai pai dong,* nur wegen Geschwätz über miese Mord. Ich bitte dich, Joe«, sagte er und sprach wieder normal, »Morde sind Dutzendware, selbst in Zeiten der Inflation.«

»Warte doch ab, du Arschloch. Ich rede von *Massen*mord.« Joe beugte sich noch weiter vor, bis er praktisch über dem Tisch hing. »Massenmord *auf dem Peak.*«

Sy erstarrte einen Moment. Dann schüttelte er traurig den Kopf, doch Joe sah das hungrige Funkeln in seinen Augen. »Triaden?«, fragte Sy schließlich hoffnungsvoll.

Joe lehnte sich auf dem wackligen Schemel zurück, sprach jedoch mit gedämpfter Stimme weiter. »Vermutlich nicht, obwohl alles drin ist. Vier Opfer – ein britisches Ehepaar, ihr Gast und eine Filipina, das Hausmädchen. In einer der großen Villen oben auf dem Berg, wo die reichen Typen wohnen.«

»Der beste Ort für so was«, meinte Sy. »Wenn man schon vier Leute umbringt, kann man es genauso gut mit Stil tun.«

»Alles klar, Idiot. Hör zu. Die Polizei hält ziemlich den Deckel drauf. Einer der Toten war eine große Nummer in der hiesigen Geschäftswelt – so groß, dass sogar ich den Namen wieder erkannt habe, ohne lange nachdenken zu müssen. Schon mal was von Heywood Ralston gehört?«

»Ob ich von ihm gehört habe?« Sy fiel die Kinnlade herunter. »Heywood Ralston! Natürlich habe ich schon von Heywood Ralston gehört, er macht eine Menge Geschäfte mit meiner Familie und auch mit den Familien von jedem andern. Bin ihm zwar noch nie persönlich begegnet, aber ... Himmel, Joe, er ist einer der ganz großen Macher der Stadt!«

»War, mein Freund, *war* einer der ganz großen Macher der Stadt. Irgendwer hat ihn kaltgemacht, du erinnerst dich? Jedenfalls muss er in ziemlich einflussreichen Kreisen verkehrt haben, wenn die Bullen so den Deckel auf der Story halten. Hast du bei deinen Leuten irgendwas davon gehört?«

»Nee. Woher hast du's eigentlich?«

»Adamson hat seinem Liebling ein polizeiinternes Memo gegeben – du erinnerst dich an David Strange? Und ich konnte es kurz überfliegen, als Adamson den wackeren Dave ein paar Minuten zu sich reingerufen hat. Aber jetzt kommt der wirklich seltsame Teil der Geschichte – die Bullen spielen die Story runter und bitten die Presse, es nur als kleine Meldung zu bringen, im öffentlichen Interesse, diese Scheiße eben.«

»Öffentliches Interesse?«

»Übersetzung: Die Bullen wissen, dass sie in nicht allzu ferner Zukunft eine Menge Druck bekommen werden, und diesen Augenblick wollen sie hinauszögern, bis sie etwas Handfestes vorweisen können. Der gute alte Dave ist für seine Diskretion bekannt, also vertraut man ihm die wenigen Informationsfetzen an, welche die Bullen uns im Moment zu geben bereit sind, und er wird eine blutleere kleine Notiz schreiben, die man irgendwo auf einer der hinteren Seiten verstecken kann – aber wirklich ärgerlich an der Sache ist, dass er von Anfang an dabei ist, wenn die Story dann Schlagzeilen macht. Das kränkt mich, Sy, das kränkt mich sogar sehr.«

»Also willst du ihm die Story klauen?«

»Klar doch. Warum auch nicht? Ich habe bei dieser Sache so eine Ahnung, verstehst du. Ich will diese Story haben. Alle Zutaten sind vorhanden: Blut, Bigbusiness, möglicherweise Korruption ganz weit oben, stinkreiche Ausländer, die zufälligerweise tot sind, ausgezeichnete Verbindungen zum Yin-Yang. Ich brauche sie. Sie gehört *mir.* Und, Sy – sie könnte auch dir gehören.«

»Was hast du bislang?«

»Nur, was ich dir gesagt habe, und es ist wirklich nicht so, dass ich nichts versucht hätte. Kater hin oder her, ich habe ein paar Typen ausgehorcht, die ich bei der Polizei kenne.«

»Und?«

»Habe nur Nieten gezogen.«

»Und an diesem Punkt hast du dann an mich gedacht.«

»Natürlich, Sy – mein Freund. Mein sehr, sehr guter Freund. Meinst du, eine deiner Quellen könnte was rausrücken?«

Sy dachte einen Augenblick nach. Seine Hauptinformationsquelle saß ganz klar ziemlich weit oben, war sogar, wo er jetzt daran dachte, mit dem verstorbenen großen Heywood Ralston bekannt. Und falls bei dieser ersten Möglichkeit nichts herauskam, hatte er noch andere. Heywood Ralston! Das würde tatsächlich eine große Story, die beste, wenn die Polizei zuließ, dass sie richtig an die Öffentlichkeit gelangte – und die Aussicht, dabei einen Vorsprung zu bekommen, war ausgesprochen reizvoll. Durchaus wert, ein paar Dollars von Onkel Alberts Geld hinzublättern. Verdammt, sie war es sogar wert, falls nötig ein paar seiner eigenen Dollars hinzublättern. Onkel Albert würde beeindruckt sein, falls das eine Rolle spielte. Aber vorher musste hier noch über die geschäftliche Seite gesprochen werden.

»Der übliche Deal, häh?«, fragte er lächelnd. »Und wenn ich nicht irre, bin ich an der Reihe, als Erster zu veröffentlichen.« Er war überrascht, als Joe zögerte.

»Ähm … Könnten wir darüber vielleicht noch mal reden?« Joe suchte nach den richtigen Worten. »Hör zu, Sy, ich weiß ja, dass du dran bist, aber bei dieser Sache könnte ich wirklich einen Gefallen gebrauchen.«

Sy schwieg, beobachtete aber weiter seinen Freund. Joe war ein fähiger Journalist, konnte aber ein schwieriger Mensch sein, und er war mit Abstand der unbeliebteste ausländische Reporter des *Herald*. Ein guter Knüller könnte ihm bestimmt helfen, aber Sy fragte sich, ob es nicht noch einen anderen Grund gab, einen Grund, den zu verraten Joe nicht besonders versessen war. Er wartete geduldig, da er aus Erfahrung wusste, dass sein Schweigen Joe die Wahrheit erheblich wirkungsvoller entlocken würde als alle Worte.

Es funktionierte. »Ach, scheiß drauf«, explodierte Joe nach dreißig Sekunden Schweigebehandlung. »Ich kann's dir genauso gut sagen. Adamson hat's auf mich abgesehen. Er hat zwar noch nichts gesagt, aber ich weiß verdammt gut, dass er mich draußen haben will. Und diese Story könnte ihm einen Strich durch die Rechnung machen. Ich brauche diese Story, Sy.«

Das ist es also, dachte Sy. Adamson war Joes unmittelbarer Vorgesetzter, ein jähzorniger Chinaveteran mit dem Ruf, jedem Journalisten die Hölle heiß zu machen, der noch keine Ewigkeit in Asien war. Sy grinste Joe an; sollte der Wichser doch ein paar Minuten schmoren.

»Ich weiß nicht, Joe. Du weißt, dass ich selbst auch eine gute Story gebrauchen könnte. Ich will nicht, dass Onkel Albert denkt, ich wäre völlig nutzlos.« Er starrte nachdenklich in die Ferne. Joe sackte zusammen und richtete sich dann wieder auf.

»Sy?«

»Ich denke nach, Bwana.«

»Ich werde dir Staceys Telefonnummer geben. Scheiße, ich gebe dir Stacey.«

Stacey war eine von der Natur reichlich ausgestattete englische Bardame, die in *Lucy's Bar* arbeitete, einem ihrer Stammlokale in Wan Chai. Sy war bereits seit Wochen scharf auf sie, aber Joe war als Erster zum Zug gekommen, und die stillschweigenden Regeln ihrer Freundschaft ließen nicht zu, dass Sy den älteren Anspruch anfocht. Sy gelang es, eine nachdenkliche, aber auch wenig überzeugte Miene aufzusetzen.

Joe seufzte. »Und ich werde ein Wort für dich einlegen«, fügte er hinzu.

»Was denn für ein Wort?«

»Ein gutes Wort. Ich werde ihr sagen, wie reich du bist.«

»Okay«, sagte Sy und strahlte übers ganze Gesicht.

»Okay. Einfach so. Okay.«

»Ja, also, ich weiß ja, wie wichtig die Sache für dich ist, Kumpel. Du bist dran. Wir arbeiten wie immer zusammen, aber du darfst als Erster veröffentlichen. Also, bringen wir den Ball ins Rollen.«

Sy zückte sein Handy und wählte eine Nummer. Er rief einen Telefonservice an und hinterließ der Frau am anderen Ende seinen Namen und seine Nummer.

»Wir werden ein bisschen warten müssen. Ich weiß nie, wie schnell dieser Kerl antworten wird.«

»Kein Problem«, sagte Joe. Er gab dem *Dai-pai-dong*-Mann mit einer Geste zu verstehen, dass er noch ein Glas und zwei weitere Flaschen Bier haben wollte.

In der Inspektorenkantine auf dem zwanzigsten Stock des Polizeipräsidiums bestellte sich Superintendent John Bingham ebenfalls sein zweites Bier des Tages. Der Barkeeper Samuel Ho stellte das Glas vor ihn und entfernte sich dann respektvoll. Die Kantine machte offiziell erst in achtzehn Minuten auf, und Bingham hatte hier eigentlich sowieso nichts zu suchen, aber das war nicht wichtig. Superintendent Bingham wollte Bier, und Samuel Ho wollte seinen Job behalten.

Bingham trank einen Schluck, und sofort glättete ein zufriedener Ausdruck sein kantiges Gesicht. Vielleicht wird der Morgen ja doch nicht so schlecht, dachte Samuel. Dann meldete sich der Piepser des Polizisten, und Samuel zog sich noch weiter die Theke hinunter zurück.

»Scheiße!«

Bingham zog das Gerät von dem Clip an seinem Gürtel und starrte es an. Es war ein Piepser mit einem Display, das sowohl die Telefonnummer als auch einen Code für den Namen des Anrufers anzeigte. Während Bingham die Information verarbeitete, verschwand das Stirnrunzeln und wurde durch einen nachdenklichen, ja berechnenden Ausdruck ersetzt. Samuel Ho folgerte messerscharf, dass es sich doch nicht um eine schlechte Nachricht handelte.

Bingham ging zum Telefon und nahm den Hörer ab, aber bevor er wählte, fixierte er Samuel lange und scharf, der daraufhin einige saubere Gläser aus dem Spülbecken nahm und mit ihnen ans andere Ende der Theke schlenderte. Er starrte verträumt aus dem Fenster, doch sein rechtes Ohr war sorgfältig auf Binghams Seite der Unterhaltung eingestellt. Hongkonger Polizisten waren notorische Säufer und stets erpicht, bei dem einen oder anderen Gläschen über die Arbeit zu reden. Samuel hatte mehr als nur ein paar Dollar damit gemacht, seinem Kontaktmann in der englischsprachigen Presse den einen oder anderen Informationsfetzen weiterzugeben.

»Bingham hier«, hörte er den Polizisten sagen. Samuel begann, ein Glas zu polieren.

»Ja, ich habe davon gehört. Furchtbar.« Es folgte eine Pause. »In Ordnung, ich verspreche nichts, aber ich will sehen, was ich tun kann. Derselbe Ort und dieselbe Zeit wie immer, und übrigens, ich habe heute einen ziemlichen Appetit.« Bingham legte auf und kehrte zu seinem Bier zurück.

Seufzend ging Samuel zurück zum Spülbecken. Von diesem

Burschen heute keine Leckerbissen. Zu dumm für Samuel, und zu dumm auch für Joe Fairfield; es war schon eine ganze Weile her, seit Sam ihm das letzte Mal etwas Brauchbares geliefert hatte. Er schaute zu, wie Bingham einen Schluck aus seinem Glas trank.

»Verdammt, was glotzt du mich so an?«

»Nichts, Sir.« Samuel nahm ein Geschirrtuch und machte sich daran, sorgfältig die Theke zu polieren. Der große und breitschultrige Bingham war in seiner Uniform eine einschüchternde Erscheinung und genoss den Ruf, leicht reizbar zu sein und heftige Wutanfälle zu bekommen. Als Samuel sich das nächste Mal erlaubte aufzuschauen, sah er den Superintendent die Kantine verlassen.

Samuel machte eine obszöne Geste Richtung Tür – nachdem sie zu war – und fuhr fort, die Bar aufzufüllen.

Im *Dai pai dong* klappte Sy sein topmodernes Mobiltelefon zusammen und steckte es wieder ein. Joe beobachtete ihn aufmerksam.

»Er wird sich drum kümmern, und wir werden uns um eins bei *Landau's* treffen. Falls er was für uns hat, werde ich mich sofort bei dir melden. Das wird mich eine Stange kosten, weißt du. Ich hoffe, die Sache ist's auch wert.«

»Wie wär's, wenn ich mitkomme?«, fragte Joe und hob sofort abwehrend die Handflächen. »Sorry, dumme Frage. Hör zu, nicht nötig, dass du dich mit mir in Verbindung setzt. Ich werde ab zwei Uhr im *Lucy's* sein, um zu hören, was du herausbekommen hast.« Trotzdem hob er hoffnungsvoll die Augenbrauen.

Sy grinste mit geschlossenem Mund. Seine Kontakte waren sein Privateigentum, genau wie Joes Informanten allein Joe gehörten, und die Kontrolle darüber machte neun Zehntel des ungeschriebenen Gesetzes des Journalismus aus. Außerdem war da noch die ausgesprochen pragmatische Überlegung, dass ein Informant – und ganz besonders dieser – nicht bereit sein könnte, in Gegenwart eines Fremden zu reden. Wären ihre Rollen vertauscht, würde Joe genauso geheimnisvoll sein, und Sy würde genauso emsig herumschnüffeln.

Informationen waren Gold wert. Joe seufzte, gab auf, erhob sich unvermittelt und kramte in der Tasche nach Kleingeld.

»Danke, Sy. Ich schulde dir was.« Er winkte lässig und ging.

»Worauf du einen lassen kannst«, rief Sy ihm nach.

5

Zehn Minuten nach zwei, das Mittagessen hinter und Stunden der Langeweile vor sich – Tony Wallace fluchte leise, während er dem Trupp von Beamten der staatlichen Liegenschaftsverwaltung folgte. Es waren fünf ausnahmslos Hongkong-chinesische Beamte des mittleren Managements. Seine Aufgabe, wenn auch nicht direkt sein Vergnügen, bestand darin, sie durch das Gassenlabyrinth der Ummauerten Stadt in Kowloon zu führen, ihnen moralische Unterstützung und, falls erforderlich, körperlichen Schutz zu geben. Das hatte er davon, jung zu sein, fließend Kantonesisch zu sprechen und wie der klassische unerschütterliche Bulle auf den Anwerbungsplakaten auszusehen.

Der Zweck der heutigen Tour war reine PR. Die Regierung wollte demonstrieren, dass ihr das Wohl der Bewohner der Ummauerten Stadt am Herzen lag. Man nahm die Ängste vor der Umsiedlung bei Abriss der Ummauerten Stadt nicht auf die leichte Schulter. Ebenso wenig die Unruhe, die dadurch in ihre einfachen Leben gebracht wurde. Man hatte ein vitales Interesse an fairen Entschädigungszahlungen. Und vor allen Dingen, das wusste Wallace, lag der Regierung die Tatsache am Herzen, dass die Abbruchkolonnen nur darauf warteten, endlich loszulegen. Sie warteten nun bereits seit zwei Wochen, während sich die Verhandlungen festfuhren und die Wogen höher schwappten.

Ein Korb mit Abfällen, hauptsächlich welkes Gemüse und Fischinnereien, klatschte kurz vor Mr. Cheung, dem Obermotz der Liegenschaftsverwaltung, auf den Boden. Der Inhalt flog explosionsartig nach oben und bespritzte Cheung von Kopf bis Fuß mit übel riechendem Müll. Die anderen sprangen kläglich kreischend zurück und schauten zu den Fenstern auf beiden Seiten auf.

Unmöglich zu sagen, aus welchem Fenster der Korb gefallen war, aber eines schien Wallace ziemlich sicher – aus Versehen war er bestimmt nicht heruntergefallen. Mit Mühe verkniff er sich ein Grinsen; der Zwischenfall war bestimmt kein Scherz, aber er konnte nichts gegen den Gedanken machen, dass man sich kaum ein besseres Ziel für die Fischinnereien hätte aussuchen können. Er verbarg sein Gefühl für poetische Gerechtigkeit, indem er seinen Männern einen Befehl zubellte.

»Sergeant Lam, Sie gehen mit Wong voraus und achten auf mögliche Schwierigkeiten.« Der Sergeant setzte sich in Bewegung, PC Wong folgte. »Meine Herren«, sagte Wallace zu den anderen der Gruppe, »ich schlage vor, dass Sie sich vielleicht besser dicht am Straßenrand halten sollten. Auf diese Weise können wir die Gefahr weiterer Unfälle minimieren.«

»Sie glauben, das war ein Unfall?« Mr. Cheung wischte sich wütend mit einer Menge Papiertaschentücher die Innereien vom Anzug, die er sodann neben die Überreste des Korbes fallen ließ. Wallace sah ihn mit dürftig kaschiertem Widerwillen an. Die Regierung stand im Begriff, die Häuser dieser Menschen abzureißen und ihre Geschäfte zu zerstören, und als Gegenleistung boten sie einigen dieser Opfer des Fortschritts eine schäbige Entschädigung an, mit deren Hilfe sie sich vielleicht ein Jahr über Wasser halten konnten – falls sie sparsam waren und Glück hatten. Was erwarteten sie denn, was aus diesen Fenstern kam? Hurrageschrei? Konfetti? Bunte Fähnchen?

»Ich bin überzeugt, dass es kein Unfall war, Mr. Cheung, aber ich bin gleichermaßen überzeugt, dass wir nie erfahren werden, wer es getan hat. Und falls es uns durch irgendeinen Zufall doch gelingen sollte, würde es ein oder zwei Trupps des Sondereinsatzkommandos erfordern, die Täter auch festzunehmen. Seien Sie einfach dankbar, dass der Korb niemandem direkt auf den Kopf gefallen ist.«

»Aber was wollen diese Leute von uns?«, sagte Cheung mürrisch. »Wir machen doch nur unseren Job. Wir wissen, wie wichtig ihnen ihre Häuser und ihr Lebensunterhalt sind.«

Wallace achtete aufmerksam auf weitere Wurfgeschosse von oben. Er war in der Vergangenheit selbst schon von Fischabfällen getroffen worden, und es hatte Tage gedauert, bis er sich wieder einigermaßen sauber gefühlt hatte.

»Mr. Cheung«, sagte er auf Kantonesisch, »ich glaube Ihnen, dass Sie es ehrlich meinen.« Eigentlich glaubte er es nicht, aber es konnte nie schaden, diplomatisch zu sein. Immerhin würden sich diese Männer am Ende des Tages mit seinen Vorgesetzten zusammensetzen. »Leider haben die Menschen der Ummauerten Stadt sehr viel zu verlieren. Sie wissen selbst, dass viele von ihnen nicht qualifiziert sind, außerhalb dieser Mauern zu arbeiten, und manche von ihnen haben die Welt draußen noch nie gesehen. Uns mag dieser Stadtteil ja schmutzig und verwahrlost vorkommen, aber für sie ist es Zuhause. Womit sollen sie sich denn ihren Lebensunterhalt verdienen? Verdammt, eine ganze Menge von denen kommen doch nicht mal für eine Entschädigung in Frage. Und sie ärgern sich darüber, mit ansehen zu müssen, dass einige wenige Grundbesitzer ein Vermögen einstreichen werden. Was werden sie tun, wenn die Bulldozer kommen?«

»Man wird sich um jeden Einzelnen kümmern, Inspector«, sagte Cheung beleidigt. »Die Details sind nicht unser Problem. Unser Problem ist es, dafür zu sorgen, dass es keine Probleme gibt. Wir müssen mit diesen Menschen reden und sie überzeugen, den Stadtteil ruhig und friedlich zu verlassen. Rotchina beobachtet diese Übung sehr aufmerksam. Wenn wir ihnen auch nur den kleinsten Vorwand liefern, werden sie der ganzen Welt sagen, wie herzlos die britische Verwaltung von Hongkong ist.«

Wem der Schuh passt, dachte Wallace. Cheung, der sich immer noch verfaulte Fischreste von seinem schicken Revers wischte, deutete mit dem Kopf auf das nächstgelegene dunkle Treppenhaus.

»Dieses Haus, Inspector. Mit dem werden wir anfangen.«

Sie befanden sich in einem der saubereren Blocks, etwa auf einem Viertel der gesamten Strecke durch die Stadt, aber immer noch in Abschnitt eins, der als erster abgerissen werden sollte. Es war manchmal nicht leicht, sich zu erinnern, dass es sich hier um Straßen und nicht um Korridore handelte, um Trennungslinien zwischen einzelnen Gebäuden und nicht um die gewundenen Tunnel einer dunklen, wild wuchernden Katakombe. Während Cheung sein Klemmbrett konsultierte, bewegte sich Wallace seitlich zur Ecke des Gebäudes, das nur einen knappen halben Meter vom unmittelbar benachbarten Haus entfernt war, und legte den Kopf in den Nacken, um nach oben zu sehen. Es war eine der sehr wenigen Stellen auf Bodenhöhe der Ummauerten Stadt, von wo ein winziges Stück Himmel sichtbar war. Hoch über ihm kämpften sich erstickte Lichtstrahlen durch Blumenkästen und Wäschestangen, merkwürdige Gewächse und ein Gewirr aus illegalen Strom- und Telefonkabeln. Er fragte sich, wie viel Einnahmen den Stadtwerken in der Ummauerten Stadt über die Jahre entgangen waren.

»Nach meinen Unterlagen«, sagte Cheung und schaute von seinem Klemmbrett auf, »werden die beiden Wohnungen im ersten Stock von einem Mr. Wong San-bor und einer Mrs. Li So-pak bewohnt.« Er lachte und drehte sich zu Wallace um; es war das erste Mal, dass Wallace etwas auch nur entfernt Menschliches von ihm gehört hatte. »Die alte Dame ist kein Problem, sie zieht nächste Woche aus, aber Mr. Wong ist einer unserer hartnäckigsten Fälle. Ein verrückter alter Mann.« Er lachte wieder. »Er sagt, er wäre nicht mal dann interessiert, wenn wir ihm das Zehnfache des bisherigen Angebots geben würden.«

»Wenn er verrückt ist«, erwiderte Wallace unfreundlich, »sollten Sie ihn vielleicht einweisen lassen. Das würde eines Ihrer Probleme lösen.«

Cheung lachte noch lauter, zusammen mit seinen vier vergnügten Männern. Wallace seufzte und wünschte, er hätte seinen vorlauten

Mund gehalten. Diesen Typen traute er glatt zu, dass sie am Ende genau das auch machten.

»Und? Sollen wir?«, fragte Cheung. Er setzte sich in Bewegung, um die schmale, schmutzige Treppe hinaufzugehen, doch Wallace rief ihn zurück. »Lassen Sie besser Sergeant Lam vorausgehen, Mr. Cheung. Nur für alle Fälle.«

»Nein, Inspector«, sagte Cheung. »Wir müssen den Bewohnern dieser Häuser zeigen, dass wir es *ehrlich* meinen.«

Dann lasst sie doch in Ruhe, dachte Wallace und zuckte die Achseln. Cheung war bereits auf der Treppe.

Auf dem winzigen Treppenabsatz im ersten Stock, flankiert von zwei schäbigen, durch Metallgitter gesicherten Türen, war gerade genug Platz für Cheung, Wallace und einen von Cheungs Männern. Cheung griff durch die Stangen des Gitters vor einer der Türen und klopfte an. »Mr. Wong?«, rief er. »Mr. Wong, wir müssen mit Ihnen sprechen.«

Kein Laut kam aus der Wohnung hinter der schweren Tür.

»Mr. Wong, bitte. Wir kommen als Freunde, und wir sind hier, weil wir Ihnen helfen wollen.« Cheung klopfte wieder an und wartete. »Der alte Mann scheint nicht da zu sein«, sagte er schließlich.

»Im Krankenhaus«, kam eine spröde Stimme hinter ihnen. Sie drehten sich wie ein Mann um. In der Tür der gegenüberliegenden Wohnung stand eine alte Dame und schaute sie durch eine Brille an, deren Gläser mindestens einen Zentimeter dick sein mussten.

»Im Krankenhaus?« Cheung schielte verärgert auf sein Klemmbrett. »Das hätte man uns sagen müssen. Ich muss noch einige Details der Wohnung überprüfen, bevor er ein endgültiges Entschädigungsangebot erhält. Was fehlt ihm denn?«

»Hat die Scheißerei bekommen«, sagte die alte Frau. »Ich habe dem Weisen Wong gesagt, er soll nicht so viel *pak choi* essen. Was anderes isst er ja nicht, der dumme alte Mann. Nie isst er guten Fisch oder ein schönes Stück Schweinefleisch. Immer nur Reis und *pak choi,* jeden Tag, jeden Tag.«

»Dann müssen Sie Mrs. Li sein«, sagte Cheung.

Sie grunzte, zwängte sich an ihnen vorbei und rümpfte die Nase über den Fischgestank, den Mr. Cheung immer noch verströmte. Sie kramte einen überdimensionalen Schlüsselring heraus, schloss das Gitter und die Tür auf und verschwand in der dunklen Wohnung dahinter.

»Ist schon in Ordnung. Wenn Sie inspizieren wollen, kommen Sie herein«, kam ihre körperlose Stimme aus den Schatten. »Ich kümmere mich für ihn um die Wohnung. Aber machen Sie mir keine Unordnung. Er wird es sofort merken.« Einer nach dem anderen schoben sie sich durch die Tür.

»Warum nennen Sie ihn den Weisen Wong?«, fragte Wallace.

Die alte Dame blinzelte ihn im Halbdunkel an. »Weil er ein Weiser ist, deswegen«, antwortete sie gereizt. Falls sie überrascht war, von einem Ausländer in ihrer eigenen Sprache angesprochen zu werden, ließ sie es sich zumindest nicht anmerken. Vielleicht ist ihr Sehvermögen so schlecht, dachte Wallace, dass sie sich gar nicht bewusst ist, dass ich ein *gwailo* bin.

An diesem Punkt fand jemand einen Lichtschalter, und zwei starke nackte Glühbirnen, die von der Decke hingen, flammten auf. Wallace hielt eine Hand gegen das jähe grelle Licht vor die Augen und schaute sich um. Sie befanden sich in einem überraschend großen Wohnzimmer, wenn man berücksichtigte, wie schmal das Haus von außen wirkte – wie Tardis, die Raum-Zeit-Maschine von Dr. Who, dachte Wallace –, und er bemerkte in der gegenüberliegenden Wand eine Tür, die in den Rest der Wohnung führen musste. Er hielt unwillkürlich die Luft an, als er die Details des Zimmers registrierte. Deckenhohe Bücherregale säumten jede Wand – eng zusammenstehende Regale aus einfachem, kräftigem Holz, die nur von den beiden Türen unterbrochen wurden. Sofern dieses Zimmer je Fenster besessen hatte, waren sie bei der Renovierung vom Weisen Wong ignoriert worden.

Die Regale waren dicht an dicht mit Büchern gefüllt, mit Ausnahme einiger Fächer auf der hinteren Seite des Raumes, die mit Schriftrollen voll gestopft waren. Verblüfft den Kopf schüttelnd, versuchte Wallace die Papiermenge zu schätzen, die sich in diesem Zimmer befand, und auch das Brandrisiko, das sie darstellte. Er trat um die einzigen Möbelstücke des Zimmers, einen hohen Schemel und einen ungeheuer langen, mit Papieren übersäten Arbeitstisch, und ließ seinen Blick über die Bücherregale wandern.

Überraschung. Er hatte ausschließlich chinesische Schriftzeichen auf den Einbänden erwartet, aber die Titel zogen in einem babylonischen Sprachengewirr an seinen Augen vorbei. Chinesisch, Hindi, Deutsch, Russisch, Französisch, manche Schriften erkannte er nicht einmal, und eine ganze Reihe, wenigstens ein Drittel dieser zufälligen Stichprobe, in Englisch. Eines der englischen Bücher erregte seine Aufmerksamkeit, und er zog es behutsam aus dem Regal, nahm sich vor den missbilligenden Blicken der alten Dame in Acht.

Die Enzyklopädie der Vampire.

Wallace schüttelte den Kopf. Was für ein merkwürdiger Titel – wer hätte gedacht, dass Vampire eigene Enzyklopädien besaßen? Grinsend schob er es behutsam an seinen Platz auf dem Regalbord zurück und nahm das nächste Buch heraus. Chinesisch, die Schriftzeichen des Titels waren abgewetzt und kaum noch lesbar, zwei davon geprägt in zentimeterhohen klassischen Schriftzeichen. Blut? Er war sich ziemlich sicher, dass er richtig lag. Und das andere hatte, soweit er sich erinnern konnte, etwas mit »alt« zu tun, obwohl er es nicht ganz einordnen konnte. Altes Blut? Das Blut der Alten? Geriatrische Hämatologie? Die richtige Lektüre, dachte er, für einen älteren Herrn.

Unterdessen hatte Mr. Cheung die restliche Wohnung inspiziert und kritzelte geschäftig auf seinem Klemmbrett herum, während er zurück ins Wohnzimmer gewatschelt kam. Grimassen schneidend stellte Wallace das Blut-Buch wieder ins Regal und bereitete sich auf die Fortsetzung ihrer PR-Mission vor, doch Cheung runzelte die Stirn und drehte sich zu der alten Dame um.

»In welchem Krankenhaus liegt Mr. Wong?«, fragte er.

»Im Queensy, auf der Kassenstation«, erwiderte die alte Dame prompt. Das Queen Elizabeth, dachte Wallace. »Und falls Sie ihn besuchen, sagen Sie ihm, er soll bald, bald zurückkommen. Ich habe es satt, mich um seinen Kram zu kümmern, und in ein paar Tagen muss ich ausziehen. So, und jetzt kommen Sie und reden mit mir über meine Entschädigung.« Wie eine Bäuerin mit den Armen fuchtelnd, die lästige Hühner hütete, scheuchte sie die Männer aus der Wohnung.

Wallace war der Letzte, der ging. Er warf einen ehrfürchtigen letzten Blick auf die Bücher und Schriftrollen und zwängte sich dann aus der Tür, um sich den anderen auf dem Treppenabsatz anzuschließen. Sergeant Lam stand außer Atem auf halber Höhe der Treppe und rief zu ihm herauf.

»Sir? Eine Nachricht von Sergeant Tsui. Es ist dringend.«

»Eine Sekunde«, rief Wallace zurück. Er überquerte den winzigen Treppenabsatz und warf einen Blick in Mrs. Lis Wohnung. Auch dieser Raum bot eine Überraschung: Er war voller glänzend polierter Rosenholzmöbel und feinem Porzellan, die Wände waren mit seidenen Bildteppichen behangen. In der Mitte standen die Beamten im Halbkreis um die alte Frau. Wallace fragte sich flüchtig, wie die Rosenholzmöbel die Treppe hinunterkommen sollten, wenn es so weit war, dann krümmte er einen Finger in Cheungs Richtung, der sich daraufhin entschuldigte und zur Tür geeilt kam.

»Ist es in Ordnung, wenn ich Sie hier eine Weile allein lasse? Man hat mich gerufen. Allerdings bezweifle ich, dass es sehr lange dauern wird.«

»Keine Eile«, sagte Cheung düster. »Mrs. Li besitzt siebzehn Wohnungen über die ganze Ummauerte Stadt verteilt, und sie will über jede einzeln feilschen.« Er beugte den Kopf näher zu Wallace und raunte: »Wissen Sie, wohin sie nächste Woche umzieht? In ein Penthouse im *Pacific Towers.* Sie ist eine *Tigerin.*«

Wallace stieß einen leisen Pfiff aus. »Sie brauchen den Schutz nicht, den ich bieten kann. Sie brauchen eine andere kleine alte Dame in Ihrem Team.«

Cheung kehrte verdrießlich zu seiner zähen Auseinandersetzung zurück, und Wallace trabte die Treppe hinunter. Beinahe fühlte er sich richtiggehend beschwingt. Der ernste Ausdruck auf Sergeant Lams Gesicht ernüchterte ihn jedoch schlagartig.

»Was gibt's, Sergeant?«

»Einen Mord, Sir.«

»*Was?*«

»Jawohl, Sir. Die Mordkommission ist bereits unterwegs, aber Sie müssen den Tatort sichern, bis die hier sind.«

»Einen Mord? Was zum Kuckuck …?«

»Mehr weiß ich auch nicht, Sir. Sergeant Tsui ist bereits am Tatort. Hier entlang bitte, Sir.«

Wallace schob sich durch eine nervöse und feindselig wirkende Menge zur Tür. Zwei Constables standen Schulter an Schulter in der Tür und hielten den Mob zurück. Auch ihre Mienen waren angespannt und nervös – es war noch gar nicht so lange her, dass die Ummauerte Stadt rein technisch gesehen nicht zum Territorium von Hongkong gehörte und für die Royal Hongkong Police ein Sperrgebiet war. Von der anderen Seite der Tür hörte Wallace das Klagen einer offenbar hysterischen Frau, aber die Menge war bedrohlich ruhig. Er betrachtete die Ansammlung missmutiger oder verängstigter Gesichter und gelangte zu dem Schluss, dass Ärger zwar in der Luft lag, sich aber noch nicht so bald zu entladen drohte, um sich deswegen Sorgen machen zu müssen – der Frieden würde lange genug halten, bis Verstärkung eintraf. Er klopfte an die Tür.

»Senior Inspector Wallace hier«, rief er gerade laut genug, um sich gegen das Geheul in der Wohnung Gehör zu verschaffen. »Aufmachen.«

Hector Tsui, einer von Wallace' Sergeants mit dem ursprünglichen Auftrag, etwa hundert Meter hinter der PR-Truppe zu patrouillieren, öffnete ihm die Tür. Er machte ein grimmiges Gesicht, und Wallace bemerkte, dass er die Tür gerade weit genug aufmachte, um Wallace einzulassen, sie dann sofort wieder zuknallte und den Schlüssel im Schloss drehte.

Wallace schaute sich kurz um. Der übel riechende kleine Raum war unmöbliert und erst kürzlich ausgefegt worden. Außerdem war es dunkel, denn sogar die Glühbirne war aus der Fassung unter der Decke geschraubt worden. Die Schreie kamen aus dem nächsten Zimmer, in dem eine Lampe brannte.

»Was ist hier los, Hector?«, wollte Wallace wissen.

Tsui nahm Haltung an. »Zwei Leichen im Keller unter diesem Raum, Sir. Möglicherweise ermordet. Ich habe sofort einen Boten zu Ihnen geschickt, um Sie zu unterrichten, und zusätzlich Verstärkung aus dem Präsidium angefordert.«

»Gute Arbeit, Hector.« Wallace sah Tsui anerkennend an. Hector Tsui war ehrgeizig und achtete peinlich genau darauf, streng nach Vorschrift zu arbeiten. Wallace konnte sich darauf verlassen, dass seit Eintreffen von Tsuis Leuten am Tatort nichts Wichtiges angerührt worden war. Wenn aber der Mob vor ihm dort gewesen wäre …

»Wer befand sich bei Ihrem Eintreffen am Tatort?«

»Die frühere Bewohnerin, eine Miss So Man-ling – Sie hören ihr Klagegeschrei, Sir –, sowie einige wenige Nachbarn. Ich habe mir ihre Namen geben lassen und sie dann sofort weggeschickt.«

Was die Stimmung der Menge erklären könnte, dachte Wallace. Tsui hatte richtig gehandelt, indem er versuchte, den Tatort so unberührt wie möglich zu halten, aber sie waren hier in der Ummauerten Stadt, und solange ihre schmuddeligen Mauern noch standen, blieben ihre Bewohner eine geschlossene und misstrauische Gemeinschaft. Allerdings hatte es keinen Sinn, sich darüber jetzt den Kopf zu zerbrechen.

»Irgendeine Vorstellung, wann die Verstärkung eintrifft?«

Tsui schaute auf die Uhr. »Ich schätze etwa in fünf Minuten.«

»Schön. Gute Arbeit, Hector, weitermachen.«

Genau genommen blieb für Wallace nichts mehr zu tun. Er wurde nicht gebeten, die Ermittlungen aufzunehmen, sondern lediglich den Babysitter zu spielen. Der Tatort war, so gut es ging, abgesichert, und was möglicherweise an Schäden vor Tsuis Ankunft angerichtet worden war, ließ sich jetzt auch nicht mehr ändern. Daher war es in erster Linie pure Neugier, als er zur Tür in den beleuchteten inneren Raum der Wohnung ging und einen Blick hineinwarf.

Auch hier keine Möbel, obwohl mehrere Stoffkoffer und ein Stapel prall gefüllter Kartons vor einer Wand darauf hindeuteten, dass erst vor kurzem ausgeräumt worden war. Auf einem der Kartons saß eine etwa vierzigjährige Frau, die sich zum Packen Jeans und Sweatshirt angezogen und ein Kopftuch um die Haare gebunden hatte. Das Gesicht hielt sie klagend in den Händen vergraben.

Auch nicht sein Problem. Als symbolische Geste klopfte er ihr im Vorbeigehen auf die Schulter und wünschte sich sofort, es nicht getan zu haben. Der Schock seiner Berührung warf sie beinahe von ihrem Sitz. Constable Wei, der auf dem Karton neben ihr saß, warf Wallace einen entschuldigenden Blick zu, tätschelte dann weiter ihre Hand und redete beruhigend auf Kantonesisch auf sie ein. Unvermittelt schob sie Wei beiseite und stürzte sich auf Wallace.

»Der Weise Wong!«, schrie sie auf Kantonesisch. »Bringt ihn her! Er muss uns helfen!«

Wallace erwischte ihre Schultern und drückte sie sanft auf die Kiste zurück. »Ganz ruhig, Frau«, sagte er, »es besteht jetzt keine Gefahr mehr. Constable Wei hier wird …«

»Es ist nicht sicher! Wo ist der Weise Wong? Ich will den Weisen Wong! Er weiß Bescheid! Er wird es Ihnen sagen! Sie müssen ihn zurückkommen lassen!« Sie legte die Hände über ihr Gesicht, wiegte sich vor und zurück und wurde von Schluchzern geschüttelt, die zwar nicht weniger entsetzlich waren als die Schreie, dafür aber zumindest leiser. Wallace betrachtete sie nachdenklich.

Der Weise Wong. Merkwürdiger Zufall. Andererseits war es eine kleine, geschlossene Nachbarschaft, und bis zur Wohnung des Weisen Wong waren es zu Fuß gerade mal fünf Minuten, also war es vielleicht doch kein so großer Zufall. Allerdings konnte der alte Herr mit der interessanten Bibliothek wohl kaum etwas mit der Gräueltat im Keller zu tun haben, lag doch der Weise Wong nun bereits seit – wie lange genau? – im Krankenhaus. Wallace nahm sich für später vor, sowohl dies nachzuprüfen als auch ganz allgemein über den hier offensichtlich berühmten Weisen Wong Nachforschungen anzustellen. Dann klopfte er der weinenden Frau noch einmal auf die Schulter, nickte Wei zu und schlenderte durch den Raum zur, wie er vermutete, Kellertür.

Merkwürdiger Geruch, dachte er, als er seinen Kopf hineinsteckte. Alter, Tod und Feuchtigkeit, wie in einer Leichenhalle für Champignons, die an Altersschwäche gestorben waren. Ausgetretene steinerne Stufen führten aus dem Zimmer, in dem er stand, in die Schatten hinab; auf der untersten Stufe hatte man eine Polizeitaschenlampe liegen lassen, und ihr starker Lichtstrahl tauchte die Mitte des Kellers in helles Licht. Aus diesem Winkel konnte Wallace nur zwei Paar Füße erkennen, die in abgewetzten Lederschuhen steckten und in verwirrenden Winkeln zueinander standen.

Vorsichtig tastete er sich die Treppe hinunter, bis auch der Rest des Tatorts sichtbar wurde. Ja, zwei Leichen, beide männlich, Chinesen, vollständig bekleidet einschließlich der Schuhe und Socken. Damit endete aber auch jede Ähnlichkeit. Der Körper des jüngeren Mannes lag neben einer dunklen, offenen Tür, dicht an die von Pilzen befallene Steinwand gedrängt. Die Schultern waren hochgezogen, die Arme schützend vor der Brust verschränkt und der Kopf nach oben gedreht, als hätte er im Sterben noch einen flehenden Appell an die in Spinnweben gehüllte Decke gerichtet. Der ältere Mann lag in einer seltsam entspannt wirkenden Haltung der Länge nach ausgestreckt auf dem Bauch, fast als hätte er keine Knochen und als wäre er aus dem Stand einfach so umgefallen. Wallace bemerkte an ihm keinerlei Verletzungen, doch der andere wirkte irgendwie merkwürdig – Wallace nahm seine eigene Taschenlampe, richtete den Strahl auf die

Kehle des jüngeren Opfers und hielt sie einen langen Augenblick so. Hinter ihm Schritte auf der Treppe. Er riss seine Taschenlampe herum und entdeckte das vertraute Gesicht von Albert Masters, der sofort einen Arm schützend vor die Augen riss. Die Spurensicherung war da.

»Vorsicht, Tony, diese Augen sind kostbare Instrumente«, sagte Masters. »Und, was hast du für mich?«

»Zwei«, sagte Wallace knapp, »und mindestens einem ist die Kehle herausgerissen worden.«

»Reizend«, sagte Masters und hockte sich auf die Treppe, während er die Details des Tatortes aufnahm.

»Und ich habe einen Namen, mit dem die Mordkommission spielen kann – kein Tatverdächtiger, aber die Dame, die oben diesen Krawall veranstaltet, scheint zu denken, er würde etwas wissen, und das Komische ist, ich war wegen einer ganz anderen Sache vorhin erst in der Wohnung des Burschen.«

»Ach ja?«, meinte Masters abwesend.

»Der Weise Wong.« Wallace runzelte die Stirn und kramte in seinem Kurzzeitgedächtnis. »San irgendwas. Wong San-bor. Die Adresse kann ich dir besorgen.«

»Fein, fein.« Masters wirkte gedankenverloren. Wallace wartete.

»Fällt dir irgendetwas Ungewöhnliches auf, Tony?«, fragte Masters schließlich.

»Du meinst außer den beiden Toten auf dem Boden?«

»Ja.«

Wallace ließ seinen Blick über die im grellen Lichtkeil gefangenen sterblichen Überreste wandern. Er kniff die Augen zusammen.

»Kein Blut.«

Masters nickte, und als er wieder den Mund aufmachte, sprach er mit der Stimme eines Kindes, das ein fahrradförmiges Paket unter dem Weihnachtsbaum erspäht. »Ge-nau!«

»Das muss bedeuten …«, setzte Wallace an, doch Masters unterbrach ihn.

»Ich wette, du willst sagen, dass die Leichen vom eigentlichen Tatort hergeschafft wurden.«

»Normalerweise bedeutet es das, oder?«

»Nein, Tony«, erwiderte Al Masters genüsslich, »jetzt nicht mehr.«

6

Julia Ralston trieb dicht unter der Oberfläche des Schlafs und war sich vage bewusst, dass dies der beste Aufenthaltsort war. Die Oberfläche zu erreichen, wäre keine gute Idee, denn etwas Grauenhaftes und Widernatürliches wartete dort auf sie; sie hatte seinen schwebenden Schatten gesehen. Dankbar ließ sie sich davon wegsinken …

Doch da war ein *Geräusch*. Komisch – wie tropfendes Wasser. Es störte sie. Hatte sie den Wasserhahn in ihrem Bad nicht abgedreht? Langsam öffnete sie die Augen und versuchte, ihren Blick auf die Zimmerdecke zu richten. Ein äußerst schwieriges Vorhaben, das mehrere Sekunden erforderte, und als sie sicher war, dass ihre Augen richtig sahen, war die Information, die sie ihr gaben, ausgesprochen verwirrend. Die Zimmerdecke war falsch. Nein, Julia war gezwungen, das näher zu definieren. Die Decke selbst war nicht das Problem, sondern nur die Farbe. Sie hatte ihre Decke passend zu den Wänden schwarz gestrichen, in einem tiefen, samtigen Schwarz als angemessenem Hintergrund für ihre Plakate von Horrorfilmklassikern, ihre eigenen makabren Gemälde und die lebensgroße Ausschneidefigur von Bela Lugosi, der als Dracula neben der Tür lauerte – also, warum war diese Decke nicht schwarz?

Aber natürlich. Sie lächelte reuevoll über ihre eigene Dummheit. Sie war nicht zu Hause. Das Beruhigungsmittel dämpfte ihre Reaktionen, während die Erinnerungen vorbeitrieben und ihren emotionalen Gehalt ausfilterten. Dass sie unter Beobachtung in einem Krankenhaus war und dass sie dort war, weil ihre Eltern in ihrem eigenen Haus brutal ermordet worden waren, besaß keinerlei besondere Bedeutung, außer zu erklären, warum die Zimmerdecke die falsche Farbe hatte. Zufrieden zog sie das Laken höher und drehte sich um.

Jedoch. Irgendwas stimmte immer noch nicht. Ihr Verstand tastete sich durch die alles einhüllende Watte. Sollten die Decken von Krankenhauszimmern nicht weiß sein? Sauber? Antiseptisch? Natürlich war das so. Wenn das so war, fragte sie sich vernünftig, warum war dann diese Decke grau und rissig und so ausgesprochen schmutzig, und konnten das da in den Ecken wirklich Spinnweben sein?

Jetzt war sie verwirrt. Sie erinnerte sich deutlich, dass sie sich im Queen Mary befand, einem staatlichen Krankenhaus in Pok Fu Lam, und sie wusste auch, dass staatliche Krankenhäuser in mancher Hinsicht durchaus zu wünschen übrig ließen, aber ganz bestimmt waren sie nicht so schlecht, besonders nicht in Privatzimmern. Julia schloss die Augen und schüttelte probeweise den Kopf – kein Schmerz, wie sie erfreut feststellte, nur ein leichtes Schwindelgefühl, das nicht vollkommen unangenehm war – und öffnete dann langsam wieder die Augen, nur um zu entdecken, dass sie erneut alles unscharf sah.

Scheiße. Konzentrier dich. Sie kniff die Augen zusammen. Freundlicherweise kam die Decke allmählich zurück. Weiß und sauber. Keine Spinnweben. Das ärgerliche Tropfen hatte ebenfalls aufgehört. Viel besser. Sie drehte sich erneut um, und dieses Mal gelang es ihr, wieder einzuschlafen.

Eine intensive ätherische Spur – das war gut. Das würde es leicht machen, die lilitak *zu finden, wenn er das Spiel wieder aufnahm, und das Schmieden der Verbindung zwischen ihrer Essenz und der seinen vereinfachen. Hatte er nicht mit den Augen der* lilitak *gesehen? Hatte die* lilitak *nicht mit seinen gesehen? Kein einziges Spiel unter hundert hatte mit einer solchen Aussicht auf Spaß begonnen.*

Zufrieden kuschelte sich Temutma tiefer in die behagliche Dunkelheit, vergrub die Zähne in die frische Hülse neben sich und schlief ein.

»Is' nich, Fairfield.« Adamson knüllte die beiden Blätter zu einem festen Ball und warf ihn in den Papierkorb neben seinem Schreibtisch. Joe seufzte und schüttelte den Kopf.

»Sie machen einen Fehler, Mr. A«, sagte er.

»Ich mache keine Fehler, Joe«, fauchte der Chefredakteur. »Deine Story hingegen ist ganz eindeutig ein Fehler. Erstens ist es nicht deine Story, es ist Dave Stranges Story, und ich bin derjenige, der sie ihm gegeben hat. Also, Finger weg. Und zweitens haben uns die Bullen sehr freundlich gebeten, ob wir diese Sache nicht eine Weile auf kleiner Flamme kochen könnten, und wenn uns die Bullen sehr freundlich um etwas bitten, nun, was können wir da schon sagen? Und du bist weit, sehr weit über das hinausgegangen, was sie uns gegeben haben.«

»Seit wann«, säuselte Joe, »lassen Sie sich von den Bullen inhaltliche Sachen vorschreiben? Ach, vergessen Sie's«, fuhr er honigsüß fort, als sich Adamsons Gesicht verdunkelte, »das war eine rhetorische Frage.« Er griff in seine Aktentasche und nahm einen großen braunen Umschlag heraus. »Dachte mir schon, dass die erste Kopie bei Ihnen in der Ablage P landen könnte, also habe ich sicherheitshalber mehrere Ausdrucke gemacht. Damit mein Taxi nicht zu lange warten muss, verstehen Sie.«

»Was redest du da?«

»Unten wartet ein Taxi, das mich zur *Post* fahren wird. Ich hab so das Gefühl, dass sich die *Post* für meine Story interessieren wird.«

Adamson stand schwer atmend auf. »Wenn du damit zu einer anderen Zeitung gehst, kannst du dich schon mal von deinem Job verabschieden. Das ist dir doch klar, Fairfield?«

»Ich hielt es für zu offensichtlich, um es zu erwähnen. Sie wollten mich doch sowieso feuern, oder vielleicht nicht? Dann verliere ich eben einen oder zwei Tage. Und ich habe das angenehme Gefühl, dass mich die *Post* mit Kusshand begrüßen wird.«

»Bastard.« Adamson ließ sich schwer auf seinen Sessel fallen. Joe lächelte und machte einen kleinen Schritt zur Tür. Adamson knurrte:

»Wohin zum Teufel gehst du?«, und Joe blieb stehen und wartete. Adamson lehnte die Stirn gegen seine gefalteten Hände, wie er es immer machte, wenn er konzentriert nachdachte. »Du hast da eine Menge Material, das nicht in der offiziellen Pressemitteilung der Polizei stand«, sagte er. »Woher hast du das?«

»Das«, sagte Joe, »kann ich Ihnen nicht sagen.«

Adamson funkelte ihn wütend an und streckte eine Hand aus. Joe griff in den Umschlag und holte eine weitere Kopie des Artikels heraus, die er Adamson mit einem eleganten Schwung überreichte. Adamson las alles noch einmal, kaute dabei wütend auf seiner Unterlippe und warf die Blätter dann auf den Schreibtisch.

»Ist deine Quelle zuverlässig?«

»Es gibt keine bessere, Mr. A.«

»Das ist reinstes Dynamit«, sagte Adamson widerwillig.

»Vielen Dank, Mr. A.«

»Werd nicht großkotzig. Was verlangst du?«

»Die erste Seite und die Nennung meines Namens«, sagte Joe prompt.

»Oder?«

»Oder ich gehe damit woanders hin, wo man mich lieben und schätzen wird.«

Er schaute auf die Uhr, um dieser Aussage mehr Nachdruck zu verleihen. Adamson warf einen Blick auf seine. Sie sahen sich an. Dann seufzte Adamson.

»Ich mag keine Drohungen, Joe. Und das hier wird der Polizei überhaupt nicht gefallen. Ich würde dich rausschmeißen und mit dem Ding zur *Post* gehen lassen und dir anschließend eine Urheberrechtsklage an den Hals hängen, bei Gott, wenn da nicht eine Sache wäre.«

Joe sah ihn interessiert an.

»Es ist doch so, Fairfield. Wenn du damit zur Konkurrenz gehst, kann ich dich nach Strich und Faden verklagen, aber dann spielt's schon keine Rolle mehr. Denn wenn die *Post* explosives Material wie das hier veröffentlicht, nachdem ich es abgelehnt habe, wird der Aufsichtsrat mich kreuzigen, Polizei oder nicht.«

»Genau so sehe ich das auch«, stimmte Joe nickend zu.

»Tja, Joe-Boy, ich hätte überhaupt nichts dagegen, wenn du gekreuzigt wirst, aber ich habe einen ausgeprägten Widerwillen dagegen, dass es mit mir gemacht wird. Und deshalb werde ich die Story gegen besseres Wissen und Gewissen bringen.«

»Dachte ich mir schon.«

»Da fühlst du dich gut, was, Joe?«

»O ja, Mr. A«, antwortete Joe inbrünstig.

»Wie schön für dich. Und jetzt geh mir aus den Augen.«

Joe ging.

Als Julia das nächste Mal aufwachte, kam die Erkenntnis unmittelbar. Keine gnädige, von Medikamenten herbeigeführte Benommenheit mehr – ihre Gefühle waren wieder voll funktionsfähig. Sie holte tief Luft und stieß sie mit einem Schluchzer wieder aus.

»Miss Ralston?«

Sie behielt die Augen geschlossen, doch unter dem Laken ballten sich ihre Hände zu Fäusten.

»Gehen Sie weg.«

»Miss Ralston …«

»Gehen Sie weg. Gehen Sie zur Hölle! Ich will mit niemandem reden.«

Kurze Stille, dann drückte eine Hand sanft ihre Schulter. Sie schüttelte die Hand schroff ab, doch sie kehrte zurück.

»Bitte, Miss Ralston. Wir verstehen, wie Sie sich im Moment fühlen müssen …«

»Wie könnten Sie das verstehen?«

»… und wir würden Sie bestimmt nicht belästigen, wäre es nicht wichtig. Bitte, Miss Ralston.«

Widerwillig schlug sie die Augen auf. Tränen verschleierten ihren Blick; mit einer schnellen, wütenden Geste wischte sie sie fort. Wut war gut – Wut schob die große Trauer ein bisschen weiter fort. Sie konzentrierte sich darauf, ihre Wut aufzubauen, und als sie sich stärker fühlte, schaute sie sich zu den vier Personen um, die wie Ausschneidefiguren aus Pappe ums Bett standen.

Drei Uniformierte und ein Anzugträger. Eine abstoßende kleine Kostümparty? Überhaupt nicht komisch, sagte sie sich. Eine winzige Frau in der Uniform einer Krankenschwester; ein Mann in einem weißen Kittel und mit einem Stethoskop, das wie ein verstaubtes altes Klischee aus seiner Tasche ragte – er konnte gar nichts anderes sein als Arzt; eine recht hübsche Polizistin; ein ziemlich großer, stämmiger Europäer in einem grauen Anzug von der Stange.

»Wie fühlen Sie sich, Miss Ralston?«, fragte der Partygänger im weißen Kittel. Er war derjenige, der bislang geredet hatte. Julia zögerte. Sie vertraute diesen Leuten nicht. Sie hielt es durchaus für möglich, nie wieder jemandem zu vertrauen.

»Warum fragen Sie das?«, fauchte sie. »Sie sagten doch, Sie wüssten, wie ich mich fühle.«

Schwach tastete sie nach ihrer Uhr auf dem Nachttisch, konnte sie nicht finden, gab es auf. *Die Wut,* sagte sie sich, *halt dich an deiner Wut fest* – es war die einzige Verteidigung, die sie besaß. Blitze der Erinnerung – die Nähe des Wesens, das ihre Eltern getötet hatte, das schwebende Raureif-Gesicht, die Gewissheit, dass nichts, was geistig gesund und normal war, sie davor schützen konnte, nichts in der normalen Welt, weder die sicheren Wände eines Krankenhauses noch eine Menge Uniformen.

Wut.

»Miss Ralston?« Der große Europäer.

»Gehen Sie weg.«

»Ich heiße Michael Scott. Ich bin Police Superintendent.«

Wut. Egal, welches Ziel.

»Verpiss dich!« Sie schloss wieder die Augen und wandte das Gesicht ab.

»Miss Ralston, ich versuche nur, Ihnen zu helfen. Ich versuche, die

Mörder Ihrer Eltern zu finden. Sie wollen doch, dass sie gefasst werden, oder nicht? Mit jedem weiteren vergeudeten Augenblick wird die Spur kälter.«

Wenn ich meine Augen geschlossen halte, werden alle weggehen.

»Lassen Sie es mich mal versuchen, Superintendent.« Ein Rascheln, und dann kam die Stimme des Arztes von irgendwo nahe an ihrem Ohr. »Miss Ralston, ich bin Doktor Chang.« Seine Stimme klang vornehm und sehr britisch, seine Aussprache hatte er offensichtlich durch aufmerksames BBC-Hören gelernt. »Hören Sie gut zu. Sie sind im Queen Mary Hospital. Sie sind heute Morgen mit einem schweren Schock bei uns eingeliefert worden. Wir haben Sie sediert, und seitdem haben Sie geschlafen. Es ist jetzt halb sieben abends. Dieser Gentleman ist Police Superintendent Scott, und wenn Sie sich stark genug fühlen, möchte er Ihnen gern ein paar Fragen stellen. Aber vorher ...«

Julia öffnete die Augen und sah rebellisch zu dem Polizisten auf, während der Arzt ihr Handgelenk ergriff und es ein paar Augenblicke festhielt. Die Berührung fühlte sich auf ihrer Haut kühl an und ließ Julia zusammenzucken. »Körperlich scheint mit Ihnen alles in Ordnung zu sein«, meinte der Arzt. »Vielleicht ein wenig fiebrig, aber der Puls ist normal. Können Sie sich an irgendetwas von dem erinnern, was passiert ist?«

Julia riss ihre Hand los. *Das schwebende Gesicht ...*

»Miss Ralston, ist mit Ihnen alles in Ordnung?«

»Ja, ja, um Himmels willen.« Ihre Stimme schien jemand anderem zu gehören, jemandem, der weit weg war. *Sei wütend.* Kopfschüttelnd kehrte Dr. Chang zu dem Polizisten zurück.

»Vielleicht sollten Ihre Fragen bis morgen warten, Superintendent. Ich möchte sie nicht unnötig aufregen.«

»Tut mir Leid, aber es ist sehr wichtig. Ich habe durchaus Verständnis für das traumatische Erlebnis, das Miss Ralston durchmachen musste, aber jede Sekunde zählt. Miss Ralston?«

Ihr Gesicht blieb wachsam und ihr Mund geschlossen. Scott

seufzte und versuchte es wieder, sprach leise, aber bestimmt, versuchte Sympathie in seine Stimme zu legen.

»Bitte, Miss Ralston. Julia. Sie müssen wissen, dass wir Ihnen nur helfen wollen – können Sie uns helfen? Können Sie mir etwas sagen, gleichgültig, was … irgendetwas?«

»Was könnte ich Ihnen schon groß erzählen?«, fragte sie mürrisch. »Ich habe nichts gesehen. Sie waren schon tot, als ich nach Hause kam.«

Scott beobachtete sorgfältig ihr Gesicht. Warum so viel Wut? Er hatte auch früher schon Leid tragende Töchter gesehen, und häufig war die Trauer vermischt mit Wut, aber hier konnte er keine Spur von Trauer erkennen.

Schuld?

»Dessen bin ich mir bewusst«, sagte er, »aber ich möchte gern von Ihnen hören, wann genau Sie das Haus verlassen haben, was Sie danach gemacht haben, alles, was passiert ist, nachdem Sie nach Hause zurückgekommen sind, alles, woran Sie sich erinnern können, gleichgültig wie unwichtig es auch erscheinen mag. Dann fangen wir noch mal von vorne an und gehen die Einzelheiten durch, Namen, Uhrzeiten und so weiter. Okay?«

Julia zuckte mit den Achseln und schloss die Augen, wie um sich besser zu erinnern. »Jawohl, *Sir*«, sagte sie. »Alles, was Sie sagen. Lassen Sie mich nachdenken. Gegen halb sieben abends habe ich das Haus verlassen, um mit einem Freund zu einem Filmfestival zu gehen. Wir …«

»Sein Name?«

»Simon Valence. Aufstrebender junger Managementsuperstar bei *Jardine's*«, fügte sie trocken hinzu.

Scott schrieb mit. »Fahren Sie fort.«

»Wir haben uns die Filme angesehen, haben zu Abend gegessen, haben ein oder zwei Gläschen getrunken, und dann hat mich Simon etwa gegen zwanzig nach vier in der Zufahrt abgesetzt …«

»Sie sind sicher, was die Uhrzeit betrifft?«

»Ja, ich habe auf die Uhr gesehen, okay? Jedenfalls ist Simon dann sofort losgefahren. Ich bin ums Haus zum Hintereingang gegangen, wo ich feststellen musste, dass nicht abgeschlossen war, also habe ich die Tür aufgedrückt und bin ins Haus ...« Sie sprach plötzlich nicht weiter und hob eine Hand an den Mund. Die Wut auf ihrem Gesicht war wie weggewischt.

»Sie sind ins Haus gegangen ...«, soufflierte Scott leise.

Ihre Augen flogen auf, groß vor Abscheu, und starrten ihn direkt an.

»Miss Ralston?«

Sie schrie.

Scott trat hastig einen Schritt zurück; der Arzt kam ans Bett und packte wieder ihr Handgelenk. Julia keuchte, ihre Brust hob und senkte sich unter der Anstrengung, Luft in ihren Körper zu saugen, ihre Lippen bewegten sich stumm. Sie schrie wieder.

»O mein Gott! Es ist mir gerade erst klar geworden! Das war es!«

»Was ...«

»O mein Gott! Als ich in der Küche war! Es hat mich berührt! Es hat mich berührt!« Sie entzog Dr. Chang die Hand, verschränkte die Arme schützend vor ihren Brüsten und rollte sich langsam in fötaler Stellung zusammen.

»Wer hat Sie berührt, Julia, wer?«

»Keine Fragen mehr.« Der Arzt hielt bereits eine Spritze in der Hand. Die Krankenschwester mühte sich behutsam ab, einen von Julias Armen freizubekommen. Die Polizistin trat vor, als wollte sie helfen, doch die Krankenschwester schüttelte den Kopf.

Scott fluchte leise. Der Anfall sah echt aus – aber gleichzeitig war es eine todsichere Möglichkeit, sich weiteren Fragen zu entziehen. »Ich muss nur noch wissen ...«

»Sie sollten jetzt gehen.«

»Doktor ...«

»Gehen Sie! Sie fällt in einen Schock!«

Scott drehte sich zu dem Arzt um und war bereit, mit ihm zu diskutieren, doch die Aufmerksamkeit des Arztes war längst woanders. Scott nickte und wandte sich ab, fühlte sich geschlagen und frustriert, gab der Polizistin ein Zeichen, ihm zu folgen. An der Tür schaute er sich noch einmal um.

»Ich lasse WPC Lau draußen auf dem Gang«, sagte er. »Ich will nicht, dass Miss Ralston unbeaufsichtigt bleibt.«

Der Arzt nickte ungeduldig über die Schulter. Die Krankenschwester hatte inzwischen Julias Arm und kämpfte nun darum, eine Stelle auf der Armbeuge zu desinfizieren. Der Anfall wirkte von Sekunde zu Sekunde echter.

Scott unterdrückte den Impuls, die Tür hinter sich zuzuknallen, aber er war stocksauer; teils auf die unvorhergesehene Verzögerung bei der Vernehmung einer Frau, die entweder seine Hauptverdächtige oder seine Starzeugin war, und teils auf sich selbst. Es ließ sich nicht bestreiten, dass er die Rolle eines gefühllosen, sturen und kompromisslosen Polizeistaat-Idioten gespielt hatte, eines Beamtentypus, den er persönlich verachtete – aber was, wenn das Mädchen nur etwas vortäuschte?

Draußen auf dem Gang erteilte er, immer noch leise kochend, WPC Lau seine Befehle. Sie würde so bald wie möglich abgelöst, aber bis dahin durfte sie Julia Ralstons Tür nicht verlassen und sollte jeden etwaigen Besucher hineinbegleiten. Niemand, *niemand,* durfte allein zu Miss Ralston. Lau nickte und nahm ihre Stellung ein.

Doch als Scott gerade gehen wollte, räusperte sich Lau.

»Sir«, sagte sie.

»Ja, Lau?«

»Vorhin im Zimmer, da haben Sie die Dame gefragt, wer genau sie berührt hat.«

»Ja, und?«

»Nur eine Nebensächlichkeit, die mir aufgefallen ist, Sir. Sie hat nicht gesagt, dass sie von einer Person berührt wurde. Sie sagte, *es* habe sie berührt.«

Scott sah sie scharf an.

»Nur eine Nebensächlichkeit, Sir«, wiederholte Lau stur.

Scott nickte. »Vielen Dank, Lau.« Er ging.

Er war gereizt. Er hatte Claudia Lau unter anderem deshalb für diesen Auftrag ausgesucht, weil sie ausgezeichnet Englisch sprach, aber es ärgerte ihn trotzdem maßlos, von ihr eine Lektion über englische Pronomen zu erhalten. Dann sagte er sich, nicht kleinlich zu sein. Lau hatte Recht, er hatte unaufmerksam zugehört; er sollte sich bei ihr bedanken, statt sie zu verfluchen. Aber was spielte es ohnehin für eine Rolle? Die kleine Ralston delirierte.

Er konzentrierte sich verbissen darauf, durch den dichten Verkehr auf den Straßen von Kennedy Town zu kommen. Zur Abwechslung würde er noch vor zehn oder elf Uhr abends zu Hause sein, auch wenn er einen großen Stapel Akten und Papierkram mitnahm. Aber wenigstens wäre er körperlich in der Wohnung anwesend. Mit sehr viel Glück brachten sie den Abend vielleicht ohne Nörgelei oder sogar ohne einen ausgewachsenen Streit hinter sich.

Al Masters reckte sich auf seinem Stuhl und verzog das Gesicht über das Knacken seiner verkrampften Gelenke. Ein dumpfer Kopfschmerz lauerte im hinteren Teil seines Schädels und wartete nur darauf, dass seine Konzentration einen Augenblick nachließ, um dann sofort in den Vordergrund zu springen, sich offiziell zu melden und dann auch noch den Rest seines Kopfes zu übernehmen. Masters gelang es, ihn zu ignorieren. Eine Putzfrau klapperte in dem leeren Labor nebenan mit ihrem Eimer, und auch das ignorierte er.

Zwei ordentliche Berichtsmappen lagen in der Pfütze grellen Lichts auf seinem Schreibtisch. Der vorläufige Bericht zu den vier Morden auf dem Peak. Der vorläufige Bericht zu den zwei Morden in der Ummauerten Stadt in Kowloon. Stirnrunzelnd betrachtete er die unschuldig wirkenden Mappen, zog beiläufig mit einem Finger jeder Hand die hingekritzelten Ziffern der Registrierungsnummern nach, als wäre es ein magisches Ritual, mit dessen Hilfe sich einige zusätzliche Geheimnisse erschließen, ein paar zusätzliche Rätsel lösen würden. Was hatten ein reicher Mann in seiner Villa auf dem Peak und ein kleiner Kanalinspektor des Amtes für Stadtentwässerung gemeinsam, ganz zu schweigen von einem arbeitslosen Fabrikarbeiter aus der Ummauerten Stadt – mal abgesehen von der Tatsache, dass alle tot waren? Tot und, natürlich, bemerkenswert blutleer ...

Seufzend legte Masters die beiden Mappen übereinander an den rechten Rand seines Schreibtisches und nahm Lus zwei Obduktionsberichte zur Hand. Nur mal kurz überfliegen, sagte er sich, um sicher zu gehen, dass sein junger Kollege auch ja die Pünktchen auf den *ts* und die Striche durch die *is* nicht vergessen hatte – so was in der Richtung –, und dann würde er Feierabend machen. Masters grinste, massierte seine Schläfen und begann zu lesen.

Lu hatte die beiden Autopsien am Nachmittag durchgeführt, als Masters draußen in der Ummauerten Stadt gewesen war. Die erste war langweilig. Traurig, aber langweilig. Weiblich, Asiatin, zweiunddreißig Jahre. Es gab die offensichtlichen Verletzungen durch schwere Schläge auf Kopf und Schultern sowie Spuren älterer Verletzungen, manche davon voll ausgeheilt, andere teilweise verheilt, aber nichts davon hatte etwas mit der unmittelbaren Todesursache der armen Frau zu tun. Masters überflog Lus trockenen, präzisen Stil. Klassische Würgemale am Hals, typische Zerschmetterung des Kehlkopfs; diese Frau würde jemand ganz sicher nicht mehr verprügeln. Die traurigste Ironie war jedoch, dass der Bastard das Springseil ihrer Tochter als improvisierte Garrotte verwendet hatte.

Was für eine Welt, dachte Masters. Er setzte seine Initialen unter das Formular und legte es zur Seite. Mit einem sehnsuchtsvollen Gedanken an das Bier, mit dem er seinen Tag ausklingen lassen wollte, wenn die Arbeit erledigt war, nahm er den letzten Bericht des Abends zur Hand und lehnte sich zum Lesen zurück. Asiatin, weiblich, siebenundfünfzig Jahre. Langweilig.

Etwa in der Mitte der ersten Seite spannte er sich plötzlich an und beugte sich wieder vor. Mit einem Mal war es überhaupt nicht mehr langweilig. Mein Gott, dachte er, was ist das hier? Eine gottverdammte Epidemie? Hektisch blätterte er zur letzten Seite, um Lus Schlussbemerkungen zu lesen, stieß einen leisen Pfiff aus und blätterte zurück, um noch mal von vorne anzufangen. Er saugte die Worte auf wie das Bier, das er inzwischen völlig vergessen hatte.

Er las Lus Bericht mit großer Aufmerksamkeit und wachsender Erregung zweimal ganz durch. Dann warf er ihn auf den Tisch und blätterte fieberhaft in seinen eigenen Autopsieberichten zu den mehrfachen Morden im Haus der Ralstons und in der Ummauerten Stadt. Er summte eine kleine Melodie.

Ein kurzer Blick auf die Uhr – fast ein Uhr morgens. Egal, sagte er sich, wenn er so unterhaltsame Rätsel vor die Nase geknallt bekam, war Schlaf so ziemlich das Letzte, was er brauchte. Lily würde das verstehen. Vielleicht. Lily und die Zeit gleichermaßen unbefangen vergessend, überflog er seinen Tatortbericht vom Doppelmord in der Ummauerten Stadt, suchte den Namen, von dem er wusste, dass er ihn irgendwo aufgeschrieben hatte, den Namen, an den Wallace sich erinnert hatte. Als er ihn fand, hob er wieder die Augen, um verträumt auf das dunkle Fenster zu blicken. *Wong San-bor.*

Der Weise Wong lag mit geschlossenen Augen und ordentlich auf der Brust gefalteten Händen unter der grauen Decke. Um ihn herum war die Station erheblich stiller als tagsüber. An dem Tisch ein paar Meter entfernt kritzelte die Nachtschwester an ihren Berichten. Der Monitor, an dem der alte Mann im Bett nebenan hing, piepste unregelmäßig. In der Nähe schniefte und stöhnte jemand im Schlaf. Das war alles; selbst in seinem geschwächten Zustand bereitete es Wong keinerlei Schwierigkeiten, diese Geräusche auszublenden.

Die Verbindung. Er musste die Verbindung benutzen.

Er musste wissen, was gerade passierte, und zwar von einer Quelle, die präziser war als diese vagen Echos von Temutmas Blutdurst, die gelegentlich durch den Äther pulsierten. Es hatte bereits Tote gegeben, das wusste er; er hatte die Begeisterungsausbrüche des

Zerstörers gespürt, die panische Angst der Zerstörten, und er hegte keinerlei Zweifel. Aber wo steckte Temutma jetzt?

Die Verbindung war nicht ungefährlich – das war eine von Marachandras letzten Lektionen für ihn gewesen, damals in Samarkand, nur wenige Tage bevor sein Vorgänger seine müden Augen zum letzten Mal schloss. Die Verbindung zeigte einem, was in Temutmas Augen und Ohren war, das hatte Marachandra gesagt, und so war es auch; gleichzeitig jedoch konnte es Temutma vor der Anwesenheit seines Wächters warnen, und das war nicht gut. Wong war erst wenige Male zuvor gezwungen gewesen, darauf zurückzugreifen, als er Temutmas Spur im Chaos am Ende dieses letzten Krieges verloren hatte, und die Erinnerungen daran versuchte er nun beiseite zu schieben, damit sie ihn nicht ablenkten …

… die kleine Schar Überlebender in japanischen Infanterieuniformen kroch auf blutigen Händen und Knien durch den Dschungel, hatte gerade noch genug Energie, die beiden Geiseln zu zwingen, mit ihnen zu kriechen, zwei verzweifelte und zerlumpte Filipinos, die von ihren Feldern entführt worden waren, und das alles durch einen sich ständig bewegenden Schirm aus Mangrovenblättern, von hoch oben gesehen …

… Wong verbannte den Dschungel und öffnete die Augen. Die Verbindung war hergestellt. Über ihm keine schmuddelige Decke eines Krankenhauszimmers mehr; er befand sich an einem Aussichtspunkt hoch über einer dunklen Gasse, hatte das Gefühl von Beton unter den Fingerspitzen, einen stechenden Geruch in der Nase und einen leisen Klangteppich verschiedener Geräusche in den Ohren. Klammerte er sich an die Wand eines Hochhauses? Wahrscheinlich. Der Blick verlagerte sich nach oben zu einer vielleicht vier Meter über seinen Augen liegenden Brüstung, und dann kam die Brüstung näher. Zwei gelbe Hände mit langen Krallen an langen Fingern kamen regelmäßig ins Bild und verschwanden wieder.

Kletterte eine senkrechte Wand hinauf.

Jetzt über die Brüstung und aufs Dach. Ein Wirrwarr dunkler Palmwedel bebte vor Temutmas/Wongs Augen. Wieder der Dschungel? Nein – ein Garten in Töpfen; und dahinter eine aberwitzige Konstruktion aus Brettern und Wellblechelementen. Eine Hütte auf einem Dach. Wong betete, dass sie leer war. Doch dann schnüffelte Temutma den Äther ab, und beide wussten, dass sie nicht leer war.

Näher heran. Um die Seite. Es gab zahlreiche Ritzen in den Wänden, aber es schien Temutma Spaß zu machen, durch die Tür zu gehen. Wong sah den Spalt zwischen Bodenbrett und schlecht passender Tür bedrohlich näher rücken, und dann waren er und Temutma irgendwie durch den Spalt, und gelbe Nebelschwaden trieben durch ihr Blickfeld, die erneut zu gelbem Fleisch geronnen. Im Inneren, in der Dunkelheit, befand sich ein schmales Bett, auf dem sich zwei nur vage erkennbare Gegenstände das Kissen teilten. Köpfe. Zwei Frauen, eine junge und eine sehr alte, beide schliefen.

Näher.

Marachandras Worte: *Deine eigene Essenz muss energisch zurückgehalten werden; hör mit ihm, sieh mit ihm, riech mit ihm, aber verberge dich vor ihm – wenn er dich spürt, wird es seine Wut nur vergrößern.* Und während Wong San-bor beobachtete, was jeden Moment passieren würde, ohne sich einmischen zu können, kämpfte er darum, die glatte harte Einheit der Schale aufrechtzuerhalten. Aber jetzt näherten sich die spitzen gelben Zähne der Kehle der älteren Frau, und Wong/Temutma konnte das Blut unter ihrer Haut pulsieren sehen, und der Blutdurst der Bestie steigerte sich zu einem Druck wie das Meer, das den Rumpf eines sinkenden Schiffes zusammenpresst, das sich spiralförmig in die Tiefe schraubt. Die Lider der alten Frau flatterten. Wongs Schale begann rissig zu werden. Temutma verharrte.

… das Blut der alten bhutik *zuerst, damit die jüngere aufwacht und sieht, und dann könnte er neben dem Blut auch noch Angst kosten, und das Zappeln des glatten Körpers unter ihm würde Vergnügen bereiten, während er seinen Durst stillte; aber etwas regte sich im Äther, etwas Vertrautes, Feindseliges, etwas, das nach einer fast vergessenen Schmach schmeckte … Versklavung …*

»Mr. Wong? Mr. Wong? Geht es Ihnen gut?«

Wong San-bor öffnete die Augen. Er saß kerzengerade und schweißgebadet in seinem Krankenhausbett. Die Nachtschwester stützte ihn, und der Dienst habende Arzt kam angelaufen. Wong zwang sich zu einem matten Lächeln.

»Mir geht es gut, Enkelin. Nur ein schlechter Traum.«

»Armer Mr. Wong, ich werde Ihnen etwas geben ...«

»Nein, Enkelin, mir geht es schon wieder gut.«

Der Arzt verwandelte ein Schulterklopfen in einen sanften Druck, mit dem er Wong aufs Kopfkissen zurückdrückte. Wong wehrte sich nicht. Beruhige sie, sagte er sich. Errege nicht ihre Aufmerksamkeit. Sei ein mustergültiger alter Mann und Patient. Er ließ seine Lider langsam sinken und zwang sich, in einem tiefen, regelmäßigen Rhythmus zu atmen, als wäre er schlagartig wieder eingeschlafen.

»Armer alter Mann. Lange wird's nicht mehr dauern.« Das war die Nachtschwester, während sie das Laken unter Wongs Kinn glatt zog.

»Sie müssen kein schlechtes Gefühl haben, es wird eine Gnade sein. Es ist bestimmt kein großer Spaß, so alt zu sein.« Die Stimme des Arztes verhallte, während er sich entfernte.

Wong entspannte sich. Wie dumm sie doch waren, die sehr Jungen! Was wussten sie denn schon vom Leben? Was wussten sie schon vom Tod? Wie auch immer, er hatte eine Pflicht zu erfüllen, und die Verbindung hatte ihm gesagt, dass ihm nicht mehr viel Zeit blieb, denn Temutma wurde stärker mit jedem Tropfen nicht verzauberten Bluts, den er trank, und Temutmas Wächter musste ebenfalls stark sein.

Zu spät, dachte er mit einem stechenden Bedauern für diese beiden armen Frauen auf dem Dach. Er kannte seinen Temutma. Indem er die Verbindung spürte, wurde er gereizter, die Krallen länger, die Raserei seines Angriffs noch ungestümer. Die Frauen mussten für Wongs nachlassende Selbstbeherrschung zahlen, und sie würden nicht die Letzten sein, die sterben mussten, bevor er wieder stark genug war, sich Temutma zu stellen; und selbst danach würde es weitere Tote geben und dann noch mehr. Darin bestand die Pflicht von Temutmas Wächter.

Mit grimmiger Miene richtete Wong San-bor seine Gedanken und seine beträchtliche Konzentrationsfähigkeit nach innen und versuchte, die Schwäche seines Fleisches zu überwinden.

7

Scott lag mit offenen Augen im Dunkeln und spulte noch einmal die Einzelheiten seines letzten Streits mit Vergie vor gerade mal vier Stunden ab. Eine echte Mutter aller Schlachten, dachte er, weit oben in der Topten aller Auseinandersetzungen, die sie je gehabt hatten; nach dem rekordverdächtigen Klopfen gegen die Decke in der Wohnung unter ihnen waren die Nachbarn der gleichen Meinung gewesen.

Achtzehn Monate, sagte er sich. Erst achtzehn Monate, seit sie bei ihm eingezogen war, und doch war das Zeit genug, dass sich seine Wohnung von einem kleinen Stück Himmel in einen ausgewachsenen Vorgeschmack auf die Hölle verwandelt hatte.

Er drehte sich auf dem Sofa um. Die Wohnung gehörte ihm, genau wie die Möbel, und doch bewirkte ein übersteigerter Sinn für Ritterlichkeit, dass nach solchen Streitereien stets er auf dem Sofa landete, während sich Vergie in seinem Doppelbett im Nachbarzimmer allein in den Schlaf heulte oder wütete. Und warum auch nicht? Was mir gehört, gehört auch dir, hatte er ihr gesagt, damals, als er sie noch unbedingt heiraten wollte, von ihrem glatten, mattgoldenen Körper nicht genug kriegen konnte, durchschnittlich zweimal die Woche mit ihr über Heirat redete. Was für eine Erleichterung es jetzt war, dass sie irgendwie doch nie dazu gekommen waren – eine Scheidung genügte vollauf, er konnte sich nicht vorstellen, all diese rechtlich sanktionierten Aggressionen noch einmal über sich ergehen zu lassen. Nein, wenn er und Vergie sich trennten, was mit jeder neuen Schlacht immer wahrscheinlicher wurde, dann würden keine Anwälte diktieren, was er tun würde, sondern einfach nur gesunder Menschenverstand und was von seinen Gefühlen für sie noch übrig war …

Das Telefon im Flur schrillte los.

Scott warf einen Blick auf die Uhr, als er die Beine vom Sofa schwang. Es war 5.02 Uhr. Als Polizist war er frühe Anrufe gewöhnt, dennoch war er jetzt schon auf denjenigen sauer, der diesmal den Wecker spielte. Wie ein Donnerschlag kam es vom anderen Ende der Leitung.

»Mike! Haben Sie's schon gesehen?«

Chief Superintendent Andrew Halley, Scotts unmittelbarer Vorgesetzter. Kein Morgenmensch. Scott seufzte.

»Morgen, Andy. Tut mir Leid – was soll ich gesehen haben?«

»Den verfluchten *Herald,* Mann. Haben Sie den noch nicht gesehen?«

Scott unterdrückte ein Gähnen. »Ich bekomme die Zeitungen nicht zugestellt, Andy, ich lese immer die Büroexemplare. Und außerdem ist es ohnehin noch ein bisschen früh für die Zusteller …«

»Tja, dann sollten Sie sich gottverdammt besser schnell einen besorgen und herkommen. Sofort. Wir haben ein Problem, Mike. Oder besser gesagt, *Sie* haben ein Problem. In meinem Büro, so schnell Sie können.« Halley knallte den Hörer auf und beendete damit die Verbindung.

»Und dir auch einen beschissen schönen guten Morgen, Andy«, sagte Scott, der den Hörer behutsam auflegte.

»Wer war das, Mike?« Vergie stand in dem seidenen Morgenmantel, den er ihr zu Weihnachten geschenkt hatte, in der Schlafzimmertür. Scott warf ihr einen Blick zu und sah, dass sie geweint hatte. Zu seiner Verzweiflung sah sie trotzdem wunderschön aus – sogar noch mehr wegen ihrer zerzausten, dicken schwarzen Haare, der dunklen Ringe unter ihren sehr dunklen Augen und der Spuren der Tränen auf ihren glatten Wangen. Wie üblich bestand seine erste, instinktive Reaktion darin, sie in den Arm nehmen und trösten zu wollen. Doch der jüngste Streit war noch zu frisch, als dass er ihr schon wieder ein Friedensangebot machen konnte. Wie auch immer, sagte er sich verbittert, auch diesen Film hatten sie schon hinter sich.

»Das war Andy Halley«, sagte er, reckte sich und verschwand ins Gästebad. Für den Fall, dass Vergie sich in dem einen oder dem anderen Bad verschanzte, hatte er in beiden komplettes Rasierzeug deponiert.

»Was gibt's denn? Du wirst doch nicht allen Ernstes so früh schon wieder zur Arbeit gehen?«

»Doch, werde ich. Wegen irgendwas ist die Kacke am Dampfen, und ich glaube, ich werde die Scheiße wohl wegmachen müssen.« Er gab sich alle Mühe, sie zu ignorieren.

Sie stand in der Badezimmertür, als er heißes Wasser ins Becken laufen ließ. Sie legte eine Hand auf die Tür, und er sah im Spiegel, dass sie unter dem Morgenmantel nackt war; nicht, dass der Mantel selbst im günstigsten Fall viel verbarg.

»Aber wir sollten reden«, sagte sie.

»Wir haben gestern Abend geredet, Vergie.« Scotts Wut schwoll in direktem Verhältnis zum Schmerz wieder an. Er hatte nichts mehr zu sagen, nicht jetzt. Und vielleicht auch nie wieder. Lass sie gehen, dachte er. Soll *sie* doch die schreckliche Entscheidung treffen. Während er den Rasierschaum auf seinem Gesicht verteilte, löschte er das Bild ihres Gesichts mit Hilfe kühler mentaler Berechnungen aus. Wie viel er ihr pauschal geben konnte, wie lange er sich monatliche Überweisungen leisten konnte, wie viel ein Flugticket zurück zu ihrer Familie auf den Philippinen kosten mochte. Er war nicht verpflichtet, ihr überhaupt etwas zu geben, aber er würde sie niemals einfach vor die Tür setzen.

Vergie blieb stehen und beobachtete ihn schweigend. Sie stellte ihre eigenen Berechnungen an – wie viel Schaden war bereits angerichtet? Wie viel weiter hatte sie ihn jetzt von sich fortgetrieben? Wie konnte sie ihn zurückgewinnen? Sie beobachtete Scott schweigend beim Rasieren und hoffte, dass er irgendetwas sagen würde, selbst wenn damit der Streit wieder von vorne losging. Überhaupt nicht ertragen konnte sie es, dass er eiskalt schweigend einfach so dastand und sie ignorierte.

Sie versuchte sich zu erinnern, womit der Streit gestern Abend angefangen hatte, aber es vermischte sich mit all den anderen, daher war es vermutlich um die gleichen Dinge gegangen wie immer. Mike arbeitete sechzehn Stunden täglich und war morgens schon wieder aus dem Haus, bevor sie aufwachte. Mike war nie zum Abendessen zu Hause. Mike ging nie mit ihr aus – nein, das war nicht wichtig, es war einzig und allein, *dass Mike niemals bei ihr war.* Einmal hatte er ein Messer in die Seite bekommen und war mit siebenundzwanzig Stichen genäht worden. Als er nach Hause kam, war er kreidebleich und wollte nur noch schlafen. Als sie jetzt daran zurückdachte, hätte sie am liebsten eine Hand ausgestreckt und ihn berührt, aber sie hatte Angst. Angst, dass er ungeduldig vor ihrer Hand zurückzucken und sagen würde, sie solle gehen. Plötzlich war sie sehr dankbar für sein Schweigen. Sie machte auf dem Absatz kehrt, flüchtete ins Schlafzimmer und schloss die Tür hinter sich ab. Wenn er nicht mit ihr reden konnte, dann konnte er ihr auch nicht sagen, dass es aus war.

Ein verfilzter Teppich aus niedrigen, dornigen Kriechpflanzen, hier und da hatte sich drahtiges Gras vorgewagt, bucklige, mit Flechten überzogene Felsnasen; nichts außer dem kühlen Himmel darüber, grau angesichts der nahenden Morgendämmerung. Darunter, die Stadt: ein Teppich einer anderen Art, Schraffierungen aus Straßen und Gassen, komplizierte Muster von Dächern und Grün, und Türme, Türme, Türme – und über allem diese Glocke schlechter Luft und ein erstickender, bhutik-*verseuchter Äther, sich schlängelnd, wirbelnd, nach Möglichkeiten stinkend. Größer, erkannte er, als die größten Städte der alten Zeit, aber auf eine merkwürdige und rätselhafte Art auch minderwertiger.*

Er dachte nach, griff nach den schwer fassbaren Worten. In diesem Zeitalter gab es so vieles, was er nicht verstand. Licht ohne Hitze, Hitze ohne Feuer, Karren und Streitwagen ohne Tiere aus Fleisch und

Blut, die sie zogen – er hatte die Fahrzeuge untersucht, war in das trommelnde, schlagende Herz von einem eingesickert, weil er wissen wollte, was es antrieb, fand Hitze und Fauligkeit, hämmernde Metallkolben und erstickende Gase – ekelhaft. Und als er sich auf einer einsamen Straße vor einer dieser eisernen Bestien aufbaute, weil er seine Stärke mit ihr messen wollte, hatte sie gekreischt und war ausgewichen, hatte ihn dennoch erwischt und hoch in die Luft und weit nach vorn geschleudert, wo er als Haufen schmerzender Glieder und mit angeschlagener Essenz mitten auf der Straße gelandet war. Die Bestie hatte einen *bhutik* erbrochen, der unbeherrscht fluchte, auf ihn eintrat und anfing, ihn mit dem Fuß an den Straßenrand zu schieben. Er hatte dabei komische Worte ausgestoßen, verdammter Scheißaffe, Kotflügel, Versicherung, *und hatte gekreischt und sich beschmutzt, als Temutma sich schließlich umdrehte …*

Der *bhutik* war jetzt neben ihm, lag auf dem Bauch auf dem zähen Gewirr der Vegetation. Er hatte ihn sofort geleert und dann, einer Laune folgend, auf eigenen Füßen den Berg hinaufgebracht, während die Dornen an seinem Fleisch rissen, die zerfetzte Kleidung von ihm herabfiel und die kleinen Lebewesen des Waldes sich im Vorübergehen an ihm nährten, kleine Anmaßungen, die er gern tolerierte wegen der Gefühle, die es ihm vermittelte. Und einmal, als er in seiner Haut eine steile Felswand hinaufkletterte, hatte der *bhutik* den Halt verloren und war gestürzt, und die Knochenschlange in seinem Rücken war zerschmettert worden – und danach hatte sich der Körper um ihn herum flexibler angefühlt, war mit einem Mal zu hochinteressanten Drehungen und Beugungen fähig. Entzückt hatte er damit gespielt, als er seinen Aufstieg fortsetzte.

Jetzt erhob er sich gesättigt und wieder in seiner eigenen Gestalt vom Boden. Er war bereit für eine Ruhephase. Bis zur Morgendämmerung blieben nur noch wenige Augenblicke – aber weit unten waren die Türme zu erkennen, die über dem Nest aufragten, und sollte es erforderlich sein, konnte er sie in drei Schlägen eines *bhutik*-Herzens erreichen. Er stieg höher auf und beobachtete, wie die zerbrochene Hülse des *bhutik* unter ihm kleiner wurde. In der nächsten Kluft in den Bergen tauchten die Lichter einer kleineren Stadt auf, die von einem schmalen Wasserband in zwei Teile geschnitten wurden. Dann stellte er seine Geschwindigkeit auf die Probe und jubelte, als er im Sturzflug zu den Türmen seines Zuhauses zurückkehrte.

Exakt um 5:25 Uhr, als der Himmel gerade hell zu werden begann, verließ Scott die Wohnung und machte sich auf den kürzesten Weg zum Büro. Es war kaum Verkehr. Er kam gut voran und verbannte Vergie mit jeder Drehung der Räder weiter aus seinem Kopf. Also, wegen was regte Halley sich nur so auf? Nachdem er eingeparkt hatte, besorgte er sich an einem Verkaufsautomaten vor dem Präsidium eine Zeitung und faltete die erste Seite auseinander.

Überflüssig, sich auch noch den Rest anzusehen. Der Artikel, der ihm das Leben zur Hölle machen würde, war der Leitartikel. Scott überflog ihn, fluchte leise und las dann noch einmal.

Ausländischer Millionär in Luxusvilla auf dem Peak ermordet
Gestern Morgen wurde Heywood Ralston, 51, Vorstandsvorsitzender der Ralston Group und Vorstandsmitglied zahlreicher weiterer Firmen, im Wohnzimmer seiner Villa auf dem Peak ermordet aufgefunden.

Weiterhin fand man die Leichen seiner Frau Samantha, 47, des Engländers Charles Allway, 31, Geschäftspartner in einem von Mr. Ralstons Jointventures, sowie das 37-jährige Hausmädchen der Ralstons.

Obwohl bislang keine näheren Einzelheiten über das Massaker veröffentlicht wurden, schließt die Polizei einen simplen Einbruch beziehungsweise eine Beteiligung des organisierten Verbrechens aus.

Aufgrund der Art der Verletzungen sowie anderer Indizien hält die Polizei jedoch einen Zusammenhang zu satanistischen oder anderen Sekten durchaus für möglich.

»Es erinnert in vielem an diese Manson-Geschichte«, war aus gewöhnlich gut unterrichteten, der Polizei nahe stehenden Kreisen zu erfahren, wobei man sich auf den Massenmord an Filmstar Sharon Tate und mindestens sieben weiteren Personen durch die berüchtigte kalifornische »Manson-Familie« im Jahre 1969 bezieht.

Einzige Überlebende des Massakers ist Julia Ralston, 19, die an einen geheim gehaltenen Ort gebracht wurde.

Heywood Ralston …

Den Rest des Artikels überflog Scott nur; es war ein detaillierter Bericht darüber, wie steinreich, mächtig und einflussreich Heywood Ralston gewesen war. Nichts wirklich Stichhaltiges über die Morde bis auf eine akkurate Beschreibung, wo genau im Haus der Ralstons die vier Opfer gefunden worden waren. Im letzten Absatz wurde als Aufhänger für eine Fortsetzung der Story wieder auf den vermeintlichen Sektenzusammenhang und die geheim gehaltene, auf jeden Fall aber entsetzliche Art der Verletzungen angespielt. Für weitere Einzelheiten und ein Editorial wurde auf den Innenteil verwiesen, außerdem gab es ein Feature über satanistische Sekten, Sekten im Allgemeinen und die Morde der Manson-Familie im Speziellen, aber Scott hatte bereits genug gelesen, um zu wissen, dass jetzt höchstwahrscheinlich Köpfe rollen würden, möglicherweise angefangen mit seinem eigenen.

Mit grimmiger Miene warf er einen Blick auf die Verfasserzeile – Joseph Fairfield –, faltete dann die Zeitung zusammen und klemmte sie sich unter den Arm. In Gedanken ging er die Gesichter und Namen durch, die er bei der Presse kannte, erinnerte sich jedoch nicht, Fairfield schon einmal begegnet zu sein.

Noch nicht.

Dies, versprach er sich, war eine Unterlassung, der er so bald wie möglich abhelfen würde.

Auf dem Weg zu Halley ging er auf einen Sprung in sein eigenes Büro, um die Akten abzuladen und nachzusehen, ob irgendwelche Mitteilungen für ihn eingegangen waren. Er fand ein paar Routinememos und eine mit dem Zeitstempel von zwei Uhr morgens versehene Bitte, Al Masters zurückzurufen. Aber auch das, entschied er, war bestimmt nur reine Routine. Wahrscheinlich ging es um die Obduktionsberichte eines oder mehrerer der Opfer auf dem Peak. Die Besprechung mit Halley hatte Priorität. Außerdem, sagte sich Scott, würde Al so früh ohnehin noch nicht im Haus sein, sofern er nicht die ganze Nacht im Labor verbracht hatte. Scott warf die Kurzmitteilungen wieder auf den Schreibtisch und ging mit verbissener Miene den Gang hinunter zu Halleys Tür. Halley brüllte, er solle eintreten.

Scott sah sofort, dass Halley gefährlich aufgebracht war. Gefährlich nicht für Scott, sondern für Halley, der im Moment wahrscheinlich mehr Cholesterin als Blut in den Adern hatte. Normalerweise hatte er einen gesunden rötlichen Teint, aber an diesem Morgen hatte sein Gesicht die Farbe des britischen Empire auf einer veralteten Karte.

»Mein Gott, setzen Sie sich, Mike. Haben Sie's schon gesehen?«

»Gerade eben.«

»Was halten Sie davon?«

»Aus dem Stand«, antwortete Mike vorsichtig, »würde ich sagen, wir haben im Department eine undichte Stelle, so groß wie die Niagarafälle. Aber ich glaube, ich kann das ziemlich schnell zurückverfolgen.«

Halleys zinnoberrote Farbe wurde dunkler. »Vergessen Sie die undichte Stelle.«

»Was?«

»Ich sagte, vergessen Sie die undichte Stelle. Die Story ist jetzt draußen, obwohl wir uns die größte Mühe gegeben haben, genau das zu verhindern. Im Moment haben wir nicht die Zeit, uns um interne Angelegenheiten zu kümmern.« Er hustete und senkte den Blick.

Scotts innere Alarmglöckchen schrillten los. Er hatte Andy Halley schon oft genug wütend erlebt, um zu erkennen, dass es diesmal anders war. Halley mied sorgfältig jeden direkten Blickkontakt. Auch bearbeiteten seine Hände nicht in einem furiosen Stakkato den Tisch, sondern waren darauf gefaltet, als müsste er ein nervöses Zittern unter Kontrolle bringen. Andy Halley war nicht wütend – er hatte schlicht und einfach *Angst.*

Scott starrte ihn an und fragte sich, wie hartnäckig er nachbohren sollte. Er war durchaus nicht blind für gewisse inoffizielle Machtstrukturen innerhalb des Departments, auch wenn er sich bislang immer rausgehalten hatte; solange man ihn seine Arbeit effektiv machen ließ, begnügte er sich damit, seinen Verdachtsmomenten freien Lauf zu lassen. Das jetzt fühlte sich anders an. Es fühlte sich *falsch* an. Er lehnte sich auf seinem Stuhl zurück und sagte ruhig: »Kommen Sie, Andy. Nach Ihrem Anruf bin ich davon ausgegangen, dass Sie die undichte Stelle aufgespürt und geschlossen sehen wollten.«

Bei diesen Worten zitterten die Hände unübersehbar, aber Halleys Stimme wurde härter. »Verschüttete Milch, Mike. Vergessen Sie's.«

»Aber …«

»Vergessen Sie die beschissene undichte Stelle. Es ist nicht wichtig!«

»Ist Ihnen jemand auf die Pelle gerückt, nachdem Sie mich angerufen haben, Andy?«

»Was?«

»Es ist noch keine Stunde her, da waren Sie bereit, mir das Leben zur Hölle zu machen, weil die Ralston-Geschichte an die Öffentlichkeit geraten ist. Und jetzt wollen Sie, dass ich alles vergesse. Was soll ich denn da denken?«

Halley bemühte sich offenkundig, nicht die Beherrschung zu verlieren. »Vertrauen Sie mir, Mike, die undichte Stelle ist noch das geringste unserer Probleme. Nachdem die Story jetzt draußen ist, geht der Druck los. Ich will Ergebnisse, und ich will sie schnell. Sie bekommen zusätzliche Leute, so viel Sie brauchen, aber ich will, dass

Sie Gas geben: Ich will den Abschaum, der die Ralstons ausgeknipst hat, und zwar bald. So früh wie möglich. Haben Sie mich verstanden, Mike?«

»Klar, Andy. Ich schnappe die Schurken«, sagte Scott ruhig, »und die undichte Stelle vergesse ich einfach. Ja. Ich verstehe Sie sehr gut.«

Halley zuckte zusammen – kaum merklich zwar, aber Scott hatte kein Problem, es zu entdecken. Frustriert ballte er die Fäuste. Vergiss die undichte Stelle, sagte Halley. So viel zur undichten Stelle. So viel zu Halley. Glaubte Halley wirklich, sein Geheimnis sei ein Geheimnis? Aber es ging Scott gewaltig gegen den Strich, es dabei bewenden zu lassen. Er stand auf und ging zur Tür, blieb jedoch mit der Hand auf der Klinke stehen. »Eines noch, Andy.«

»Was denn?« Halley nahm eine Zeitung vom Schreibtisch und sah sie stirnrunzelnd an. »Ich habe zu tun, Mike, und das Gleiche sollte auch für Sie gelten.«

Scott wählte sehr sorgfältig seine Worte und seinen Ton. »Grüßen Sie bitte«, sagte er mit freundlicher, neutraler Stimme, »Superintendent Bingham von mir.«

Er zog die Tür hinter sich zu.

Die Musikbox war ausgeschaltet worden, was allerdings kaum einen Einfluss auf den Geräuschpegel in der Bar hatte. Joe schaffte es nur so gerade eben, den Kopf nicht auf die Hände sinken zu lassen, die er wie zum Gebet vor sich auf der Theke gefaltet hatte. Es war Viertel vor acht. Morgens. Zumindest glaubte er, dass es Morgen war. Die Bar hätte bereits vor Stunden schließen müssen, aber er hatte der *mamasan* genug von Sys Geld gegeben, um sie zu überreden, für eine geschlossene Gesellschaft noch offen zu halten – worunter jeder zu verstehen war, der zu dem Zeitpunkt zufälligerweise in der Bar war. Er kannte nicht mal ein Viertel der Leute, aber das spielte auch kaum eine Rolle – an diesem Morgen und in den vergangenen zwölf Stunden war die ganze Welt sein Freund.

Joe spürte, wie ihm jemand auf die Schulter klopfte. Sy saß neben ihm, war genauso betrunken und übermüdet wie er selbst. So betrunken, wie man es zu dieser frühen Morgenstunde sein konnte, nachdem man seit sieben Uhr abends getrunken hatte und sich immer noch aufrecht auf einem Barhocker halten konnte.

»He, Kumpel, wie fühlt man sich als einer der heißesten Reporter Hongkongs?«

»Nicht schlecht.« Genau genommen war's ein gutes, verdammt gutes Gefühl, und es war auch ein gutes Gefühl, ausgerechnet an diesem Tag nicht angetrunken ins Büro gehen zu müssen. Man würde ihn sowieso frühestens am späten Nachmittag erwarten, wenn er die Fortsetzung seines Knüllers vorbeibringen musste, und darüber würde er frühestens ab Mittag nachdenken. Wenn auch nur vorübergehend, war er der absolute Star des *Herald.*

Überall in der Bar lagen die Frühausgaben seiner Zeitung. Um halb sechs hatte Sy eines der Barmädchen losgeschickt, als die Verkäufer noch damit beschäftigt waren, ihre Ware auf den dunklen Straßen zu sortieren. Sie war mit zwanzig Exemplaren zurückgekehrt, das waren zwei Drittel des Vorrats des Zeitungsverkäufers an der nächsten Ecke. Die meisten Gäste waren zum Lesen viel zu betrunken, und die wenigen, die den Artikel lasen, hatten keinen Schimmer, wie wichtig die Story für Joe war. Es war ihm auch gleichgültig. Das war ein absolutes Highlight, es war die unerwartete brillante Renaissance einer Karriere, die zwei Tage zuvor noch so gut wie tot gewesen war.

»Wird ein toller Tag«, sagte Joe.

Sy, stets vernünftig, selbst wenn er betrunken war, sagte: »Du solltest besser langsam dran denken, wieder nüchtern zu werden, Kumpel. Du musst für Morgen noch deine Fortsetzung schreiben.«

Der Ratschlag ernüchterte Joe beinahe schlagartig. Schon richtig, er musste den nächsten Artikel schreiben. Die Story würde seinen Namen noch mindestens zwei Tage in aller Munde halten ... und was noch besser war, sie würde ihm den Chefredakteur vielleicht mindestens eine Woche vom Hals halten.

»Okay«, sagte er, »aber lass uns nichts überstürzen. *Noch einen Absacker,* okay?«

Sy rülpste. »Was hast du gesagt?«

»Ich glaube, ich habe gesagt: ›Noch einen für unterwegs.‹ Auf Deutsch.«

»Gibt's hier einen Deutschen?«, brüllte Sy. Als er sich von der Theke wegdrehte, verstummte er schlagartig. Direkt vor ihm stand ein Mann, dessen Größe, wären sie im Freien gewesen, verdammt viel Sonnenschein verdeckt hätte. Sy blinzelte ihn an. Er war sehr kräftig und sehr nüchtern, und er fixierte Joes Hinterkopf mit bedenklicher Feindseligkeit.

»Joe? Alter Kumpel?« Sy packte Joes Arm und schüttelte ihn. Joe, gerade mit der komplizierten Aufgabe beschäftigt, zwei weitere Biere zu bestellen, war über die Unterbrechung alles andere als glücklich.

»Is'n los, Mann? Hoppla.« Er hatte sich ebenfalls umgedreht und starrte nun zu dem bedrohlichen Riesen vor ihnen auf.

»Joseph Fairfield?«

»Das ist er«, sagten Joe und Sy gleichzeitig und zeigten aufeinander. Sie prusteten laut los, beugten sich vor, schlugen sich gegenseitig auf den Rücken und fielen dabei fast von ihren Barhockern. Als ihr Gelächter schließlich abebbte, schauten sie wieder auf und stellten fest, dass sich der kräftige Mann nicht von der Stelle gerührt hatte. Er hatte auch nicht gelacht, und allmählich sickerte es durch den Nebel in Joes Kopf, dass sich jemand in echten Schwierigkeiten befinden könnte. Vielleicht sogar er selbst. Er hob die Hände.

»Okay, ich gestehe. Ich bin's – oder besser, ich bin er. Und wer sind Sie?«

Bei dem Stakkato begann Sy, sich wieder zu krümmen, was wiederum Joe loslachen ließ, und schließlich brachen beide erneut in schallendes Gelächter aus. Als sie diesmal aufhörten, wirkte der Mann vor ihnen noch größer. Und dieses Mal hielt er einen Dienstausweis hoch.

»Ich bin Police Superintendent Scott«, sagte er mit einem leichten schottischen Akzent. »Jemand in Ihrem Büro hat mir gesagt, wo ich Sie finde.«

Das Gesicht von David Strange mit einem dreckigen Grinsen auf den Lippen trieb Joe in den Kopf. Mit einigen Schwierigkeiten gelang es ihm, den stämmigen Polizisten wieder anzusehen. »Nachdem Sie mich nun gefunden haben«, sagte er, »was wollen Sie von mir?«

»Gegenseitige Hilfe«, antwortete Scott prompt. »Das heißt, Sie können sich eine Menge Ärger ersparen, indem Sie mir helfen.«

Joe spürte, dass er sehr schnell nüchtern wurde. Er war nicht sicher, was dieser Mann mit Ärger meinte, aber er sah ganz danach aus, als hätte er davon reichlich zu bieten.

»Okay, was wollen Sie?«

Scott schaute sich in der Bar um. In der Ecke gab es einen freien Tisch, und darauf deutete er nun.

»Nein, danke«, sagte Joe und zeigte mit dem Daumen auf Sy. »Ich denke, wir sollten lieber vor meinem sehr guten Kumpel hier reden. Falls ich mit blauen Flecken aufwachen sollte, kann er mir dann wenigstens sagen, wie es dazu gekommen ist.«

»Sie sehen zu viel fern, Mr. Fairfield. Aber schön, unterhalten wir uns in Gegenwart Ihres Freundes.«

Joe lehnte sich gegen die Theke zurück.

»Der erste Punkt auf der Tagesordnung ist Ihr Artikel im *Herald* von heute Morgen. Ich will wissen, woher Sie Ihre Informationen haben.«

Einen Moment durchzuckte Joe die blanke Panik. Falls er wirklich in Schwierigkeiten steckte, Bill of Rights hin oder her, könnte er diese Information dennoch nicht geben, selbst wenn er wollte. Er wusste es schlicht und einfach nicht. Er riskierte einen schrägen Seitenblick zu Sy.

»Darauf kann er Ihnen keine Antwort geben«, sagte Sy entschieden. Er klang beinahe ebenfalls nüchtern.

Scott richtete seine volle Aufmerksamkeit auf Sy. »Und wer zum Teufel sind Sie?«

»Jemand, der in der Lage ist, sehr negative Dinge über *gwailo*-Polizisten zu schreiben, die ihn beschimpfen«, erwiderte Sy ruhig.

»Arbeiten Sie auch beim *Herald*?«

»Nein.« Sy schloss mit einem lauten Schnappen den Mund.

»Aber Sie sind Journalist?«

»Vielleicht. Und Sie sollten wissen, dass eine Feder mächtiger ist als eine .38er Police Special.« Er zog einen Kugelschreiber aus seiner Brusttasche, richtete ihn auf Scott und sagte: »Peng!« Die Illusion von Nüchternheit zerplatzte; in einem neuerlichen Kicheranfall brach er gegen Joe zusammen. Nach einem Moment fing Joe auch wieder an.

»Sehr komisch«, sagte Scott und beobachtete sie grimmig. »Ich bin amüsiert.« Dann beugte er sich so weit vor, bis sein Gesicht nur wenige Zentimeter von ihrem entfernt war, und sprach mit übertriebener Liebenswürdigkeit weiter. »Hört zu, ihr Clowns. Das waren ausgesprochen hässliche Morde, und im Hinblick auf meine Ermittlung war es wichtig, dass manche der Tatumstände vertraulich blieben. Umstände, über die Mr. Fairfield eine ganze Menge zu wissen scheint. Sie würden der Öffentlichkeit einen großen Dienst erweisen, wenn Sie mir verrieten, woher Sie Ihre Informationen haben.«

»Tut mir Leid«, antwortete Joe, dem es überhaupt nicht Leid tat und der sich noch viel weniger mutig fühlte, »ich kann meine Quelle nicht preisgeben.«

Scott trat einen Schritt zurück, ohne seinen Blick auch nur eine Sekunde von dem Reporter zu nehmen. »Sehr löblich. Jetzt werde ich Ihnen sagen, was ich glaube.«

Joe und Sy wechselten verstohlene Blicke. Keiner von ihnen wollte wissen, was Superintendent Scott glaubte. Scott beugte sich wieder vor, sodass er flüstern konnte.

»Ich glaube, Sie haben Ihre Informationen von *Mr.* Bingham, Superintendent of Police, Informant der Öffentlichkeit und Feld-Wald-und-Wiesen-Arschloch, und sollte ich jemals in der Lage sein, das zu beweisen, werde ich ihn nageln und Sie gleich mit.« Er sah ganz betont Sy an. »Und Sie auch!«

Sy hüstelte schüchtern. »Sie sind nicht mein Typ«, murmelte er.

Scotts Miene versteinerte, entspannte sich dann plötzlich wieder. Er grinste sogar. »Ich gebe Ihnen einen guten Rat – halten Sie sich von Bingham fern. Wenn Sie von jetzt an Informationen haben wollen, kommen Sie zu mir. Möglicherweise gibt es ja Meldungen, deren Veröffentlichung der Ermittlung nicht schaden, es könnte sogar Dinge geben, von denen ich möchte, dass Sie sie veröffentlichen. Hier ist meine Karte.« Er verharrte kurz mit der Karte in der Hand, entschied dann instinktiv, sie Sy zu geben, der einen Moment zögerte und sie dann zaghaft aus Scotts Fingern klaubte.

»Ist das jetzt ein Preiskrieg«, fragte Sy, »oder ein Übernahmeangebot?«

Scotts Miene verfinsterte sich wieder. »Meine Informationen kommen ohne Preisschildchen. Die einzige Bedingung lautet, dass sie mit mir zusammenarbeiten und nicht gegen mich. Wenn Sie das tun, werde ich die Story von heute Morgen vergessen, und wir können Freunde sein. Falls nicht ...« Er beugte sich vor und schnipste mit einer für einen Mann seiner Körperfülle erstaunlichen Geschicklichkeit etwas Zigarettenasche auf Sys Revers und rückte Joes Krawatte zurecht. »Falls nicht«, beendete er den angefangenen Satz, »sind Sie Geschichte.« Er drehte sich um und ging.

»Das war heavy«, meinte Joe nach einer nachdenklichen Pause.

»Heavy, heavy«, stimmte Sy zu.

»Und? Hatte Rob Roy Recht, was deine Informationsquelle betrifft?«

»Ja«, flüsterte Sy, »aber sag's keinem weiter.« Er fragte sich gerade, wie groß die Schwierigkeiten tatsächlich waren, in denen er womöglich steckte. Er hatte das Gefühl, dass es eine ziemlich gute Idee sein könnte, Scotts Angebot ernsthaft in Erwägung zu ziehen, und eine noch bessere Idee, die Nummer von Mr. Binghams Piepser zu vergessen.

»Mein Gott, weißt du was?«, fragte Joe. »Dieser schottische Bastard hat mir so eine Angst eingejagt, dass ich jetzt scheißnüchtern bin.«

Er drehte sich zum Barkeeper und bestellte. Sy steckte Scotts Visitenkarte in die Jackentasche. Dabei berührten seine Finger den Zettel, auf dem die Telefonnummer einer gewissen jungen Dame stand, und den zog er nun heraus und starrte ihn hungrig an. Er hoffte, dass Stacey die Mühe wert war.

Als Scott in sein Büro zurückkehrte, fand er eine weitere Nachricht von Al Masters auf dem Schreibtisch, nachdem er kurz in der Einsatzzentrale gewesen war, um Aufgaben an seinen unerwartet vergrößerten Personalstab zu verteilen. Es ist ja durchaus nicht so, dachte er, dass ich viel habe, womit mein Team weitermachen könnte. Sechs neue Männer, für die er Arbeit finden musste, Männer, die von einem halben Dutzend anderer Fälle abgezogen worden waren, und er hatte im Moment kaum genug, um zwei von ihnen zu beschäftigen.

Mit einem Seufzer griff Scott nach dem Telefon – wieder Autopsieberichte auf leeren Magen; einer dieser Tage, an denen er gegen Mittag vielleicht zum Frühstücken kam –, doch WPC Mo steckte ihren Kopf durch die Tür, bevor er die erste Ziffer von Alberts Nummer gewählt hatte.

»Mr. Scott, Sir, ein Mann möchte Sie sprechen.« Sie schaute auf das Blatt in ihrer Hand. »Ein Mr. Simon Valence.«

»Wer?« Scott legte den Hörer wieder auf und rieb seine brennenden Augen. »Ach ja, richtig – der Typ, mit dem Julia Ralston am Tatabend aus war. Ich spreche mit ihm in Raum drei.«

Der schmollende junge Mann in Vernehmungszimmer drei strahlte in seinen anthrazitfarbenen Maßanfertigungen: von den polierten Schuhen über den dreiteiligen Anzug bis zur Seidenkrawatte. Julias ironischer Ausdruck schoss Scott in den Kopf: *aufstrebender junger Managementsuperstar.* Scott unterdrückte seine instinktiv feindselige Reaktion und bot ihm die Hand an. Valence ignorierte sie geflissentlich und trommelte als Zeichen seiner Ungeduld mit den Fingern auf den Tisch.

»Könnten wir das jetzt hinter uns bringen, Mr. ... Habe Ihren Namen nicht mitbekommen. Meine Zeit ist kostbar.«

Scott ließ WPC Mo mit ihrem Notizblock Platz nehmen. Er ließ sich selbst reichlich Zeit, bis er sich auf den Stuhl gegenüber von Valence setzte. Er spürte, wie sich das Schutzschild der kalten und perfekten Höflichkeit langsam aufbaute, das er in Gegenwart von Arschlöchern stets annahm.

»Es tut mir Leid, Ihre kostbare Zeit in Anspruch nehmen zu müssen, Mr. Valence, aber vier Menschen sind tot. Was Ihnen natürlich bekannt ist.«

Valence zuckte die Achseln. »Natürlich weiß ich das – sehr traurig für die arme Julia Ralston, aber ich sehe wirklich nicht, was ich damit zu tun habe. Ich habe nichts gesehen, und außerdem kenne ich das Mädchen erst seit wenigen Wochen.«

»Aber Sie waren an diesem Abend mit Miss Ralston aus?«

»War ich, ja.«

»Wo sind Sie hingegangen? Und haben Sie jemanden gesehen, der sich daran erinnern könnte, dass Sie dort waren?«

Mit einer gelangweilten Überheblichkeit, bei der es Scotts Hände juckte, sich zu Fäusten zu ballen, spulte Simon Valence seinen mit Julia verbrachten Abend herunter. Zuerst das Restaurant, dann das Horrorfilm-Festival (natürlich Julias Idee, normalerweise überhaupt nicht sein Ding), die schicke Weinstube, danach der Yachtclub und die Fahrt nach Hause. Er nannte Kellner im Marina Club, fügte ein paar Namen hinzu, an die sich Scott vage von den *Paparazzi*-Seiten im hinteren Teil der Tageszeitung erinnerte, erwähnte einen Managerkollegen, dessen Wagen etwa zur gleichen Zeit wie sein eigener Porsche zum Eingang gebracht wurde. Ja, Julia war die ganze Zeit bei ihm. Nein, es war unmöglich, dass sie während des Filmfestivals einige Zeit hätte verschwinden können. Ja, es war gegen zwanzig nach vier, als er sie zu Hause absetzte; er erinnerte sich deutlich, dass sie auf ihre Uhr geschaut und sich überrascht über die Zeit geäußert hatte. Scott bemerkte, wie sich eine gewisse Härte in die Augen des reichen

Schnösels schlich, als er dies erzählte, und erriet ganz richtig den Grund dafür. Das Mädchen hatte ihn abblitzen lassen.

Und als Valence fertig war, wusste Scott, dass er seinen besten und einzigen Verdächtigen verloren hatte – immer angenommen, Valence' Geschichte ließ sich bestätigen, woran Scott allerdings keinen Zweifel hatte. Valence' Date mit Julia war so gut dokumentiert, wie es sich der pingeligste Polizist nur wünschen konnte. Julia Ralston war höchstwahrscheinlich entlastet.

»Vielen Dank, Mr. Valence«, sagte er höflich und erhob sich.

»Das war's? Ich darf gehen?«

»Gewiss, Mr. Valence. Und wir sind Ihnen für Ihre Mitarbeit sehr dankbar.« Scott ging zur Tür und hielt sie viel sagend auf. Simon Valence erhob sich und brachte seinen perfekten Anzug in Ordnung.

»Ich muss wirklich sagen, Inspector, Sie haben sowohl Ihre als auch meine kostbare Zeit verplempert. Sie sollten lieber draußen sein und denjenigen schnappen, der dieses Ekel erregende Verbrechen begangen hat, statt in Miss Ralstons Privatangelegenheiten herumzuschnüffeln.«

»Nochmals vielen Dank, Mr. Valence.«

»Es sei denn, ihr seid blöd genug, zu glauben, die arme Julia hätte irgendetwas damit zu tun.«

»Wir wissen Ihre Mitarbeit sehr zu schätzen.« *Arschloch.*

»*Ich* würde mir das nicht gefallen lassen, wissen Sie. Das arme Mädchen hat schon genug durchgemacht. Ich habe gute Beziehungen zu …«

»Vielen Dank«, presste Scott durch zusammengebissene Zähne, »für Ihre Mitarbeit.«

Valence stolzierte mit erhobener Nase hinaus. Scott schloss hinter ihm leise die Tür, setzte sich an den Tisch und vergrub das Gesicht in den Händen. »Haben Sie alles, Mo?«, fragte er.

»Jawohl, Sir.«

»Gut. Geben Sie Grant und Chan die Namen – ich möchte, dass jeder einzelne ihrer Schritte bestätigt wird.«

Nachdem Mo gegangen war, blieb Scott noch ein paar Augenblicke sitzen. Nicht zum ersten Mal wurde ihm bewusst, wie wenig er die Reichen mochte. Simon Valence mit seiner Verachtung für Scotts Anzug von der Stange; Julia Ralston mit ihrem Trotz und ihren hysterischen Anfällen. Obwohl, erinnerte er sich, das Mädchen reichlich Entschuldigungen für ihr Verhalten hatte, und wer konnte schon sagen, wie sie unter normalen Umständen war. Allem Anschein nach hatte sie es am fraglichen Abend abgelehnt, mit Simon Valence Matratzengymnastik zu machen, was ganz klar für den guten Geschmack des Mädchens sprach.

Simon Valence. Was für ein Arschloch.

Albert Masters war in eine seiner manischen Phasen gefallen, seiner Frau Lily wohl bekannt und von ihr gefürchtet. Sein Schlafbedürfnis schrumpfte auf wenige Stunden pro Nacht, und seine Nahrung bestand nur noch aus Kaffee, Zigaretten und einer Schale Nudeln, die er sich aus der Kantine bringen ließ. Er beugte sich über das Vergleichsmikroskop, nahm grausige Fotoabzüge aus einer Reihe von sieben Umschlägen, die ordentlich an der Kante des Labortisches aufgereiht lagen, und summte leise, als er sie unter die Binokularobjektive legte. Von Zeit zu Zeit warf er einen Blick in ein großes, illustriertes Buch auf dem Arbeitstisch links neben dem Mikroskop oder machte Skizzen in das Notizbuch neben seinem rechten Ellbogen. Als er an einen Tatort in Mong Kok gerufen wurde, es handelte sich um einen Doppelmord, brüllte er, ohne dabei die Augen vom Okular zu nehmen, nach Lu, der an seiner Stelle fahren sollte.

Stunden vergingen. Zwölf Uhr mittags. Schließlich drehte sich Masters vom Arbeitstisch fort, rieb sich die Augen und wählte die Nummer von Scotts Apparat.

Mo meldete sich und teilte ihm mit, dass Scott wieder gegangen war, vielleicht, um sich etwas zu essen zu holen, er werde aber zur Pressekonferenz um eins zurück sein.

»Sagen Sie ihm, er soll mich sofort anrufen, sobald er reinkommt.

Es ist dringend, okay? Er wird begeistert sein, wenn er erfährt, was ich habe.«

Er legte auf und beugte sich abermals über sein Mikroskop. Die Ralstons, Allway, Cortez, Lee, Chu, Tang. Alles passte. Jeder passte.

Masters summte vergnügt und blätterte wieder in dem dicken Wälzer, um seine Augen an den Illustrationen zu weiden, die ihn *wirklich* begeisterten.

8

Robin Cheung und seine Spaßtruppe. Bereits einige Zeit nannte Tony Wallace sie insgeheim so, diese vergnügte kleine Schar Staatsdiener, die unterwegs war, den Reichen Geld zu bringen und die Armen der Ummauerten Stadt in Kowloon zu enteignen; und er selbst, vermutete Wallace, spielte die Rolle eines unwilligen Sheriffs von Nottingham, nur eben genau umgekehrt, er beschützte diese in Anzüge gekleideten Banditen, während sie sich daranmachten, mit ihrer PR-Tour den Widerstand in Kapitulation zu verwandeln. Im Großen und Ganzen, dachte er, wäre er lieber bei der Mordkommission.

Er war sich bewusst, dass sie verfolgt wurden auf den dunklen, zerbröckelnden Betonfußwegen von Abschnitt eins, während sie über freiliegende Rohre und halbherzig vergrabene Stromleitungen stiegen, mit den Ellbogen Warnungen vor Rattengift streiften, die deutlich sichtbar auf die feuchten Wände geklebt waren. Auch Augen folgten ihnen, linsten verstohlen durch die Gitter von mit Vorhängeschlössern gesicherten Haustüren oder kleinen illegalen Fabriken, von denen Wallace wusste, dass sie bis unmittelbar vor Eintreffen der Abrisskolonnen in Betrieb bleiben würden. Ein Trupp gelb behelmter Bauarbeiter marschierte an ihrer Gruppe vorbei zu einer Treppe, die sie zu der fernen, vielschichtigen Problematik der Dächer führen würde; ihre Aufgabe bestand darin, Asbestisolierungen von den

Wänden einiger verlassener Wohnungen zu reißen. Wallace wunderte sich – warum ausgerechnet jetzt? War es nicht ein bisschen spät, sich um die Gesundheit der Mieter Sorgen zu machen?

Cheung blieb an der Einmündung eines dunklen Korridors stehen. »Ich habe hier zwei Gesprächstermine«, sagte er auf Kantonesisch zu Wallace, »aber ich glaube kaum, dass ich Sie brauchen werde.«

Wallace zuckte mit den Achseln. »Wenn Sie sicher sind ...«

»Ziemlich sicher. Manchmal ist es besser, wenn wir ohne Polizei kommen. Sie verstehen.«

Ja, Wallace verstand. Entweder waren es einfache Menschen, die einer Polizei misstrauten, die aus der feindlichen Welt außerhalb der Ummauerten Stadt einzumarschieren schien, oder sie standen auf der dunklen Seite des Hongkonger Gesetzes, waren vielleicht Drogenbarone, und in beiden Fällen konnte sich Wallace mehrere Gründe vorstellen, warum Cheung nicht wollte, dass er womöglich die Verhandlungen störte.

»Wie lange werden Sie brauchen?«

Cheung zuckte die Achseln. »Vielleicht zwei Stunden.«

»Weidmannsheil.«

Er schaute Cheung und seiner Spaßtruppe nach. Auf gar keinen Fall würde er zwei Stunden hier rumstehen und Däumchen drehen, aber irgendwer würde es wohl müssen. Er verzog das Gesicht, sah PC Wu an und deutete mit dem Daumen auf den Korridoreingang. Wu verzog ebenfalls das Gesicht, als er sich vor der Wand postierte.

»Ich geh ein bisschen spazieren – bin bald wieder zurück. Rufen Sie mich, wenn sie rauskommen.«

Wu nickte und war bereits gelangweilt. Wallace orientierte sich und ging langsam los. Er glaubte, die faszinierende Privatbibliothek des Weisen Wong läge um die übernächste Ecke links, während es zum Tatort des gestrigen Mordes ein paar Blocks weiter nach rechts ging. Er wog den Nutzen, zu den zugemauerten Fenstern des Weisen Wong hinaufzustarren, gegen die hohe Wahrscheinlichkeit von ein bisschen Gesellschaft, Klatsch, ja sogar einer Tasse Tee am Tatort des Mordes ab und hielt sich dann entschieden nach rechts. Die Tasse Tee war eindeutig die verlockendere Vorstellung.

Eine Frau rief ihm aus den Schatten zu – die alte Hure namens Toothless. Sergeant Tsui hatte Wallace taktvoll vor ihr gewarnt. Ungefähr fünfzig, jedoch mit dem Aussehen einer Sechzigjährigen, baute sie sich seit Jahren Tag für Tag in derselben dunklen Nische auf und war ungefähr genauso schwer abzuschütteln wie ein riesiger Blutegel, wenn sie meinte, in einer Tasche einen Penny mit ihrem Namen darauf erspäht zu haben. Die Uniform stellte keinen Schutz dar. Toothless hatte in ihrer Vergangenheit anscheinend eine lange Liste von Polizisten vorzuweisen. Wallace zwinkerte ihr zu und ging weiter. Ansonsten war der Durchgang menschenleer.

Er zögerte vor einer schäbigen Teestube, aus deren offener Tür eine Kantopop-Version von *Scarborough Fair* nach draußen rieselte. Eine Hand voll alter Männer in schmutzigen Baumwollhemden und Hosen saß schweigend an Tischen im schäbigen Inneren. Sie blickten teilnahmslos zu ihm hinaus; er schien hier nicht besonders willkommen zu sein. Wallace fragte sich, welche Art Unterhaltung beim Anblick seiner Uniform und seines *gwailo*-Gesichts wohl abrupt aufgehört hatte. Old Toothless hatte wenigstens ein paar freundliche Worte für ihn gehabt. Mit etwas schnellerem Schritt ging er weiter – die Ummauerte Stadt fing an, ihm an die Nieren zu gehen – und bog in den schmuddeligen Durchgang ein, an den er sich vom Tag zuvor erinnerte.

Endlich war was los. Mindestens vier Haushalte schienen auf diesem schmalen Abschnitt des Labyrinths gleichzeitig auszuziehen. Einkaufswagen und Handkarren, beladen mit überquellenden Körben, blockierten die Gasse beinahe völlig; ganze Familien kamen mit noch mehr Körben sowie Schnüren und Draht aus den Türen geflitzt, um die kopflastigen Ladungen zu sichern. Die wenigen Gesichter, die sich bei Wallace' Nahen umdrehten, waren argwöhnisch. Er nickte ihnen zu, und schnell schaute man wieder fort. Ein Stück weiter richtete sich der PC auf, der neben der mit gelbem Band versiegelten Tür lungerte.

»Was ist denn hier los, Kai?«, fragte Wallace.

»Die ziehen aus, Sir.«

»Sehe ich selbst. Aber warum? Sie scheinen es plötzlich ziemlich eilig zu haben.«

Der PC deutete mit dem Kopf auf die versiegelte Tür. »Sie haben Angst wegen der Morde. Manche warten nicht mal ab, bis die Entschädigungsvereinbarung durch ist.«

Wallace nickte, aber er war verdutzt. Er hatte Verständnis für die natürliche Angst, die diese Menschen einem gewaltsamen Tod praktisch vor ihrer eigenen Haustür beimessen würden; allerdings musste es schon eine verflucht große Angst sein, wenn sie ihr stärkstes Verhandlungsargument einfach so aus der Hand gaben, nämlich das von Mietern, die sich weigerten auszuziehen. Er zögerte, dann ging er zu einer weißhaarigen Frau, die fieberhaft versuchte, einen Karton auf ihren bereits hoch beladenen Handkarren zu wuchten.

»Lassen Sie mich helfen, Großmutter.«

Sie trat misstrauisch zurück und beobachtete ihn mit stechendem Blick, als er den Karton auflud.

»Warum gehen Sie jetzt fort, Großmutter? Wussten Sie, dass schon bald Leute von der Regierung herkommen, um mit Ihnen über Ihr Geld zu sprechen? Wenn Sie jetzt ausziehen, könnten Sie weniger bekommen.«

Sie grunzte. »Ich werde gehen, solange ich noch meine Kehle habe, junger Mann.«

»Was?«

Mit gerecktem Kinn verschob sie den Karton um ein paar symbolische Zentimeter von der Stelle, wohin er ihn gepackt hatte. »Ohne den Weisen Wong sind wir hier nicht mehr sicher. Wir gehen jetzt, solange wir noch unsere Kehlen haben.«

»Ich verstehe nicht.«

Sie schaute ungeduldig zu ihm auf. »O doch, das tust du, *gwailo.*

Du und deine Schweineregierung! Ihr habt den Weisen Wong weggebracht, damit wir alle schnell ausziehen müssen und ihr uns weniger Geld zu geben braucht. Ihr Schweine!«

»Nein …«

»Und sollte deine Schweineregierung versuchen, uns dafür zu bestrafen, dass wir ihm helfen, kannst du denen Folgendes sagen: Wir hatten keine andere Wahl, als ihn willkommen zu heißen, als er herkam. Es war eine Ehre, aber eine Wahl hatten wir nicht. *Nicht die geringste!* Sag denen das.«

»Ich weiß wirklich nicht, wovon Sie sprechen. Ehrlich nicht, Großmutter …«

Die alte Frau kehrte ihm den Rücken zu und spuckte aus, dann stapfte sie durch ihre Wohnungstür davon. Wallace hörte ein Klirren, das er als billiges Geschirr interpretierte, das mit kathartischer Wucht in einen Karton geschmissen wurde. Stirnrunzelnd kehrte er zu dem PC zurück.

»Dieser Weise Wong …«, setzte er an.

»Ja, Sir. Einige dieser Leute haben ihn mir gegenüber ebenfalls erwähnt, als ich hier angefangen habe.«

»Und?«

»Sie wollten von mir wissen, wann wir ihnen den Weisen Wong zurückbringen.«

»Und Sie haben was geantwortet …«

»Ich habe geantwortet, ich wüsste nichts von einem Weisen Wong, Sir. Sir?«

»Ja?«

»Die Leute haben gesagt, sie brauchen Schutz, und ich habe ihnen geantwortet, die Polizei würde sich um sie kümmern. Aber sie haben mich nur ausgelacht. Sie sagten, sie wollen den Weisen Wong. Und dann fingen sie an auszuziehen. Ich habe das Präsidium unterrichtet, Sir.«

Wallace zuckte die Achseln. »Merkwürdig, aber eigentlich nicht unser Problem. Ist noch jemand in der Wohnung?«

»Nein, Sir. Aber die Spurensicherung will später noch mal vorbeikommen.«

»Mr. Masters?«

»Jawohl, Sir.«

»Grüßen Sie ihn von mir.« Wallace runzelte die Stirn, als er an Masters' merkwürdige Erklärungen vom Vortag dachte. »Und richten Sie ihm etwas aus. Sagen Sie ihm, ich werde mich bei ihm melden.«

»Sir.«

»Sagen Sie ihm, schon sehr bald.«

»Jawohl, Sir.«

Wallace kehrte zur Ecke zurück und drückte sich dicht an die Wand, um zwei beladene Handkarren an sich vorbeiflitzen zu lassen. Er warf einen Blick auf die Uhr und stellte fest, dass er noch jede Menge Zeit hatte – Cheung von Sherwood dürfte gerade mal mit seiner Arbeit begonnen haben. Unweit der nächsten Ecke und grob in Richtung der Wohnung des Weisen Wong sah er eine weitere Massenabwanderung in den letzten Phasen des Packens. Wallace zögerte kurz und schlenderte dann langsam auf die Karren zu, wobei er einige Fragen ausprobierte, die ihm durch den Kopf gingen.

Warum gingen sie? Warum hatten sie Angst?

Und was sollte der ganze Quatsch über den Weisen Wong?

»Superintendent, wann rechnen Sie mit den ersten Festnahmen?«

Joe Fairfield schaute zu der jungen Engländerin hinüber, die diese Frage gestellt hatte. Die Verzweiflung auf dem Gesicht von Superintendent Scott spiegelte, was Joe ebenfalls empfand. Hätte die dumme Kuh Scott richtig zugehört, wüsste sie, dass die Polizei noch weit davon entfernt war, eine Festnahme durchzuführen.

Das hatte Scott natürlich nicht wirklich gesagt, aber bei solchen Pressekonferenzen musste man zwischen den Zeilen lesen können. Die Frau kommt frisch von der Journalistenschule, dachte Joe. Vielleicht hatte sie aber auch einen Fernkurs in freiem Journalismus mit Schwerpunkt auf das Stellen dummer, sinnloser Fragen bei Pressekonferenzen absolviert. Joe musterte die Frau näher. Ganz klar britisch, praktisch keine nennenswerten Titten, intelligentes, ernstes Gesicht. Ihre größte Aussicht auf eine erfolgreiche Karriere, beschloss Joe, bestand darin, mit ihrem Chefredakteur ins Bett zu gehen.

Joe war momentan stinksauer auf den Journalismus im Speziellen und die Welt im Allgemeinen. Und sein Missfallen wuchs in direktem Verhältnis mit dem Abebben seines Katers. Die Party war vorbei. Sein Knüller war noch keine zwölf Stunden alt, und schon saß ihm Adamson wieder im Nacken. Nach Superintendent Scotts brillanter Demonstration, wie man mit vielen Worten absolut nichts sagte, stand Joe vor dem großen Problem, sich eine Schlagzeile für die nächste Ausgabe einfallen zu lassen.

Die Leute standen jetzt auf. Stühle wurden gerückt, Notizblöcke eingesteckt und Funktelefone ausgepackt. Die kleine Schar Journalisten drängelte zum Ausgang. Joe nickte Sy zu. Theoretisch war ihre Zusammenarbeit ein Geheimnis; sie hatten es sich vor langer Zeit zur Gewohnheit gemacht, auf Pressekonferenzen und anderen beruflichen Anlässen so zu tun, als wären sie bestenfalls flüchtig bekannt, obwohl praktisch jeder Anwesende sehr wohl wusste, dass die zwei Saufkumpane waren. Sie erreichten gleichzeitig die Tür.

»Meine Herren«, sagte eine Stimme hinter ihnen. Sie drehten sich um und sahen Scott mit einem verdächtig freundlichen Lächeln über sich aufragen.

»Ich wollte nur noch mal wiederholen, was ich über Zusammenarbeit gesagt habe. Sie wissen ja, wir könnten uns gegenseitig helfen.«

»Ja, genau«, meinte Joe. Unbewusst wich er einen Schritt zurück.

»Ja, genau«, echote Sy. Keiner bot dem anderen die Hand an.

Scott beobachtete, wie sich Fairfield und der andere beim Gehen unter die übrigen Journalisten mischten; es war interessant und amüsant zu beobachten, dass die zwei versuchten, nach außen auf Abstand zueinander zu achten, und er fragte sich, ob sie wohl wirklich glaubten, irgendwem was vormachen zu können. Solange sie nicht versuchten, ihm etwas vorzumachen, überlegte er, war es ihm im Grunde völlig gleichgültig. Er hoffte nur, dass es ihm gelungen war, ihnen etwas vorzumachen – sollten sie sich entscheiden, weiterhin Informationen vom Deep Throat der Abteilung, auch bekannt als Superintendent Bingham, zu beziehen, hatte Scott keinerlei Möglichkeiten, seiner knallharten Nummer in der Bar vom heutigen Morgen entsprechende Taten folgen zu lassen. Außer in Notwehr hatte er noch nie jemanden verletzen können, also hatte er auch nicht wirklich vor, die zwei aufzumischen. Und Bingham umgab sich mit einem undurchdringlichen Schutzschild von VIPs. Falls es diese zwei Idioten also darauf ankommen ließen ... Scott zuckte die Achseln und verbannte den Gedanken aus seinem Kopf.

Das Telefon klingelte, als er sein Büro betrat. Als er den Hörer abnahm, bemerkte er, auf seinem Schreibtisch ordentlich aufgereiht, vier weitere Mitteilungszettel, die ausnahmslos den Namen Albert Masters trugen.

»Al?«, fragte er ins Telefon.

»Ja. Woher wusstest du das? Hör zu, Mike ...«

Scott seufzte. »Es geht um die Autopsieberichte ...«

»Mehr als das. Bleib, wo du bist. Ich bin in einer Minute bei dir.«

»Jetzt? Es ist doch erst halb zwei. Auf meinem Schreibtisch türmt sich die Arbeit, und außerdem werde ich von meinen Leuten erwartet. Ich dachte, wir treffen uns um vier.«

»Es ist dringend, Mike. Du wirst das hier hören wollen.«

»Das bezweifle ich«, meinte Scott säuerlich. »In Ordnung, Kumpel, du bekommst drei Minuten meiner kostbaren Zeit.«

»Du wirst mir mit Kusshand mehr als das geben. Bin schon unterwegs.«

Masters' Labor befand sich einige Etagen weiter oben im gleichen Gebäude. Er benötigte nur fünf Minuten zu Scotts Büro. Unter seinem Arm klemmte ein dicker und ein dünner Aktenordner. Er fing an zu reden, sobald er durch die Tür war.

»Ich habe Neuigkeiten für dich.«

»Schieß los.« Scott lehnte sich zurück, gähnte, verfluchte Vergie und Halley – zusammen hatten sie dafür gesorgt, dass er nicht mehr als drei Stunden geschlafen hatte.

»Wir haben noch ein paar Leichen.«

»Was?« Scott hörte auf zu gähnen und setzte sich abrupt auf.

»Warte ab, Mike. Der *Modus Operandi* ist derselbe.« Masters strahlte. Scott runzelte die Stirn.

»Was meinst du mit ›der *Modus Operandi* ist derselbe‹? Wie im Fall Ralston?«

»Genau. Ich warte schon den ganzen Morgen darauf, es dir endlich sagen zu können. Tolles Material, Mike.«

»Wie viele?«

»Drei.«

Scott presste die Augen zusammen, dann öffnete er sie wieder. »Du klingst so glücklich. Menschen sind tot, weißt du.«

Masters sah ihn zerknirscht an. »Tut mir Leid. Aber nach all den üblichen Erstochenen und Erschossenen und so weiter ist das mal eine echte Abwechslung.«

»Warum habe ich das nicht von Andy Halley erfahren? Sind das auf einmal auch meine Fälle?«

»Dazu komme ich sofort«, sagte Masters. Er öffnete schwungvoll den dickeren der beiden Ordner und blätterte in den obersten Seiten. »Okay, hör zu. Der erste der möglicherweise in Zusammenhang stehenden Morde ereignete sich vorgestern wenige Stunden vor den Morden auf dem Peak, und zwar in der Ummauerten Stadt in Kowloon – ein Kerl namens Henry Chu, Vorarbeiter beim Amt für Stadtentwässerung. Er inspizierte mit einem Handlanger namens Kwong die Kellergeschosse.«

»Ist Kwong vernommen worden?«

»Noch nicht. Er ist gestern Abend nicht nach Hause gegangen – seine Frau hat ihn als vermisst gemeldet.«

»Irgendwelche polizeilichen Unterlagen?«

»Über Kwong? Nicht, dass ich wüsste.«

»Wir werden ihn zur Vernehmung vorladen müssen.«

»Falls du ihn findest. Aber ich bin noch nicht fertig, Mike. Gegen achtzehn Uhr wurde der Vorarbeiter, dieser Henry Chu, in Begleitung eines Fabrikarbeiters namens Tang Ko in der Ummauerten Stadt gesehen. Tang Ko bewohnt mit seiner Schwester eine Parterrewohnung in der Nähe der Stelle, wo Kwong und Chu gearbeitet haben. Und wenn ich sage ›in Begleitung‹, dann meine ich, dass Chu mit steinerner Miene ein paar Schritte hinter dem anderen Burschen ging.«

»Steinerne Miene? Ist das ein wörtliches Zitat?«

Masters grinste. »Tony Wallace' Übersetzung. Auch wenn es streng genommen nicht sein Fall war, hat er mit der Vernehmung der Nachbarn begonnen, als ich drinnen bei den Leichen war. Die meisten lehnten es kategorisch ab zu reden, aber Tony ist gut – eine Frau war so verblüfft, aus dem Mund eines *gwailo* waschechtes Kantonesisch zu hören, dass sie sich ein bisschen aus der Defensive locken ließ. Wörtlich hat sie ungefähr so was gesagt wie: ›das in Stein geschnittene Gesicht eines Dämonen‹. Richtig poetisch. Danach hat sie dann allerdings gar nichts mehr gesagt. Und jetzt kommt der gute Teil.«

Scott seufzte.

»Sowohl Tang als auch Chu wurden gestern Nachmittag im Keller der Wohnung von Tangs Schwester gefunden.«

»Tot?«

Masters schien gekränkt. »Offensichtlich. Hätten die zwei Mahjong gespielt, würden wir dann diese Unterhaltung führen? Natürlich waren beide gottverdammt tot – allerdings war's wieder keine blutige Angelegenheit, denn Tang wurde die Kehle herausgerissen, und in Chus Brust fehlte eine wichtige Kleinigkeit, nämlich sein Herz, das bislang noch nicht gefunden wurde. Beide hatten nicht mal mehr genug Blut für ein anständiges Nasenbluten in sich beziehungsweise um sich herum.«

Scott starrte ihn an. »Wie die Ralstons.«

»Exakt.«

»Irgendwelche Hinweise auf den oder die Täter?«

»Nichts. Schuhabdrücke von den beiden und von der Schwester, die die Leichen gefunden hat, ansonsten sieht es aus, als hätten sie sich gegenseitig umgebracht. Was jedoch schlichtweg unmöglich ist, da der eine meiner Schätzung nach ungefähr vier Stunden vor dem anderen gestorben ist.«

»Zuerst der Fabrikarbeiter?«

»Nein. Chu muss zwischen drei und vier Uhr nachmittags gestorben sein, Tang zwischen sieben und halb acht abends.«

»Ganz langsam. Du sagtest, eine Frau hätte Chu um sechs Uhr noch herumlaufen sehen …«

»Lassen wir das für den Moment mal außer Acht. Im Augenblick versuche ich noch nicht, einen Sinn in das alles zu bringen. Das nächste Ereignis fand etwa gegen dreiundzwanzig Uhr statt, und zwar in einem Flur im achtunddreißigsten Stock des Bank-of-China-Gebäudes.«

Scott vergrub das Gesicht in seinen Händen. »Ein dritter Mord?«

»Jap.«

»Wieder dasselbe?«

»So ziemlich.«

»Das kommt davon, wenn sie das Fengshui des Territoriums mit ihren Sendemasten stören«, sagte Scott. Ihm begann der Kopf zu schwirren, und der Schmerz in seinen Schläfen klopfte in einem allmählich viel zu vertrauten Rhythmus gegen die Innenseite seines Schädels. »Fahr bitte fort, erzähl weiter.«

Masters warf einen Blick in seine Akte. »Diesmal war es eine Putzfrau, die im achtunddreißigsten Stock Überstunden machte. Ich werde dich nicht mit Details langweilen, aber Lus Autopsie erbrachte all jene Kennzeichen, die uns im Haus der Ralstons so nachhaltig beeindruckten und die ebenfalls bei den Morden in der Ummauerten Stadt zu beobachten waren. Also, die Ralstons wurden zwischen zwei und drei Uhr morgens ermordet, richtig?«

»Ja, und?« Scott spürte, wie ihm schlecht wurde, als er wieder den so sehr an Vergie erinnernden ausgestreckten Leichnam von Demelsa Cortez vor sich sah und auch die weißen, verwüsteten Brüste der Ralston.

»Verstehst du nicht, Mike? Die Ummauerte Stadt, wo die ersten Morde passierten, die BOC in Central und das Haus der Ralstons auf dem Peak liegen auf einer direkten Linie. Das Gleiche gilt für die Zeitlinie: als Erster Chu zu einem derzeit nicht näher bekannten Zeitpunkt, dann Tang gegen sieben, Mrs. Lee in der BOC um elf und schließlich das Haus der Ralstons um zwei Uhr morgens ...«

Er ließ den Satz ausklingen, lehnte sich triumphierend zurück und warf die Aktenmappe vor sich auf den Schreibtisch. Scott beugte sich vor und nahm sie in die Hand.

»Okay, Al. Ich begreife, worauf du hinauswillst. Aber das mit dem Todeszeitpunkt von Chu verstehe ich immer noch nicht. Und wieso erfahre ich das alles von dir und nicht von Andy Halley? Falls es tatsächlich einen Zusammenhang gibt, sollte ich mich offiziell mit den Kollegen in Kowloon in Verbindung setzen ...«

»Bislang hat niemand den Zusammenhang erkannt.«

»*Was?*«

»Noch nicht, meine ich. Ich bereite einen Bericht für Andy Halley vor, wollte aber zuerst und vor allen anderen dich informieren.«

»Mein Gott, Al, jede einzelne Minute zählt. Falls wir es hier mit einem Serienmörder zu tun haben ...«

»Mike, hör mir bitte zu. Ich habe dir noch nicht alles erzählt.«

Endlich, dachte Scott. Was immer Al bislang zurückgehalten hatte, was immer für die diebische Schadenfreude verantwortlich war, die er kaum unterdrücken konnte – jetzt kam's. »Raus damit.«

Masters nahm den dünneren Ordner von seinem Schoß und wedelte damit in der Luft. »Die Mordwaffe ist in allen Fällen dieselbe.«

»Dasselbe Messer.«

»Nein. Dieselben Zähne.«

Er ignorierte Scotts verdutzten Ausruf, vertiefte sich stattdessen in den Ordner und reichte Scott ein Foto. Die Aufnahme war einige

Monate alt, und obwohl seine Abteilung nichts mit dem Fall zu tun gehabt hatte, erinnerte sich Scott gut daran. Es war das Leichenschauhausfoto eines Schulmädchens, das von einem streunenden Hund übel zugerichtet worden und später ihren Verletzungen erlegen war. Der Fall hatte für einigen Wirbel gesorgt, weil der Hund gegen den Protest aller Hundefreunde des Territoriums eingeschläfert worden war. Masters reichte Scott zwei weitere Fotos, eines nach dem anderen. Das erste war eine Vergrößerung der Wunden an der Kehle des Mädchens.

»Und? Du willst mich doch wohl nicht überzeugen, dass die Ralstons von einem Hund zerfleischt wurden.«

»Du hast Recht, keine Hunde«, sagte Masters, gab ihm sein Vergrößerungsglas und das zweite Foto. Es war eine ähnliche Aufnahme, die entsetzliche Risse in der Kehle eines anderen Opfers zeigte. Die Vergrößerung war zu stark, um das Gesicht identifizieren zu können.

»Erkennst du die grobe Ähnlichkeit zwischen den beiden Verletzungen?«, fragte Masters. Scott sah durch die Lupe. »Am oberen Rand der Wunde siehst du ein Loch, und direkt darunter ausgefranste Ränder. Im weiteren Verlauf wird die Verletzung glatter, bis das Fleisch schließlich am Ende sauber auseinander gerissen ist, fast wie ein Stück Stoff.«

Scott nickte.

»Die erste Aufnahme ist eine Vergrößerung der Kehle des Schulmädchens, die zweite ist eine Vergrößerung des Halses der Cortez – das ist das Hausmädchen der Ralstons. Ich habe auch noch Vergrößerungen aller anderen Toten, aber ich denke, du verstehst jetzt, worauf ich hinauswill.«

»Und? Es mag ja eine allgemeine Ähnlichkeit im Reißmuster geben, aber sogar ich kann signifikante Unterschiede erkennen.«

»Warte ab«, sagte Masters. Er nahm ein weiteres Foto aus dem Ordner.

»Das hier ist die Vergrößerung einer Abbildung in einem meiner Nachschlagewerke.« Er gab es Scott, der die Stirn runzelte, während er mit der Lupe zwischen der wissenschaftlichen Abbildung und Demelsa Cortez' zerfleischtem Hals hin- und herpendelte. Als er fertig war, nahm Masters ihm das Foto der Cortez aus der Hand und gab ihm andere, immer eins nach dem anderen: Ralston, Ralston, Allway, Chu, Tang, Lee. Schließlich legte Scott die Lupe aus der Hand und schaute auf.

»Okay«, sagte er, »im Wesentlichen sehen alle gleich aus, und alle sehen aus wie die Abbildung in deinem Buch.«

»Richtig – aber das hier«, Masters klopfte auf das körnige Referenzfoto, »ist eine etwa zwanzigfache Vergrößerung.«

»Mein Gott, Albert, spuck's schon endlich aus. Was zeigt dein Referenzbild?«

»Einen Fledermausbiss«, antwortete Masters.

»Sag das noch mal!«

»Das hier ist die Vergrößerung eines Fledermausbisses.«

Scott beugte sich vor und vergrub sein Gesicht in den Händen.

»Jetzt verstehst du, warum ich mit meinem Bericht so vorsichtig bin. Falls das hier wirklich Fledermausbisse sind, Mike, dann stammen sie von einer verdammt großen Fledermaus.«

»Am Ende bist du völlig übergeschnappt«, raunte Scott.

»Genau das wird Halley auch sagen, wenn er meinen Bericht bekommt. Aber die Fotos lügen nicht.«

»Du meinst also, ich sollte mich auf die Suche nach einer ziemlich großen Fledermaus machen, ja?«, konstatierte Scott.

»Nein. Ich meine, du solltest mich begleiten, wenn ich zu Andy Halley gehe, und offiziell darum bitten, die anderen Fallakten einsehen zu dürfen. Wir haben es hier mit einem Serienkiller zu tun, Mike, der eine ausgesprochen merkwürdige Arbeitsweise hat.«

»Eine Serienfledermaus«, sagte Scott nach kurzem Schweigen und verblüffte sich selbst mit einem leisen Lachen.

Masters sammelte die Fotos wieder ein. »Das ist überhaupt nicht witzig«, sagte er sehr ernst.

»Das aus deinem Mund ist wirklich ein Ding.«

»Vergiss die Sache mit der Fledermaus. Vielleicht hat sich unser Mann die Zähne spitz zufeilen lassen – was weiß ich denn. Aber die Querverbindung zwischen diesen sieben Morden kannst du nicht leugnen.«

Scott wurde schlagartig nüchtern. »Nein. Du hast Recht. Sie haben miteinander zu tun. Und sie sind überhaupt nicht witzig. Okay, statten wir also Andy Halley einen Besuch ab.«

Andy Halley war sichtlich besserer Laune und beinahe wieder ganz der Alte. Seine Gesichtsfarbe war einfach nur kräftig und nicht mehr gefährlich stark durchblutet. Bei seiner Begrüßung deutete nichts auf die Unstimmigkeit hin, zu der es erst am frühen Morgen zwischen ihm und Scott gekommen war. Während Masters sein Material präsentierte, reagierte Halley nicht, wie Scott es bei ihm erwartet hätte – weder lief sein Kopf purpurrot an, noch explodierte er, auch äußerte er keine Zweifel an Masters' Zurechnungsfähigkeit, was die Fledermausbiss-Identifikation betraf, und genauso wenig reagierte er gereizt, als Scott Fragen über Fälle stellte, die in den Zuständigkeitsbereich anderer Dezernate fielen. Tatsächlich schien Andy Halley sogar ausgesprochen dankbar, dass sie zu ihm gekommen waren.

Als Masters ihm die Fotos und die Lupe gab, bot Halley im Gegenzug einen Stapel Polaroidaufnahmen, die am Rand seines Schreibtisches gelegen hatten. Masters sah sie schnell durch und reichte sie dann an Scott weiter. Sein Gesicht war kreidebleich.

»Woher haben Sie die, Andy?«

»Ihr Mitarbeiter Lu hat sie mir vor einer halben Stunde vorbeigebracht – er hat Sie gesucht, Albert.«

»Der Tatort in Mong Kok?«

»Kam gerade von dort und war ziemlich aufgeregt. Er hat die Autopsie der Putzfrau durchgeführt, richtig? Nun, er ist auf den gleichen Zusammenhang gekommen wie Sie.«

»Dieselbe Art Wunde«, sagte Scott steif, während er den Stapel Polaroids durchblätterte. »Derselbe Täter. Wer sind die Opfer?«

»Eine alte Dame und ihre Enkelin, ohne erkennbare Beziehung zu den anderen. Einen großen Unterschied gibt es allerdings: Allem Anschein nach wurde die jüngere Frau vergewaltigt.«

»Spuren von Sperma?«, fragte Masters hoffnungsvoll.

»Lu meint, wahrscheinlich nicht.«

»Scheiße. Vermutlich auch kein Blut.«

»Kein Blut«, bestätigte Halley, »obwohl es das Mädchen bei der Vergewaltigung ziemlich übel zerrissen hat.«

»Todeszeit?«, fragte Masters.

»Ihr Mitarbeiter schätzt, so etwa gegen zwei Uhr heute Morgen. Wollen Sie die Akte des Falles, Mike?«

Erschreckt durch den plötzlichen Wechsel in Halleys Tonfall, schaute Scott von den Fotos auf. »Natürlich – aber was sagt Kowloon dazu?«

»Es ist bereits alles abgeklärt. Die werden bei dieser Sache mit Ihnen zusammenarbeiten.«

»Dann hätte ich nichts gegen ein paar Leute mehr in meinem Dezernat.«

»Bekommen Sie. Egal, was Sie brauchen, fragen Sie mich einfach. Aber, Mike?«

»Ja?«

»Der Ralston-Fall hat absolute Priorität, vergessen Sie das nicht. Wenn wir den Ralston-Mörder fassen und dabei den oder die Täter in den anderen Fällen gleich mit erwischen, umso besser. *Aber wir müssen wissen, wer Heywood Ralston ermordet hat.*«

Halleys Farbe vertiefte sich wieder. Scott sah ihn fest an und sagte vorsichtig: »Sicher, Andy.«

»Es gibt Gründe, Mike.«

»Sicher, Andy.«

»Und nicht nur, dass Ralston ein hohes Tier war.«

»Sie müssen das nicht weiter auswalzen. Ich hab schon verstanden.«

Halley lehnte sich gegen die abgewetzten Holzleisten seines

Schreibtischstuhls zurück. »Sie werden sämtliche Berichte und Aussagen der an den Morden in Kowloon arbeitenden Teams erhalten. Die alte Dame in der BOC gehört ganz Ihnen. Schnüren Sie mir ein Päckchen daraus, Mike. Ich will diese Sache geklärt wissen.«

Bingham war stocksauer. Er würde diesem verschissenen schlitzäugigen Stück Scheiße von einem Journalisten zeigen, was es bedeutete, ihn abzuservieren. Er merkte, dass er den Hörer immer noch anfunkelte, und knallte ihn mit einer solchen Wucht auf die Gabel, dass Samuel Ho am anderen Ende der Theke einen Satz machte.

Unsere Vereinbarung ist storniert, hatte Sy Yung ihm mitgeteilt. Einfach so. Wenn dieser kleine Drecksack bislang Informationen brauchte, hatte er nie gezögert, den guten alten Superintendent Bingham anzurufen. Der gute alte zuverlässige Superintendent Bingham, der noch nie enttäuscht hatte. Und was hatte der Bastard gerade gesagt? Binghams Gesicht nahm eine dunklere, gefährlichere Nuance von Purpurrot an. *Rufen Sie mich nicht an, sofern Sie nicht etwas wirklich Welterschütterndes haben.*

Und warum? Alles nur wegen Scott, diesem gottverdammten Emporkömmling. Scott war bei der Polizei ein Nichts, ein Niemand. Er war ein Späteinsteiger, der einen Scheißdreck wusste vom Überleben in der Royal Hong Kong Police Force. Und das würde er schon bald, sehr bald selbst herausfinden.

Bingham trank sein Bier aus, knallte das Glas auf die Theke und stapfte wütend hinaus. Samuel schaute ihm nach und wagte erst wieder zu atmen, als die Tür hinter ihm ins Schloss fiel. Manchmal, dachte er, ist es einfach ein bisschen zu stressig, der Barkeeper in einer Polizeikantine zu sein.

9

Ein weiterer Abend war gekommen, eine weitere dunkle Nacht stand unmittelbar bevor. Wong befand sich nicht in Reichweite eines Fensters, aber er brauchte auch keines, um die Tageszeit zu wissen, denn das Krankenhausleben besaß einen eigenen Tagesrhythmus, der eng an die Ebbe und Flut der Besucher, die wechselnden Gesichter des Personals, das Eintreffen von Medikamenten und Essen, Bettpfannen und nassen Handtüchern für das Waschen im Bett gekoppelt war. Und selbst ohne das alles verfügte Wong über seine eigene, ganz persönliche Alarmanlage – die Bewegung tief in seinem Verstand, die mit einem finsteren Horror korrespondierte, der nur wenige Meilen entfernt aus seinem Schlummer erwachte und sich wieder erhob, um loszuziehen und durch die Nacht zu treiben. Temutma. Wong spürte jetzt wieder, wie er sich rührte, und die Tageszeitung in seinen Händen zitterte beim Lesen.

So viele Dinge änderten sich von einer langen Wachperiode zur nächsten. Waffen, Worte, Armeen, Königreiche. Der Versuch, sich dies mit allen Sinnen einprägen zu wollen, ermüdete ihn, und außerdem wäre es ohnehin eine vergeudete Anstrengung, denn bei der nächsten langen Wachperiode würde sich wieder alles verändert haben.

Aber Blut, ja – Blut war ewig. Blut veränderte sich niemals. Schläfrig kuschelte er sich in das behagliche Nest dieser Gewissheit, suhlte sich in der rot riechenden Gefühlserinnerung, die sie wachrief, bis die Erinnerung wiederum seinen Hunger weckte, und der Hunger weckte ihn.

Die *lilitak* … Er ließ seine Gedanken treiben, suchte ihre Spur und fand sie mühelos …

Vielleicht heute Nacht?

Wong faltete sorgfältig die Tageszeitung und reichte sie Ah Wu im Nachbarbett weiter. Er brauchte sie nicht mehr. Auf der ersten Seite stand unter einer reißerischen Schlagzeile Sy Yungs Version des Joe-Fairfield-Knüllers, und jedes noch so kleine Detail hatte sich bereits in Wongs Erinnerung eingeprägt.

Die Neuigkeit war nicht gut, auch wenn es ein Trost für Wong darstellte, dass die Behörden nicht die geringste Ahnung zu haben schienen, wer oder was hinter den Morden steckte. Es blieb immer noch Zeit – wenn er nur seine Kräfte sammeln und die Fesseln dieses idiotischen Ortes abstreifen könnte, dann könnte er seine Macht über Temutma immer noch geltend machen.

Er könnte das Opfer bringen. Das Blut verzaubern …

»Mr. Wong?«

Er schaute auf und sah einen schlaksigen Abendländer neben seinem Bett stehen; er trug eine Polizeiuniform mit silbernen Sternen auf der Schulter. Ein Senior Inspector – Wong machte es sich zur Aufgabe, alle möglichen mehr oder weniger absonderlichen Dinge zu wissen. Er schielte mit großen Augen zu dem Polizisten hinauf und gab sich die größte Mühe, ängstlich oder verwirrt zu wirken. Sollen die jungen Narren mich doch für einen alten Narren halten, dachte er, und der Cleverste von uns wird Sieger.

»Mr. Wong«, sagte der Beamte und fügte auf Kantonesisch hinzu, »ich bin Senior Inspector Anthony Wallace.« Er hielt ihm seinen Dienstausweis hin, den Wong misstrauisch untersuchte, bevor er auf den Schemel neben seinem Bett deutete. Wallace setzte sich.

»Mr. Wong, ich bringe Grüße von Ihren zahlreichen Freunden in der Ummauerten Stadt.«

»Ich habe keine Freunde, junger Mann.« Wongs Stimme war unbeabsichtigt scharf, hauptsächlich aus Überraschung; er hatte plötzlich das sanfte Wogen von Wissen von diesem jungen *gwailo* empfangen. Dieser junge *gwailo* besaß nicht die unverkennbaren Merkmale eines Narren. Dieser junge *gwailo* könnte zufällig etwas herausgefunden haben, das kein uneingeweihter *bhutik* wissen sollte. Dieser junge *gwailo* könnte gefährlich sein – oder in Gefahr schweben.

»Keine Freunde, Mr. Wong? Das überrascht mich aber. Es gibt

viele Menschen in der Ummauerten Stadt, die darauf brennen, dass Sie endlich wieder nach Hause kommen.«

Wong setzte eine finstere Miene auf, überlegte es sich dann aber anders. Tränen, keine Missmutigkeit. Pathos war eine Maske, die ihm schon immer gute Dienste geleistet hatte. »Ein alter Mann wie ich?«, sagte er mit bebender Stimme. »Nein, junger Sir, heute vermisst mich niemand mehr, und es wird niemanden geben, der mich beerdigt, wenn ich tot bin.«

»Aber sie sind voller Respekt für Sie. Man nennt Sie den Weisen Wong.«

»Natürlich. Ich bin ja auch ein Gelehrter – ein großer Gelehrter. Diese Ehre erweisen sie mir schon.« Ein nörglerischer Ton jetzt.

Wallace zögerte und beugte sich dichter ans Bett, wobei er sich durchaus der Krankenschwester bewusst war, die beschützend wenige Meter entfernt stand. »Ihre Nachbarn haben Angst, Gelehrter Wong. Sie scheinen überzeugt zu sein, dass nur Sie allein ihnen helfen können.«

Wong lachte; es war das schrille, piepsende Lachen der Senilität. »Ihnen helfen? Sehen Sie mich an, Mr. Senior Inspector. Wie sollte ich irgendwem helfen können?«

Wallace sah ihn scharf an, und Wong bemerkte, wie sich seine Augen verengten. »Wollen Sie denn gar nicht wissen, warum Ihre Nachbarn Angst haben? Vor ein paar Tagen kam es in der Ummauerten Stadt zu mehreren Morden – ausgesprochen merkwürdigen Morden –, und Ihre Nachbarn glauben, dass Sie mit Ihrer großen Gelehrtheit vielleicht etwas über den Mörder wissen könnten.«

Oho, dachte Wong, dieser hier verschwendet keine Zeit und nur sehr wenige Worte. So typisch für einen *gwailo*. Laut sagte er: »Ich bin schon viele Tage in diesem Krankenhaus – woher sollte ich denn etwas über Todesfälle wissen, die sich erst vor wenigen Tagen zugetragen haben?« Er lachte gackernd.

»Weiser Wong?«

Der alte Mann kicherte weiter.

»Weiser Wong, Ihre Bibliothek interessiert mich.«

Wong hörte auf zu lachen und vergaß einen Augenblick die Rolle, die er spielte. »He! Woher wissen Sie von meiner Bibliothek?«

»Beruhigen Sie sich wieder, Weiser Wong. Ich möchte Ihnen nur ein paar Fragen stellen.«

»*Woher wissen Sie von meiner Bibliothek?*«

Die Schwester warf ihnen wieder einen missbilligenden Blick zu. Wallace lächelte sie an und nahm die Hand des alten Mannes, wie um ihn zu beruhigen. Gereizt zog Wong seine Hand zurück.

»Regen Sie sich nicht auf, Großvater«, fuhr Wallace fort. »Ich habe eine Gruppe von Beamten begleitet, die Ihre Wohnung überprüfen und mit Ihnen über eine Entschädigung sprechen wollten. Ihre Nachbarin, Mrs. Li, hat uns hineingelassen.«

Auch wenn der alte Mann sich bemühte, ruhig und gelassen zu bleiben, wusste er doch, dass die Verärgerung deutlich auf seinem Gesicht abzulesen war. Schließlich sagte er: »Diese dumme alte Frau hatte kein Recht, Sie hineinzulassen. Sie haben hoffentlich nichts angerührt.«

»Ich kann Ihnen versichern, Sir, dass Ihr Besitz völlig sicher ist«, sagte Wallace. »Allerdings fand ich die Auswahl Ihrer Bücher hochinteressant. Ich habe versucht, den Einband eines Buches zu lesen, aber meine Kenntnisse der Kalligrafie sind recht beschränkt.«

Wallace schwieg einen Moment, und Wong hielt unwillkürlich die Luft an. Welches Buch? In welches Buch hatte dieser herumschnüffelnde junge Idiot seine neugierige Nase gesteckt? Bitte, bitte, betete er zu einer Vielzahl von Göttern, nicht die Journale. Nicht die Hauptbücher. Nicht die Bücher der Zauberei. Und nicht …

»Ich glaube, es hieß *Altes Blut,* so was in der Richtung«, sagte Wallace.

Wong atmete auf und versuchte, sich seine Erleichterung nicht anmerken zu lassen. »Eine angemessene Übersetzung«, sagte er schroff. »Ja, ich weiß, welchen Band Sie meinen. Ein dummes Buch voller Legenden, um kleine Kinder zu erschrecken. Sind Sie so ein Kind?«

»Vampirgeschichten?«

Wong versteifte sich, dann entspannte er sich ganz bewusst und hoffte, dass Wallace nichts mitbekommen hatte. »Eine Art, ja. Es geht um eine chinesische Variante, den *kuang-shi.* Wie kommen Sie darauf?«

Wallace suchte nach den richtigen Worten. »Ihre Nachbarn«, sagte er langsam, »haben mir ein paar Geschichten erzählt. Sie haben mir nicht genug vertraut, um wirklich viel zu erzählen, doch was sie sagten, erinnerte mich an die Vampirgeschichten, die ich früher immer gelesen habe. *Dracula.* Vielleicht haben Sie schon mal davon gehört?«

»Auch nur wieder eine Geschichte, um kleinen Kindern Angst einzujagen«, erwiderte Wong scharf und beunruhigt. »Natürlich habe ich davon gehört. Ich sagte doch bereits, ich bin ein Gelehrter.« Unvermittelt verstummte er und starrte Wallace an. Er fragte sich, wie sehr er von seiner Rolle abgekommen war. Er schloss die Augen und ließ sich aufs Kopfkissen zurücksinken, bewegte den Kopf unruhig hin und her und ging sogar so weit, ein wenig aus dem Winkel seines schlaffen Mundes zu sabbern. Als er die Augen wieder aufschlug, war Wallace immer noch da. Der Mann schrieb etwas in ein kleines Notizbuch. Wallace schaute auf, als er Wongs Blick spürte, und lächelte den alten Mann an.

»Weiser Wong, ich sehe, dass Sie ein sehr gelehrter Mann sind, genau wie Ihre Nachbarn sagten. Ich muss Sie noch einmal fragen: Wissen Sie irgendetwas, das unseren Ermittlungen weiterhelfen könnte? Irgendwas, das möglicherweise in der Vergangenheit geschehen ist, auch wenn es bereits viele Jahre zurückliegt, das helfen könnte zu erklären, was hier und heute passiert?«

Wong zögerte. Auf eine seltsame Art wünschte er sich so sehr, diesem jungen *gwailo* alles zu erzählen. Aus heiterem Himmel durchbohrte ein Hoffnungsschimmer sein Herz – was, wenn ihm dieser junge Mann geschickt worden war? Was, wenn er der Nachfolger war? Derjenige, der dem Wächter geschickt wird, um dessen Aufgaben zu übernehmen, um einen müden alten Mann von der Last der Rache und des Blutvergießens zu befreien, so wie er selbst zu Marachandra geschickt worden war?

Er sah tief in Wallace' Augen und wusste sofort, dass dies nicht der Fall war. Da waren Intelligenz und Tatkraft, aber kein Rachedurst und nicht ein Atom des Schmerzes und Verlustgefühls und schierer, alles verzehrender Wut, die am Herzen eines Wächters von Temutma fressen musste. Nein, er war nicht der Auserwählte. Wongs Bürde blieb vorerst auf Wongs Schultern. Als sich seine Augen diesmal vor Erschöpfung und Enttäuschung schlossen, brauchte er keine Rolle mehr zu spielen.

»Gehen Sie«, sagte er. Schwach und unter Tränen.

»Sie können uns nicht helfen?«

»Nein. Gehen Sie.« Fast ein Schluchzen.

Die Dienst habende Krankenschwester, die mit wachsender Missbilligung aus einiger Entfernung zugeschaut hatte, beugte sich plötzlich über Wongs Bett. Sie lächelte Wong liebenswürdig an und fixierte Wallace finster. »Sie müssen Mr. Wong jetzt ausruhen lassen. Er sieht sehr müde aus.«

Der Polizist stand sofort auf. »Natürlich, Schwester. Weiser Wong, darf ich Ihren Nachbarn Grüße ausrichten? Möchten Sie, dass einer von ihnen Sie besuchen kommt?«

Wong schüttelte den Kopf und ließ eine Träne über seine Wange rollen. »Ich habe keine Freunde«, sagte er. Die Trostlosigkeit, die er empfand, war echt.

Wallace blieb noch einen Moment stehen, doch die Miene der Schwester war unnachgiebig, und am Ende winkte er Wong noch einmal freundlich zu und ging. Die Krankenschwester fuhrwerkte noch eine Weile an Wongs Bett herum, aber Wong ignorierte sie und lauschte auf die verhallenden Schritte des Polizisten. Hatte er ihn überzeugt? Würde die Polizei von nun an die Station im Auge behalten? Würde dieser junge Mann weiterspionieren, Fragen stellen und in den Grabgewölben der Ummauerten Stadt herumschnüffeln, bis er schließlich über etwas stolperte, das ihm zum Verhängnis wurde?

Wong seufzte und dachte an die vielen Male zurück, die er selbst im Verlauf der Jahre und Jahrzehnte über Temutma gestanden und in seine Augen mit den schweren Lidern geschaut hatte, dabei nur dürftig geschützt durch die Runen auf der Stirn des Dämons und das Opferblut. Er hatte sich oft gefragt, wie viele andere Augen wie die des Polizisten, intelligent und mutig, aber letzten Endes doch machtlos, in den letzten Sekunden vor ihrer Vernichtung ebenfalls in das Antlitz Temutmas geblickt hatten – denn der Mut des Polizisten mochte noch so groß sein, er wusste doch nicht, wie er sich selbst schützen konnte. Er besaß weder die Weisheit noch die Wut, um dem Hunger des *kuang-shi* zu widerstehen.

Noch eine Seele zu beschützen, dachte der alte Mann müde. Er musste schleunigst von diesem Ort verschwinden, bald, sehr bald, und die Schriftrolle und das Blut vorbereiten und konnte nur hoffen, dass es dazu noch nicht zu spät war.

Wallace blieb vor dem Ausgang der Station kurz stehen, um sich noch einige Notizen zu machen. Der alte Mann sagte nur die halbe Wahrheit, das war völlig klar. Und diese alten Knochen wurden, soweit Wallace das beurteilen konnte, von erheblich mehr Kraft und Verstand zusammengehalten, als der berühmte Weise Wong bereit war, zu zeigen. Ja, er war ein alter Mann, und ja, er war krank und ließ nach. Aber Wallace hatte gesehen, wie die Maske einen Augenblick fiel, und dahinter hatte er eine messerscharfe Intelligenz und einen sehr starken Willen erkannt.

Bei der Erwähnung der Bibliothek, dachte Wallace, war die Maske das erste Mal verrutscht. Wäre das nicht gewesen, hätte Wong ihn vielleicht täuschen können, doch bei Erwähnung der Bibliothek hatte Wallace einen flüchtigen Blick von einem Tiger erhascht, der ihn aus Wongs Augen heraus anstarrte. Was leider als Begründung für einen Durchsuchungsbefehl für die Bibliothek nicht ausreichte, selbst wenn es zu seinen Aufgaben gehört hätte, was aber nicht der Fall war.

Wallace dachte darüber nach, während er sich durch das Labyrinth des Krankenhauses zum Ausgang schlängelte. Er hatte keinerlei Veranlassung, seinen Kopf zu riskieren. Bestenfalls war er noch dazu verpflichtet, der Mordkommission in Kowloon seine Eindrücke zu schildern, anschließend konnte er sich zurücklehnen und zusehen, wie sie unter anderem Papierkram begraben und schließlich vergessen würden.

Und unterdessen könnten weitere Menschen sterben.

Im Krankenhausfoyer blieb er stehen. Er schlug die letzte Seite seines Notizblocks auf. Dort stand die Nummer von Albert Masters' Büro. Wallace zögerte kurz, kramte dann eine Dollarmünze aus der Tasche und stellte sich in der Schlange vor einer Telefonzelle an.

Die lilitak *war in der Inselstadt auf der anderen Seite des Wassers, in einem Raum mit weißen und hellgrünen Wänden. Unangenehme Ausdünstungen aus anderen weißen und hellgrünen Zimmern woben sich um ihre Spur – Krankheit, vergiftetes Blut, langsames Sterben –, aber die Ausstrahlungen der* lilitak *waren kräftig und rein. Er schwang sich in die Lüfte, um der Spur zu folgen, und überquerte in großer Höhe das Wasser, als das letzte Sonnenlicht aus dem Himmel blutete.*

Als er jedoch über ein Viertel der Inselstadt kam, das besonders viele Ausstrahlungen aufwies, verlangsamte er interessiert sein Tempo. Sachte ließ er sich auf den Luftströmungen zu den überfüllten Straßen hinuntertreiben. Mehr Neues, mehr Fremdes. Viele dieser eisernen Bestien stießen seltsame Schreie aus, während sie in gewundenen Schlangen über die Fahrbahnen krochen; eine große Anspannung beherrschte den Äther, und aus den Eingeweiden der eisernen Bestien erhoben sich gewaltige, stinkende Wolken. Ganz in der Nähe befand sich jedoch eine Ansammlung steiler und schmaler Straßen, die sich den Berg hinaufschlängelten, einerseits schrecklich mit diesen Lichtern ohne Feuer, andererseits aber auch fast frei von den eisernen Bestien. Viele kleine Hütten waren in Doppelreihen entlang dieser Fahrbahnen gebaut, und er wusste, dass es ein Wort dafür gab:

ein Wort, das einen Ort bezeichnete, an dem *bhutiks* mit toten Dingen handelten. Er rätselte eine Weile herum, bevor er es aufgab.

Er meinte, es könnte ihm gefallen, eine Weile hier zu verbringen, aber er benötigte eine angemessene Hülse, um sich unbemerkt unter den wimmelnden *bhutiks* bewegen zu können, die Tarnung eines Jägers. Er berührte den Boden in einer schummerigen, engen Gasse, kaum breiter als seine Schultern, mit einer kahlen Wand auf der einen und vergitterten Fenstern auf der anderen Seite. Etwas weiter vorne ein hell erleuchteter Straßenabschnitt. Auf einer steinernen Stufe in der Einmündung der Gasse saß ein *bhutik* und löffelte etwas aus einer kleinen weißen Schachtel in seinen Mund.

Nur Augenblicke später, den Geschmack fremdartiger Gewürze immer noch in seinem geliehenen Mund, stand Temutma auf, ließ die weiße Schachtel achtlos zu Boden fallen und trat hinaus in die Helligkeit. Von der nächsten Querstraße weiter oben schlängelte sich der Gestank von gekochtem *bhutik*-Essen auf diesen steilen Verbindungsweg herunter, und von unten wehten die angenehmen Düfte von Weihrauch und Stoff, ein Stimmengewirr und der Lärm zahlloser Füße herauf – Temutma hielt sich talwärts.

Menschenmassen, Menschenmassen! In Zweier-, Dreier- und Vierergruppen, so dicht gepackt wie die Samen eines Granatapfels, schnatternd wie Vögel, ihre Gerüche hinter sich herziehend. Blutgerüche. Weihrauch. Verfall. Ein unbekanntes Kraut brannte in kleinen weißen Röhrchen, an denen manche mit den Lippen saugten. Glücklich schnuppernd wartete Temutma darauf, dass ihm ein Spiel in den Sinn kam.

Er schlenderte zwischen der Doppelreihe Hütten hinunter, wurde von warmen und verschwitzten Leibern geschubst. Die Hütten waren voll gestopft mit Handelswaren; Kleidungsstücke wie die an seinem geliehenen Körper, bunte Stoffe, Gefäße aus Keramik und Holz, Regal um Regal kleiner Schachteln, die tickten, und Armbänder, besetzt mit Edelsteinen, die ebenfalls tickten, Figuren von *lilitaks* aus Porzellan und *kashliks* aus Stein und …

… und eine Figur, die ihn flüchtig an etwas erinnerte. Verwirrt blieb er stehen, beachtete nicht das Gedränge und Geschiebe heißen Fleischs um sich herum. Er näherte sich diesem Gegenstand, senkte sein Gesicht auf eine Höhe zu dem Regalbrett, auf dem er stand, um das Ding aus der Nähe zu betrachten. Eine auf Hochglanz polierte Figur aus einem beinahe gelben Holz, etwa so groß wie der Unterarm seines geliehenen Körpers. Eine ausgemergelte, kauernde Gestalt, die knochigen Knie gespreizt, die Klauen eines überlangen Armes auf dem Sockel ruhend, während der andere Arm um den nackten Schädel gelegt war. Geschlitzte Nasenlöcher, stechende Augen und ein halb geöffneter, breiter Mund, der Reihen scharfer Zähne entblößte. Nachdenklich hob er eine Hand an seinen Mund, fand dort die stumpfen, kantigen Zähne des *bhutik* und betastete sie; keine Hilfe für seine Erinnerung. Warum nur, warum kam ihm dieses Gesicht so vertraut vor? Das Wort, der Name, entzog sich ihm. Ein Schatten von Unbehagen, ja sogar von Enttäuschung legte sich über seine Sinne.

Ein kleiner *bhutik*, der sich neben ihm herumgedrückt hatte, nicht glatt genug für eine *lilitak*, versuchte, seine Aufmerksamkeit zu erregen. Temutma bleckte die Zähne, und der *bhutik* sprang zurück. Jetzt und an diesem Ort war er an einem Spiel nicht interessiert, im Augenblick nicht, nicht, solange ihn das Bild der gelben Figur vom Rand seines Bewusstseins angrinste. Und dieser Ort war auch viel zu hell, zu schrill! Er widerte ihn plötzlich an. Er drehte sich um und schob sich durch die Menge zu einer anderen dunklen Gasse. Er fand eine zweckmäßige Nische, wo er den Körper des *bhutik* abstreifen konnte, und schwang sich wieder in die Luft auf. Die Spur der *lilitak* lag ihm in der Nase.

Es war bereits nach sieben, als Scott aus dem Büro wegkam. Die letzte halbe Stunde war er kurz angebunden und unhöflich gewesen, hatte gehofft, dass jeder die Nase voll von ihm hatte und einfach verschwand. Es hatte nicht funktioniert; das Dezernat war der reinste

Zoo, sein Büro ein Bahnhof. Und jetzt war er endlich unterwegs zum Queen Mary Hospital, kroch im Schneckentempo der Rushhour durch die Stadt. Es würde noch eine weitere halbe Stunde oder länger dauern, bis er sein Ziel erreichte, aber wenigstens bekam er so Zeit zum Denken.

Simon Valence' Darstellung seines mit Julia Ralston verbrachten Abends war innerhalb weniger Stunden bestätigt worden. Was die Peak-Morde betraf, war Julia aus dem Schneider, sofern sie nicht einen Killer engagiert hatte, was Scott jedoch instinktiv bezweifelte. Und es gab keinerlei Anhaltspunkte, um sie mit den vorausgegangenen Morden in der Bank of China und ganz besonders der Ummauerten Stadt in Verbindung zu bringen, wo eine junge Ausländerin aufgefallen wäre wie ein Furunkel. Zum Zeitpunkt des Doppelmordes in Mong Kok lag das Mädchen bereits sediert im Krankenhaus, und außerdem beinhaltete dieser Fall auch noch eine brutale Vergewaltigung ... Zusammengefasst konnte er Miss Ralston als Verdächtige abschreiben.

Zu blöd, dass er keine anderen hatte.

Es war bereits dunkler Abend, als er eintraf, und es missfiel ihm, eine kleine Schar Reporter zu sehen, darunter auch Joe Fairfield und sein Freund, die sich neben dem Haupteingang des Krankenhauses drängten. Er vermutete, dass sie wegen Julia Ralston hier waren, deren Aufenthaltsort eigentlich geheim sein sollte. Wieder Bingham? Ohne auf ihre Fragen zu reagieren, marschierte er an ihnen vorbei.

Es wimmelte von Besuchern auf den Stationen, an denen er im neuen Flügel des Krankenhauses vorbeikam. Scotts Laune besserte sich geringfügig, als er sah, dass WPC Lau wieder vor Julias Zimmer Dienst hatte. Er mochte Claudia Lau wegen ihrer Zuverlässigkeit und vor allem wegen ihres Humors, etwas, das er bei vielen der karrierebesessenen einheimischen Beamten sehr vermisste. Sie salutierte, als er sich näherte.

»Guten Abend, Sir. Miss Ralston hat einen männlichen Besucher, einen gewissen Mr. Simon Valence.«

Scott verzog das Gesicht. »Der fehlt mir gerade noch.« Er nickte Lau zu, dann klopfte er mit den Knöcheln einer Hand an die Tür, während er gleichzeitig mit der anderen den Türknauf drehte. Julia Ralston saß vollständig bekleidet vor dem Fenster, während Valence neben ihr stand. Keiner schien besonders erfreut, ihn zu sehen.

Durch das mit Leisten versperrte Loch unterhalb der Decke sah Temutma in den Raum mit den weißen und hellgrünen Wänden hinunter. Die lilitak *war da, trug das Parfum ihres eigenen Blutes – und der Duft beschwor ein weiteres Bild aus ferner Vorzeit herauf, eine andere* lilitak, *etwas älter, mit mehr Busen und einer fast genauso glatten Haut; er hatte aus ihrem Handgelenk getrunken, um sich die Glätte des Busens und Halses bis zum abschließenden leidenschaftlichen Höhepunkt aufzuheben, als ihre Angst im Augenblick des Todes einer gequälten sinnlichen Erlösung gewichen war, ein seltenes, aber wunderbares Ereignis. Er hatte Grund zu der Hoffnung, dass ihm diese hier die gleiche Bandbreite an Freuden bieten würde.*

Dann erstarrte er. Er spürte eine Macht unter sich – einen starken Geist, gefährlich und erregend, auf seine Art genauso erregend wie die *lilitak*. Er starrte einen großen und gertenschlanken Menschen an, fand bei ihm jedoch nur Schwäche, Eitelkeit und Aufgeblasenheit – nein, die Macht kam nicht von ihm. Er war nur ein *bhutik*. Die Ausstrahlungen der Stärke kamen von dem anderen.

Hier hatte er mal ein Prachtexemplar. Ein echter *kashlik*. Groß, stämmig, durchtrainiert, in der Blüte seiner Kraft. Temutma untersuchte die Geografie der Muskeln unter dem Stoff, erinnerte sich an andere Champions, andere Spiele, an tätowierte Gesichter und kunstvolle Frisuren, an glänzende Waffen in gepanzerten Händen, an die besonderen Freuden, sich mit einem solchen Gegner messen zu können.

»Miss Ralston«, sagte Scott, »freut mich, Sie wieder auf den Beinen zu sehen. Guten Abend, Mr. Valence.«

Schmollend schaute das Mädchen weg.

Simon Valence machte ein finsteres Gesicht. Ein tolles Gespann, sagte sich Scott. Er bemerkte, dass sich das Zimmer in Unordnung befand, und auf dem Bett lag eine offene, aber bereits gepackte Reisetasche. »Wollen Sie irgendwo hin?«, fragte er und richtete die Frage an Julia Ralston, doch Simon Valence war es, der antwortete.

»Ja, Julia entlässt sich selbst. Wirklich, Inspector, es ist lächerlich, dass sie noch länger in dieser schäbigen Umgebung bleibt, wo sie belästigt wird von …«

»Es heißt Superintendent«, fiel Scott ihm ins Wort. Zu Julia sagte er: »Wo werden Sie wohnen?«

Julia starrte weiter aus dem Fenster. »Das geht Sie einen Scheißdreck an«, sagte sie. Die Feindseligkeit in ihrer Stimme erschreckte Scott.

»Nun, genau genommen muss ich es sogar wissen …«, setzte er an, doch sie drehte sich zu ihm um und fixierte ihn mit lodernden Augen. Verdutzt verstummte er.

»Ich kann Ihnen sagen, was Sie wirklich müssen. Sie müssen den Dreckskerl finden, der meine Eltern umgebracht hat. Warum lassen Sie mich nicht endlich in Ruhe? Simon hat mir erzählt, was Sie gesagt haben – dass Sie glauben, ich wäre es gewesen. Wie bescheuert können Sie eigentlich noch sein? Warum tun Sie mir das an?« Sie unterbrach sich atemlos, und Simon legte beschützend eine Hand auf ihre Schulter. Scott seufzte.

»Miss Ralston«, sagte er. »Ich glaube, Mr. Valence hat den Zweck unserer Fragen missverstanden. Natürlich mussten wir nachprüfen, wo Sie sich zum Zeitpunkt des Mordes befanden …«

»Was für ein Schwachsinn«, unterbrach Valence.

»… aber ich versichere Ihnen, Sie sind keine Verdächtige. Sie sind vielmehr ein Hauptzeuge.«

»Wie soll das denn gehen? Ich habe Ihnen doch schon mal gesagt, ich habe nichts gesehen.« Aber Scott entging nicht, dass sie beim Sprechen die Augen senkte und ihn dann wieder mit noch größerem

Trotz anstarrte. Er machte sich eine geistige Notiz: Es gab etwas, das Miss Julia Ralston zurückhielt.

»Aber es ist durchaus möglich, dass Sie mehr gesehen haben, als Sie denken«, sagte er behutsam. »Irgendein winziges Detail, etwas, dessen Sie sich selbst kaum bewusst sind, das für uns jedoch von größter Wichtigkeit sein könnte.«

»Sie ist nicht verpflichtet, mit Ihnen zu reden, Inspector.«

Arschloch. Scott beachtete Simon nicht weiter, sondern konzentrierte sich voll auf Julia. »Hören Sie, wir sind genauso darauf aus wie Sie, den Dreckskerl zu fassen. Früher oder später müssen Sie mit uns reden, warum es also nicht einfach hinter sich bringen? Besser hier als auf dem Polizeirevier.«

Auf eine Art war das ein Fehler. Es bot Simon Valence die Gelegenheit, sich mehrere Minuten über Schikane und Gefühllosigkeit auszulassen, über seine ausgezeichneten Beziehungen und wie weit er gehen würde, um Miss Ralston vor Polizeitrotteln wie Scott zu schützen, und darüber, dass es ihm ein Leichtes wäre, Scott suspendieren zu lassen – Scott ließ ihn zetern, während er gleichzeitig aufmerksam Julias Gesicht beobachtete. Sie rutschte nervös unter seinen Blicken, und schließlich verzog sie das Gesicht und stand auf, schüttelte dabei Valence' Hand von ihrer Schulter.

»Ach, halt's Maul, Simon.«

»Aber …«

»Er hat Recht. Natürlich muss ich eine Aussage machen. Und er hat doch selbst gesagt, ich wäre keine Verdächtige, also schikaniert er mich genau genommen ja auch nicht. Also halt jetzt bitte einfach den Mund.«

Scott wünschte sich, er könnte über die Bestürzung auf Valence' Gesicht grinsen. Dann drehte sich Julia zu ihm um, sprach unterkühlt, aber höflich.

»Können wir keinen Kompromiss schließen, Superintendent? Können wir es bis morgen aufschieben? Ich will weg aus diesem schrecklichen Laden, sobald die nötigen Formalitäten erledigt sind.«

»Natürlich! Wo kann ich Sie erreichen?«

Sie hob trotzig das Kinn, als erwarte sie Scotts Missbilligung. »Ich will nicht nach Hause. Simon war so nett anzubieten, mich in seiner Wohnung aufzunehmen, bis ich wieder einigermaßen zur Ruhe gekommen bin. Simon, gib ihm deine Karte.«

Widerwillig fügte sich Valence. Als Scott nach der Visitenkarte griff, klopfte es an der Tür, und WPC Lau steckte den Kopf herein.

»Ja, Lau, was ist?«

»Entschuldigen Sie, Sir«, sagte Lau. Sie schaute sich misstrauisch im Zimmer um, wobei sie allerdings die drei darin befindlichen Personen nicht weiter beachtete. Verwirrt folgte Scott ihrem Blick, der über die nackte Decke, die leeren Ecken des Zimmers wanderte und einen Moment auf den Stäben der Öffnung der Klimaanlage verharrte, bevor er weiterging.

»Stimmt irgendwas nicht, Lau?«

»Nein, Sir«, sagte sie. »Tut mir Leid, dass ich Sie gestört habe, war nur zur Kontrolle.« Ihr Kopf verschwand wieder und hinterließ ein betretenes Schweigen im Raum.

»Das war unsere Miss Lau«, erklärte Scott leicht amüsiert. »Ich denke, Sie wird ein weiterer Bestandteil unseres Päckchens sein müssen.«

»Welches Päckchen?« Julia klang misstrauisch.

»Unseres Kompromisses. Ich möchte, dass WPC Lau zumindest die nächsten vierundzwanzig Stunden bei Ihnen bleibt. Es wird kein Problem für Sie sein, Sie werden sie mögen.«

Julia baute sich vor ihm auf und funkelte ihn wütend an. »Soll sie mich beschützen oder aufpassen, dass ich nicht weglaufe?«

»Sie ist zu Ihrem Schutz da. Bis wir wissen, warum Ihre Familie ermordet wurde, müssen wir davon ausgehen, dass Sie ebenfalls in Gefahr schweben.«

Sie wurde kreidebleich; Scott trat sich in den Hintern. Andererseits, dachte er, kann es nicht schaden, das Mädchen zu ermutigen, ihre Situation ernst zu nehmen. Als kurz darauf jemand mit den

Entlassungspapieren hereinkam, entschuldigte sich Scott und verließ das Zimmer, um WPC Lau Anweisungen zu geben.

Der Starke ging, und ein anderer bhutik *betrat den Raum mit Papieren in der Hand. Temutma war hin- und hergerissen. Ursprünglich hatte er beabsichtigt, das Spiel mit der* lilitak *fortzusetzen. Da war sie nun und wartete nur darauf, dass man mit ihr spielte. Der* kashlik *war fort, und der große* bhutik *konnte in der gleichen Rolle in das Spiel eingebaut werden, die in der Nacht zuvor die Alte gespielt hatte.*

Aber der *kashlik* erschien ebenfalls viel versprechend.

Scott schloss hinter sich die Tür und drehte sich zu WPC Lau um.

»Mit Ihnen alles in Ordnung, Lau?«

»Jawohl, Sir«, antwortete sie steif. »Tut mir Leid, wenn ich gestört habe.«

»Kein Problem. Was war denn los?«

»Ich … Ach, nichts, Sir. Ich dachte, ich hätte etwas gehört. Ich habe mich geirrt.«

Scott sah sie scharf an. Sie war ganz offensichtlich beunruhigt, aber er vertraute ihrem Urteil. Sie würde vernünftig genug sein, ihm alles zu sagen, was er wirklich wissen musste.

»Wenn Sie geglaubt haben, Miss Ralston befände sich in Gefahr, Lau, dann war Ihre Störung völlig in Ordnung.«

»Vielen Dank, Sir.« Sie blieb ernst.

»Miss Ralston wird in wenigen Minuten das Krankenhaus verlassen. Sie werden sie begleiten und die nächsten vierundzwanzig Stunden bei ihr bleiben. Ich werde dafür sorgen, dass man Ihnen ein paar Dinge bringt.«

»Jawohl, Sir.«

»Sie wird bei diesem Schluck Wasser bleiben – bei Simon Valence.«

»Über Geschmack lässt sich nicht streiten, Sir.«

Scott grinste. »Noch etwas. Vor dem Gebäude lungert die Presse herum. Ich werde zum Sicherheitspersonal des Krankenhauses gehen und veranlassen, dass Sie unbehelligt hier rauskommen – ein Wagen am Personaleingang, die übliche Routine eben. Wir sehen uns bald.«

Claudia Lau schaute ihrem Vorgesetzten nach, der den Korridor hinunter verschwand. Sobald er außer Sicht war, kehrte die panische Angst zurück, eine durchaus vertraute Furcht; sie kannte sie nur zu gut aus einem Alptraum ihrer Kindheit, den sie auch heute noch gelegentlich hatte. Sie ermahnte sich, es sei eine völlig irrationale Angst. Sie fragte sich, ob sie dies in der Ausübung ihrer Pflichten beeinträchtigte. Sie debattierte mit sich selbst – sollte sie es Scott sagen? Ja, vielleicht – aber wie sollte sie die richtigen Worte finden und ihrem Vorgesetzten von den Ängsten ihrer Kindheit in der Ummauerten Stadt erzählen, die sie bis zum heutigen Tag heimsuchten? Schließlich war er ein *gwailo,* wenn auch keiner von der ignoranten Sorte. Es bestand durchaus die Möglichkeit, dass er verstehen würde – andererseits jedoch könnte er auch von ihr enttäuscht sein. Und das würde sie nicht ertragen können.

Sie zitterte auf dem warmen Korridor. Das Gefühl war noch nicht vorbei. Sie spürte immer noch etwas Böses hinter der Tür von Julia Ralstons Zimmer, etwas, das den Gestank von Blut und Eingeweiden mit sich führte, die Echos von Schreien. Auch Geflüster. Und Erinnerungsbilder von grimmigen Gesichtern von Erwachsenen, unter anderem das ihres Vaters; Backsteine und Mörtel, der Duft frisch umgegrabener Erde, das Gesicht eines alten, sehr alten Mannes.

»Kind, du darfst niemals dort hinuntergehen.«

Schon gut, dachte sie, dass ich kein Kind mehr bin, sondern eine gebildete Frau, ein waschechter Profi und das Produkt einer modernen, hoch industrialisierten Gesellschaft, denn andernfalls war es durchaus denkbar, dass sie schreiend den Gang hinunterrannte und das zwanzigste Jahrhundert einfach hinter sich ließ.

Sie war froh, Scott zurückkehren zu sehen, musste sich aber beherrschen, als er die Tür zu Julia Ralstons Zimmer öffnete und wieder hineinging. Es war immer noch da, was immer es nun war, und etwas

Vergleichbares hatte sie nicht mehr gespürt, seit sie vor fünfzehn Jahren als Zehnjährige die Ummauerte Stadt für immer verlassen hatte. Claudia Lau lehnte sich mit dem Rücken gegen die Wand und zwang sich, mehrmals tief und beruhigend ein- und auszuatmen.

Als die anderen kurz darauf aus dem Zimmer kamen, meinte Lau, sich wieder voll im Griff zu haben, auch wenn die Furcht immer noch wie eine giftige Wolke in der sie umgebenden Luft hing. Julia Ralston warf ihr ein kurzes, nervöses Lächeln zu. Lau fragte sich, ob auch die jüngere Frau die Gegenwart des Bösen spürte. Sie fuhren mit dem Fahrstuhl in den Eingangsbereich hinunter, wo sie bereits von Sicherheitsbeamten des Krankenhauses erwartet wurden, um sie zum Personaleingang zu begleiten. Scott schickte Simon los, seinen Wagen zu holen und vorzufahren. Lau sah die Reporter durch den Haupteingang hereinstürmen und setzte sich, flankiert von Sicherheitsbeamten, mit Julia den Korridor hinunter in Bewegung.

»Oh, mein Gott«, murmelte Julia.

»Sprechen Sie nicht mit ihnen«, sagte Lau zu ihr. »Gehen Sie einfach, so schnell Sie können, weiter.«

Einer der Reporter holte zu ihnen auf und stieß Julia ein Mikro unter die Nase, doch Lau riss es ihm aus der Hand und warf es ihm wieder zu.

»Das nächste Mal«, fauchte sie, »fliegt das Ding in den Mülleimer, okay?«

Julia lächelte Lau über die Schulter an.

Sie erreichten den Personaleingang genau in dem Augenblick, als Simons Porsche mit röhrendem Motor vorfuhr. Lau verfrachtete Julia auf den Rücksitz, während sie gleichzeitig die aggressiveren Journalisten abwehrte. Dann stieg sie selbst ein und knallte die Tür zu. Simon ließ die Kupplung kommen, und weg waren sie. Aus dem Schatten neben dem Eingang gab Scott Lau noch ein Okayzeichen.

»Ich glaube, ich mag Sie, Lau«, sagte Julia.

Claudia Lau lächelte. Sie hatten mehr als nur die Reporter hinter sich gelassen – auch das Gefühl einer grauenhaften Gefahr, das sie auf dem Krankenhausflur beinahe überwältigt hätte, war ihnen nicht gefolgt. Doch während der Wagen die Krankenhauszufahrt hinunterraste, erinnerte sie sich beklommen an die Alpträume ihrer Kindheit. Sie wusste, dass sie sie heute Nacht wieder träumen würde.

10

Erinnerung: lodernde Hütten. Eine dicke Schneeschicht auf der Erde, mit Ausnahme jener Stellen, wo die Pferde der Plünderer den Schnee zu einem blutigen Brei zerstampft hatten. Überall mit Fellen bekleidete und mit Pfeilen gespickte blutige Körper; und die Unglücklichen, die den Angriff überlebt hatten, waren in einem Pferch am Rande des Dorfes zusammengetrieben. Raues Gelächter, vermischt mit Schreien. Ein Überfall wie jeder andere, nur dass unter den Überlebenden, die jetzt unter den Speeren der Barbaren kauerten, einer war, der weder kauern noch heulen wollte – ein Hüne unter seinesgleichen, mit blonden Haaren, breiten Schultern und etwa einen halben Kopf größer als die größten von Temutmas Kampfgefährten. Und dieser eine sprach eine Herausforderung aus, die nicht unbeachtet bleiben konnte.

Temutma erinnerte sich an das Gefühl des langgliederigen Körpers, den er sich während dieser Wachperiode ausgesucht hatte, und dass ihn der Barbarenhäuptling, dem er sich anschloss, auserwählt hatte, die Horde im Zweikampf zu vertreten. Der Dorfbewohner war furchtlos vorgetreten, war kein verschüchterter *bhutik,* sondern ein *kashlik,* ein Champion, ein echter, instinktgesteuerter Krieger.

Sehr ähnlich dem *kashlik,* dem Temutma nun folgte. Sie waren ein Proviantierungskommando gewesen, nicht mehr. Fünfundzwanzig Barbaren, ausgeschickt vom großen Khan, um Lebensmittel für seine Goldene Horde aufzutreiben. Auf das Dorf waren sie beinahe zufällig gestoßen. Nur wenige Dorfbewohner würden lange genug leben, diesen Zufall zu bedauern.

Die Barbaren drückten dem Bauern ein langes Messer in die Hand und johlten aus voller Kehle, als der Kampf losging. Er hätte dem Bauern bereits in den ersten paar Sekunden den Kopf abreißen können, aber der Kampf machte am Anfang viel zu viel Spaß. Sie täuschten an und parierten und rangen, und vergnügt stellte er fest, dass der *kashlik* stärker war, als er gehofft hatte, also machte er eine Weile das Spiel mit, ließ zu, ebenfalls Schläge einzustecken, bis das anfeuernde Johlen der Barbaren in unzufriedenes Murren umschlug und die jammernden *bhutiks* neuen Mut fassten – und dann, gerade als er beabsichtigte, den Spieß umzudrehen, sprang der *kashlik* vor und schlitzte mit einem mächtigen Streich Temutmas geborgtem Körper den Bauch auf, an sich nichts weiter Ungewöhnliches, Temutma hatte auf diese Weise schon viele Körper verbraucht, aber rein zufällig erwischte der Hieb die Ranken von Temutmas Essenz und schleuderte ihn mit einer echten Verletzung zurück.

Die Barbaren jaulten vor Wut; Temutma tat es ihnen gleich. Es war nur eine geringfügige Verletzung, kaum mehr als ein Kratzer in Temutmas Lebensessenz, aber es war eine große Verletzung seines Stolzes, und mit einem brutalen Rückhandschwung seines Armes trennte er den Kopf des *kashlik* ab. Der Sprühregen seines Blutes war alles an Belohnung, was er verlangte, aber es kam noch mehr. Der völlig begeisterte Häuptling bestand darauf, ihm eine seiner jungfräulichen *lilitaks* zu geben, die er benutzte und wegwarf, noch während die Eingeweide aus seinem geliehenen Körper quollen, für die zuschauenden Barbaren ein Wunder und Inspiration zugleich, und dann ließ er den geliehenen Körper sterben …

Scott löste sich dankbar aus dem Hauptverkehr und fuhr über die steilen Nebenstraßen zum Meer hinunter. Er war zufrieden mit der Arbeit dieses Abends; die kleine Ralston hatte einen Funken Vernunft gezeigt, und bei Claudia Lau befand sie sich in guten Händen. Morgen könnte er ihr vielleicht sogar die entscheidende Beobachtung abschmeicheln, von der er überzeugt war, dass sie sie zurückhielt.

Die eiserne Bestie, der er die gewundenen Straßen hinunter folgte, hielt schließlich am Fuß eines der hohen Türme an. War dies die Burg des kashlik? *Wenn das so war, dann war Temutma beeindruckt.*

Müde schloss Scott die Tür zur Eingangshalle mit den Fahrstühlen auf und plante bereits den morgigen Tag. Er versprach sich ein Gespräch mit Bingham, der ohne Frage problemlos in der Kantine im zwanzigsten Stock des Präsidiums zu finden sein würde. Außerdem hatte er um elf eine Verabredung mit Al Masters …

Er wirbelte herum. Er spürte ein Kribbeln im Nacken – jemand beobachtete ihn. Sorgfältig suchte er die Eingangshalle ab, starrte angestrengt durch die Spiegelungen auf den Glastüren. Nichts. Niemand. Aber hatte er wirklich erwartet, jemanden zu sehen? Er musste noch erschöpfter sein, als er dachte. Er flüsterte ein kleines Stoßgebet, dass Vergie nichts anfing; einmal richtig ausschlafen, das war es, was er wirklich brauchte. Er warf einen Blick auf seine Armbanduhr: kurz vor halb zehn. Früher als gewöhnlich, aber auch früh genug, um eine weitere Schlacht zu vermeiden?

Vergie schaute auf und warf ihm einen finsteren Blick zu, als er ins Wohnzimmer kam. Sie sagte nichts. Toll, dachte er. Die Schweigebehandlung war nur eine Idee besser als ein vernichtender Streit. Er warf seine Akten auf den Tisch und ging in die Küche, um sich ein Bier zu holen.

»Möchtest du was zu trinken?«, rief er Vergie zu. Einen Moment kam keine Antwort, und dann tauchte sie in der Küchentür auf.

»Ich kann am Dienstag einen Flug nach Manila bekommen«, sagte sie ohne Umschweife.

Er schaute zu Boden und prostete ihr dann mit der Dose in der Hand zu.

»Schön für dich. Willst du wirklich hin?«

Sie zuckte die Achseln und verschwand wieder ins Wohnzimmer. Scott lehnte sich gegen die Arbeitsfläche und trank sein Bier. Nachdem sie jetzt tatsächlich mit einem Plan rausgerückt war, war er sich seiner Gefühle nicht mehr sicher. Wollte er wirklich, dass sie ging? Natürlich wollte er. Aber wollte er auch, dass sie nicht mehr zurückkam? Er würde sehr sorgfältig darüber nachdenken müssen, was er als Nächstes sagte. Langsam schlenderte er zur Tür, lehnte sich gegen den Rahmen und betrachtete ihr abgewandtes Gesicht mit plötzlich neu erwachtem Verlangen.

»Reden wir drüber, okay?«, sagte er. »Ich weiß, dass wir in letzter Zeit nicht so besonders miteinander klarkommen, aber wenn du jetzt gehst, gibt es für uns beide vielleicht keine zweite Chance mehr.«

Sag *du* jetzt mal was, Frau, forderte er sie stumm auf. Übernimm *du* zur Abwechslung auch mal Verantwortung. Warum muss ich das dauernd machen?

»Ich denke, ich sollte nach Hause fliegen, vielleicht nur auf einen Besuch«, sagte sie.

Ja, dachte er, das ist gut, das ist für uns beide der leichte Ausweg aus dieser verfahrenen Kiste. Lass uns beide denken, es wäre nur vorübergehend, und wenn du dann erst mal weg bist, kann ich auch wieder klarer denken und an diesem verfluchten Fall weiterarbeiten. Es wird leicht sein, deine Briefe nicht zu beantworten. Falls du sie überhaupt schreibst.

Er versuchte sich zu erinnern, wie das Leben vor Vergie gewesen war.

Dann schaute sie scharf auf, sah zuerst ihn und dann die Glastüren auf dem Balkon an. Scott folgte ihrem Blick und sah hinter den Glasscheiben keine Bewegung außer Vergies geliebten Topfpflanzen, die sich sanft im Wind wiegten.

»Was ist, Vergie?«

Vergie rieb sich die Arme, als sie auf die dunklen Scheiben starrte. Ihr Spiegelbild starrte zurück. Scott fühlte sich an den merkwürdigen Gesichtsausdruck von Claudia Lau erinnert, als sie die kahlen Wände des Krankenhauszimmers absuchte.

»Was ist los?«, wiederholte er.

»Zieh die Vorhänge zu, Mike.«

Scott zuckte die Achseln und durchquerte den Raum, um ihren Wunsch zu erfüllen. Als er an der Vorhangkordel zog, stieß er einen überraschten Laut aus und fixierte durch das Glas einen gelben Nebelschwaden, der sich um die Topfpflanzen schlängelte. »Scheißumweltverschmutzung«, knurrte er. »Unglaublich.«

»Was?«

»Nichts«, sagte er.

Selbst bei geschlossenen Vorhängen konnte Temutma das Pulsieren von warmem Blut in ihren Körpern spüren, die ätherischen Echos aufgepeitschter und verworrener Emotionen. Die flüchtig erhaschte Glätte der lilitak *bereitete ihm Vergnügen. Vermutlich die Konkubine des* kashlik *und zugleich Beweis für seinen Status und guten Geschmack. Er verlagerte sich dichter ans Glas.*

Scott setzte sich unglücklich ans andere Ende des Sofas, die leere Bierdose in der Hand.

»Bist du sicher, dass du nichts trinken möchtest? Ein Glas Wein vielleicht?«

»Kannst du schon nicht mehr mit mir reden, ohne was zu trinken?« Vergie ließ die Schultern hängen und schmollte. O verdammt, dachte Scott, sie fängt schon wieder mit der Tränenmasche an. Wie schnell sie sie einschalten konnte! Diesmal jedoch würde er sich von ihr keine Schuldgefühle einreden lassen.

»Um Himmels willen, Vergie, hör mir zu. Ich hatte heute einen verdammt harten Tag. Möchtest du das jetzt ausdiskutieren, oder sollen wir direkt anfangen, uns anzubrüllen?«

»Was anderes scheinen wir in letzter Zeit ja sowieso nicht mehr zu machen, oder? Wir reden nicht mehr, wir brüllen uns nur noch an.«

»Ich bin hier nicht derjenige, der herumbrüllt, Gnädigste.« Er merkte, dass er brüllte. Vom Fußboden, von der Decke der Wohnung unter ihnen, kam das inzwischen vertraute Klopfen. Schlagartig war Scott auch schon am Ende.

»Pass auf, okay«, sagte er ruhig. »Flieg für ein paar Tage nach Hause, für ein paar Wochen. Lass uns beide eine Auszeit nehmen, um über alles gründlich nachzudenken. Dann können wir uns entscheiden.« Feigling, dachte er. Warum ziehst du nicht einfach einen Schlussstrich?

»Aber wenn ich jetzt nach Hause fahre«, schniefte Vergie, die inzwischen ungehemmt weinte, »kommen wir dann noch mal zusammen?«

Scott seufzte. Sie befanden sich wieder auf ihrem alten Karussell.

Das Glas war für ihn undurchlässig, aber in der benachbarten Kammer stand ein Fenster offen, eigentlich nur einen Spalt, so breit wie ein Finger, doch das genügte. Temutma durchzuckte eine gewisse Enttäuschung angesichts der Größe der Kammern des kashlik. *In einem so majestätischen Turm erwartete er feudalere Verhältnisse und deutlich mehr Sklaven. Dieser Turm ähnelte mehr einem Dorf als einem Palast. Es wimmelte hier von* bhutiks *in Räumen, die an kleine, aufeinander gestapelte Schachteln erinnerten, eine auf der anderen. War das alles, was dieser* kashlik *war? Nur ein weiterer Bauer? Als dünnes Nebelband strömte Temutma durch den Fensterspalt hinein.*

Die Unterhaltung führte zu nichts. Wie gewöhnlich. Scott beendete sie unvermittelt, indem er seine Bierdose auf den Tisch knallte und einen Stapel Unterlagen zum Ralston-Fall herauszog, womit er Vergie ein paar Punkte abhängte.

Sie dachte einen Moment über ihren nächsten Schritt nach und stand dann auf. »Ich nehme ein Bad«, verkündete sie und sorgte für den Ausgleich. Scott grunzte und hob den Kopf, um sie aus dem Raum gehen zu sehen. Im Augenblick sah es ganz danach aus, als würde sie am Dienstag tatsächlich abreisen. Er war ihre ewigen Streitereien viel zu satt, und der Ralston-Fall belastete ihn viel zu sehr, als dass es ihm etwas ausmachte. Er ließ sich aufs Sofa zurücksinken und wurde durch den Dienstrevolver an seinem Gürtel abgelenkt, der sich ihm in die Seite bohrte. Scott legte ihn auf den Couchtisch, bevor er wieder in die Unterlagen schaute. Die Worte verschwammen vor seinen Augen. Er schob die Papiere von seinem Schoß und rappelte sich bedächtig auf.

In der Küche untersuchte er seinen Alkoholvorrat. Er hatte ein halbes Dutzend Dosen Bier. Nicht genug, um sich richtig voll laufen zu lassen, wonach ihm im Moment war, und auf jeden Gedanken an morgen zu scheißen. Aber ganz hinten im Schrank fand er die Flasche Tanduay-Rum, die Vergie ihm von ihrer letzten Reise auf die Philippinen mitgebracht hatte. Beides zusammen, das Bier und der Rum, würde schon reichen. Er holte sich eine neue Dose Bier aus dem Kühlschrank und kehrte ins Wohnzimmer zurück. Durch die Schlafzimmertür hörte er das einlaufende Badewasser. Vielleicht, dachte er ernstlich versucht, sollte ich einfach zu ihr reingehen – aber er wusste sehr gut, dass das Bad nur einer ihrer alten Tricks war, eine Möglichkeit, ihn zu einem sexuellen Intermezzo zu verführen, das den Riss vorübergehend kitten würde. Wieder nur eine Szene, die sie bereits x-mal durchgespielt hatten, und er war den ganzen Film gründlich satt. Er drehte sich von der Schlafzimmertür fort, schaltete das Licht aus und den Fernseher ein. Er setzte sich mit seinem Bier aufs Sofa.

Die Konkubine erschreckte ihn, als er gerade anfing, sich eine Gestalt zu geben – wie sie die Tür des Schlafgemachs aufstieß und dann mit einem Krachen wieder zuknallte, das seinem empfindlichen Gehör Schmerzen bereitete. Er hätte einfach zugreifen und sie umhüllen können, aber er wartete – es war viel besser, die glatte Haut einer lilitak *mit eigenem Fleisch zu umarmen.*

Sie stolzierte an ihm vorbei, runzelte die Stirn und verschwand durch eine zweite Tür in der gegenüberliegenden Wand, die sie erheblich leiser hinter sich schloss. Sekunden später hörte er das Geräusch von fließendem Wasser wie bei einer Quelle und roch auf einer Woge Dampf den Moschusduft des Parfums einer Huri.

Nachdenklich schwebte er in der Luft. Der *kashlik* hinter der anderen Tür war nicht auf der Hut. Wen zuerst – die Huri oder den *kashlik?* Nach einigen unentschlossenen Momenten entschied sich Temutma für eine Tür.

Scott fluchte leise. Immer wieder brach das Bild des Fernsehers in sinuswellenartigem Schneegestöber zusammen und tanzte im Rhythmus zu lauten Explosionen weißen Rauschens über die Mattscheibe. Er drückte eine Taste der Fernbedienung, und der Bildschirm wurde schwarz. Vielleicht, dachte er, würde er es sich schenken, die Kiste reparieren zu lassen. Er war ohnehin nie zu Hause; der Fernseher war hauptsächlich für Vergie da, und Vergie ging.

Er schloss die Augen und legte den Kopf gegen die Rückenlehne. Das zweite Bier auf leeren Magen brachte die gewünschte Wirkung. Er fühlte sich ruhiger. Die Frage, ob Vergie nun blieb oder ging, war beantwortet worden. Sie würde am Dienstag abreisen, Ende dieses Kapitels. Ende der Geschichte, falls er es ertragen konnte. Er würde es ihr morgen früh sagen.

Und bis dahin würde er der Versuchung widerstehen, zu ihr hineinzugehen; und schon sehr bald, sobald er die derzeitige Dose Bier geleert hatte, würde er sich erlauben, mit dem Rum anzufangen.

Vergie kippte eine weitere Kappe Badeöl ins Wasser und drehte sich um, weil sie sich in dem beschlagenen Spiegel mustern wollte. Sie war erleichtert über das, was sie dort sah. Sie war immer noch jung – zumindest, was ihr Aussehen betraf. Sie seufzte und strich mit den Fingern über ihre Brüste, bis die dunkelbraunen Brustwarzen hart wurden, dann stellte sie sich seitlich vor den Spiegel, um den Effekt zu beobachten. Mike müsste sie jetzt sehen. Sie betete stumm, dass er zu ihr kam, wie er es früher auch schon getan hatte, und dass es diesmal anders wäre. Dieses Mal würde sie eine Möglichkeit finden, ihn für immer an sich zu binden.

Das Bad war fertig. Sie stellte das Wasser ab und stieg in das parfümierte Wasser, ließ sich langsam hineingleiten und von der Hitze beruhigen, versuchte Mike durch Willensanstrengung dazu zu bringen, hereinzukommen. Durch den vom Badewasser aufsteigenden Dunst blieb der gelbe Nebel unbemerkt, der unter der Tür hereinsickerte.

Temutma blickte auf die nackte lilitak *hinab, bewunderte ihren Körper, ihre festen, vollen Brüste, die seidig schimmernde Haut und das hübsche Dreieck Haare zwischen ihren Beinen. So glatt, so penetrierbar. Er senkte sich tiefer und etwas seitlich und begann, einer Laune folgend, seine natürliche Gestalt anzunehmen.*

Vergie war überzeugt, dass Mike kommen würde. Er musste kommen. Er musste einfach. Sie schloss die Augen, sank unter die Wasseroberfläche, tauchte wieder auf, die Augen immer noch im Gebet geschlossen, und stellte sich vor, wie er bereits zu ihr unterwegs war. Als eine Hand ihre schaumbedeckte Schulter berührte, lächelte sie. Der Zauber hatte also wieder einmal funktioniert; Mike hatte erneut nachgegeben. Sie bewegte sich ein wenig, damit er ihren Rücken streicheln konnte, doch die Hand glitt unter sie, um ihre Brust zu umfassen, drückte sie leicht und wanderte dann über die Schulter, um ihren Hals zu streicheln.

Vergie legte sich zurück und wusste genau, was als Nächstes kam. Sie musste weder die Augen aufschlagen noch ihm sagen, was sie mochte. Die Hand wanderte erneut zu ihrer Brust, und ein Finger streifte die Brustwarze, ein wenig rau, vielleicht, aber es war ein gutes Gefühl.

Seidenweich.

»Mike«, sagte sie verträumt, »du solltest dir von mir die Nägel schneiden lassen.«

Die einzige Antwort bestand darin, dass dieselben Finger mit den langen Nägeln langsam eine gewundene Linie über ihren Rücken zogen, zuerst vom Nacken zum Poansatz und dann weiter, zärtlich sondierend, in sie hineingleitend. Die scharfen Nägel streiften ihre geheimsten Stellen mit genügend Druck, um zu erregen, dann fester und in einem Schmerz gipfelnd, der die reine quälende Lust war. Sie stöhnte, spürte die Wärme ihrer körperlichen Reaktion zwischen ihren Schenkeln kribbeln. Immer noch mit geschlossenen Augen drehte sie sich im duftenden Wasser und setzte sich auf, um ihren Geliebten anzusehen. Ihre Lippen öffneten sich für einen Kuss.

Der Schrei zerschnitt den Dunst in Scotts Kopf wie ein Messer. Abrupt setzte er sich auf und merkte, dass er die Bierdose immer noch umklammerte. Einen Augenblick wusste er nicht, was genau ihn geweckt hatte – ein Geräusch, aber nicht der Wecker, auch nicht das Telefon –, und dann kam der zweite Schrei, und Scott kämpfte sich durch die letzten Spinnweben seiner Schläfrigkeit.

»Vergie?«

Er sah die Bierdose wie in Zeitlupe auf den Teppich fallen, sah, wie sich seine Hand zentimeterweise auf den Dienstrevolver zuschob, der auf dem Couchtisch lag, und sich um den Knauf schloss. Dann beschleunigte sich alles, und er hatte das Schlafzimmer bereits halb durchquert, die Badezimmertür war jetzt unmittelbar vor ihm, er krachte mit der Schulter dagegen und drosch mit der freien Hand auf sie ein.

»Vergie!«

Keine Antwort, und er trommelte weiter gegen die Tür. Dann verfluchte er seine eigene Dummheit, denn er hätte wissen müssen, dass die Tür nicht abgeschlossen war, würde Vergie doch fest damit rechnen, dass er zu ihr kam – und er drehte den Türknauf, und die Tür schwang auf, und er warf sich hinein.

Dampf bauschte sich um ihn auf. Er sah Vergie in der Wanne liegen, den Kopf von ihm abgewandt und halb unter Wasser, und nichts davon war besonders ungewöhnlich. Aber das Wasser war *rot.* Und die Wand war *rot.* Scott stand wie angewurzelt in dem parfümierten

Dunst, versuchte das Bier und die Erschöpfung aus seinem Kopf zu vertreiben, versuchte zu verstehen.

Als Erstes verstand er, dass Vergie tot war.

Er war noch damit beschäftigt, diese Erkenntnis aufzunehmen, als ein Raunen ihn aufschauen ließ. Er schnappte nach Luft und schwang die Waffe in diese Richtung. Etwas, ungefähr so groß wie ein Mann, streckte sich wie eine gelbe Spinne über eine Ecke der Decke – allerdings hatte noch nie eine so große Spinne das Licht der Welt erblickt, und er hatte auch noch nie eine Spinne mit zwei Armen gesehen, mit zwei Beinen, einem Gesicht … Zähnen …

Er drückte den Abzug.

… der Lärm, der Lärm und der stechende Schmerz durch die Waffe des kashlik! *Ein Feuer-Hammer-Donner-Ding – jetzt erinnerte er sich von seiner letzten langen Wachperiode an ihre Form, allerdings war dies kaum der richtige Augenblick für Erinnerungen oder die Suche nach Worten, denn Feuer-Hammer-Donner explodierte weiter, dröhnender Lärm, unerträglich nach der langen Stille, und Fetzen kostbarer Essenz schrien vor Schmerz auf – er war nicht vorbereitet, darauf war er nicht vorbereitet …*

Es war ein Klopfen, das Michael Scott aufrüttelte, irgendwo in der Wohnung, gleichmäßig und anhaltend genug, um ärgerlich zu sein, eindringlich genug, um durch den Schock zu ihm durchzudringen. Er kam auf Hände und Füße hoch, bevor sich sein Gesichtsfeld wieder verengte; mehrere tiefe Atemzüge, und die Dunkelheit hob sich genug, dass es ihm mit Hilfe einer Hand auf der vom Dampf feuchten Wand gelang, sich mehr oder weniger gerade aufzurichten. Er stolperte durch die Tür und folgte dem Geräusch durch die Wohnung, während ihm der Fußboden über die gesamte prekäre Distanz zusetzte, sich neigte, auf ihn zukam und sich wieder entfernte. Die Wohnungstür ragte bedrohlich vor ihm auf. Er hob seine tonnenschwere Hand zum Riegel.

Temutma schnellte durch die Luft und brüllte seinen Schock hinaus. Innerhalb von Sekunden hatte er hoch am Himmel das schmale Band des mit Schiffen übersäten, schwarzen Wassers überquert, doch die strahlenden Lichter der Türme auf dem Festland zogen ihn heute Abend nicht an.

Nicht fair!

Er stieß hinab und ließ sich auf dem Metallsims eines dunklen Glasturms nieder, war bereits wieder ruhig genug, um einen anwachsenden Groll zu hegen. Betrüger! Klingen und Schleudern und Keulen und Speere waren von Anbeginn der Zeit angemessene Waffen für *kashliks.* Daran war Temutma gewöhnt, er kannte Worte für sie und besaß Jahrtausende an Erinnerungsbildern. Was aber die Feuer-Hammer-Donner-Dinger dieses neuen Zeitalters der Welt betraf – sie waren einfach nicht fair, nicht fair! Er hatte sie bereits während der letzten langen Wachperiode gesehen, ja, er hatte sie damals gehört und sogar unter ihnen gelitten, aber er hatte sie auch instinktiv als vorübergehende Verirrung in der ansonsten zuverlässigen Ordnung der Dinge abgetan. Jetzt sah es ganz danach aus, als wäre er etwas voreilig gewesen. Er suchte nach Worten in dem Meer an Erinnerungen: Klingen, Schleudern, Keulen, Speere. Nicht viel mehr. War es fair, dass er nach so vielen Jahrtausenden des Kampfes gezwungen sein sollte, noch etwas Neues zu lernen?

Dann kam die Wut und das wachsende Bewusstsein von Schmerz.

Die Essenz war beschädigt – nicht so schlimm wie bei manchen früheren Gelegenheiten, aber doch genug, um ihn zu bremsen, ihn zu reizen, seine Freuden zu verringern. Grübelnd schwang er sich wieder in die Luft. Solange er nicht im Vollbesitz seiner Kräfte war, würde es nichts bringen, seinem ersten Impuls nachzugeben und sofort zum Turm des *kashlik* zurückzukehren. Für einige Tage vielleicht nur leichte Blutbeute, während sich die Essenz erneuerte, bevor er die Jagd nach dem *kashlik* wieder aufnahm.

Denn er wusste, dass er den *kashlik* jagen würde. Das verlangte sowohl sein Stolz als auch sein Sinn für die Harmonie der Dinge. Er würde zu dem *kashlik* zurückkehren und ihn überraschen, wenn er sein betrügerisches Feuer-Hammer-Donner-Ding nicht zur Hand hatte – und dann würde er mit ihm spielen. Er würde ihm beibringen, wie ein anständiger *kashlik* kämpfte, und eine ganze Weile später würde er ihm zeigen, wie ein anständiger *kashlik* starb.

Er schraubte sich in östlicher Richtung nach unten, wurde plötzlich von einem interessanten Lärmen in einer Art Schlucht zwischen den Türmen angezogen; ein bezauberndes Geräusch, eines, das sein vor kurzem beleidigtes Gehör besänftigte. Schließlich ließ er sich auf der Brüstung einer schmalen Brücke nieder, die nicht Wasser überspannte, sondern eine ganze Reihe parallel verlaufender Bänder glänzenden Metalls, auf denen metallene Langhäuser auf Rädern standen. Er dachte eine Weile über dieses neue Rätsel nach und gelangte dann zu dem Schluss, dass es keine Rolle spielte. Genauso wenig spielte es eine Rolle, dass die Geräusche, die er hörte, nicht von Menschen rührten – Blut war Blut, und es zählte einzig und allein, dass dies leichte Blutbeute sein würde.

Zwei Männer schritten nervös die lange Reihe der Viehwaggons auf dem Rangierbahnhof ab. Die Waggons waren leer – mit Ausnahme von einem. Die in den überfüllten Waggon gepferchten Schweine artikulierten ihr Unbehagen mit jenem heillosen Krawall, zu dem nur große Schweine und kleine Kinder fähig sind.

»Bah«, schimpfte Chan, der Ältere der beiden, der sich ohnehin nicht besonders gut fühlte. »Hör dir das an, Leung! Wenn das Gesundheitsamt davon erfährt, stecken wir in großen Schwierigkeiten.«

»Jetzt mach dir mal keine Sorgen, Chan«, beruhigte der andere. »Mein Kontaktmann wird schon sehr bald hier sein, um die Schweine abzuholen, und der Inspektor vom Gesundheitsamt wird nie erfahren, dass sie überhaupt hier waren. In drei oder vier Stunden hängen die kleinen Lieblinge schon mit aufgeschlitzten Bäuchen an Fleischerhaken, und du hast einen hübschen kleinen Bonus, mit dem du auf die Rennbahn gehen kannst.«

»Die *gwailos* oben in ›Swineview Mansions‹ werden es aber wissen.« Chan gestikulierte zu einem Block Apartmenthochhäuser oberhalb des Bahnhofs hinauf. »Die beschweren sich doch dauernd über den Lärm, den die Schweine hier unten veranstalten. Vom Geruch mal ganz zu schweigen.« Angewidert rümpfte er die Nase.

»Sicher, sicher. Die werden sich wie immer beschweren, und die Polizei wird ein paar Aussagen aufnehmen, und zum Frühstückstee ist alles längst wieder vergessen. Sei nicht so ein altes Weib. Komm jetzt.«

Sie waren gerade um die Ecke des Wartungsgebäudes gegangen, als Mr. Chan eine Hand auf die Schulter des jüngeren Mannes legte. »Ich hätt's nicht für möglich gehalten, aber sie werden noch lauter.«

Die beiden Männer blieben stehen und lauschten. Das Gequieke schien tatsächlich anzuschwellen, und dann brach ein wahrer Alptraum an Lärm aus, eine Explosion von Schreien und Geheul, herzzerreißend menschlich und unvorstellbar grauenhaft. Mr. Chan zitterte, sackte gegen die Wand und umklammerte seine Brust, doch Mr. Leung war aus härterem Holz geschnitzt.

»Scheiße«, sagte er, »da muss ein Hund auf dem Bahnhof sein.«

»Bah«, sagte Chan kläglich.

»Hör dir das an!«

»Lass uns einfach gehen«, sagte Chan.

»Nein, nein, wir sollten der Sache auf den Grund gehen. Ich nehme diese Seite, du nimmst die andere.« Leung machte sich auf den Weg zurück, die lange Reihe Viehwaggons hinunter. Nach einem Moment duckte sich Chan mit großem Widerwillen unter eine der Kupplungen durch und hielt auf der anderen Seite des Zuges Schritt mit Leung.

Dann veränderte sich der Lärm. Gerade waren die Schweine noch in einer solchen Lautstärke an einer kreischenden Schweineoper beteiligt, dass sich eigentlich jeder Haushalt in der Gegend bei der Polizei beschweren müsste, und im nächsten Moment schwoll die Kakophonie, unglaublich genug, zu einer solchen Tonhöhe an, dass

Chan stehen bleiben und sich die Hände über die Ohren legen musste, und dann, alles in allem dauerte es vielleicht zwanzig Sekunden, erstarb das Gekreische allmählich wieder, Stimme um Stimme, und hinterließ eine Unheil verkündende Ruhe.

»Leung!«, brüllte er. »Was ist passiert?«

»Woher soll ich das wissen, Blödmann! Mach die Türen auf!«

Die Schiebetüren befanden sich auf Chans Seite des Zuges. Er hastete die Waggons entlang, während seine Haut kribbelte, der Schmerz in seiner Brust intensiver wurde und sich über seinen Arm ausbreitete. Als er in Sichtweite des letzten Waggons kam, blieb er abrupt stehen.

»Leung!«

Der metallische Geruch von frischem Blut erfüllte seine Nase so intensiv, dass sogar das Miasma aus Schweinescheiße und Futter überdeckt wurde. Im Licht der Natriumdampflampen sah er eine dunkle Flüssigkeit zwischen den Brettern der Seitenwand des Viehwaggons heraustropfen und sich wie Regenwasser in Pfützen entlang der Gleise sammeln. Chan würgte. Er umklammerte wieder seine Brust, als Leung mit einem abgebrochenen Axtstiel in der Hand um das Ende des Zuges auftauchte.

»Mach auf, du Idiot!«

Leung baute sich neben der Tür auf und hielt den Axtstiel mit beiden Händen umklammert hoch über seinen Kopf, bereit, sofort auf alles einzuschlagen, was immer aus dem Viehwaggon kam. Nicht besonders beruhigt zerrte Chan an der Schiebetür, bis sie langsam aufrollte, und dann sprang er mit der Flinkheit panischer Angst zur Seite.

Nichts kam heraus.

Nach einem Augenblick senkte Leung seinen improvisierten Knüppel. Er schob sich dichter an die Tür heran und schielte vorsichtig um den Rahmen.

»*Boah!*«, sagte er.

In dem näher zu ihm gelegenen Ende des Viehwaggons türmte

sich eine Pyramide aus Schweinsköpfen bis fast unter das Dach. Die Leiber waren auf dem anderen Ende aufgestapelt. Ansonsten war der Waggon leer, wenn man die Gestankwolke, die sich durch die offene Tür nach draußen bauschte, und die gelbe Nebelsäule nicht mitzählte, die dem Gestank folgte. Leung schluckte den Geschmack von Erbrochenem herunter und schob die Tür wieder zu, dann schwankte er zu der Stelle hinüber, wo Chan bereits vor dem Zaun zusammengesunken war.

»Keine Angst«, sagte Leung, als er seine Stimme wieder gefunden hatte. »Ich glaube, wir kriegen trotzdem den vollen Preis. Sieh's doch mal so – wir haben meinem Kontaktmann die Arbeit erspart, sie noch zu schlachten.« Leung war bekannt dafür, die Dinge immer von der positiven Seite zu sehen.

Chan krächzte, was allerdings nicht direkt als Antwort zu verstehen war. Schließlich gelang es ihm doch noch, den Herzinfarkt zu bekommen, an dem er bereits den ganzen Tag gearbeitet hatte.

Abrupt erwachte Wong, alle Sinne wieder in höchster Alarmbereitschaft, und der Gestank von Blut stach ihm in die Nase. Er schaute sich im dunklen Krankensaal um; nichts rührte sich. Da waren nur die Geräusche, an die er sich inzwischen gewöhnt hatte, die Menschen um ihn herum, die Schnarcher, die Stöhner, der Mann auf der anderen Seite des großen Raumes, der im Schlaf mit den Zähnen knirschte. Wong verzog das Gesicht. *Es* war wieder passiert, und er war sich nur zu bewusst, dass er nichts tun konnte, um es zu verhindern, bis er wieder stark genug war, diesen Ort zu verlassen – genau wie er sich bewusst war, dass nur wenige Augenblicke zuvor Blut vergossen worden war, und es war mindestens das dritte Blut dieser Nacht. Temutma fraß sich stark.

Vorsichtig sondierte Wong den Äther – es war riskant, die Verbindung zu benutzen, aber er musste Gewissheit haben. Eine Krankenschwester, die zufällig genau in diesem Augenblick an seinem Bett vorbeikam, hätte in Panik geraten können, wenn sie sein extrem flaches Atmen und das fahle Grau seines Gesichts bemerkte, aber nur eine Sekunde später schlug er die Augen auf, holte tief Luft und lächelte in das Dämmerlicht des Krankensaals.

»Schweine«, flüsterte er. »*Schweine.*« Und er drehte sich um, kicherte leise und schlief wieder ein.

Simon Valence war ein nahezu perfekter Gentleman gewesen, als er und Julia Ralston vom Krankenhaus in seiner Wohnung eintrafen. Er war sogar freundlich zu der sie begleitenden WPC Lau gewesen, als er ihr sagte, sie solle sich etwas zu essen besorgen und es sich in der Dienstbotenwohnung gemütlich machen, die, wie man fairerweise zugeben musste, tatsächlich gemütlich war. Dann hatte er Julia eine halbe Flasche Rotwein und ein Glas Whiskey eingeflößt, woraufhin er darauf bestanden hatte, dass sie sich im Gästezimmer ins Bett legen und etwas ausruhen sollte. Später wurde offensichtlich, dass es nicht direkt Ruhe war, was ihm für sie vorschwebte.

Er klopfte an ihre Tür, nachdem sie gerade das knielange *Nacht-der-lebenden-Toten*-T-Shirt übergestreift hatte. Nicht unbedingt ein Kleidungsstück, um romantische Gefühle zu wecken, aber er brauchte nicht mal drei Sekunden, um zu ihr zu gehen, sie in seine Arme zu reißen, ihr seine Zunge in den Mund und seine Hände unters T-Shirt zu schieben.

Sie stieß ihn fort und brüllte ihn an, sofort zu verschwinden.

»Julia, Julia«, sagte er beruhigend und ließ wieder seine Arme um sie gleiten, »ich weiß, was du brauchst. Ich versuche doch nur, dir zu helfen.«

Diesmal benutzte sie ihr Knie. Sofort ließ er sie los, klappte wie ein Taschenmesser zusammen und sackte hart aufs Bett, umklammerte sich selbst.

»Genau, ich bin weg«, fauchte sie. »Geh raus, während ich mich anziehe.«

»Nein«, sagte er gepresst, »nicht nötig. Ich … Du hättest doch nur sagen müssen …«

»Ich habe es dir gesagt, Simon. Und jetzt raus.«

Er saß stumm auf dem Bett und hatte sich bereits wieder erholt. Julia hatte nicht sehr fest zugetreten. »Hör zu, du musst nicht gehen«, murmelte er. »Es tut mir Leid … Es ist eben nur, ich dachte, du hättest mir signalisiert … Geh nicht, Julia, ich fühle mich noch beschissener, wenn du jetzt gehst.«

Julia starrte ihn an, bis er sich vom Bett erhob und zur Tür humpelte. »In Ordnung«, sagte sie. »Aber im Moment brauche ich Freunde und keinen Sex. Okay?«

»Hab verstanden«, sagte er. »Tut mir Leid.«

Er drehte sich um und fand sich Auge in Auge mit Claudia Lau wieder, die unmittelbar vor der Tür stand. Er flüchtete. Lau grinste Julia an.

»Ich wollte sehen, ob Sie vielleicht Hilfe benötigen.«

»Und?«

»Ich finde, Sie sind allein bestens klargekommen.« Lau grinste wieder und schloss die Tür von außen.

Wieder allein, war Julia nach Heulen zumute, und genau das tat sie dann auch, mehr aus Wut als aus Angst oder Trauer. Und dann war sie nur noch müde, so müde, dass sie meinte, endlich ohne Träume schlafen zu können. Sie hatte gerade noch genug Energie, um unter die Laken zu schlüpfen. Sekunden später war sie fest eingeschlafen.

Sie saß auf einem Pferd, einem schnellen Pferd, und klammerte sich an den kräftigen Rücken eines großen Reiters; muskulös, fest, der Rücken eines Mannes, der furchtlos und ohne Erbarmen ein Schwert führen konnte. Das Pferd galoppierte weiter, irrsinnig schnell, preschte über die Steppe, als versuche es, seinem eigenen Reiter zu entkommen. Sie bekam allmählich Angst.

Unvermittelt hielten sie an, und das Pferd bäumte sich auf. Sie verlor den Halt und flog auf die Erde. Das Pferd drehte sich im Kreis und bockte schnaubend; Julia erkannte Panik in seinen Augen, Schaum flog von seinem aufgerissenen Maul, während es sich gegen die schwere Hand des Reiters wehrte. Sie versuchte fortzukriechen, doch plötzlich war das Pferd genau vor ihr, wieder unter Kontrolle des Reiters, und sie spürte, wie sich ihr Blick zu der in Leder gekleideten Gestalt hob, langsam, nicht aus freiem Willen, denn sie wollte dieses Gesicht nicht sehen, und doch hoben sich ihre Augen weiter und weiter und …

»Miss Ralston, aufwachen.«

Jemand schüttelte ihren Arm. Julia wachte auf, schweißgebadet und krank vor Angst. Claudia Lau ragte über ihr auf, während ein verschüchtert wirkender Simon von der Tür aus zuschaute.

»Sie hatten einen schlechten Traum, Miss Ralston. Alles ist in Ordnung.«

»Ein Traum?«

»Nur ein Traum. Keine Angst, ich bin bei Ihnen.«

»Habe ich geschrien oder so? Hab ich Sie geweckt?«

Lau zögerte. »Sie haben aufgeschrien.«

Julia holte tief Luft. »Bleiben Sie bei mir?«, fragte sie. Lau nickte beruhigend und ging, um den Sessel näher ans Bett zu ziehen. Simon verschwand abrupt aus der Tür. Julia machte sich keine Gedanken mehr darum, womöglich seine Gefühle zu verletzen – er war ein Schwächling und ein Arschloch, und irgendwie fühlte sie sich bei Claudia Lau erheblich sicherer. Sie drehte sich um und fiel sofort in einen unruhigen Schlaf.

Claudia rollte sich auf dem Sessel zu einer festen Kugel zusammen und lauschte auf Julias leises Atmen. Sie wollte noch etwas länger wachsam bleiben, denn es war ihr eigener Traum, der sie geweckt hatte, nicht Julias Schreie. Dieser kurze, dunkle Korridor neben der Teestube, das harte Prasseln von Mahjong-Steinen auf der anderen Seite der Wand, Mimi Cheng, die ihr zu verstehen gab, leise zu sein und zu folgen: *Die Erwachsenen haben da unten ein Geheimnis, lass uns mal nachsehen.* Dieses Mal, in dem Traum, war sie ihr gefolgt.

11

»Ich wusste, dass es früher oder später so kommen würde, Officer. Erst letzte Woche habe ich zu meiner Frau gesagt, die zwei bringen sich eines Tages noch um, und als wir dann heute Abend die Schüsse hörten …«

Auf der anderen Seite des Raumes vergrub Scott das Gesicht in seinen Händen. Chief Inspector Ronny Tse bemerkte die Bewegung aus den Augenwinkeln, und in einem seltenen Anfall von Feingefühl nahm er Scotts aufgeregten Nachbarn am Ellbogen, führte ihn in die Küche und schloss hinter sich die Tür. Nachdem der Menschenauflauf in Scotts Wohnzimmer nun um zwei kleiner geworden war, senkte sich der Geräuschpegel um einige Dezibel.

Eine von einem oder mehreren Unbekannten aufgebrühte Kanne Tee stand auf dem Couchtisch, inzwischen eiskalt. Scott schüttete den Rest in seine Tasse und vermied sorgfältig, die Waffe anzusehen, die versiegelt in einen transparenten Plastikbeutel mit einem Schildchen daran unmittelbar hinter der Teekanne lag. Ohne den Beutel, dachte er, hätte die Kanone völlig normal und überhaupt nicht deplatziert gewirkt, ein Ziergegenstand, eines dieser Feuerzeuge, wie man sie auf der Mody Road kaufen konnte. Erst durch den Beutel sah sie ungewöhnlich aus, war jetzt nicht mehr seine Waffe, sondern ein Gegenstand mit einer neuen Identität. Ein *Beweisstück.*

Andy Halley und Al Masters berieten sich ebenfalls in der Küche, eine weitere Besonderheit. Küchen waren dazu da, um darin zu kochen, nicht um sich zu besprechen. Und jetzt ging die Schlafzimmertür auf. Schwatzend kamen die Fotografen heraus, gefolgt von zwei Rettungssanitätern, die zwischen sich eine Bahre auf Rädern schoben. Auf der Bahre lag unter einem weißen Laken ein längliches Objekt, und Scott konnte erkennen, dass das Laken nass war von dem, was sich darunter befand. Flecken einer rosaroten Feuchtigkeit blühten auf dem weißen Stoff auf und breiteten sich darüber aus, während sich das dünne saugfähige Laken langsam um die Gestalt schmiegte, die es bedeckte. Scott starrte mit offenem Mund hin, bis die Bahre fast an ihm vorbei war, dann sprang er auf und griff nach dem Saum des Lakens – er konnte sie nicht gehen lassen, nicht so, nicht abtransportiert wie ein Stück totes Fleisch –, aber plötzlich stand Al Masters neben ihm, der ihn sanft zurück aufs Sofa drückte. Einen Augenblick später war die Bahre aus der Tür.

»Du kannst nichts mehr für sie tun, Mike.«

Scott schaute benommen zu seinem Freund auf. »Ich habe sie nicht umgebracht. Nie hätte ich ihr – *das* – antun können.«

»Ich weiß.« Masters ließ sich neben ihn aufs Sofa fallen. »Jeder weiß das. Mit Ausnahme deines Nachbarn von unten, der aufrichtig enttäuscht sein wird, wenn er erfährt, dass du sie nicht durchsiebt hast.«

»Ist er derjenige, der Hilfe gerufen hat?«

»Ja, als er die Schüsse hörte. Alle sechs, Mike. Du hast das Magazin leer geschossen.«

»Ich weiß.«

Er starrte seine Hände an, erinnerte sich an den scharfen Rückschlag des Revolvers, an den Nachhall der Schüsse in dem prächtigen Resonanzraum, den das Bad darstellte, an das empörte und schmerzerfüllte Fauchen über seinem Kopf …

»Du hast Glück, dass Ronny Tse den Einsatzbefehl selbst angenommen hat.«

»Was?«

»Er sagt, du hättest ziemlich verstört und gefährlich ausgesehen, als du ihnen die Tür aufgemacht hast. Hätte ein anderer als Ronny die Einsatzleitung gehabt, hättest du versehentlich verletzt werden können.«

»Ich werde ihn auf meine Weihnachtsliste setzen«, sagte Scott matt. Sie saßen einige Minuten schweigend da, Scott starrte auf den Boden, Masters rutschte hin und her, bis schließlich Andy Halley aus der Küche auftauchte. Er war nachdenklich in Unterlagen vertieft, die Scott als Tses Notizen über seine erste Aussage wieder erkannte. Scott und Masters standen auf, um ihn zu begrüßen, doch Halley winkte ab, sie sollten sich wieder setzen, und zog sich selbst den Sessel näher heran.

»Was wollen Sie uns damit sagen, Mike?«, fragte er und warf Tses Notizen auf den Couchtisch zwischen sie.

»Was meinen Sie damit? Ich finde, meine Aussage ist doch ziemlich eindeutig.«

»Kommen Sie, Mike. Das ist doch verrückt.«

Scott seufzte, beugte sich vor und legte den Kopf in seine Hände. Er wünschte, es wäre etwas Stärkeres als kalter Tee in seiner Tasse.

Halley wirkte bekümmert, trotz seiner gesunden Gesichtsfarbe. »Reden Sie mit mir. Wir müssen es durchgehen.«

»Nur zu.«

Halley nahm die Aussage wieder in die Hand und blinzelte Tses kritzelige Handschrift an. »Sie sagen, Sie hätten schon fast geschlafen, als es anfing. Und Sie waren hier im Wohnzimmer.«

»Ja.«

»Und was passierte dann?«

»Ich hörte Vergie schreien. Ich glaube, es war ihr erster Schrei, der mich weckte.«

»Und was taten Sie dann?«

»Da war noch ein Schrei ... Ich schnappte meine Kanone ...«

»Warum haben Sie sich die Waffe geschnappt? Warum haben Sie nicht einfach angenommen, sie hätte sich zum Beispiel verbrüht oder wäre ausgerutscht und gestürzt?«

»Ich weiß nicht, warum ich mir die Kanone gegriffen habe. Ich kann Ihnen keinen guten Grund nennen. Ich habe sie einfach instinktiv gegriffen, okay?«

»Beruhigen Sie sich, Mike. Was passierte dann?«

Scott holte tief Luft. »Ich bin durchs Schlafzimmer gerannt. Die Tür zum Bad war nicht abgeschlossen ...« Er unterbrach sich, sein Hals zog sich zusammen. Sie hatte auf ihn gewartet; vielleicht, wenn er nachgegeben hätte, früher hineingegangen wäre, auf die beste ihnen beiden bekannte Art Frieden geschlossen hätte, vielleicht würde sie dann jetzt noch leben …

»Mike?«

Er schüttelte die Schuldgefühle ab; für den Augenblick. »Sie lag seitlich in der Wanne, mit dem Gesicht zur Wand«, sagte er gehetzt. »Da war Blut. Mein Gott! Überall Blut, und sie … Ich habe sofort gesehen, dass sie tot war. Ich schaute nach oben …«

»Bleiben Sie bei Ihrer Aussage, was Sie dann gesehen haben? Sie wollen nichts ändern?« Halleys Stimme war zurückhaltend freundlich.

»Ich will nichts ändern. Nicht ein Wort.«

Halley seufzte. »Beschreiben Sie es.«

»Ich hab's gottverdammt doch schon beschrieben!«

»Immer mit der Ruhe, Mike. Beschreiben Sie es noch mal.«

Scott ließ den Kopf auf die Rückenlehne des Sofas zurückfallen. »Ich habe ein … Ding gesehen. Etwas, das mehr oder weniger wie ein Mensch aussah. Zwei Arme, zwei Beine. Ein Kopf. Es hing wie eine beschissen große Spinne in der Ecke der Decke, und es war gelb und dünn und sehnig, an so viel erinnere ich mich. Ach ja«, fügte er hinzu, »und es hatte große Augen, wie eine Katze, und Zähne wie ein gewölbtes Sägeblatt, und sein Maul war blutverschmiert. Ich erinnere mich, meinen Revolver gehoben und geschossen zu haben …, und dann …, und dann …«

»Ganz ruhig, Mike.«

»… war es weg. Einfach *so.*« Er schnipste mit den Fingern. »Als hätte es sich im Dunst aufgelöst … Und dann erwischte mich etwas wie ein D-Zug, knallte mich gegen die Wand zurück, und mir wurde schwarz vor Augen. Als Nächstes erinnere ich mich erst wieder an Ronny Tses Gehämmere gegen meine Wohnungstür …«

»Sie sind ganz sicher, dass es nicht andersherum war?«

»Was?«

»Dass Sie zuerst umgekippt sind, und dann – als Sie wieder zu sich kamen – war der Eindringling fort?«

»So erinnere ich mich nicht daran, Andy.«

»Lassen wir es für den Moment dabei bewenden«, unterbrach Masters mit einem scharfen Blick zu Halley. »Er sieht beschissen aus, und er hat gerade erst mit angesehen, wie Vergie auf einem Fleischkarren hier rausgeschoben wurde – tut mir Leid, Mike –, daher können Sie nicht erwarten, dass sein Erinnerungsvermögen in bestem Zustand ist.«

»Ich weiß, ich weiß«, sagte Halley. »Unter den gegebenen Umständen werden wir einfach akzeptieren müssen, dass er etwas verwirrt ist, was die Reihenfolge der Ereignisse betrifft. Aber, Mike« – er unterbrach sich kurz und sah Masters Hilfe suchend an –, »Ihre Beschreibung des Angreifers ... das kann ich so nicht akzeptieren. Er hing von der Decke? Was wollen Sie uns damit sagen? Dass wir es hier mit einer Art Affe zu tun haben?« Masters gab einen Laut irgendwo zwischen Empörung und Belustigung von sich, und Halley sah ihn strafend an. »Wo liegt Ihr Problem? Ist doch möglich – irgendein Affe, vielleicht einer, der aus einem Privatzoo abgehauen ist. Gott weiß, dass wir schon entsprechende Meldungen hatten.«

»Wir sind hier nicht in der Rue Morgue, Andy«, sagte Masters.

Halley bekam einen roten Kopf. »Irgendeine bessere Idee? Und wo Sie schon mal dabei sind, können Sie mir vielleicht auch erklären, warum der Kerl jetzt nicht auf dem Boden von Mikes Badezimmer liegt, wenn Mike dem Eindringling doch aus kürzester Entfernung sechs Kugeln in den Leib gejagt hat?«

Masters zeigte sein himmlischstes Lächeln. »Geduld, Geduld. Ich bin noch nicht so weit, meinen Bericht abzuliefern. Aber eines kann ich Ihnen jetzt schon definitiv sagen.«

Erwartungsvoll schaute Halley auf. »Was denn?«

»Mike hatte einen üblen Schock. Irgendwer sollte ihm einen Drink geben und ihn anschließend ins Bett stecken.«

Scott sah scharf auf, war plötzlich wütend. »Mein Gott, Albert!«

Halley runzelte die Stirn. »Wir sind noch nicht mit ihm fertig.«

»Er ist nur ein Zeuge, es geht ihm nicht gut, und er hat seine

Aussage bereits gemacht. Außerdem ist er einer von uns. Er hat das Mädchen nicht erschossen, jede einzelne Kugel steckt in der Badezimmerdecke, und ganz bestimmt hat er der armen Frau auch nicht mit bloßen Händen den Brustkorb aufgerissen … Tut mir Leid, Mike …«

Scott sprang auf, ging mit großen Schritten zum Balkonfenster und zog die Vorhänge auseinander. Draußen auf dem Balkon zeichneten sich die Konturen von Vergies Farnen gegen den Schein der Stadt auf der anderen Seite des Hafens ab, so bewegungslos wie ein steinernes Relief an einer Tempelwand. Vergie hatte diese Farne geliebt. Sie gepflegt wie eine Mutter. Er konzentrierte sich grimmig auf sie, um die Stimmen hinter sich auszublenden, dann zog er die Türen auf und trat auf den Balkon hinaus. Wenige Sekunden später spürte er eine Hand auf seiner Schulter.

»Andy imitiert heute Abend einen Menschen«, kam Masters' Stimme von hinten. »Er schickt dich mit mir nach Hause.«

Scott drehte sich nicht um. »Ich bin schon okay, Al«, fauchte er, »behandle mich nicht wie einen Säugling.«

»Im Traum würde ich nicht daran denken, jemanden wie einen Säugling zu behandeln, der so groß ist wie du. Komm jetzt.«

Scott wirbelte herum und packte Masters am Kragen. »Ich habe gesehen, was Vergie umgebracht hat. Es war kein Affe, verdammt noch mal. Ich bin nicht mal sicher, ob es überhaupt menschlich war. Und ich bin auch nicht verwirrt, was die Abfolge der Ereignisse betrifft!«

»Hab niemals auch nur angedeutet, dass du das bist.« Masters schob seine Brille die Nase hoch und begann sorgfältig, Scotts Finger von seinem Hemd zu lösen. »Das war nur für Andy. Komm jetzt mit, bevor Andy es sich noch anders überlegt.«

Scott ließ seine Hand sinken. Er drehte sich wieder um und schaute auf die beleuchteten Frachter und das schwarze Band des Hafens hinaus, ließ seinen Blick weiter wandern zu dem grellen Neonlicht von Kowloon. So viele Lichter, so viele dunkle, versteckte Orte.

»Wir müssen dieses Ding finden, Al«, sagte er ruhig. »Wir müssen es finden und dann töten.«

In der Grube, die ihm als Nest diente, in der Dunkelheit seiner eigenen Träume, durchlebte Temutma das Abschlachten der Schweine noch einmal. So viel Blut. Genug, um ihn zweimal zu sättigen, dreimal, und immer noch blieb eine solche Flut übrig, die ausreichte, die Adern der beiden bhutiks *mit Angst zu erfüllen. Es amüsierte ihn, sie unversehrt zu lassen. Manchmal fielen ihm die besten Spiele durch Zufälle wie diesen ein. Und dann – welcher war der Nächste gewesen? Dieser Alte, der allein am Meer spazierte, oder der zerlumpte* bhutik *unter der Brücke? Es spielte kaum eine Rolle. Bei diesem Tempo würde es ihm im Handumdrehen wieder gut genug gehen, um mit dem* kashlik *zu spielen …*

Am Morgen nach dem Mord an Vergie war Superintendent John Bingham früher als gewöhnlich in seinem Büro. Ein mitternächtlicher Anruf hatte ihn über eine dringende Angelegenheit informiert, die bei der ersten sich bietenden Gelegenheit seine persönliche und äußerst vertrauliche Aufmerksamkeit erforderte; und obwohl der Anruf zu einer solch unchristlichen Zeit kam, war er darüber sehr erfreut gewesen, bedeutete er doch nützliche Information, die leicht in Bares oder statt Geld in Dienstleistungen verwandelt werden konnte. Der zweite Anruf erfolgte pünktlich, wenige Augenblicke nachdem er sich hinter seinen Schreibtisch gesetzt hatte.

»Superintendent Bingham am Apparat«, sagte er aalglatt.

»Sie wissen, wer hier spricht.«

»Natürlich, alter Mann. Ich warte schon gespannt darauf, alles zu erfahren über … Was immer es ist. Warum treffen wir uns nicht in einer Stunde im *Excelsior Café*?«

Es folgte ein kurzes Schweigen. »Nein. Wir treffen uns in fünf Minuten im Kasino. Es wird nicht lange dauern.«

»Wir werden ein bisschen waghalsig, was? Im Pressekasino?«

»Nein, das nicht, Sie Narr. In der Kantine im zwanzigsten Stock.

Und seien Sie pünktlich.« Am anderen Ende der Leitung wurde aufgelegt, bevor Bingham antworten konnte. Bingham starrte den Hörer lange und konzentriert an. Er war verärgert, was man daran erkannte, wie er auf seinem Schnauzer kaute. Er erwartete etwas mehr Respekt von den Leuten, die er in der Tasche hatte. Er würde eine Möglichkeit finden, Halley dafür bezahlen zu lassen. Wieder.

Bingham sah auf die Uhr: drei Minuten vor zehn. Es war noch *ein winzig kleines bisschen* früh am Tag für einen Drink, selbst für ihn, aber zum Teufel damit. Er verließ sein Büro.

In der dunklen Kantine schenkte Halley sich einen großen Scotch ein und setzte sich vor eines der mit Jalousien geschlossenen Fenster, um auf Bingham zu warten. Dies war das letzte Mal, schwor er, erinnerte sich jedoch gleichzeitig, genau dieses Versprechen auch früher schon gemacht zu haben. Die Tür am anderen Ende des Raumes ging auf, und Bingham kam herein. Als er den Drink in Halleys Hand bemerkte, blieb er stehen und griff über die Theke nach einer Flasche San Miguel und einem Glas, bevor er sich zu Halley ans Fenster setzte.

»Alles klar, alter Knabe, was haben Sie für mich?«

»Zuerst mal, John, *alter Knabe,* das ist jetzt das letzte Mal.«

»Schon wieder?«

»Ich meine es dieses Mal ernst. Das muss aufhören. Keine Gefälligkeiten mehr. Keine Erpressung mehr.«

»Na, nun aber«, sagte Bingham und setzte eine schockierte Miene auf. »Sehen Sie es doch nicht als Erpressung. Sehen Sie es vielmehr als legitimen Zins auf ein ziemlich opportunes Darlehen. Ich meine mich erinnern zu können, dass Sie recht froh über meine Hilfe waren, als …«

»… als ich einen Fehler gemacht habe, einen einzigen Fehler. Vor acht Jahren. Ich vermute, wenn ich damals direkt reinen Tisch gemacht hätte, wäre die Angelegenheit inzwischen längst gegessen – aber, nein, ich musste das Darlehen annehmen, das Sie mir so bereitwillig angeboten haben. Sie sind ein Bastard, John.«

»Sie haben doch wohl nicht allen Ernstes geglaubt, es würde reichen, mir das Geld einfach zurückzuzahlen, oder?«

»Komischerweise habe ich genau das gedacht, ja. Sie waren doch angeblich mein Freund.«

»Andy, Andy. Ich bin Ihr Freund … Ich habe Ihnen damals geholfen, und Sie helfen mir jetzt. Wozu sonst hat man denn Freunde?« Bingham lächelte unangenehm.

»Seit damals habe ich nicht mehr gewettet. Ich bin nicht mal mehr in der Nähe der Rennbahn gewesen, und die einzigen Kredithaie, die ich seitdem gesehen habe, waren diejenigen, die ich festgenommen habe. Das alles wissen Sie.«

»O ja, mein Freund, in acht Jahren sind Sie ein anständiger, rechtschaffener leitender Beamter mit einer schönen sauberen Personalakte geworden. Dank meiner Wenigkeit.«

Halley beobachtete den anderen Mann voller Abscheu und hasste ihn wegen seiner Selbstgefälligkeit. Natürlich war ihm schon seit Jahren klar, um was es wirklich ging, nicht, dass dieses Wissen etwas geändert hätte.

Er beugte sich vor und sagte leise: »Sie wären sowieso nicht befördert worden, John.«

Binghams Gesicht verzog sich kurz. »Sie können mich mal, Halley. Ich hatte sechs Jahre mehr Dienst auf dem Buckel als Sie, und meine Familie lebt seit drei Generationen in der Kolonie. Es war nicht richtig, dass man Sie vor mir bevorzugt befördert hat.«

»Hätten Sie Ihre Finger vielleicht nicht in ganz so viele Kassen gesteckt, wären Sie auch befördert worden. Glauben Sie ehrlich, kein Mensch wüsste über Sie Bescheid?«

Bingham starrte ihn an, lächelte dann und war plötzlich wieder freundlich. So wirkte Macht auf ihn; jedenfalls war Halleys ohnmächtiger Hass einer der angenehmen Nebeneffekte des Arrangements.

»In Ordnung, alter Junge, das reicht. Beruhigen Sie sich wieder. Ich will ja schließlich nicht, dass Sie mir noch einen Herzinfarkt kriegen.

Kommen wir zur Sache, okay? Was haben Sie für mich? Und ich *rate* Ihnen, es sollte was Gutes sein.«

»Oh, es ist allerdings gut«, sagte Halley und hasste sich selbst noch eine Idee mehr, als er Bingham hasste. »Ihre Kumpane bei der Presse werden begeistert sein.« Er reichte Bingham einen schmalen braunen Aktenhefter und lehnte sich unglücklich zurück, während Bingham ihn öffnete.

Das Geräusch einer sich schließenden Tür bewirkte, dass das Bewusstsein langsam zu Scott zurückkehrte, der in Trauer und Schuldgefühlen versank. Warum Schuldgefühle? Er lag mit geschlossenen Augen da und dachte über diese Frage nach. Er hatte Vergie nicht ermordet. Er hatte ihr nicht einmal wehtun wollen. Selbst bei ihren schlimmsten Streitereien war er kein einziges Mal auch nur versucht gewesen, körperliche Gewalt gegen sie anzuwenden. Jetzt konnte er sich kaum noch erinnern, weswegen sie sich überhaupt gestritten hatten. Ein paar Meter entfernt räusperte sich jemand. Langsam schlug Scott die Augen auf. »Lily«, sagte er leise.

Lily Masters lächelte ihn an, aber ihre Augen waren blutunterlaufen, und ihr hübsches Porzellangesicht war verhärmt und blass. Während des letzten Jahres waren sie und Vergie gute Freundinnen geworden. Sie hielt einen dampfenden Becher in der Hand, aus dem Kaffeeduft in seine Nase zog. Scott rappelte sich in eine sitzende Stellung auf dem Sofa auf, wo er geschlafen hatte, nahm ihr den Becher ab und bedankte sich mit einem schiefen Lächeln.

»Das mit Vergie tut mir sehr Leid, Mike.«

»Mein Gott, Lily, mir auch. Mir auch.«

Beklommen blieb sie neben dem Sofa stehen. »Albie ist ins Labor gefahren. Er müsste eigentlich bald zurück sein. Er hat mich gebeten, dir zu sagen, du sollst hier auf ihn warten. Wie geht es …?«

»Gut«, unterbrach Scott. »Mir geht es gut. Es ist schon okay, Lily, du musst keine Konversation mit mir machen.«

»Es tut mir Leid, Mike.«

Er schaute zu ihr auf und versuchte, seine Ungeduld zu verbergen. So würde es eine ganze Weile bleiben. Jeder verhielt sich in seiner Gegenwart wie auf Eierschalen, war unsicher, wie man mit ihm sprechen sollte, versuchte unbeholfen, seine Gefühle zu schonen und das Thema seines Verlustes zu umschiffen – er hatte diese Beklommenheit schon oft genug beobachtet, die Hinterbliebene bei anderen Menschen auslösten. Unvermittelt griff er nach oben und nahm Lilys Hand.

»Wirklich, Lily«, wiederholte er, »es wird schon wieder.«

Sie beugte sich herab und gab ihm einen flüchtigen Kuss auf die Wange, dann ging sie, ohne sich noch einmal umzudrehen. Scott trank seinen Kaffee und hörte das Zuschlagen einer Tür, dann leise Stimmen auf dem Flur. Einen Moment später kam Al Masters herein.

»So«, sagte er, »du bist also wach. Wurde auch Zeit.«

»Wie spät ist es eigentlich?«

»Kurz nach elf Uhr morgens.«

»Mein Gott! Ich muss …«

»Vergiss es. Glaube mir, heute Morgen erwartet dich kein Mensch im Büro.«

»Du verstehst nicht, Al. Ich will dort sein – auf mich wartet Arbeit.«

»Alles zu seiner Zeit«, sagte Masters behutsam. »Zuerst müssen wir uns unterhalten.«

Er hatte dunkle Ringe unter den Augen, und Scott begriff, dass Al wahrscheinlich noch nicht im Bett gewesen war. Da Al aber nun mal war, wie er war, hatte er bestimmt die ganze Nacht mit der Autopsie von Vergie verbracht. Scott erkannte außerdem, dass er die klinischen Details von Vergies Tod gar nicht wissen wollte. Im Augenblick wollte er überhaupt nichts wissen.

»Was hast du herausgefunden?« Er musste sich zu dieser Frage zwingen.

Masters nahm Scott den Becher aus der Hand, trank gierig einen Schluck Kaffee und gab ihn zurück.

»Eine Menge – aber ich werde dir nur die Kurzfassung liefern. Vergies Verletzungen stimmen mit denen der Ralstons und aller anderen überein.«

»*Was?*«

»Du hast richtig gehört. Es ist offiziell. Vergie ist in die Serie aufgenommen worden.«

Scott spürte, wie seine Hand mit dem Becher zu zittern begann, wie der Kaffee über den Rand schwappte und wie sich Schock und Wut in seiner Kehle festsetzten. Tief in seinem Inneren wusste er, dass er bereits zu genau derselben Schlussfolgerung gelangt war – das erklärte dann auch die Schuldgefühle. Vergie war wegen ihm gestorben …

»Das kann kein Zufall sein«, sagte er und machte einen allerletzten Versuch, die Erkenntnis doch noch abzuwehren.

»Ich kann dir die Aufnahmen zeigen, Mike …«

»*Nein!*«

Masters seufzte. »Es besteht nicht der geringste Zweifel. Unsere große Fledermaus hat sich in deinen gelben Affen verwandelt. Ein großer gelber Affe mit den Zähnen einer Fledermaus.«

»Es war aber kein Affe.«

»Ich weiß, ich weiß.« Masters gähnte und rieb sich die Augen. »Andy ist immer noch völlig durcheinander wegen deiner Aussage.«

»Und du? Glaubst du mir?«

Masters lehnte sich mit geschlossenen Augen zurück. »Ich denke, deine Beschreibung ist unsere wertvollste Spur – mal abgesehen von den Bissspuren natürlich.«

»Glücklich«, sagte Scott traurig, »zu Diensten sein zu können.« Plötzlich schoss ihm das Bild der Verletzungen auf Demelsa Cortez' schlankem Hals durch den Kopf – das zerfetzte Mädchen in Mong Kok … Er dachte an Vergies Wunden, die er nur halb gesehen hatte, und stellte sich die gleichen brutalen, gezackten Instrumente vor, die die glatte braune Haut von Vergies Brüsten verwüsteten …

»Mit dir alles in Ordnung, Mike?«

»Alles bestens. Einfach super.«

»Lass es einfach raus.«

»Mir *geht es gut!*« Scott schluckte bittere Galle und holte tief Luft. Nach einer Weile hörte die langsame, Übelkeit erregende Drehung des Raumes auf. »Was ist das, Al? Was für eine Bestie habe ich gesehen? Welches abscheuliche Arschloch hat solche Zähne?«

Masters grinste. »Kein uns bekanntes Arschloch, aber ich habe eine Theorie.«

»Hast du doch immer«, meinte Scott verbissen. »Und sie lautet?«

Das Grinsen verblasste. »Du erinnerst dich noch an den Witz, den ich über Vampire gerissen habe? Damals im Haus der Ralstons?«

»Ja.« Kurz und scharf.

»Vielleicht«, sagte Masters, »war's ja doch kein Witz.«

In dem kleinen, von ihr als Büro genutzten Gästezimmer erschauderte Lily Masters und hielt sich mit den Händen die Ohren zu. Sollte sie hineingehen? Albie konnte einem mit seinen taktlosen Witzen gehörig auf die Nerven gehen, das wusste sie besser als jeder andere – aber was könnte selbst er zu Mike gesagt haben, um ein solches Gebrüll zu provozieren? Das Brüllen eines Drachen, ein Brüllen von einem nicht menschlichen Etwas, das gerade in zwei Teile geschnitten worden war und darauf mit Wut und Fassungslosigkeit reagierte, bevor die Agonie einsetzte … Sollte sie hineingehen und helfen? Doch dann nahm sie die Hände von den Ohren und hörte durch die Wand gedämpfte Stimmen, wütend zwar, aber beherrscht. Zufrieden registrierte sie, dass sie doch nicht gebraucht wurde, flüsterte ein Dankgebet und versuchte, sich durch den Schleier ihrer Tränen wieder auf die vor ihr liegende Arbeit zu konzentrieren.

»Scheiße, Albert. Absolute Scheiße.« Scott war aufgestanden und ging in großen Schritten im Raum auf und ab.

»Sieh dir das Beweismaterial an, Mike.«

»Welches Beweismaterial?«, rief Scott aus. Er schleuderte Masters den Entwurf des gerichtsmedizinischen Berichts auf den Schoß. »Ist dir eigentlich klar, was du da sagst? Wie es klingt? Dass irgendein mythisches Monster in Hongkong frei herumläuft, wahllos Menschen umbringt und ihr Blut trinkt? Mein Gott! Was glaubst du denn, was die Presse damit machen wird?«

»Die Presse wird das nicht zu sehen bekommen«, antwortete Masters. »Und außerdem, erkläre du mir doch bitte mal, wie es dem Täter überhaupt möglich ist, seinen Opfern das Blut bis auf den letzten Tropfen abzuzapfen. Ohne auch nur einen einzigen Tropfen zu vergießen.«

»Vergies Blut haben sie nicht abgezapft. Die haben ihr die Kehle durchgeschnitten und sie das ganze beschissene Badezimmer voll bluten lassen.« Erstaunt über seine Herzlosigkeit verstummte Scott.

»Was meinst du mit *sie*? Wir haben nur die Spuren von einem Gebiss gefunden, Mike. Ein Täter, und nur einer. Und was ist mit der Kreatur, die du gesehen hast? Was glaubst du denn, wer das war? Der Nikolaus?«

Scott schüttelte den Kopf. »Es muss eine rationale Erklärung geben«, sagte er. »Wir haben irgendetwas übersehen, ein entscheidendes Detail.«

»Ich *habe* noch etwas«, sagte Masters.

»Was meinst du damit? Zeig mir in deinem Bericht auch nur einen einzigen handfesten Beweis.«

»Es gibt keinen – soweit es meinen Bericht betrifft.«

Scott blieb stehen und starrte Masters an. »Hältst du etwas zurück?«

»Sozusagen – insofern es ein kleines Detail gibt, das ich in meinem Bericht bislang nicht erwähnt habe. Ich habe es zwar schon geschrieben, um es eventuell noch einzufügen, aber im Moment halte ich es noch zurück.«

»Und?«

Masters zögerte und sah Scott dann fest in die Augen. »Du hast den Eindringling nicht verfehlt.«

Scott holte tief Luft und atmete wieder aus. Er hatte das Gefühl, als könne sein Kopf jeden Moment platzen. »Hör auf mit der Scheiße, Albert. Erzähl mir mit einfachen Worten, was du gefunden hast.«

»In Ordnung.« Masters beugte sich vor. »Du hast den Eindringling nicht verfehlt, Mike. Du hast ihn getroffen, mit jedem einzelnen Schuss. Und in einem der Einschusslöcher in der Decke habe ich Gewebereste gefunden.«

Scott ließ sich mit offenem Mund aufs Sofa fallen. »Menschliches Gewebe?«

»Hm-hmh.«

»Was dann?«

»Ich habe keinen Schimmer.«

»Al, um Himmels willen. Du hast doch ein Mikroskop, oder nicht? Du hast doch ein ganzes gottverdammtes Labor.«

»Nützt mir auch nicht viel. Die Gewebeprobe ist weg.«

Sehr behutsam stellte Scott seine Kaffeetasse auf den Tisch neben dem Sofa.

»Albert, sag mir, dass es nicht wahr ist. Sag mir bitte nicht, dass du ein entscheidendes Beweisstück verloren hast.«

»Ich habe nicht gesagt, dass ich es verloren habe. Ich sagte, es ist weg. Verschwunden. *In Luft aufgelöst.*«

»Mein Gott!«

»Es stimmt aber trotzdem. Weg. Hat sich vor meinen Augen in Luft aufgelöst. Presto! Wie Zauberei. Und deshalb habe ich dieses winzige Detail nicht in meinen Bericht aufgenommen. Ich bin nicht dumm, weißt du.« Masters erhob sich und ging zur Bar. Den Scotch hatte Scott letzte Nacht aufgetrunken, aber Masters freute sich zu sehen, dass der Wodka überlebt hatte. Er schenkte sich ein Glas ein und setzte sich neben Scott aufs Sofa.

»Fünf deiner Geschosse scheinen eine Substanz durchschlagen zu haben, die kaum fest genug war, um die Geschwindigkeit der Kugel spürbar zu reduzieren. Um die Einschusslöcher herum haben wir Flecken gefunden – kein Blut, sondern eine viskose silbrige Flüssigkeit, von der ich allerdings nicht genug für eine Analyse zusammenkratzen konnte. Das Loch der sechsten Kugel jedoch war anders, Mike. Auch dort fand sich der silbrige Fleck, aber in dem Loch befanden sich außer der Kugel Fragmente eines ausgesprochen merkwürdigen Zeugs.«

»Die berühmte verschwindende Gewebeprobe.«

»Genau. Eine kleine Probe, kaum genug für eine Analyse – aber ich habe sie mir noch einmal angesehen, als wir wieder im Leichenschauhaus eintrafen, und da schien sie bereits kleiner geworden zu sein. Ich hatte sie unter dem Mikroskop, als sie verschwand.«

»Verschwand.«

»Einfach so«, sagte Masters. »Das Zeug bebte ein bisschen – ich schwör's bei Gott –, und dann stieg ein wenig Dunst auf, so als würde es schwelen. Dann war's weg. Abrakadabra! Und ich hab nichts im Ärmel.«

Scott sackte gegen die Rückenlehne des Sofas zurück. Unter normalen Umständen hätte er vielleicht geargwöhnt, dass Masters wieder einen seiner ausgeklügelten und gar nicht komischen Witze vorbereitete – aber es waren keine normalen Umstände. Vergies Tod war etwas, über das nicht einmal Albert Masters Witze riss. Scott schloss die Augen, als er voller Schmerz an Vergie dachte, und seine Stimme war sehr hart, als er wieder sprach. »Also, womit haben wir es zu tun? Gib mir etwas, womit ich weitermachen kann. Falls du mir jetzt wieder mit Vampiren kommst, erwürge ich dich.«

Masters schloss den Mund, hob aber die Schultern und ließ sie wieder fallen, als wäre er betreten und verärgert zugleich. Er öffnete den Mund wieder, um zu sagen: »Ich lehne es ab, dir eine Antwort zu geben, weil du mich erwürgen könntest.«

»Leck mich, Albert«, knurrte Scott. Missmutig nahm er seine Kaffeetasse und trank den bitteren Rest, dann stellte er sie mit übertriebener Sorgfalt zurück. »Ich werde zur Arbeit gehen.«

»Den Teufel wirst du. Du bist beurlaubt. Oder suspendiert, ich bin nicht ganz sicher, wie Andy die Sache anpackt.«

»Ist das schon schriftlich?«

»Wahrscheinlich noch nicht. Aber …«

»Dann bin ich auch noch nicht beurlaubt. Ich muss mal dein Telefon benutzen.«

Er war vom Sofa aufgestanden, bevor Masters antworten konnte, fand das Telefon, rief seinen Stellvertreter an und gab ihm Anweisung, WPC Lau Verstärkung zu schicken. Er wollte, dass der Personenschutz für Julia Ralston verdoppelt wurde, und so sollte es vorläufig auch bleiben. Rund um die Uhr sollte ein Mann vor Simon Valence' Tür postiert werden. Als er den Hörer wieder auflegte und sich zu Masters umdrehte, bemerkte er, dass sein Freund ihn mit einem müden Stirnrunzeln beobachtete.

»Was war das? Glaubst du, die kleine Ralston ist in Gefahr?«

»Es ist möglich. Wenn der Mord an Vergie in die Serie gehört, dann muss ich das Bindeglied sein. Andernfalls wäre es einfach ein zu großer Zufall. Ich vermute, dass mir der Mörder möglicherweise vom Krankenhaus nach Hause gefolgt ist – und warum sollte er im Krankenhaus gewesen sein, wenn nicht wegen Julia Ralston? Vielleicht wird dieser Irre versuchen, den Job zu beenden, den er im Haus der Ralstons begonnen hat.«

»Was ist mit dem Job, den er in deiner Wohnung angefangen hat? Ich will nicht bestreiten, dass die kleine Ralston in Gefahr schweben könnte, aber nach dieser Logik gilt genau das Gleiche auch für dich.«

Scott blieb vor der Tür stehen und schaute zurück.

»Auch nicht in annähernd so großer Gefahr wie der Killer.«

Masters seufzte. »Mutige Worte, Mike. Wo willst du jetzt hin?«

»Als Erstes werde ich mir im Magazin einen neuen Dienstrevolver besorgen, bevor Andy meine Beurlaubung offiziell macht«, sagte Scott entschlossen, »und anschließend werde ich Julia Ralston aufsuchen. Wir haben gestern Abend vereinbart, dass ich sie heute vernehmen darf.«

Noch ein Seufzen. »Alles läuft weiter wie bisher?«

»Genau.«

»Andy wird nicht begeistert sein.«

»Zu blöd.« Scott drehte den Knauf, als wäre es der Hals eines persönlichen Feindes, und stieß die Tür auf. »Danke, dass du mich aufgenommen hast. Heute Abend werde ich in meine Wohnung zurückkehren, sofern die Jungs damit fertig sind.«

»Bist du sicher, dass du schon wieder so weit bist?«, fragte Masters ruhig. Scott gab ihm keine Antwort, weil er bereits gegangen war.

Joe Fairfield saß unglücklich hinter seinem Schreibtisch und tat so, als wäre er beschäftigt. Zweimal war der Chefredakteur nun schon zur Tür der Nachrichtenredaktion gekommen, aus keinem anderen erkennbaren Grund, als missbilligende Blicke in Joes Richtung zu werfen. Überdies schienen Dave Stranges feindselige Blicke reichlich lang auf Joes Hinterkopf zu kleben – jedes Mal wenn Joe sich umdrehte, erwischte er sie dort, und kein einziges Mal beantwortete Dave sein Winken. Es hatte Dave überhaupt nicht gefallen, aus der Ralston-Story gedrängt zu werden, und Joe wusste, dass er sich einen Feind gemacht hatte. Er seufzte. Für den Augenblick war sein Job sicher, aber wie lange würde das so bleiben? Was die Ralstons betraf, war er in einer Sackgasse angelangt. Als das Telefon klingelte, starrte er es einen Moment an, dann nahm er den Hörer misstrauisch ab.

»Fairfield.«

»Hi, alter Kumpel.«

»Hi, Sy.«

»Mit dir alles okay?«

»Nein.«

Sy kicherte am anderen Ende der Leitung. »Doch wohl nicht verkatert?«

»Nicht sehr. Aber ich bin umzingelt von Dreckskerlen mit sehr kurzem Gedächtnis. Ich liefere ihnen einen großen Knüller, und sie sind nicht zufrieden. Die erwarten jetzt jeden einzelnen verschissenen Tag einen neuen Knüller von mir.«

»Ja«, meinte Sy mitfühlend, »das Leben an der Spitze kann verdammt hart sein. Aber denk doch nur an das gute Gefühl, das du haben wirst, wenn du ihre Erwartungen erfüllst.«

Joe setzte sich kerzengerade auf und wechselte den Hörer ans andere Ohr. »Was meinst du damit?«

»Na, die Fortsetzung deines Knüllers, was sonst?«, sagte Sy.

»Erzähl mir mehr.«

»In zwanzig Minuten im *Dai pai dong*?«

»Worauf du einen lassen kannst.« Joe ließ den Hörer auf die Gabel fallen, während seine Füße unter dem Tisch bereits nach seinen Schuhen angelten. Er war so schnell aus der Redaktion, dass nur David Strange ihn gehen sah.

Joe brauchte rekordverdächtige zehn Minuten, um das *Dai pai dong* zu erreichen. Sy traf zwölf Minuten später ein und fand einen hinter einer offenen Flasche Carlsberg zappelnden Joe vor.

»Du bist zu spät«, schnauzte Joe.

»Und du bist ein Arschloch«, erwiderte Sy vergnügt. Er wischte den Plastikstuhl ab, setzte sich anmutig hin und ließ sich Zeit, bei dem Inhaber eine weitere Flasche Bier zu bestellen. Dann schenkte er sich ein Glas ein, nahm einen langen Schluck und leckte sich über den Mund. Joe beobachtete die Vorstellung ungeduldig.

»Alles klar, alles klar. Hör auf, es unnötig in die Länge zu ziehen. Was hast du?«

»Wart's ab, Joe. Geduld ist eine Tugend.« Sy trank wieder einen Schluck Bier, rollte ihn durch den Mund, schluckte ihn wie ein Kenner. Er lächelte Joe an. »Okay, mach dich nicht fertig. Ein gewisser Jemand hat mich heute Morgen angerufen. Die Nachricht ist nicht älter als ein paar Stunden, und es ist reinstes Dynamit. Ach ja, und übrigens, sie wollten es nicht vor dem Wochenende an die Öffentlichkeit geben.«

Er unterbrach sich für einen weiteren ausgedehnten Schluck Bier. Joe rutschte nervös auf der Kante seines Stuhls, aber er war nicht so dumm, Sy jetzt zu unterbrechen, denn das würde ihn nur zu sehr ermutigen, die Folter noch etwas mehr in die Länge zu ziehen. Sy belohnte ihn, indem er das Glas abstellte und einen großen braunen Umschlag aus der Jackentasche zog, den er Joe mit einem eleganten Schwung überreichte.

Joe nahm ihm den Umschlag gierig aus der Hand und riss zwei gefaltete Bündel Papier heraus, während Sy sich einen Kellner schnappte und eine Schale Nudeln bestellte. Ein kurzer Blick auf die oberste Seite des ersten Stoßes entlockte Joe einen Pfiff. Es handelte sich um die Fotokopie eines offiziellen Polizeidokuments, das er sofort als Vordruck für Aussagen erkannte. Auf diesem stand am oberen Rand in fetten, schwarzen Buchstaben das Wort GEHEIM.

In das Namensfeld war Michael Mather Scott getippt worden.

Joe warf einen Blick auf das zweite Bündel – fotokopierte Auszüge aus einer Personalakte der Polizei, am oberen Rand mit demselben Namen gekennzeichnet. Er pfiff wieder leise. »Irgendwer hat's auf den Burschen abgesehen.«

»Du erinnerst dich an ihn? Der Bulle, den wir gestern in der Bar kennen gelernt haben«, kommentierte Sy.

»Der Mann aus den Bergen? Der Highlander? Wie könnte ich den je vergessen?« Joe schielte Sy misstrauisch über den Rand der Unterlagen an. »Ich erinnere mich aber auch, dass er uns gewarnt hat, von einem gewissen Jemand Informationen anzunehmen.«

Sy zuckte die Achseln.

»Und wer hat dir das gegeben? Ich mache jede Wette, es war nicht der Mann aus den Bergen.«

»Natürlich nicht. Mr. Scott ist derzeit viel zu beschäftigt, um auch nur einen Gedanken an uns kleine Fische zu verschwenden.«

»Demnach hast du es von dem Burschen, vor dem er uns gewarnt hat? Von Bingham?«, bohrte Joe hartnäckig nach.

»Ich gebe meine Quellen nie preis«, sagte Sy tugendhaft. »Lies doch einfach den verfluchten Bericht, okay?«

Schnell überflog Joe die mehrere Seiten umfassende Aussage. Er war sich durchaus bewusst, dass ihm gelegentlich die Kinnlade herunterfiel, war andererseits aber viel zu fasziniert, als dass es ihm etwas ausmachte. Als er am Ende angelangt war, lehnte er sich zurück, jauchzte und leerte sein Carlsberg auf einen Zug.

»Du könntest etwas weniger Schadenfreude zeigen«, meinte Sy mit einer Spur übertriebener Sittsamkeit. »So was ist wirklich äußerst unschön.« Seine Nudeln kamen, und er suchte sich Stäbchen aus dem Krug auf dem Tisch aus, die er anschließend mit einem Taschentuch abwischte, das ein Monogramm trug.

»Ja, ja, armes Mädchen«, räumte Joe ein. Er setzte bereits in Gedanken den ersten Absatz auf, wobei sich die Worte wie von selbst zu wunderbaren Sätzen zusammenfügten. Explosives Material! Drauf geschissen, wo es herkam. Dann erinnerte er sich an eine unangenehme Realität, und sofort hielt er inne und stöhnte. »Sy, du bist dran, als Erster zu veröffentlichen.«

»Ja«, sagte Sy, »ich bin immer noch dran.« Er unterbrach sich, um ein paar Nudeln zwischen seinen Zähnen aufzusaugen. »Aber ich denke, ich überlasse dir bei dieser Story den Vortritt.«

»Was?«

»Ich sagte, nimm es. Es gehört dir.«

Stirnrunzelnd knackte Joe seine zweite Flasche Bier. »Ich kapiere das nicht, Sy. Das muss dich doch einiges gekostet haben. Warum bist du so nett zu mir?«

»Weil wir so gute Freunde sind, Joey«, sagte Sy und beugte sich lächelnd vor. Er verschwieg, dass er sich Sorgen machte, dieses Material zu benutzen – Bingham wurde nachlässig, ging zu weit, wurde zu habgierig. Schon sehr bald würde sich jemand weiter oben in der Hierarchie Bingham und seine Partner zur Brust nehmen, und eine leise innere Stimme sagte Sy, dass es genau diesmal so weit sein könnte. Dieselbe leise Stimme machte recht überzeugend darauf aufmerksam, dass sich der erste Journalist, der diese Informationen benutzte, spätestens ein oder zwei Tage nach Erscheinen der Zeitung in einem großen Haufen Scheiße wieder finden könnte; der zweite, der das Material benutzte, würde jedoch auf der sicheren Seite sein. Und er hatte vollstes Vertrauen in Joes Geschick, sich aus allen denkbaren Schwierigkeiten herauszureden, ja sogar Nutzen aus der damit einhergehenden Publicity ziehen zu können, wohingegen seine alte Granny (die eigentliche Macht im Klan) sehr unglücklich sein würde, falls der Name oder die Zeitung der Familie unter irgendeinen Verdacht geriet. Sy wusste, dass er mit Onkel Albert fertig wurde – Granny jedoch war eine völlig andere Sache.

Joe kniff die Augen zusammen und dachte scharf nach. Er bemerkte ein Stückchen Nudel, das an einem von Sys Zähnen klebte, und versuchte, nicht hinzustarren. Sy war ein guter Freund, und normalerweise würde Joe ihm durchaus über den Weg trauen, aber diese Story ging hoch wie ein Heißluftballon, wurde größer und größer, und er fragte sich, ob sie vielleicht ein wenig zu groß für ihn wurde. Der fette schwarze Stempelaufdruck GEHEIM zog seinen Blick wieder an, und er hielt die Luft an – welches Spiel Sy auch immer spielen mochte, der Inhalt dieser Aussage war das Risiko wert. Damit würde Joes Zukunft gesichert sein – für ein paar weitere Tage.

»Ich werde dich in mein Testament aufnehmen, Sy, alter Junge«, sagte er, faltete die Aussage zusammen und steckte sie in den Umschlag zurück.

»Toll«, meinte Sy trocken. »Eines noch, Kumpel.«

»Ja?« Joe hatte sich bereits erhoben. Er spürte förmlich, wie die Druckerpressen nur darauf warteten, gefüttert zu werden, wie sie in hungrigen Reihen im Keller des Zeitungsgebäudes lauerten.

»Falls dich jemand fragen sollte, woher du diesen Dreck hast … Du hast es in einem schlichten braunen Umschlag per Boten erhalten.«

»Das ist doch auch die Wahrheit und nichts als die reine Wahrheit«, sagte Joe.

»Und den Boten hast du nicht gesehen.«

»Wen soll ich gesehen haben?«, fragte Joe. Er ließ etwas Kleingeld neben seine angebrochene Flasche Bier fallen und sprintete aus dem *Dai pai dong.*

12

Kurz nach dem Mittagessen betätigte WPC Lau den Schalter auf der Gegensprechanlage, um Scott die Tür ins Foyer des Wohnhauses zu öffnen. Er brauchte einige Minuten, um von dort zu Simon Valence' Wohnung zu gelangen, was Lau die Chance gab, Julia vor seinem Eintreffen zu warnen. Sie war nicht sicher, wie die jüngere Frau reagieren würde, aber sie war aufrichtig froh, dass wenigstens Simon nicht in der Nähe war. Nach den Beobachtungen nur einer Nacht hatte sie eine ausgesprochen schlechte Meinung von ihm bekommen.

Zu Laus Erleichterung löste die Erwähnung von Scotts Namen keine Schimpfkanonade bei Julia aus, auch wenn sich ein argwöhnischer Schatten über ihr Gesicht legte. Wenn sie Julia doch nur irgendwie vermitteln könnte, dachte Lau, dass Scott zu den Guten gehörte, dass er wirklich versuchte, ihr zu helfen. Dann klingelte es an der Tür, und Lau ging, um Scott hereinzulassen.

Julia erwartete ihn im Wohnzimmer, wo sie durch die Balkontüren nach draußen starrte. Sie hatte Kopfschmerzen. Alpträume hatten sie während der langen dunklen Stunden gequält, selbst als Claudia Lau in der Nähe war. Sie hatte sich angewidert von dem Frühstück abgewandt, das ein betretener Simon ihr vorsetzte, und war ihm förmlich ins Gesicht gesprungen, doch das war nur eine vorübergehende Erleichterung. Im Großen und Ganzen freute sie sich darauf, als legitimes Ventil für die Wut, die in ihr loderte, mit Scott die Klingen zu kreuzen. Als sie aber sein Gesicht sah, fasste sie den spontanen Entschluss, ihre Feindseligkeit zunächst auf Eis zu legen.

»Sie sehen beschissen aus«, musste sie einfach besorgt sagen. »Setzen Sie sich besser erst mal.«

Er begrüßte sie mit unterkühlter Förmlichkeit und fügte hinzu: »Ich hoffe, dieses Mal passt es Ihnen?«

Seine Stimme klingt hundert Jahre alt, dachte sie. Die ironische Begrüßung, die sie sich zurechtgelegt hatte, erschien ihr nicht mehr angemessen. Sie wechselte einen Blick mit Lau, die es sich auf der anderen Seite des Zimmers auf einem Sessel bequem gemacht hatte, und bemerkte einen besorgten Ausdruck auf ihrem Gesicht. »Was ist los?«, fragte sie. »Sie sehen aus, als wäre Ihr bester Freund gestorben oder so.«

Scott zuckte zusammen, und sie beobachtete ihn mit wachsender Verwirrung. »Und?«, sagte sie. »Bedeutet das schlechte Neuigkeiten?«

Er schüttelte langsam den Kopf und zog einen kleinen Spiralblock aus seiner Jacke.

»Es hat gewisse Entwicklungen gegeben«, sagte er stockend, »aber ich muss Ihnen leider mitteilen, dass wir noch nicht weitergekommen sind, was die Ergreifung des Mörders Ihrer Eltern betrifft. Ich muss einfach ...«

»Aber was ist denn passiert?«, hakte sie unerbittlich nach. »Was meinen Sie mit Entwicklungen? Haben Sie nun Fortschritte gemacht, oder haben Sie nicht?«

»Unsere Gerichtsmediziner kommen voran«, sagte er tonlos, »aber ihr Befund ist – nicht eindeutig.« Er zögerte. »Außerdem geht man inzwischen davon aus, dass der Mord an Ihren Eltern in Zusammenhang mit einigen weiteren Morden steht.«

Sie richtete sich auf. »Was haben Sie gesagt?«

Scott schloss die Augen. »Mein Gott, das hätte ich Ihnen nicht sagen dürfen. Behalten Sie es bitte für sich, Miss Ralston.«

»Natürlich«, antwortete Julia mechanisch. Sie bemerkte, wie steif sein Gesicht war, so als koste es ihn eine große Anstrengung, nicht zusammenzubrechen. Er war tatsächlich auch nur ein Mensch. Die letzten Reste ihrer Feindseligkeit lösten sich in Luft auf.

»Wenn Sie dann so weit sind, Miss Ralston ... Dürfte ich Ihnen jetzt vielleicht meine Fragen stellen?«

»Natürlich«, wiederholte sie.

»Danke«, sagte Scott etwas lebhafter. »Ich weiß, dass es nicht leicht sein wird, darüber zu sprechen, aber alles, was Sie gesehen haben, gleichgültig wie unwichtig es Ihnen auch immer erscheinen mag, könnte für uns von Bedeutung sein. Fangen Sie einfach ganz von vorne an, und gehen Sie dann Schritt für Schritt die ganze Geschichte durch, so langsam oder schnell, wie Sie mögen.«

»In Ordnung.« Sie schwieg, teils um ihre Gedanken zu ordnen, teils um sich zu wundern. Gestern noch hatte sie Scott aus Prinzip nicht ausstehen können, hatte ihre Wut, fair oder nicht, auf ihn übertragen, während er sie heute entwaffnet hatte, einfach indem er zehn Jahre älter und hundert Jahre trauriger aussah – sie brannte förmlich darauf, die ganze Geschichte einfach herauszulassen, ihm alles zu erzählen …

Alles?

Das, sagte sie sich, kommt ganz drauf an. Sie fing mit dem Augenblick an, als Simon in die Zufahrt einbog, und beschrieb, wie sie verstohlen auf die Rückseite des Hauses geschlichen war, wie sie entdeckte, dass die Küchentür nicht abgeschlossen war, wie langsam in ihr die Angst aufkeimte. Dann zögerte sie, und Scott schaute von seinem Notizblock auf. Julia holte tief Luft.

»Sie haben gesagt, alles, egal wie verrückt oder belanglos, stimmt's?«

Scott nickte.

»Okay – verrückte Sache Nummer eins.« Sie reckte herausfordernd die Schultern. »Ich habe in der Küche etwas gespürt«, sagte sie, »und ich weiß, es hört sich beknackt an, und wahrscheinlich werden Sie denken, meine hyperaktive Fantasie hätte mir nur einen Streich gespielt, aber … ich habe es gespürt.«

»Fahren Sie fort«, murmelte er.

»Etwas hat mich berührt.«

Er runzelte die Stirn. »Hat Sie berührt? Wie, auf welche Weise?«

»Von hinten, wie ein Mann, der seine Arme um mich legt. So«, sagte sie und umfasste ihre Brüste mit den hohlen Händen. »Aber da war niemand. Es war ein ekelhaftes Gefühl …« Sie zitterte und bedeckte ihr Gesicht – sie hatte nicht erwartet, dass es so schwer sein würde, darüber zu reden. *Die Kälte, der Ekel, die wogende Seide …*

Scott beugte sich vor, um ihre Schulter zu berühren, zog sich aber blitzschnell zurück, als sie zusammenzuckte. Auf sein Nicken durchquerte Lau den Raum und setzte sich neben Julia aufs Sofa.

»Und was dann?«, bohrte Scott behutsam nach.

»Und dann nichts«, sagte sie und schaute wieder auf. »Es hat aufgehört, das ist alles. Ich dachte, ich hätte es mir nur eingebildet. Ich hab's mit einem Achselzucken abgetan und ging weiter.«

»Wohin gingen Sie weiter?«

»Ich wollte in mein Zimmer. Ich bin durchs Esszimmer gegangen ...« Sie unterbrach sich wieder. *Eine dunkle Gestalt beugte sich über den Tisch. Die vermischten Gerüche von Rosen und Scheiße ...*

»Wo Mr. Allways Leiche gefunden wurde«, soufflierte Scott leise.

»Ja, genau. Als ich ihn sah, war ich im ersten Augenblick einfach nur sauer, weil ich dachte, er wäre gnadenlos besoffen aus den Latschen gekippt. Als ich dann aber begriff, dass er tot war, geriet ich in Panik und rannte in die Eingangsdiele, und Demmy ...«

»Mrs. Cortez?«

»Ja.« Julia atmete tief und zitternd ein. »Ich glaube, ich könnte jetzt einen Drink vertragen, Superintendent. Nehmen Sie auch einen?«

Scott war verdutzt. »Ich bin im Dienst, Miss Ralston.«

Claudia Lau überraschte beide, als sie sich mit fester Stimme zu Wort meldete. »Bei allem gebührenden Respekt, Sir, Sie sehen aus, als könnten Sie einen Drink gut gebrauchen.« Sie hatte sein Gesicht mit wachsender Besorgnis beobachtet – hatte ihn noch nie so blass und abgespannt gesehen, nicht mal auf dem schlimmsten Tatort, nicht mal angesichts des Ekel erregendsten Tableaus menschlicher Bösartigkeit und Gewalttätigkeit. Ohne eine Antwort abzuwarten, ging sie zur Bar und schenkte zwei kleine Brandys ein, die sie Scott und Julia wie eine Krankenschwester servierte, die Medikamente austeilte. Mit einem kurzen Seitenblick zu Julia nahm Scott gehorsam das Glas entgegen.

Julia spürte, wie sich ein unfreiwilliges Grinsen auf ihrem Gesicht ausbreitete.

»Eine Frau scheint Sie gut erzogen zu haben«, meinte sie. Sie war erschreckt über den Ausdruck frischen Schmerzes, der daraufhin über sein Gesicht huschte. Sie nippte an ihrem Brandy und spürte sofort, dass er ihr neue Kraft verlieh. »Der Rest ist ziemlich simpel«, sprudelten die Worte aus ihr heraus. »Ich habe Demmy am Fußende der Treppe gefunden und dann meine Mutter im großen Schlafzimmer, beide tot. Meinen Vater habe ich überhaupt nicht gesehen. Aber das alles wissen Sie ja bereits.«

Sie unterbrach sich und nippte wieder an ihrem Glas, um sich neuen Mut zu holen. Jetzt kam der schwere Teil – der Teil, den sie geschworen hatte, niemals einer Menschenseele zu erzählen. »Sie haben nicht gelacht, als ich Ihnen erzählte, dass mich in der Küche etwas berührt hat.«

»Warum sollte ich lachen?« Er sah sie ausdruckslos an.

»Weil es dumm klingt. Und jetzt werde ich Ihnen etwas noch viel Dümmeres erzählen, und ich möchte, dass Sie auch darüber nicht lachen.«

Scott stellte das Glas auf den Couchtisch und strich sich mit einer Hand über die Stirn. »Versprochen«, sagte er.

Als sie ihn nun ansah, wusste sie, dass er dieses Versprechen halten würde; und falls er sie am Ende für bekloppt halten sollte, würde er diese Meinung zumindest für sich behalten. »Ich wollte gerade die Polizei anrufen«, flüsterte sie, beugte sich weiter vor, »vom Apparat im Zimmer meiner Mutter. Ich hatte meine Mutter eben erst gefunden, und zu diesem Zeitpunkt war ich bereits halb verrückt vor Panik, schätze ich, aber dann … sah ich zum Fenster. Und das war dann der Augenblick, in dem ich *wirklich* durchgedreht bin.«

»Was haben Sie gesehen?«, fragte Scott steif. *Einen großen, gelben Affenkörper, der wie eine Spinne von der dunstigen Decke hing …*

»Ich habe ein Gesicht gesehen.«

Scott beugte sich vor. *Riesige Augen, rot und starr, Zähne wie ein Sägeblatt.* »Ein Gesicht? Am Fenster?«

»Es schwebte gottverdammt einfach draußen vor dem Fenster in der Luft«, platzte es aus ihr heraus. Die visuelle Erinnerung erfüllte sie erneut mit Wut und panischer Angst. »Sechs Meter über dem Boden, wenn ich Sie erinnern darf! Zuerst dachte ich, es wäre nur eine verzerrte Spiegelung meines eigenen Gesichts, aber so war's nicht, so war's ganz und gar nicht!«

Sie sprang auf und ging zu den Balkontüren. Mit dem Rücken zum Raum fügte sie hinzu: »Ich habe die letzten zwei Tage versucht, mich davon zu überzeugen, dass ich mir alles nur eingebildet *habe*, dass es wirklich mein eigenes verzerrtes Spiegelbild war.« Sie drehte sich wieder um, und Scott sah Tränen auf ihren Wangen. »Aber es war nicht mein Gesicht, Mr. Scott. Es war nicht mal menschlich. Ich weiß nicht, was es war, jedenfalls hab ich's gesehen.«

»Ja.«

»Es war … grotesk … schmutzig – obszön.«

»Ich weiß.«

»Was meinen Sie mit ›ich weiß‹?«, fuhr sie ihn an. »Woher sollten Sie das wissen? *Sie* haben es nicht gesehen.«

»Doch.« Er sagte es so leise, dass Julia einen Moment glaubte, nicht richtig gehört zu haben, und Lau machte einen Schritt auf ihn zu. Nach kurzem Schweigen kehrte Julia zum Sofa zurück und setzte sich gerade noch rechtzeitig, bevor ihre zitternden Knie nachgaben.

»Ich verstehe nicht. Wann haben Sie es gesehen?«

»Letzte Nacht. In meiner Wohnung.« Er wählte seine Worte sehr präzise. »Was immer es war, es scheint mir nach Hause gefolgt zu sein.«

»Was …?«

»Ich habe darauf geschossen«, fuhr er mit derselben benommenen Klarheit fort. »Sechs Schuss. Habe mein ganzes Magazin in das Ding gepumpt. Es ist mir nicht mal gelungen, es zu töten. Aber es war sowieso schon zu spät.«

»Was«, fragte Julia, »meinen Sie mit zu spät? Zu spät für was?«

»Zu spät für Vergie.« Er ignorierte Laus Aufschrei. Er hatte auf den Boden gestarrt; jetzt hob er die Augen und sprach mit nüchternem

Tonfall weiter. »Vergie wohnt bei mir – wohnte bei mir. Das Ding hatte es wahrscheinlich auf mich abgesehen, aber es hat Vergie umgebracht. Und es war dasselbe *Ding*, das auch Ihre Eltern umgebracht hat. Und ich hab's gesehen«, fügte er bitter hinzu, »und es überlebt, um die Geschichte zu erzählen.«

Julia lehnte sich zurück und starrte ihn an. »Mein Gott«, sagte sie, »ich weiß, wie Sie sich jetzt fühlen. Sie fühlen sich schuldig, weil sie tot ist und Sie nicht.«

Er schaute weg.

»Denn genau dasselbe habe ich auch empfunden – als wäre es irgendwie nicht richtig, dass ich noch lebe, während alle anderen tot sind.«

Er antwortete immer noch nicht. Julia sondierte ihre Gefühle und stellte fest, dass die Wut immer noch da war, dass sie tatsächlich sogar noch anschwoll und sich verfinsterte, aber Scott gehörte nicht mehr zu den Zielen dieser Wut. Es gab nur ein einziges Ziel, ein abscheuliches, mörderisches Ding, und sie zweifelte jetzt keine Sekunde mehr daran, dass sie sein Gesicht gesehen hatte.

»Ich werde alles in meiner Macht Stehende tun, um Ihnen zu helfen«, sagte sie gelassen.

Scott streckte den Arm aus und nahm ihre Hand. »Das haben Sie schon«, sagte er, »und mehr können Sie nicht tun. Bleiben Sie einfach immer in der Nähe von Lau und den anderen, die ich Ihnen noch schicken werde, halten Sie den Kopf unten – durchaus möglich, dass Sie immer noch in Gefahr sind.«

»Aber …«

»Es ist durchaus möglich«, fuhr er fort, »dass es mir auf meinem Rückweg vom Krankenhaus nach Hause gefolgt ist. Ich würde mal vermuten, dass es sich an Sie herangepirscht hat.«

Julia nahm diese Information auf und stellte erstaunt fest, dass ihre Reaktion im Wesentlichen in einer grimmigen Erleichterung bestand – vielleicht würde sie doch noch das geeignete Ventil für ihre Wut finden und selbst eine Chance bekommen, das Ding zu erlegen –, und dann verzog sie das Gesicht über ihre eigene Dummheit, denn wenn Scott nicht in der Lage gewesen war, es mit sechs Kugeln zu töten, was könnte sie dann mit nichts als ihrer prächtigen Wut und ihren bloßen Händen ausrichten?

»Was ist es, Superintendent? Was für ein Monster ist das?«

Scott schüttelte den Kopf. »Ich weiß es nicht.«

»Sie müssen aber doch eine Theorie haben.«

Er lachte freudlos. »Sie sagten, Sie hätten Angst gehabt, ich würde Sie für verrückt halten. Al Masters, der Gerichtsmediziner, mit dem ich zusammenarbeite, gehört zu den Besten seines Faches, und er ist der Einzige mit einer Theorie, und ich wünschte bei Gott, ich könnte Ihnen sagen, er wäre verrückt.« Er nahm seinen Brandy und trank ihn aus. »Wollen Sie hören, was er glaubt?«

»Bitte.«

»Er glaubt, es ist ein Vampir.«

Julia runzelte die Stirn. »Was ist daran so verrückt?«, sagte sie.

Masters seufzte, als er die Tür aufmachte und ihm der Lärm entgegenschlug. Obwohl die Bar nur halb voll war, waren die Gäste schon gut angeheitert, was sich an der Lautstärke ihrer Unterhaltung ablesen ließ. Er war kein häufiger Gast in der Kantine im zwanzigsten Stock, obschon er gelegentlich dorthin ging, wenn ihm nach Gesellschaft war, und fast immer bereute er es anschließend. Dieser Nachmittag war ganz besonders schlecht gewählt, wenn man berücksichtigte, dass er die ganze Nacht auf gewesen war, weil er die schmerzhafte Aufgabe hatte, die Frau seines besten Freundes zu sezieren, gefolgt von einem gleichermaßen schmerzhaften Gespräch mit seinem besten Freund; die drei Stunden Schlaf, die er sich gegönnt hatte, nachdem Scott gegangen war, waren extrem unruhig und voller finsterer Träume gewesen. Als er sich schließlich wieder ins Büro geschleppt hatte, wurde er an seinem Schreibtisch bereits von all seinen Problemen erwartet. Wenn Wallace gestern am Telefon nicht die Zauberworte gesagt hätte – *etwas wirklich Merkwürdiges im Zusammenhang mit den Morden in der Ummauerten Stadt, Al, und ich meine* gottverdammt *merkwürdig* –, wäre er nie auch nur in die Nähe des Kasinos gegangen.

Fünf Minuten nach sechs. Er war spät dran. Er winkte geistesabwesend einigen dienstfreien Beamten zu, die quietschvergnügt und wild entschlossen waren, ihn an ihre Tische zu holen, und dann erspähte er Tony Wallace, der allein am ruhigeren Ende der Theke saß. Er schlängelte sich zwischen den Tischen zu ihm durch.

»Ein Carlsberg, Sam«, sagte er zum Barkeeper. »Okay, Tony, lass hören.«

»Manche Leute sagen auch Hallo«, antwortete Wallace vergnügt.

»Tut mir Leid. Ich hatte einen harten Tag und wenig Schlaf. Das mit Mike Scotts Frau hast du gehört?«

»Ja.« Wallace' Grinsen erstarb, und er senkte den Blick in die Tiefen seines Biers. »Wie kommt Mike damit klar?«

»Rennt verwundet durch die Gegend. Ist besessen. Du kennst Mike. Hat heute natürlich weitergemacht, als wäre nichts passiert.«

»Er ist nicht beurlaubt worden?« Wallace war schockiert.

»Natürlich ist er – aber er weigert sich einfach, sich entsprechend zu verhalten, bis er den Fetzen Papier mit seinem Namen darauf sieht. Ich denke, Halley versucht, eine Beurlaubung wegen Familienangelegenheiten daraus zu machen, ich meine, im Gegensatz zu einer glatten Suspendierung.«

»Urlaub wegen Familienangelegenheiten, häh? Aber ohne das Mitgefühl. Na ja, solange Mike nur etwas Zeit bekommt, damit fertig zu werden.«

Masters schüttelte verdrießlich den Kopf. »Ich glaube, er wird davor weglaufen, solange er kann. Soll heißen, wenn sie ihn nicht finden, dann können Sie es ihm auch nicht sagen. Wie auch immer. Weswegen hattest du mich angerufen? Du sagtest, du hättest etwas über die Mordfälle in der Ummauerten Stadt. Meines Wissens hast du doch gar nichts damit zu tun.«

»Habe ich auch nicht«, nuschelte Wallace, »also sprich bitte nicht ganz so laut. Zuerst musst du mir aber etwas sagen. Du hast in diesem

Keller etwas Merkwürdiges gesagt, wo die zwei Leichen gefunden wurden, über das Blut – erinnerst du dich?«

Masters starrte den Rücken des Barkeepers an, der damit beschäftigt war, Gläser zu spülen. »Ich sollte wirklich nicht darüber sprechen.«

»Aber du willst doch. Und was kann's schon schaden? Immerhin habe ich die Leichen gesehen.«

Masters warf ihm einen Blick zu. »Behalt's aber für dich.«

»Natürlich.«

»Okay.« Masters warf einen kurzen Blick die Theke hinunter. »Das war nicht mein erster Tatort des Tages, der viel zu sauber war, um es für möglich halten zu können. Diese Leichen in der Ummauerten Stadt waren nur zwei von insgesamt neun mit ähnlichen Verletzungen, die über einen Zeitraum von sechsunddreißig Stunden gefunden wurden. In allen Fällen eine verdächtige Abwesenheit von Blut. Das Massaker auf dem Peak inbegriffen.«

Wallace pfiff leise.

»Und Mike Scotts Frau macht dann zehn«, fügte Masters hinzu.

»Du machst Witze!«

»Nicht bei dieser Sache«, sagte Masters säuerlich. »Tja, das war's. Ich hab dir meines gezeigt, jetzt zeig du mir deines.«

Wallace schaute sich schnell um und beugte sich näher zu ihm. »Okay, hör zu. Während der letzten zwei Tage habe ich in der Ummauerten Stadt eine Menge dummer Fragen gestellt. Natürlich wollte kaum jemand offen mit mir reden, aber ein paar Leute finden sich immer, und die sagen dann am Ende in der Regel mehr, als sie ursprünglich wollten. Die Stimmung dort drüben ist eindeutig ziemlich mies – und es steckt mehr dahinter als nur Wut über das Enteignungsverfahren.«

»Die übliche Feindseligkeit gegenüber uns Bullen?«

»Das ist es auch nicht. Es ist eher so, als wären wir nicht zuständig für das, was dort wirklich vor sich geht. Sicher, das Viertel ist die absolute Hölle, das Verbrechen hat dort eine lange Geschichte, und eine ganze Menge Leute haben nicht nur etwas zu verlieren, sondern auch zu verbergen. Aber ich hatte das Gefühl, dass all das schlechte Gewissen, auf das ich gestoßen bin, überhaupt nichts zu tun hat mit Recht oder Unrecht. Verstehst du, was ich meine?«

»Nein.«

Wallace seufzte. »Als hätten die sich alle wegen irgendwas schuldig gemacht, was aber überhaupt nichts mit mir zu tun hat, weder als *gwailo* noch als Bulle. Etwas, das ich vermutlich niemals verstehen werde. Und dann war da noch diese andere Sache.«

»Und das wäre …?«

»Angst«, sagte Wallace. »Die sind alle praktisch gelähmt vor Angst. Diejenigen, die nicht bereits in Panik weggezogen sind.«

»Ach ja, die Angst«, sagte Masters. »Lass mich raten. Es geht natürlich um die Morde. Etwas Furchterregendes schleicht durch die Gassen und Korridore.«

»Mehr oder weniger«, sagte Wallace überrascht.

»Uralte Legenden«, intonierte Masters, »alte Sagen von Blut und Tod und Besessenheit …«

»Eigentlich Blut und Opfer«, unterbrach Wallace, »aber woher weißt du das?«

»Erzähl mir einfach mehr.« Masters' Gesicht trug einen ungewöhnlich steinernen Ausdruck.

Wallace nickte. »Okay. Wenn ich die wenigen Hinweise zusammenfüge, die ich erhalten habe – lach nicht –, dann sieht es ganz so aus, als hätte sich viele Jahre etwas ziemlich Bösartiges in den Kellergewölben unter der Ummauerten Stadt befunden und sei erst kürzlich wieder aktiv geworden – und nur ein Mann weiß, wie man es unter Kontrolle bringen und halten kann. Einige von ihnen haben mich förmlich angefleht, ihn zurückzubringen, bevor sie alle ihre Kehlen verlieren …«

»Ihre Kehlen?«

»Das sagt dir was, stimmt's?«

»Erzähl einfach weiter.«

»Der Mann, den sie immer wieder verlangen, heißt Wong San-bor – der Weise Wong –, der Name, den ich dir bereits genannt habe, weil die Frau, von der die Leichen entdeckt wurden, ihn aus Leibeskräften herausgebrüllt hat. Und wie es der Zufall will, war ich kurz vorher in seiner Bibliothek – eine wirklich bemerkenswerte Bibliothek, Al, mit Büchern in jeder Sprache, die du dir vorstellen kannst, und noch ein paar mehr, und jeder Titel, den ich lesen konnte, hatte etwas mit Blut zu tun oder mit Mythen oder …«

»Mit Vampiren?«, schlug Masters vor.

»Was ist das hier, PSI oder was?«

»Konvergenz«, antwortete Masters gedankenverloren, »mehrerer Beweisstränge.«

Wallace starrte ihn an und schüttelte den Kopf. »Du bist ja noch bekloppter als ich. Jedenfalls, ich war neugierig genug, diesen Wong San-bor im Krankenhaus zu besuchen …«

»Ist er krank?«

Wallace zögerte. »Er ist verflucht alt. Schon möglich, dass er auch noch krank ist, aber zwei Dinge kann ich dir mit Sicherheit sagen: Erstens, er ist zäher, als er zu sein vorgibt. Ich habe ihn ziemlich sauer gemacht, und ich war verdammt froh, ungefähr zwanzig Kilo und knapp einen halben Meter mehr vorweisen zu können.«

»Und zweitens?«

»Zweitens weiß er über das, was dort drüben vor sich geht, mehr, als er zu wissen vorgibt. Er weiß mehr als jeder andere.«

»Bist du absolut sicher?«

»Todsicher.«

»Dann«, sagte Masters nachdenklich, »sollten wir ihn vielleicht mal zusammen besuchen. Ich würde diesen Wong Dingsbums gern kennen lernen …«

»San-bor. Aber ich habe eine bessere Idee. Ich glaube kaum, dass wir im Moment viel aus ihm herausbekommen würden, und außerdem sind wir sowieso nicht befugt, ihn zu vernehmen.«

»Was schlägst du also vor?«

»Ich finde, wir sollten in seine Bibliothek einbrechen.«

Masters lächelte breit. »Du bist bekloppt, oder?«

»Nicht mehr als du.«

»Du schlägst etwas Illegales vor.«

»Wer soll's erfahren? Die Nachbarsfrau wird uns hineinlassen, wenn ich ihr sage, es wäre etwas Offizielles. Wir werden niemandem schaden, es sind ausschließlich Informationen, auf die wir es abgesehen haben. Informationen, die Leben retten könnten.«

»Die ganze Idee ist verrückt«, sagte Masters grinsend.

»Dann kommst du also mit?«

»Würd's nicht versäumen wollen. Wo und wann?«

Sie steckten die Köpfe zusammen, aber gelegentlich wurde Wallace' Stimme vor Aufregung lauter. Samuel Ho, der ganz in der Nähe immer noch absolut saubere Gläser spülte, spitzte seine ausgezeichneten Ohren. Und lächelte.

Temutma lag behaglich in seinem Nest und sondierte interessiert das Nachlassen seines Schmerzes. Jetzt empfand er ihn als einen dumpfen Schmerz – die Schärfe war erodiert, die Essenz heilte, die Kraft kehrte zurück. Die ihn umgebende Dunkelheit war gut, und die Fülle seines Körpers war gut, und das Vergnügen einer weiteren Mahlzeit war so nah wie der nächste bhutik.

Das heißt, es sei denn, er zog es vor, ein anderes Spiel zu spielen.

Er erhob sich anmutig aus der Grube und wehte durch die Dunkelheit, während er über die Frage nachdachte. Die *lilitak* aus dem kleinen Palast – heute Nacht? Der große *kashlik* – heute Nacht? Vielleicht, vielleicht auch nicht.

Er spürte über sich das Pulsieren der Stadt – dynamisch, lebendig, wunderbar in ihrer Verderbtheit und ihrem Verfall – und wirbelte durch die Luft, ein Strudel glücklichen gelben Nebels. Er bildete sich Nüstern, damit er im Äther schnuppern konnte: eine reiche Fülle an Spuren, ein Ozean von leichtem Blut. Heute Nacht?

Ja, beschloss er. Die raffiniertere Kost sollte aufgehoben werden, bis er wieder im Vollbesitz seiner Kräfte war. Diese Nacht würde der

Völlerei, Ausschweifung und niederen Freuden gehören, die kommende vielleicht den Spielen. *Er formte sich selbst ganz aus und trottete auf nackten gelben Füßen die Treppe hinauf.*

Die Lautstärke der Musik störte Fairfield, was schon merkwürdig war, denn abgesehen von verkaterten Stunden war das bislang noch nie so gewesen. Laute Musik war Teil seines Credos, seines *Modus Vivendi.* Vielleicht war es ein Zeichen für zu viele durchzechte Nächte und zu viel Bier. Zu viele Jahre. Er starrte das große Glas vor sich auf der Theke an. Theoretisch feierte er die Fortsetzung seines Knüllers. Der Mord an der Freundin des Mannes aus den Bergen würde morgen früh Schlagzeilen machen, und Joes Name stand unübersehbar darunter. Joseph Fairfield schlägt wieder zu. Und wieder ist Michael Mather Scott das Opfer. Das ist jetzt mal ein Mann, dachte Joe, der stinksauer sein wird, wenn er die Morgenzeitung sieht.

Joe blickte zu Sy hinüber, der in Staceys unbestreitbar muschelförmiges Ohr flüsterte. Sie klebte praktisch wie eine lebende Decke an ihm, und Sys Charme lief definitiv zu Höchstleistungen auf.

Dieser Wichser.

Joe schnaubte verächtlich. Er sollte feiern, gottverdammt noch mal. Zwei Knüller in einer Woche, eine um ein Vielfaches gestiegene Arbeitsplatzsicherheit, sogar ein Bonus war in Sicht – warum also hatte er dann das Gefühl, als sei jeder Atemzug, den er machte, eine sträfliche Verschwendung von Sauerstoff? Er trank einen weiteren Schluck Bier. Tatsächlich wusste er verdammt gut, woher seine miese Laune kam. Sy Mistkerl Yung war dafür verantwortlich, dieser knutschende Bastard da drüben in der Ecke mit dem an seinem Hals klebenden Mädchen. Und das Teuflische daran war, dass Sy Joe wahrscheinlich gar nicht hatte abschießen wollen, wahrscheinlich war ihm nicht mal bewusst, was er überhaupt gesagt hatte.

Und das gabelschwänzige, Feuer furzende, fledermausgeflügelte Teuflische *daran* war, dass Sy eine schlichte Wahrheit ausgesprochen hatte. Und genau das war es, was Joe so fertig machte.

Es war gerade mal zehn Minuten her, als Sy die vernichtenden Worte so laut hinausgebrüllt hatte, dass sie auch noch in der hintersten Ecke der Bar zu verstehen waren. »Ich trinke auf den größten Knüller in Fairfields Karriere! Und ich trinke darauf, dass er den nächsten hoffentlich allein zuwege bringt!«

Abfälliges Gejohle. Joe hatte gelächelt, mit Sy angestoßen und ihm auf die Schulter geklopft, doch die Worte hatten gesessen. Verdammt, ursprünglich war es Joes Story gewesen. Ohne ihn hätte keiner von beiden eine Schlagzeile bekommen. Und es war auch allein Joe zu verdanken, dass Stacey jetzt praktisch Notzucht an Sy beging, denn wenn Joe ihr nicht gesteckt hätte, wie stinkend reich Sy war, hätte sie ihn bestimmt keines zweiten Blickes gewürdigt. Sie war fertig mit Journalisten – das hatte sie wenigstens die letzten drei Mal zu Joe gesagt, als er versuchte, sie ins Bett zu bekommen; offensichtlich jedoch waren stinkend reiche Journalisten, deren Onkel ganze Zeitungen besaßen, eine völlig andere Sache. Sy, der Glückspilz.

Er hasste Sy.

Er leerte sein Bier und knallte das Glas auf die Theke. Der Wirt kam herüber und zapfte nach, wenn auch mit einem strafenden Blick, in den er auch noch Sy und Stacey mit einbezog.

»Die Pause ist vorbei, Stacey.«

Zögernd löste sie sich von Sy, beugte sich dann über ihn und küsste ihn auf den Mund. »Eine halbe Stunde«, raunte sie.

Sy trank einen Schluck von seinem vernachlässigten Bier, als sie davonwogte, dann drehte er sich um und zwinkerte Joe zu.

»He, alter Kumpel, wie geht's denn so?«

»Okay«, erwiderte Joe reserviert.

»Okay?«, fragte Sy und tat erstaunt. »Nur okay? Ich liefere dir den besten Knüller deiner gesamten Karriere, und du kannst nichts anderes sagen als *okay?*«

Da war's schon wieder, dachte Joe. Die Implikation, dass Joe allein ein Nichts war, dass nichts möglich war ohne Sy Yung und die Verbindungen seiner Familie, ohne Sy Yung und seinen schnöden

Mammon. Joes bittere Gedanken wurden unterbrochen von seinem Piepser. Er fluchte und griff nach dem Ding. Es war ein Piepser mit einem Display, das einen Code für den Namen des Anrufers, seine Telefonnummer sowie einen Dringlichkeitscode anzeigte. Ein X bedeutete: Rückruf so bald wie möglich, zwei bedeutete: Wirklich dringend, und drei bedeutete: Lass alles stehen und liegen. Auf Joes Display prangte zum allerersten Mal XXX.

»Wer ist es?«, fragte Sy träge.

Joe sah nur noch den Dreier-X-Code. Sein Puls hatte sich erheblich beschleunigt.

»Weiß ich noch nicht«, sagte er. »Du hast Lippenstift im Gesicht.« Er klemmte den Piepser wieder an seinen Gürtel und trank hastig ein paar Schlucke Bier. »Bin gleich zurück«, sagte er und war schon halb draußen, bevor Sy Zeit hatte zu antworten. Neben der Männertoilette gab es ein öffentliches Telefon, aber diesen Anruf wollte Joe nicht mal in der Nähe von Wunderknabe Sy Yung führen.

Nach der lärmenden Musik in der Bar wirkte die Lockhart Road trotz des Verkehrslärms und der lautstarken Straßenhändler geradezu friedlich. Zwei Häuser weiter gab es ein Obstgeschäft, das Joe nun betrat. Er kaufte ein Päckchen Zigaretten und erkundigte sich in seinem schlechten Kantonesisch nach dem Telefon. Der Inhaber deutete auf den Apparat im hinteren Teil des Ladens und drehte sofort – wahrscheinlich absichtlich – die Lautstärke des Transistorradios hoch. Das Geklimper einer kantonesischen Oper plärrte durchs Geschäft. Joe verkniff sich ein paar unhöfliche Worte und trat um eine Auslage mit Mangos und Durian-Früchten. Er kramte in seinen Taschen nach dem kleinen Büchlein mit den zu den Piepser-Codes gehörenden Namen. Es war nicht da.

»Scheiße«, brummte er und wählte die Nummer, wobei er hoffte, dass sein Kontaktmann selbst ans Telefon gehen würde. Er lauschte auf den Rufton. »Mach schon, nimm endlich den Scheißhörer ab«, knurrte er in die Sprechmuschel. Nach dem siebenten Klingeln wurde der Anruf angenommen.

»Wai?«, sagte eine chinesische Stimme.

»Joe Fairfield hier«, stammelte er.

In dem kleinen Hinterzimmer, das dem Geschäftsführer der Kantine als Büro diente, lächelte Samuel Ho wieder. Es schien ein ausgesprochen gewinnbringender Abend zu sein.

Als Joe zehn Minuten später in die Bar zurückkehrte, war er immer noch mit der Frage beschäftigt, wie viel er Sy erzählen sollte – falls überhaupt. Die Entscheidung wurde ihm abgenommen, weil von Sy weit und breit nichts zu sehen war. Genauso wenig von Stacey. Joe setzte sich wieder auf seinen alten Platz an der Theke, nahm sein Bier und dachte über das nach, was er gerade erfahren hatte.

Absolutes Dynamit.

Der Chef der Gerichtsmedizin, Albert Masters, und ein anderer Beamter, nicht Scott, würden einen potenziellen Informanten in der Ummauerten Stadt in Kowloon aufsuchen, einen alten Mann, der möglicherweise Insider-Informationen über die Morde an den Ralstons und mehreren anderen besaß, über die sich die Bullen sehr bedeckt hielten. Samuel hatte eine Zahl von alles in allem zehn Leichen genannt, die Ralstons mitgerechnet – also nicht einfach ein Massenmörder, der nur einmal zuschlug, sondern ein waschechter irrer Serienkiller mit einer extrem schillernden Arbeitsweise. Wunderbar. Der Traum eines jeden Reporters. Preisverdächtiges Material.

Joe grinste. Wenn er als Erster an den Informanten herankommen könnte, dann hätte er seinen eigenen hochkarätigen Knüller, und den hatte er dann nicht dem Wunderknaben zu verdanken.

Der Gedanke gefiel ihm – doch wie gewöhnlich könnte sich eventuell erforderliches Kleingeld als Problem erweisen. Diesbezüglich war Sy stets zu gebrauchen, wenn schon zu nichts anderem. Joe überschlug kurz die Zahlen. Er würde nicht riskieren, Adamson zu früh um einen Betrag aus dem Schmiergeldfonds zu bitten, denn Adamson würde ihn liebend gern bei der ersten sich bietenden

Gelegenheit abschießen. Bis zu sechstausend Hongkongdollar könnte er auf seine Kreditkarte locker machen, vielleicht dreitausend weitere über seinen Dispo. Im Moment musste er lediglich die für Samuel Hos Postfach bestimmten fünfhundert Dollar auftreiben. Hatte er die Story erst einmal im Sack, würde er Adamson und die Zeitung schon überreden, die Spesen zu übernehmen. Gar kein Problem.

»Sy, alter Kumpel, lieber alter Freund«, sagte er leise in sein Bier, »dieser Coup gehört mir ganz allein.«

Die letzte Nacht hatte ihn etwas gelehrt – in dieser langen Wachperiode bedeuteten größere Menschenmengen Gestank und Tumult einer wenig hilfreichen Art, ganz anders als das nützliche Chaos eines Schlachtfelds. Die letzte lange Wachperiode war völlig anders gewesen, reflektierte er. Damals waren Krieg führende kashliks *damit beschäftigt gewesen, sowohl alle* bhutiks *in Reichweite als auch sich gegenseitig abzuschlachten, recht zweckmäßig, wenn auch ein bisschen lärmend, aber hier und heute schien Blutvergießen eher die Ausnahme als die Regel zu sein.*

Doch Moment. Ein scharfer Ton im Äther ganz in der Nähe; Vibrationen der gewalttätigen Art. Auf der Suche nach der Quelle zog er in hoffnungsvollen Spiralen seine Kreise. Da. Vier ätherische Spuren weit unten, unsichtbar in einem länglichen Schatten zwischen zwei Türmen. Drei Messer, zählte er; panische Angst auf der einen Seite, der Vorsatz zu Plünderung und Blutvergießen auf der anderen. Drei gegen einen.

Runter, runter.

Etwas tiefer in den Schatten landete er, nahm Gestalt an und näherte sich auf leisen Füßen. Die beiden stehenden Messer-Träger zuerst, eins, zwei; leichtes Blut, auch wenn sie sich anmaßten, die Waffen eines *kashlik* zu tragen. Der Dritte, der ebenfalls ein Messer besaß, lag grunzend auf dem Vierten, der kein Messer hatte; ein *lilitak.* Temutma schaute einige Augenblicke zu und fing Fetzen des Vergnügens in der ätherischen Spur des *bhutik* auf. Dann versenkte er die Zähne tief in den Rücken des *bhutik* und transferierte seine Essenz in diesen Körper, der im Todeskampf heftig zappelte. Der sich unter ihm windende *lilitak* schien den Unterschied nicht zu bemerken.

Endlich war im Krankenhaus wieder Ruhe eingekehrt. Am frühen Abend war ein weiterer Patient gestorben, ein alter Knabe namens Chan, dessen Tod alles andere als friedlich gewesen war. Sein Sterben hatte die meisten anderen Patienten des Krankensaals bestürzt, wollte doch keiner auf so drastische Weise an die eigene Sterblichkeit erinnert werden.

Und es beeinflusste auch Wongs Pläne. Er hatte beabsichtigt, still und heimlich zu gehen, mit einem Minimum an Wirbel oder Scherereien und unter vollständiger Vermeidung von Streit, wenn die beiden Nachtschwestern nicht auf ihrer Station waren. Jetzt aber taten zwei weitere Nachtschwestern Dienst, wodurch alles in allem vier Schwestern im Stationszimmer saßen, das den Hauptzugang kontrollierte, durch den er auf jeden Fall musste. Ausgesprochen lästig. Doch Wong wusste, dass seine Schonzeit abgelaufen war, dass Temutma entweder bald gestoppt werden musste oder niemals. Also musste er jetzt auf jeden Fall gehen, ohne Rücksicht auf Verluste.

Lautlos glitt er aus seinem Bett, klemmte sich seine Straßenkleidung unter den Arm und näherte sich der Schwesternstation so nahe wie möglich, ohne gesehen zu werden. Dann senkte er, verborgen hinter einer Säule, den Kopf und begann sich zu konzentrieren.

Für den Anfang benötigte er einige Sekunden, doch dann mobilisierte er im Nu seine Kräfte. Einer nach dem anderen und in rascher Folge begannen die Patienten am hinteren Ende des Krankensaals zu schreien. Erschrocken sprangen die Schwestern auf. Drei Patienten versuchten, ihre Betten zu verlassen, andere wachten auf. Inzwischen herrschte auf beiden Seiten des Krankensaals das reinste Chaos, und das leise Piepsen und Trällern der Monitore verwandelte sich in schrille Alarmsignale, als mehrere alte Herzen zu krampfen begannen – Wong seufzte. Ein bisschen hart für die alten Männer.

Spätere Nachforschungen würden ergeben, dass sich alle exakt den gleichen Augenblick ausgesucht hatten, exakt den gleichen Alptraum zu bekommen, und Wong zweifelte keine Sekunde daran, dass diese Tatsache die untersuchenden Krankenschwestern eine ganze Weile beschäftigen würde. Lautlos ging er an der nun verlassenen Schwesternstation vorbei und weiter durch die Tür.

Eine schöne Nacht war nun beendet. Eine gute Jagd. Auf zwei Beinen, nicht seinen eigenen, ging er die dunklen Korridore zum Nest hinunter und genoss das Gefühl des guten, soliden Leders, das seine Füße umhüllte. Von Qualität hatte er früher einiges verstanden … Es gab immer noch Erinnerungsfetzen daran. Glatte Seide war besser als rauer Filz, schlanker Stahl besser als derbes Eisen, gut gegerbtes Leder wie dieses besser als das empfindliche flexible Material, das in dieser langen Wachperiode viele bhutiks *an den Füßen zu tragen schienen. Seine Schritte hallten von den niedrigen Decken und harten nackten Böden.*

Ein Licht voraus – wachsame Spuren. Merkwürdig, schliefen doch zu dieser Zeit die meisten *bhutiks* in ihren Türmen. Er konnte sie jetzt sehen, zwei schäbige *bhutiks* vor einer offenen Tür. Licht fiel an ihnen vorbei auf den Gang. Sie waren in eine Unterhaltung vertieft. Als er sich näherte, hörten sie auf zu sprechen und drehten sich zu ihm um. Zuerst erstarrte der eine, dann der andere.

Er blieb stehen, um sie nacheinander anzusehen. Er verspürte im Moment keinerlei Appetit, sondern lediglich eine erwartungsvolle Neugier. Sie hatten Angst vor ihm – der Gestank von panischem Entsetzen war überaus stark. Vielleicht erkannten sie, was er wirklich war. Vielleicht konnten sie durch die Schale des toten Dings um ihn herum die Essenz darunter sehen. Vielleicht hatten sie sogar einen Namen für ihn? Er wartete hoffnungsvoll, beobachtete das Zittern der *bhutiks,* sah, wie sich die Kleidung zwischen ihren Beinen dunkel verfärbte, sah die Tränen in ihren Augen, hörte ihre Herzen flattern wie die Flügel gefangener Vögel, und der Name, sein Name, bebte nur gerade eben ungesagt in ihren Mündern …

Nichts.

Er seufzte und wandte sich enttäuscht, wenn auch nicht allzu überrascht ab. Als er weiterging, wurde hinter ihm die Tür der *bhutiks* zugeschlagen.

13

Simon Valence tat Claudia Lau allmählich Leid. Der Abend zuvor hatte ihm eine weitere niederschmetternde Niederlage beigebracht, diesmal bei einem Streit über den Besuch von Superintendent Scott. Simon war empört über sein Eindringen gewesen und wollte ganz offensichtlich, dass auch Julia empört war, und es tat beinahe weh, seine Verwirrung mit anzusehen, als Julia mit flammenden Blicken Scott verteidigte. Dem ließ er den unklugen Versuch folgen, beruhigend und fürsorglich zu sein, und Julia Ralston war so ziemlich die letzte Frau auf der Welt, die es sich gefallen ließ, beruhigt zu werden. Wieder ging Simon allein ins Bett und schlich sich am Morgen zur Arbeit, ohne Julia auch nur einen schönen Tag zu wünschen.

Lau hörte, wie hinter ihm die Wohnungstür ins Schloss fiel, und schälte sich aus dem Sessel neben Julias Bett, streckte ihre verkrampften Arme und Beine.

Julia rührte sich und drehte sich um.

»Ist er weg?«, fragte sie.

»Ich glaube. Kaffee?«

Julia warf die Bettdecke zur Seite. »Ich mache das, Claudia. Ich habe ohnehin schon ein schrecklich schlechtes Gewissen, weil Sie zwei Nächte in einem Sessel verbracht haben. Daran werden wir noch heute etwas ändern.«

»An was denken Sie?« Lau ging zur Tür und warf einen Blick in den Flur.

»Ich ziehe heute aus – es ist nicht fair, Simons Gastfreundschaft in Anspruch zu nehmen, solange ich so ekelhaft zu ihm bin.«

Lau grinste. »Wo gehen wir hin?«

»Weiß noch nicht. Vielleicht hat Ihr Chef einen Vorschlag.« Julia wollte gerade einen Bademantel über ihr T-Shirt anziehen, als es an der Tür klingelte.

Beide Frauen erstarrten.

»Vielleicht ist das ja schon Ihr Chef«, meinte Julia.

Lau gab ihr zu verstehen zu bleiben, wo sie war, und ging über die Diele zur Wohnungstür. Sie warf einen Blick durch den Spion, erwartete nur einen einsamen Dienst habenden PC und war überrascht zu sehen, dass er im Flur vor den Fahrstühlen von einem ganzen Schwarm in Anzügen gekleideter Männer Gesellschaft bekommen hatte, unter ihnen auch zwei *gwailos*. Sie ließ die Sicherheitskette vorgelegt, öffnete die Tür einen Spaltbreit und wartete darauf, dass sich jemand auswies. Einer der Chinesen trat vor.

»WPC Lau? Senior Inspector Cheung von der T4.« Er hielt ihr eine Ausweiskarte in einem Lederetui vor die Nase.

Was für Lau Sinn machte. T4 war auch bekannt als Abteilung für VIP-Personenschutz, und Lau hatte sich insgeheim schon gefragt, ob Scott sie früher oder später einschalten würde. Gleichzeitig empfand sie aber auch Enttäuschung, bedeutete dies doch höchstwahrscheinlich, dass sie von Julias Fall abgezogen und zum normalen Dienst zurückversetzt würde. Ihr Blick wanderte zu dem vor der Wohnung postierten PC, der nur mit den Achseln zuckte. Sie zuckte ebenfalls mit den Achseln, zog die Sicherheitskette ab und öffnete die Tür. Der T4-Mann trat zur Seite und ließ den beiden *gwailos* den Vortritt, die sich prüfend umschauten.

»Wer war das?« Julia kam in die Diele und erstarrte beim Anblick eines Zimmers voller fremder Männer, alles in allem sechs. Es dauerte ein paar Sekunden, bis sie sich gefangen hatte.

»Wer sind Sie?«, wollte sie wissen.

»Miss Ralston?« Der ältere Ausländer trat vor und bot ihr die Hand an. »Mein Name ist David Quarmby, und das hier ist mein Assistent John Murphy. VIP-Personenschutz.«

»Ich bin kein VIP, und Personenschutz habe ich bereits«, erwiderte Julia frostig, ließ sich aber die Hand schütteln. Sie warf Lau einen Blick zu und bemerkte ihren ein wenig deprimierten Gesichtsausdruck. Quarmby lächelte ohne jede Herzlichkeit, als sie ihn wieder anschaute.

»Sie sind wichtiger, als Sie denken, und die derzeit bestehenden Sicherheitsvorkehrungen waren nur vorübergehend. Wir haben eine sicherere Unterkunft für Sie vorbereitet, und wenn Sie nichts dagegen haben, werden wir Sie jetzt sofort dorthin bringen.«

»Ich habe etwas dagegen.« Julia trat einen Schritt zurück.

Quarmby runzelte die Stirn, immer noch mit distanzierter Höflichkeit. »Je früher wir gehen, desto eher sind Sie in Sicherheit. Dagegen werden Sie doch sicher nichts einwenden können.«

»Davon höre ich jetzt zum ersten Mal. Ich kenne Sie nicht – keinen von Ihnen.« Sie merkte, dass sie plötzlich Schulter an Schulter neben Claudia Lau stand, und fragte sich, wer von ihnen sich bewegt hatte.

Seufzend hielt ihr Quarmby seinen Ausweis hin. »Ich versichere Ihnen, Miss, dass Sie bei uns recht gut aufgehoben sein werden.« Mit einer ausholenden Handbewegung deutete er auf die vier chinesischen Beamten. Julia bemerkte, dass alle hart wie Stahl wirkten und durchaus in der Lage zu sein schienen, sie einfach hinauszutragen, sollte sie sich weigern, auf eigenen Beinen zu gehen, was jedoch den eigenartigen Effekt hatte, ihre Angst zu unterdrücken und gleichzeitig ihre Wut zu erregen.

»Was weiß ich denn«, sagte sie und hakte sich bei Claudia Lau unter, »den Ausweis könnten Sie auch aus einer Schachtel Cornflakes haben. Wo ist Superintendent Scott?«

Quarmbys Blick wanderte von ihr zu Lau und zurück, und dabei machte er ein Gesicht wie ein Erwachsener, der mit einem schwierigen Kind fertig werden musste.

»Sie werden Mr. Scott nicht wieder sehen. Er ist nicht mehr zuständig für die Ermittlungen im Zusammenhang mit dem Mord an

Ihren Eltern. Um es genau zu nehmen, seit gestern ist er wegen wichtiger Familienangelegenheiten beurlaubt.«

Julia wandte sich an Lau. »Aber er war gestern doch noch hier und hat mit keiner Silbe erwähnt, dass er beurlaubt ist. Claudia, haben Sie etwas davon gehört?«

Lau schüttelte den Kopf. Mit einem Blick, den Lau infolge der Kümmernisse mit Simon Valence inzwischen gut kannte, drehte sich Julia wieder zu Quarmby. Lau unterdrückte ein Grinsen.

»Ich gehe nirgendwohin, bevor ich nicht mit Superintendent Scott gesprochen habe.«

»Miss Ralston, das ist nicht möglich.«

»Dann werde ich auch nirgendwohin gehen.«

»Miss Ralston …«

Julia machte auf dem Absatz kehrt und marschierte mit energischen Schritten zur Küche. »Ich habe Ihnen einen Kaffee versprochen, Claudia.«

»Miss Ralston …«

»Sie können sich jederzeit auch gern einen machen, Mr. Quarmby, und das sollten Sie vielleicht auch …«

»Miss Ralston …«

»… denn ich werde mit Ihnen nirgendwohin gehen, bevor ich nicht mit Superintendent Scott gesprochen habe.«

Die Küchentür knallte hinter ihr zu. Quarmby sah Lau betont kühl an.

»Ich habe schon gehört, dass sie ein stures kleines Miststück ist«, sagte er.

Es kostete Lau einige Mühe, keine Miene zu verziehen. »Sie besitzt eine sehr starke Persönlichkeit, Sir«, sagte sie.

»Drauf geschissen«, schimpfte Quarmby unfreundlich. »Sie sollte sich besser dran gewöhnen, genau das zu tun, was wir ihr sagen.«

»Und Superintendent Scott?«

»Was soll mit dem sein?«

»Werden Sie ihn anrufen?«

»Ich bin doch nicht verrückt!«, sagte Quarmby. »Und das ist mein letztes Wort.«

Quarmbys Notruf erreichte Scott genau in dem Augenblick, als er sich auf den Weg ins Präsidium machen wollte. Er reagierte sofort und verpasste so den Anruf von Andrew Halley, der ihn darüber informiert hätte, dass seine Beurlaubung jetzt offiziell war, sowie einen ähnlichen, dringlicheren Anruf von Al Masters. Eine halbe Stunde später öffnete ihm eine grinsende Claudia Lau die Tür von Simon Valence' Wohnung.

Quarmby fing ihn in der Eingangsdiele ab. »Mein herzliches Beileid, Mike.« Er sah nicht so aus, als täte ihm irgendetwas Leid, wenn überhaupt, dann wirkte er gereizt, aber Scott nickte. »Danke, dass Sie gekommen sind, um mir zu helfen«, fügte Quarmby hinzu. »Sie ist ein schwieriger Fall.«

»Sie hat eben erst unter entsetzlichen Umständen ihre Eltern verloren«, korrigierte Scott ihn steif, »und gestern war sie sehr kooperativ. Wie auch immer … was meinen Sie damit, dass ich Ihnen helfen soll? Das ist mein Fall.«

Quarmby starrte ihn an. »Sie haben es noch nicht gehört?«

»Was soll ich gehört haben? Außerdem, was haben Sie und Murphy hier zu suchen? Was hat das Drogendezernat mit der Sache zu tun? Sie gehören nicht zum VIP-Personenschutz.«

»Natürlich nicht, aber die da.« Quarmby zeigte den Flur hinunter auf die vier Schlägertypen, die vor der Küchentür lungerten und tapfer ihr Bestes gaben, um Julia Ralston zu beschützen, ob es ihr nun gefiel oder nicht. Scott erkannte ihre Gesichter, auch wenn er bislang keinen persönlich kennen gelernt hatte. Mit ihrer Körpergröße von deutlich über einem Meter achtzig waren sie ungewöhnlich groß für Chinesen und erinnerten von der Statur an die Schlägertypen in einem Kung-Fu-Film. Er wusste, dass sie auch nicht die Standardbewaffnung der Polizei trugen. Er drehte sich wieder zu Quarmby um.

»Das beantwortet nicht meine Frage. Ich habe weder T4 noch Sie um Hilfe gebeten.«

Quarmby zögerte. »Wir sollten uns besser unterhalten. Lau, würden Sie Miss Ralston bitten, zu uns ins Wohnzimmer zu kommen? Und nehmen Sie bitte die Herren von T4 mit in die Küche.«

Julia begrüßte Scott wie einen Freund und setzte sich neben ihn aufs Sofa. Gelassen fixierte sie Quarmby und John Murphy, seinen Stellvertreter.

»Ich bin überzeugt, dass dies alles sehr erschütternd und schmerzhaft für Sie gewesen sein muss, Miss Ralston«, sagte Quarmby förmlich. »Ich freue mich, Ihnen jedoch mitteilen zu können, dass von nun an alles in Ordnung kommen wird. Mr. Scott und sein Team haben ausgezeichnete Arbeit geleistet, aber jetzt sind wir hier, um uns der Sache anzunehmen.«

»Ach ja«, sagte Julia mit einem Tonfall, der keinen Zweifel an ihrer Missbilligung ließ.

»Offiziell weiß ich von nichts«, sagte Scott stirnrunzelnd.

»Wann waren Sie das letzte Mal in Ihrem Büro, Mike? Sie werden feststellen, dass Sie seit gestern beurlaubt sind und dass die weiteren Ermittlungen im Fall Ralston mit sofortiger Wirkung unsere Aufgabe sind. Ach ja, und für Miss Ralstons Personenschutz ist jetzt die Abteilung T4 zuständig.«

»Ich arbeite nicht mehr an dem Fall?«, fragte Scott gedehnt.

»Sie sind aus familiären Gründen beurlaubt«, sagte Quarmby.

»Sie sagen, das Drogendezernat hat den Fall von der Mordkommission übernommen? Ich versteh nicht ganz. Sie werden mir schon eine sehr, sehr gute Erklärung liefern müssen, wenn Sie wollen, dass ich Ihnen meine Zeugin überlasse.«

»Mike, ich muss Ihnen gar nichts erklären. Sie arbeiten nicht mehr an dem Fall. Sie sind beurlaubt. Sie sind einzig und allein hier, weil Miss Ralston darum gebeten hat. Und aus Gründen der Kollegialität.«

Quarmby lächelte Julia an, die sein Lächeln jedoch nicht erwiderte.

»Drogendezernat?«, sagte sie.

Quarmby nickte. »Ja, das Drogendezernat hat den Fall übernommen. Miss Ralston, wir wissen, warum Ihre Eltern ermordet wurden.«

Julia Ralston wurde kreidebleich – Scott richtete sich wütend auf. »Ich glaub's einfach nicht«, sagte er. »Bis zur Mordkommission ist bislang nichts davon vorgedrungen, dass Ihre Leute an den Ermittlungen beteiligt sind.«

»Es wurden auch ausschließlich die Personen informiert, die unbedingt davon wissen mussten«, erwiderte Quarmby aalglatt.

»Musste Andy Halley davon wissen?«

»Bis heute Morgen nicht, nein.« Quarmby klang beinahe amüsiert. Selbstgefälliger Bastard, dachte Scott und starrte ihn voller Abneigung an.

»Und?«, fragte Scott. »Was haben Sie herausgefunden?« Er sah Julia von der Seite an, atmete scharf ein, als er ihr bleiches Gesicht bemerkte, und legte eine Hand auf ihren Arm. Sie starrte stur geradeaus.

Quarmby räusperte sich. »Ich kann es Ihnen grob skizzieren, Mike, aber keine Details. In den Fall ist ein großes internationales Drogenkartell verwickelt, eines der wirklich ganz großen mit exzellenten Verbindungen zu den Hongkonger Triaden.«

»Das ist doch absurd!«, explodierte Scott. »Sie wissen ja gar nicht, was Sie da reden!«

Murphy beugte sich vor. »Warum hältst du nicht einfach die Schnauze und lässt Mr. Quarmby ausreden, Scott? Andernfalls werden wir dich bitten müssen, zu den anderen in die Küche zu gehen.«

Scott warf Murphy einen vernichtenden Blick zu, wusste aber, dass er ganz ruhig und höflich bleiben musste. Ein Wort an der richtigen Stelle von einem dieser Gentlemen könnte bewirken, dass er mit der nächsten Maschine aus Hongkong ausgeflogen, sein Vertrag aufgelöst und eine spätere Weiterbeschäftigung zweifelhaft wurde. Was weder

Julia Ralston helfen noch Vergies Mörder zur Rechenschaft ziehen würde.

Solche Beschränkungen galten nicht für Julia. Unvermittelt riss sie sich aus ihrer Trance. »Mr. Scott hat Recht. Das ist völlig absurd. Mein Vater hatte nie etwas mit Drogenhandel zu tun.«

»Das mag so weit schon richtig sein, Miss Ralston. Aber wir wissen bereits seit geraumer Zeit, dass während der letzten Monate einige äußerst zweifelhafte Personen an ihn herangetreten sind. Es ging dabei um die Gründung einer Scheinfirma als Jointventure mit einem anderen asiatischen Land, das hier ungenannt bleiben soll. Ihr Vater zeigte sich nicht direkt kooperativ, während er ihnen aber gleichzeitig auch nicht ausdrücklich die Tür gewiesen hat. Ich kann hier keine Einzelheiten preisgeben, aber allem Anschein nach hat er seinen Kontaktpersonen einen Schrecken eingejagt und Einblick in gewisse Dinge erhalten, von denen sie nicht wollten, dass er sie sieht, also hat man beschlossen, ihn zu beseitigen. Die Brutalität der Morde deutet darauf hin, dass sie überdies ein Exempel an ihm statuieren wollten.«

»Entschuldigen Sie bitte«, sagte Scott. Die drei anderen drehten sich zu ihm um. »Ich stelle Ihre Intelligenz wirklich nicht in Frage, aber niemals wurden Julias Eltern von einem Drogenhändler oder einem dieser Triaden-Schläger ermordet.«

»Unsere Informationen sind zuverlässig, Mike.« Quarmby zögerte. »Und Interpol-Akten untermauern diesen Verdacht. Wir haben diesbezüglich keinerlei Zweifel.«

»Quatsch«, schimpfte Scott. »Kann ja sein, dass es diesen Drogenaspekt gibt, kann auch nicht sein, aber es ist völlig nebensächlich. Mein Gott, was ist mit den anderen Morden in der Serie, den Morden in der Ummauerten Stadt, in Mong Kok und in der Bank of China?«

»Ablenkungsmanöver«, warf Murphy ein.

»Schlicht und einfach Ablenkungsmanöver«, bestätigte Quarmby.

»Und Vergie?«, fragte Scott ruhig. »War sie auch nur ein Ablenkungsmanöver?«

Quarmby lehnte sich zurück, zeigte nicht die geringste Gefühlsregung. »Dieser Zwischenfall wird gesondert untersucht.«

»Was?«

»Wir glauben, dass der Mord an Ihrer Freundin eine Nachahmungstat ist«, sagte Murphy. »Begangen von jemandem, der über die Vorgehensweise bei den anderen bestens Bescheid wusste.« Er wechselte einen Blick mit Quarmby.

Scott funkelte einen nach dem anderen wütend an. »Ich habe ihren Mörder gesehen, Gentlemen. Haben Sie meine Aussage nicht gelesen?«

Ein weiterer Wechsel bedeutungsvoller Blicke. »Doch«, sagte Quarmby aalglatt, »aber es ist nicht unsere Aufgabe, dazu einen Kommentar abzugeben.«

Scotts Mund klappte zu, als er die Bedeutung dieser Bemerkung begriff, doch Julia begann schallend und mit einem hysterischen Unterton zu lachen.

»Ich kapiere. Man verdächtigt Mr. Scott, stimmt's? Ihr Idioten glaubt tatsächlich, er hätte seine Freundin umgebracht. Wer könnte besser Bescheid wissen als der Chefermittler? Mein Gott …«

»Bitte, Julia«, sagte Scott ruhig. Ihr Lachen verebbte, aber Scott war froh, dass er nicht auf der Empfängerseite des zornigen Funkelns war, das sie nun Quarmby schenkte.

»Auch dazu steht es mir nicht an, einen Kommentar abzugeben, Mike«, sagte Quarmby nach einem frostigen Schweigen von mehreren Minuten. »Aber ich schlage vor, dass Sie sich mit Ihrem Büro in Verbindung setzen, sobald Sie diese Wohnung verlassen.«

Julia stand auf. »Das ist doch lächerlich. Mr. Scott hat das Ding gesehen, genau wie ich. Wenn Sie es gesehen hätten, würden Sie nicht so einen Schwachsinn reden.«

Quarmby erhob sich ebenfalls und legte eine Hand auf ihre Schulter.

»Sie sind überreizt, Miss Ralston. Es gibt nichts, wovor Sie Angst haben müssten – wir haben eine recht klare Vorstellung von der

Identität der Täter, und wir werden auf Sie aufpassen, bis wir sie in Gewahrsam genommen haben.«

»Kapieren Sie denn nicht?«, schrie sie. »Es war nicht, was Sie denken, es war nicht mal menschlich. Ich habe es *gesehen!*«

Quarmby seufzte. »Ein Schock gaukelt einem die merkwürdigsten Dinge vor, Miss Ralston. Wenn Sie erst einmal eine Nacht im sicheren Haus geschlafen haben, werden Sie sich gleich erheblich besser fühlen.«

»Ich will aber mit Ihnen nirgendwohin«, fauchte sie. »Ich will Mr. Scott. Und behandeln Sie mich nicht so scheißherablassend!«

»Superintendent Scott wird der Erste sein, der es Ihnen bestätigt: T4 kann Sie erheblich besser schützen, als er es je könnte.«

»Den Teufel wird er tun …«, setzte Julia an.

»Er hat Recht«, unterbrach Scott müde. Julia starrte ihn verdutzt an. »Sie verfügen über die Einrichtungen und die Leute und die Waffensysteme, um sie rund um die Uhr zu beschützen. Gehen Sie mit ihnen.«

»Das sind doch Idioten!«

»Zugegeben«, sagte Scott, »aber es sind fähige Idioten. Gehen Sie mit ihnen.«

Julia reckte rebellisch das Kinn. »Ich mag sie nicht.«

»Dann machen Sie ihnen das Leben zur Hölle«, sagte Scott. »Sie haben meinen Segen. Das meine ich ernst. Aber gehen Sie mit ihnen.«

Mit finsterer Miene dachte sie darüber nach, dann stemmte sie die Hände in die Hüften und drehte sich zu Quarmby um. »In Ordnung – aber nur, wenn Claudia Lau mitkommt. Ich fühle mich sicherer, wenn sie bei mir ist.«

Scott hatte das Gefühl, als stünde Quarmby dicht davor, abzulehnen, doch dann schien er es sich anders zu überlegen. »Werden Sie sich kooperativer verhalten, wenn WPC Lau Sie begleitet?«, fragte er schließlich.

»Worauf Sie sich verlassen können.«

»Na schön«, sagte er. »Ich werde es arrangieren.« Er gab Murphy zu verstehen, ihm nach draußen zu folgen, doch auf der Schwelle drehte sich Murphy noch einmal um.

»Hast du heute Morgen schon den *Herald* gesehen, Scott?«

»Noch nicht, nein.«

Murphy grinste, überhaupt nicht freundlich. »Solltest du aber.« Er machte die Tür hinter sich zu.

»Ein Haufen dummer Wichser«, sagte Scott nachdenklich. »Aber es war klug von Ihnen, Claudia mitnehmen zu wollen.«

»Sie Verräter«, fauchte Julia. Er sah sie verdutzt an. »Ich hab mich auf Sie verlassen ..., und Sie haben mich denen praktisch in den Rachen geworfen.«

»Ich habe Ihnen einen guten Rat gegeben.«

»Aber ich habe Ihnen vertraut! Sie sind der Einzige, dem ich von dem Gesicht am Fenster erzählt habe, der Einzige, von dem ich dachte, er würde mir glauben. Und jetzt ist es nicht mal mehr Ihr Fall ...«

»Oh, ich arbeite noch an dem Fall«, erwiderte Scott knurrend. »Beurlaubt oder nicht, ich arbeite immer noch an dem Fall. Hören Sie zu, Julia – Sie erlauben den freundlichen Herren von T4, auf Sie aufzupassen, und halten sich immer in Laus Nähe auf. Und vertrauen Sie mir: Ich werde weiter an dem Fall arbeiten, bis ich Ihnen den hässlichen Kopf dieser Bestie in einer Papiertüte bringe. Verstanden?«

»Ja, und ich verstehe auch, dass Sie ein Dummkopf sind«, sagte sie. Sie umarmte ihn blitzschnell, riss sich dann los und rannte aus dem Zimmer.

Scotts erster Schritt, als er die Straße erreichte, bestand darin, zu dem *7-Eleven* an der Ecke zu gehen und sich einen *Herald* zu kaufen. Die Schlagzeile, schwarz und fett, stach ihm ins Auge, als er das Geld auf die Theke legte. Er schloss die Augen und stöhnte. Joseph Fairfield hatte wieder zugeschlagen.

Scotts zweiter Schritt bestand darin, den Wagen in einem Parkhaus in Central stehen zu lassen und sich eine Telefonzelle zu suchen. Er war nicht sicher, ob Quarmby und Murphy ihn nur verarschen wollten, was den Mord an Vergie betraf – er konnte einfach nicht glauben, dass zum Beispiel Halley, der nicht dumm war, allen Ernstes in Erwägung ziehen könnte, ihn unter Mordverdacht festzunehmen. Andererseits gab er sich keinen Illusionen hin, was in den Köpfen der hohen Tiere vor sich gehen könnte. Schon möglich, dass es *jemandem* in den Kram passte, den Ralston-Fall mit Drogenhandel in Verbindung zu bringen und den Mord an Vergie von den übrigen zu trennen, weil er sich nicht in die schicke Lieblingshypothese von *jemandem* einbauen ließ. Er wusste nur, dass er auf keinen Fall riskieren wollte, aus dem Verkehr gezogen zu werden, während er noch eine Arbeit zu erledigen hatte.

Er legte mehrere Dollarmünzen auf das Telefon, bevor er Masters' Büronummer eintippte, und betete, dass Masters selbst ranging. Das Telefon wurde mit dem ersten Klingeln abgenommen.

»Masters.«

»Gott sei Dank. Al, es ist …«

»Mike! Wo steckst du?«

»In Central«, antwortete Scott kurz angebunden. »Ich muss mit dir reden.«

»Worauf du einen lassen kannst. Mike, hier herrscht heute Morgen das reinste Irrenhaus. Andy steht kurz vor dem Herzinfarkt, und eine ganze Menge Leute wollen unbedingt mit dir reden. Ganz besonders ich.«

»Ich dachte, ich wäre beurlaubt.«

»Du hast es also schon gehört.«

»Ich hab mir die größte Mühe gegeben, genau das nicht zu tun. Du wirst es nicht glauben, mein Freund, aber das Drogendezernat hat den Ralston-Fall übernommen. Dieses Arschloch Dave Quarmby hat Julia abgeholt, hat sie mehr oder weniger entführt …«

»Schnee von gestern, Junge. Einer der vielen Gründe, warum Andy jetzt durchdreht. Pass auf, ich muss mit dir sprechen – aber *komm auf keinen Fall her.* Wo können wir uns treffen?«

»Im Café des *Furama*«, antwortete Scott prompt. Er starrte über die Straße auf die wuchtige Glasfassade des Hotels.

»In fünfzehn Minuten«, sagte Masters.

Die Leitung war tot.

Scott sammelte seine Dollars ein und lief im Zickzack durch den inzwischen weniger dichten Verkehr über die Straße zum prächtigen Glasportal des *Furama.* Dank der Büroangestellten, die zum zweiten Frühstück herkamen, herrschte im Café Hochbetrieb, dennoch gelang es ihm, weiter hinten einen ruhigen Tisch zu ergattern. Er bestellte sich einen Kaffee und breitete die Tageszeitung vor sich aus, um sie richtig zu lesen.

Die Story nahm das obere rechte Viertel der Titelseite in Beschlag. Dazu ein Foto von ihm, das vor zwei Tagen auf der Pressekonferenz geschossen worden war; es zeigte ihn in einer Pose, auf die sich Pressefotografen zu spezialisieren schienen: als Fanatiker mit irrem Blick. *Ausländischer Polizeibeamter in Pok-Fu-Lam-Mord verwickelt.* Leise vor sich hin murrend, überflog Scott den Artikel zuerst und las ihn dann noch einmal langsamer.

> Am Mittwochabend erhielten die geheimnisvollen Todesumstände von Financier Heywood Ralston eine unerwartete und bizarre neue Facette: In der Privatwohnung des mit der Leitung der Ermittlungen betrauten Polizeibeamten, Superintendent Michael Scott, in Pok Fu Lam kam es zu einem brutalen Mord.
>
> Kurz nach 23 Uhr alarmierten Nachbarn die Polizei, als aus der Wohnung von Superintendent Scott Schüsse und laute Stimmen zu hören waren. Die kurz darauf eintreffenden Beamten fanden den unbekleideten und grausam verstümmelten Leichnam der mit Scott befreundeten, arbeitslosen Maria Gutang, 33.

Bislang gibt es keine offizielle Stellungnahme zur genauen Todesursache, jedoch war aus polizeinahen Kreisen zu vernehmen, dass Ms. Gutang offenbar ähnlichen Verletzungen erlegen ist wie Heywood Ralston und andere, die in der Nacht auf Dienstag bei einem Massaker in der Ralston-Villa auf dem Peak ermordet wurden.

Superintendent Scott, 42, der sich bei Eintreffen der Beamten in einem verwirrten Zustand befunden haben soll, wurde für die Dauer der Ermittlungen vom Dienst suspendiert.

Der Artikel ging weiter und weiter und wurde auf der nächsten Seite fortgesetzt – aber an diesem Punkt hörte Scott auf. Er konnte es nicht ertragen, den Rest noch einmal zu lesen: Seine Geschichte und die von Vergie wurden breitgetreten; Nachbarn berichteten von häufigen, lautstark geführten Auseinandersetzungen; eine vernichtend geschriebene Zusammenfassung seiner »Halluzination« von Vergies Schlächter; eine eingedampfte Reprise des Ralston-Falles einschließlich der Anspielungen auf einen satanistischen Kult.

Dieser verfluchte Fairfield. Und auch der undichten Stelle innerhalb der Polizei wünschte er die Pest an den Hals, denn Fairfield besaß einfach zu viele und zu detaillierte Informationen, die nur aus Scotts Personalakte und seiner noch am Tatort gemachten Aussage stammen konnten.

Dieses Arschloch Bingham, verflucht sollte er sein. Diesmal war er eindeutig zu weit gegangen.

Die Limousine der Abteilung T4 war ein aufgemotzter Mercedes mit kugelsicherer Panzerung, Funktelefon und Fax. Sie fuhr im Konvoi mit zwei ungekennzeichneten, schwarz glänzenden Wagen und würde, wie Quarmby es Julia erklärte, einmal kreuz und quer durch die New Territories fahren, um jeden etwaigen Verfolger abzuschütteln. Als ob keinem Menschen, dachte Julia, ein schwarzer Mercedes auffiel, dem im Abstand von zwei Metern zwei andere schwarze

Limousinen an der Stoßstange klebten. Sie saß stocksteif zwischen Quarmby und Murphy auf der Rückbank und wünschte sich, Lau wäre nicht in eines der Begleitfahrzeuge abgedrängt worden.

Ihre Route führte sie durch den Lion-Rock-Tunnel nach Sha Tin und weiter über den Tolo-Highway bis hinaus zur Rennbahn, doch dann verlor sie die Orientierung. Kleine Nebenstraßen, die gerade breit genug für ein Auto waren, schlängelten sich bergauf und bergab durch dichtes, sattes Grün, das bereits Dschungel genannt werden konnte. Ein kurzes Stück auf der Hauptstraße von Shek Kong, dann auf einer schnurgeraden Strecke durch ein Tal mit Gemüseanbaubetrieben und zahlreichen kleinen Dörfern. Diese Route verlief parallel zu einer Hauptstraße, von der sie glaubte, es könnte wieder der Tolo-Highway sein. Schließlich sah sie das Meer und mehrere Hochhäuser auf der rechten Seite, und sie begriff, dass sie den Kreis geschlossen hatten und nun nördlich an Tai Po vorbeifuhren. Anderthalb Stunden Fahrt, dachte sie, für eine Entfernung von einer halben Stunde.

Das sichere Haus war das letzte von drei Gebäuden mit Blick auf das Plover-Cove-Reservoir, ehemalige Regierungswohnungen, die vor einigen Jahren aus den amtlichen Listen genommen worden waren. Zwei dieser Häuser hatte man verfallen lassen, das dritte jedoch war zu einer kleinen Festung umgebaut worden, deren Stärke von außen nicht erkennbar war und in deren Vorgarten immer noch eine verrostete Kinderschaukel stand. Der Konvoi bog in die Zufahrt ein, und Quarmby öffnete die Tür auf seiner Seite.

»Bleiben Sie mit Murphy noch im Wagen, während wir das Gelände überprüfen. Es wird nicht lange dauern.«

Julia verzog das Gesicht und starrte stur geradeaus. Sie mochte Murphy noch weniger als Quarmby. Fünf Minuten später öffnete Claudia Lau die Beifahrertür, nahm Julias Arm und führte sie schnell ins Haus und weiter einen tristen Flur hinunter in ein einigermaßen gut möbliertes Schlafzimmer mit zwei gleichen Einzelbetten.

»Gar nicht so übel.« Lau schaute sich anerkennend um.

»Nur leider sind wir hier Gefangene«, sagte Julia. Sie drückte versuchshalber auf die Matratze und setzte sich zaghaft aufs Bett.

»Wenigstens sind Sie hier sicher«, erinnerte Lau behutsam.

»Ja, toll.«

Ohne anzuklopfen, kam einer der T4-Männer herein, stellte Julias Koffer und Laus kleine Reisetasche ab und schloss die Tür wieder.

»O gut«, sagte Julia, »jetzt haben wir was zu tun. Wir können auspacken. Damit sind wir zwei Minuten beschäftigt.«

Grinsend holte Lau ein Kartenspiel aus ihrer Reisetasche. »Die hab ich mitgenommen. Oder gibt's sonst noch was, das Sie gern tun würden?«

Ich will auf die Jagd gehen, dachte Julia. *Ich will aus diesem verfluchten Wattepaket raus und Superintendent Scott begleiten und mir ein Monster fangen. Und wenn ich es schnappe, will ich seine Adern öffnen und es ausbluten lassen, auch noch den letzten Blutstropfen aus ihm herausholen, den es gestohlen hat. Und dann will ich bei seinem Todeskampf zusehen, während es langsam verblutet, und ich will über seine Schmerzen lachen und meinen Absatz in seine hässliche Glubschaugen-Visage bohren – genau das will ich.*

»Karten sind schon okay«, sagte sie laut.

Masters rutschte auf den Platz gegenüber von Scott. Er beugte sich vor, weil er sehen wollte, welche Zeitung Scott las, dann warf er ein weiteres Exemplar der gleichen Zeitung auf den Tisch.

»Dann hast du's also schon gesehen, was? Ich war nicht sicher, also hab ich eine mitgebracht. Was für eine Scheiße, Mike.«

»Hat Andy das schon gesehen?«

»Natürlich.«

»Tja, ich hoffe, er ist jetzt stolz auf sich – er und sein Gorilla-Freund, dieser John Bingham.«

»Vergiss es. Hör zu, Mike. *Geh nicht ins Präsidium.* Andy Halley kämpft auf deiner Seite, aber irgendwer weiter oben will dich zur Vernehmung einkassieren. Halt dich vorläufig verborgen.«

»Andy kann mich mal.« Scott knallte den Stein des Anstoßes auf den Tisch und schlug mit der Faust auf die Zeitung. »Er muss was damit zu tun haben, dass dieser ganze Schwachsinn durchsickern konnte.«

»Tja, jetzt tut er jedenfalls sein Bestes für dich. Wie auch immer, vergiss es, denn das ist noch dein geringstes Problem. Du musst dich auf den Ralston-Fall konzentrieren. Diese Trottel werden losziehen, ein paar kleine Fische der Triaden verhaften und sich einbilden, sie hätten die Sache unter Dach und Fach.«

»Sieh mir in die Augen, Albert.«

»O mein Gott, muss ich?«

»Sag mir, was du wirklich denkst. Wer hat die Ralstons und die anderen ermordet? Wer hat Vergie ermordet?«

Masters seufzte tief. »Wenn ich das wüsste, säßen wir jetzt nicht hier.«

»Dann wirst du das Thema Vampire nicht zur Sprache bringen?«

»Ich werde, wenn du es möchtest. Lass mich erst mal ausreden«, sagte Masters schnell, als er sah, wie sich Scotts Gesicht verfinsterte. »Vampire, Vampire. Wenn ich Vampire sage, dann meine ich nicht Bela Lugosi in einem Opernumhang – vergiss die Filmversion. Vergiss Dracula. Denk vielmehr an die nackten Fakten der Legende.«

»Mein Gott«, flüsterte Scott.

»Hör zu, ich weiß, wovon ich rede, ich habe in den letzten paar Tagen eine Menge gelesen. Es gibt verwandte Legenden aus allen Teilen der Welt, hunderte verschiedener Mythen und Namen und Versionen, die tausende von Jahren zurückreichen, auf jeden Fall bis zum Beginn schriftlicher Aufzeichnungen. Alle sind auf ihre Art unterschiedlich, aber es gibt Gemeinsamkeiten wie zum Beispiel das Trinken von Blut, das Wechseln der Gestalt und die Unsterblichkeit – Zufall vielleicht, in manchen der Bücher wird es als kulturelle Angleichung abgetan, aber was ist, wenn …« Er unterbrach sich, um Luft zu holen.

»Ja?« Scott hob skeptisch die Augenbrauen.

»Was ist, wenn all diese Mythen eine gemeinsame Grundlage besitzen? Räum die Schichten von Übertreibungen, mündlicher Überlieferung und blanker Fantasie beiseite. Was bleibt dann? Was ist, wenn all diese Legenden um einen realen Kern herum entstanden sind, nämlich um eine Spezies, die vor Urzeiten zahlreicher auf der Welt anzutreffen war, für die wir Beute darstellten, die heute praktisch ausgestorben ist und nur noch in Geschichten existiert ... und an einigen wenigen dunklen, verborgenen Orten, wie zum Beispiel ...«

»Wie zum Beispiel mitten in Hongkong?«, schnaubte Scott verächtlich.

Masters' Miene wurde ernster. »Wie zum Beispiel vielleicht in der Ummauerten Stadt von Kowloon.«

Scott beugte sich vor, öffnete den Mund zu einer scharfen Erwiderung – und setzte sich dann abrupt zurück und machte den Mund wieder zu. Er schloss die Augen und sah es wieder vor sich – das gelbe, humanoide Gesicht, die riesigen Augen, die Fänge, unbeschreiblich böse und uralt. Ja, uralt. Dieses Bild hatte etwas Vertrautes, war vertrauter, als sich durch seinen einen, flüchtigen Blick auf dieses Ding erklären ließ, beinahe als könne er auf das tiefe Reservoir einer kollektiven Erinnerung zurückgreifen, die in seinem unterbewussten Erbe begraben lag. Der Archetyp des natürlichen Feindes seiner eigenen Spezies, fast vergessen bis auf die Angst, die in seinen Instinkten bewahrt wurde, in seinen Genen ...

»Komm zurück, Mike.«

Langsam richtete er seinen Blick wieder auf Masters' besorgtes Gesicht.

»Die Ummauerte Stadt ...«, sagte er verträumt.

»Ja. Hör zu.« Masters fluchte leise und beugte sich über den Tisch, um Scott an der Schulter zu schütteln. »Es ist nicht nur, weil die beiden ersten Morde dort passiert sind. Tony Wallace hat sich in seiner Freizeit ein bisschen umgehört, und bei seinen Fragen ist er auf einen alten Burschen gestoßen, der vielleicht etwas über die Morde weiß.«

»Ein Verdächtiger?« Scotts Interesse erwachte.

Masters schüttelte ungeduldig den Kopf. »Tony sagt, er sieht aus, als wäre er mindestens hundert Jahre alt, und er lag schon lange vor den Morden im Krankenhaus. Nein, was Tony so fasziniert, ist die Bibliothek des Mannes.«

Scott sackte zusammen. »Tony ist von einem Haufen alter Bücher fasziniert. Das ist dein Beweismaterial. Ist ja gottverdammt toll. Meine Güte, Albert.«

»Alte Bücher«, sagte Masters unterkühlt, »die sich im Wesentlichen mit Bluttrinkern und Ähnlichem beschäftigen. Seine Nachbarn in der Ummauerten Stadt sind ausnahmslos überzeugt, dass er so was wie ein Superzauberer ist und der einzige Mensch auf der Welt, der die Morde beenden könnte. Sie wollen, dass er nach Hause kommt, bevor sie alle ihre Kehlen verlieren.«

»Oh«, sagte Scott gedankenverloren. »Kehlen, ja?«

»Ich sehe, du hast den Zusammenhang erkannt. Bist du jetzt bereit, dich zu entschuldigen?«

»Nein. Der Vampirbiss ist voll und ganz *deine* Fantasie.« Scott zögerte. »Hat schon irgendwer offiziell mit dem Kerl geredet?«

Masters errötete kaum merkbar. »Tony hat mit ihm gesprochen – inoffiziell. Er war nicht gerade das, was man mitteilsam nennen würde. Nein, wir haben uns vorgestellt, mal einen Blick auf seine Bibliothek zu werfen.«

»Wir?«

»Tony und ich. Und du natürlich, wenn du willst.«

»Ich arbeite nicht mehr an dem Fall.«

»Keiner arbeitet mehr an dem Fall. Unsere Freunde vom Drogendezernat glauben, sie hätten alles unter Dach und Fach, du erinnerst dich, ja? Und es ist durchaus möglich, dass man dir den Mord an Vergie in die Schuhe zu schieben versucht, damit alle Steinchen auch nur ja hübsch zusammenpassen. Also, was haben wir schon zu verlieren? Hast du vielleicht was Besseres vor? Willst du tatenlos herumsitzen, bis sie bei dir anklopfen, oder was?«

Scott starrte seinen Freund ein paar Augenblicke an, trommelte mit den Fingern auf den Tisch. »Weißt du«, sagte er schließlich, »ich habe plötzlich dieses unbändige Verlangen, die Ummauerte Stadt zu sehen, bevor sie jemand mit einem Bulldozer platt macht.«

»Drei Uhr, West End«, meinte Masters grinsend. »Und bis dahin halt dich von Schwierigkeiten fern.«

Joe wurde von dem brutalen Summen seines Weckers aus dem Schlaf gerissen. Er öffnete ein Auge und starrte verschlafen aufs Zifferblatt. Halb zwölf, ein weiterer verschissener Morgen erwischte ihn genau zwischen den Augen, doch er erinnerte sich dankbar, dass keinerlei Notwendigkeit für ihn bestand aufzustehen. Dem aufblühenden Kater nach zu urteilen, lag er ohnehin noch nicht sonderlich lange im Bett. Er drehte sich auf den Rücken und starrte unter die Decke, die sich feierlich in langsamen, majestätischen Kreisen drehte. Er schloss die Augen.

Seine Blase war zum Bersten voll. Er lag ruhig da und wägte die Chance, es bis zur Toilette zu schaffen, ohne sich zu übergeben, gegen die Folgen ab, eben nicht zur Toilette zu gehen. Es war ein Kopf-an-Kopf-Rennen. Aber da war noch etwas, das in einem Winkel seines Hirns nagte, und das beunruhigte ihn – ihm kam der schreckliche Gedanke, dass er den Wecker aus irgendeinem guten Grund gestellt hatte. Offensichtlich musste er irgendwohin, wenn er sich doch nur erinnern könnte …

»Okay, okay«, sagte er laut.

In Zeitlupe erhob er sich schwankend aus dem Bett und stellte fest, dass er sich auf den Beinen gleich erheblich besser fühlte. Der Gang zum Bad war keine so große Safari, wie er befürchtet hatte. Er erleichterte sich, stellte sich dann unter die Dusche und drehte das Wasser voll auf: eiskaltes Wasser in dutzenden schmerzhafter, kleiner Nadeln, die sowohl als Anregungsmittel wie auch als Strafe funktionierten. Mein Gott, dachte er, wie oft willst du morgens noch so aufwachen, völlig verkatert und von dir selbst angeekelt? Eindeutig war es wieder mal Zeit für sein Morgenritual der Reue und guten Vorsätze. Und danach einen Kaffee.

Bei seiner zweiten Tasse Kaffee, schwarz und stark, löste er das Rätsel des Weckers. Die Erinnerungen sickerten zurück in den schmerzenden Hohlraum seines Schädels. Samuel Ho. Ummauerte Stadt. Geheimnisvolles Einmischen von Bullen außerhalb ihrer Dienstzeit in die Angelegenheiten (und Bücher) eines wehrlosen alten Mannes im Krankenhaus. Irgendwo darin versteckt eine Story ... Und mit einem Mal fühlte er sich besser. Genau genommen fühlte er sich blendend. Genau genommen fühlte er sich so erstaunlich gut, dass er seine Kaffeetasse nur halb getrunken stehen ließ und sich stattdessen eine Dose Carlsberg aus dem Kühlschrank holte.

»Immer damit weitermachen, womit du aufgehört hast, Fairfield«, sagte er sich laut, schlenderte in das winzige Wohnzimmer und machte es sich auf dem alten Sofa bequem. »Nur ein Bierchen, um die alten grauen Zellen zu schmieren, bevor ich Sy anrufe ...«

Moment, dachte er. Mal ganz langsam jetzt. Weitere Einzelheiten des vergangenen Abends kehrten zurück. Sy war früh aus der Bar verschwunden. Mit Stacey. Und ohne Frage war Sy schon mit den Vögeln aufgestanden, fröhlich, vergnügt und jeder Zoll ein Wunderknabe, denn anders als von Bier, bekam man von Sex keinen Kater, und Joe vermutete, dass Stacey den alten Sy viel zu beschäftigt gehalten hatte, als dass er auch nur einen Gedanken an Bier vergeuden konnte.

Und dann war da noch diese andere Sache. *Ich trinke auf den größten Knüller in Fairfields Karriere! Und ich trinke darauf, dass er den nächsten hoffentlich allein zuwege bringt!* Dieser arrogante kleine Furz. Sy dürfte nicht mal die Aschenbecher auskippen, würde seinem Onkel nicht die Zeitung gehören, knurrte Joe, leerte auf einen Zug ungefähr die halbe Dose Bier und lächelte dann breit.

Er warf einen Blick auf die Uhr und sah, dass noch jede Menge Zeit blieb. Zuerst würde er der Sache in der Ummauerten Stadt nachgehen, vielleicht sogar einen Glückstreffer landen und die Bullen auf frischer Tat bei einer illegalen Schnüffelei erwischen. Was bedeutete, er sollte vielleicht die Kamera mitnehmen. Anschließend würde er den alten Mann im Krankenhaus besuchen, was bedeutete, er sollte vielleicht etwas Bargeld einstecken, falls der Kerl ein bisschen geschmiert werden musste, bevor er redete.

Vor allem anderen jedoch gab es noch eine Kleinigkeit, die er unbedingt erledigen musste, um seines lieben Seelenfriedens willen. Er nahm das Telefon und wählte Sys Privatnummer in der festen Überzeugung, dass Sy nicht zu Hause war. Wie Joe gehofft hatte, meldete sich Sys Anrufbeantworter. Sys auf Band gesprochene Stimme lud ihn ein, nach dem Piepton doch bitte eine Nachricht zu hinterlassen.

»Guten Morgen, alter Knabe«, sagte er nach dem Ton. »Ich hoffe, es geht dir gut, wenn dieser Anruf dich erreicht. Mir geht's gut, komischerweise, und ich wollte dich nur kurz wissen lassen, dass unsere Partnerschaft ab sofort aufgekündigt ist. Weißt du, mein lieber, lieber Freund, ich habe darüber nachgedacht, was du gestern Abend gesagt hast, dass ich meine Knüller in Zukunft selbst finden sollte, und weißt du was? Sieht ganz so aus, als wäre mir genau das jetzt gelungen. Ich will dich nicht mit den Einzelheiten langweilen, aber in ein oder zwei Tagen kannst du alles nachlesen. In der Zeitung. Viel Glück, mein lieber Freund. Grüß Onkel Albert schön von mir.«

Er lachte und legte den Hörer auf. Er fühlte sich wunderbar. Kater? Welcher Kater? Joseph Fairfield, Spitzenreporter, war an einer heißen Sache dran.

14

Wong San-bor holte tief Luft. Der durchdringende Geruch des Weihrauchs war genau, wie er sein sollte. Er hatte nichts vergessen, keine kleine rituelle Aufgabe war unerledigt geblieben, keine Ingredienz der Ehrfurcht gebietenden Rezeptur fehlte, die er von Marachandra erhalten hatte ... mit Ausnahme der letzten Zutat. Und dafür war die Zeit jetzt gekommen.

Mit leiser, monotoner Stimme betend, schnitt er mit dem silbernen, dreimal gesegneten Messer in seine linke Handfläche und sammelte sein eigenes Blut bis zu der vorgeschriebenen Höhe in der Jadeschüssel, bevor er sich einen Lappen um die Hand wickelte. Seine Stimme wurde einen korrekten Halbton höher, als er die Schüssel auf Augenhöhe hob, den Inhalt einmal kreisen ließ und die purpurrote Flüssigkeit geschickt in die Öffnung eines hohen Terrakottakruges füllte, um sie sodann mit den übrigen Ingredienzen zu vermischen. Die Omen waren gut – kein einziger Tropfen wurde bei dem schwierigen Umgießen verschüttet, und der aus dem schmalen Hals des Krugs aufsteigende Dampf hatte den richtigen Geruch.

Wong war erleichtert. Dieser Teil der strapaziösen Aufgabe war beinahe vorbei, und vor dem noch vor ihm liegenden, erheblich anstrengenderen Martyrium blieb noch etwas Zeit zum Ausruhen. Er brauchte unbedingt etwas Ruhe. Er war in den dunklen frühen Morgenstunden zu Fuß aus dem Krankenhaus nach Hause gegangen, betete bereits, als er die niemals ruhigen Straßen entlangtrottete, und hatte weitergebetet, als er kurz nach Tagesanbruch sein Arbeitszimmer erreichte. Er gönnte sich keine Pause, aß nichts, während er die Fünf Vorbereitungen und die Drei Bitten und schließlich das Lied des Erwachens zelebrierte. Er fügte dem Krug eine lange Liste geheimer Substanzen von durch und durch abstoßender Herkunft zu – eine nach der anderen.

Und die ganze Zeit, auf einer Ebene seines Verstandes unterhalb jener, die betete und sang und peinlich genau das Zermahlen namenloser Kräuter und das Mischen unbezahlbarer Pulver und stinkender Flüssigkeiten überwachte, fragte er sich: Was, wenn all die gemurmelten Zaubersprüche und sorgfältig durchgeführten magischen Prozeduren nicht wirklich nötig waren? Was, wenn in all dieser Schweinerei aus Blut und Knochenasche und destilliertem Fledermausurin und zermahlenem Leichenschimmel nur eine einzige aktive Zutat vorhanden war, eine simple Substanz, die auf den fremdartigen Metabolismus der Bestie wie ein Opiat wirkte und es auch tun würde, ob

Wong es nun mit all den richtigen Gebeten und Ritualen servierte oder es Temutma als Sauce auf einer Schale Eiscreme mit Litschi-Geschmack einflößte?

Er tauchte einen feinen Pinsel in den Krug und zog die schwach roten Konturen auf der Schriftrolle sorgfältig nach. Dann hauchte er ein Gebet über die Öffnung des Kruges, bevor er den Stöpsel eindrückte. Ich scheine senil zu werden, wenn mir solche Zweifel kommen, dachte er. Sein eigenes Blut war jetzt entsprechend der uralten Verordnung richtig verzaubert und würde Temutma einen ausreichend tiefen Schlaf schenken, um ihn bis zur letzten furchtbaren Handlung der Versklavungszeremonie in seinem Bau zu halten, tief in den finstersten Stunden der Nacht. Auch die Schriftrolle war fertig, um den Eingang der Gruft zu verstärken, sollte der Blutzauber fehlschlagen. Alles war getan, was getan werden musste, genau wie Wong es bereits zigmal zuvor getan hatte. Warum, fragte er sich, stelle ich dieses Mal das Ritual infrage? Die Versklavung war weitergegeben worden, vom Meister zum Schüler, in jedem Detail, über viele Generationen von Magiern – wer war er denn, es jetzt infrage zu stellen?

Es funktionierte doch, oder?

Oder nicht?

Immer noch singend, packte er den Weihrauch, das leinene Quadrat, die Schriftrolle, die Kerzen und ihre Halter sowie den kostbaren Krug in seine Tasche und schwang die innere Tür seiner Wohnung auf. Durch das Gitter konnte er sehen, dass der winzige Treppenabsatz leer war; glücklicherweise war Mrs. Li nicht gekommen, um ihn zu belästigen. Während er die Lippen zum nächsten erforderlichen Gebet bewegte, drückte er die Gittertür auf und ging vorsichtig die Treppe hinunter.

Joe Fairfield hatte etwa zwei Stunden in dem schattigen Hauseingang gekauert, und die quälende Leere in seinem Bauch ließ ihn beinahe wünschen, er hätte Sy doch mitgenommen, damit sie sich die Wache hätten teilen können. Aber nein, das hätte niemals funktioniert; zwangsläufig wäre alles, was passieren würde, garantiert zu einem Zeitpunkt passiert, wenn der Wunderknabe auf dem Posten und der arme alte Joe gerade im Nudelimbiss um die Ecke war.

Er zwang sich dazu, Geduld zu haben. Geduld war es, was einen Topjournalisten auszeichnete. Das und sich mit kleinen Armeen großer Kakerlaken, Spinnen und Gestank abzufinden, was ihm die Frage aufdrängte, wie lange die früheren Bewohner der Wohnung weiterhin die Toilette benutzt hatten, nachdem das Wasser längst abgestellt worden war.

Trotzdem, es war noch allemal besser, als in der schmalen Gasse herumzulungern, die gleichzeitig Korridor war und dieses Gebäude von der Adresse trennte, die Samuel Ho ihm gegeben hatte. In diesem Teil der Ummauerten Stadt war kaum jemand unterwegs, und daher wäre er einfach viel zu sehr aufgefallen, ein bleichgesichtiger *gwailo* in einem zerknitterten Anzug. Seine Beute, die in Bibliotheken einbrechenden Bullen, hätten ihn sofort entdeckt. Es war ein Glück für ihn, dass dieses Rattenloch von einer Höhlenwohnung nicht nur verlassen, sondern noch dazu unverriegelt zurückgelassen worden war.

Joe warf einen Blick auf die Uhr – fast drei. Samuel Ho hatte gesagt, die Bullen würden irgendwann nachmittags hier eintrudeln. Geduld, Geduld. Er begann zu gähnen und unterdrückte es dann, als er leise, gemessene Schritte von der Treppe auf der anderen Seite der Gasse hörte. Mit einem Adrenalinstoß machte er die Kamera fertig – dann waren die Bullen vielleicht unaufmerksamerweise vor ihm hier eingetroffen. Aber wenigstens würde er ein Foto von ihnen bekommen, wenn sie gingen.

Er senkte die Kamera. Nein, nicht zwei herumschnüffelnde Polizisten, sondern ein alter, sehr alter Mann trat mit überraschend sicheren Schritten und leise vor sich hin murmelnd in das Halbdunkel des Durchgangs. Joe fluchte und zog sich tiefer in den Schatten zurück, als sich andere, forsche Schritte um die Ecke näherten und abrupt verharrten. Joe lehnte sich vor und riskierte einen vorsichtigen Blick.

Wieder kein Polizist. Nur eine dünne, alte Frau, ärmlich gekleidet und ängstlich wirkend, mit einer Tragetasche voller Gemüse in der Hand. Sie stand da und starrte den alten Mann einen Moment an, dann fiel sie vor ihm auf die Knie und rasselte mit hoher, atemloser Stimme in Hochgeschwindigkeit mehrere Sätze auf Kantonesisch herunter. Tränen waren auf ihren Wangen zu erkennen, aber ihr Gesicht drückte auch Erleichterung aus, ja es strahlte sogar. Joe runzelte die Stirn, als er das eine oder andere Wort mitbekam. Es war für ihn ganz offensichtlich, dass die alte Dame überglücklich war, jemanden namens Weiser Wong wieder zu sehen.

Weiser Wong.

Joe konnte sein Glück kaum fassen. Fassungslos vor Freude beobachtete er, wie der alte Mann über dem Kopf der Frau eine Art Zeichen in die Luft malte und sie dann ihres Weges schickte. Der Gelehrte Wong war der Bursche mit der Bibliothek, derjenige, in dessen Privatsphäre die Bullen eindringen wollten. Die Story wurde von Minute zu Minute besser – die Schnüffler rechneten nicht damit, dass der alte Mann bereits aus dem Krankenhaus entlassen und wieder zu Hause war. Sie würden ahnungslos in eine Konfrontation laufen, und Joe Fairfield würde da sein, um mit seiner getreuen Kamera alles zu dokumentieren und anschließend das bedauernswerte Opfer übler Polizeischikane zu interviewen. Sein Leben bekam definitiv wieder einen Glanz.

Ein Augenblick der Unentschlossenheit ergab sich, als sich der alte Knabe wieder die dunkle Gasse hinunter in Bewegung setzte – ihm folgen? Bleiben und auf die Schnüffler warten? Letzteres mochte klug sein, aber noch besser wäre womöglich, den alten Mann im Auge zu behalten. Mal sehen, wohin er auf diese merkwürdig geheimnistuerische Art ging. Die Chance beim Schopf ergreifen und den Kerl aushorchen, bevor es die Polizei tat, und dann beim Schlussakt dabei sein – soll heißen, bei dem dramatischen Augenblick, wenn der arme alte Ah Wong in sein bescheidenes Heim zurückkehrte, nur um es von Bullen wimmelnd vorzufinden …

Joe steckte die Schutzkappe wieder aufs Objektiv, packte die Kamera in seine Tasche und trat in die Gasse hinaus. Der Weise Wong war im Dämmerlicht vor ihm gerade eben noch zu erkennen; er entfernte sich schnell. Joe folgte ihm, so leise er konnte.

Wong begriff, wie Temutma hatte entkommen können, sobald er die dritte Ebene der Gruft erreichte. Er fluchte leise. Der Schrank lag zu Kleinholz geschlagen in einem Haufen vor der Tür, und schlimmer noch, das Amulett befand sich nicht mehr in seiner Nische. Irgendein Idiot hatte den wichtigsten Wachzauber von der äußeren Tür entfernt, der äußersten Verteidigungslinie, und im Moment konnte er diesbezüglich nichts unternehmen. Es würde zu lange dauern, ein neues Amulett vorzubereiten; er würde einfach hoffen müssen, dass die Schriftrolle für ein paar Stunden ausreichte und dass sein sorgfältig zubereitetes Blut tun würde, was es tun sollte. Aber er fühlte sich unwohl – noch nie zuvor in seiner langen Erinnerung oder in den Erzählungen von Marachandra war das Amulett gestohlen worden.

Vorsichtig zog er die Schriftrolle auseinander, spannte sie quer über den Eingang und beschwerte die Enden mit zwei der Terrakottakerzenhalter. Er zündete die Kerzen an und strich die Schriftrolle in ihrem Licht glatt. Gefühl und Erinnerung folgend, tastete er sich dann durch die Dunkelheit die ausgetretenen Stufen hinunter vor, durchquerte die modrige nächste Ebene der Gruft und fand schließlich die letzte Treppe. Ohne auf das Zittern seiner Beine zu achten, machte er sich an den Abstieg.

Joe war nicht weit hinter ihm. Er wartete, bis die Schritte des alten Mannes in der Dunkelheit unter ihm verklangen, dann bückte er sich, um die Schriftrolle im Schein der Kerzen zu untersuchen. Alt, dachte er, sieht aus wie ein sehr feines Leder. In dünner, roter Tusche waren Schriftzeichen darauf gemalt, die jemand erst unlängst nachgezeichnet hatte. Nachdenklich betrachtete er die Schriftzeichen – kein Chinesisch, wie er es erwartet hätte, sondern eine spitze Runenschrift, dazwischen hier und da so etwas wie Piktogramme. Er dachte kurz daran, ein Foto zu schießen, aber es bestand durchaus die Möglichkeit, dass der alte Mann den Blitz bemerkte, und vorläufig wollte Joe seine Anwesenheit noch nicht bekannt geben. Er hörte, wie sich irgendwo weiter unten, entfernt und gedämpft, die Stimme des alten Mannes in einem Sprechgesang hob.

Joe hob einen Fuß, um über die Schriftrolle zu steigen und dem alten Mann hinunter zu folgen – zögerte dann aber. Die ganze Geschichte kam ihm langsam recht makaber vor. Unmittelbar nach den Ralston-Morden schien es bloß ein guter Einfall gewesen zu sein, den Sektenaspekt hochzuspielen. Das kurbelte garantiert die Verkaufszahlen der Zeitung an. Jetzt wirkte die Idee erheblich vernünftiger, denn Joe beschlich das eigenartig ungewohnte Gefühl, es könnte tatsächlich etwas daran sein.

Er lauschte aufmerksam. Die Stimme des alten Mannes war immer noch hörbar, aber zugleich war es auch die einzige Stimme, die Joe hören konnte. Also suchte er einen Ort auf, nicht eine Person – einen Ort, der durchaus den heimlichen Besuch eines Topenthüllungsjournalisten wert sein könnte. Grinsend tastete sich Joe die Wand entlang in die Ecke des Kellers, wo er auf dem Boden in die Hocke ging und sich vergewisserte, dass sein weißes Hemd von der dunklen Jacke völlig bedeckt wurde. Es brachte nichts, seine Anwesenheit publik zu machen.

Wenn es hier nur nicht so übel stinken würde.

In Anbetracht von Scotts Erfahrung und Geschick mit kleinen Plastikstreifen hatte das Schloss an Wong San-bors Tür auch nicht die geringste Chance.

»Mein Gott, das könnte uns die Karriere kosten«, sagte er, als die Tür aufschwang. »Ich dachte, die Nachbarin würde uns reinlassen.«

»Ich habe mich nicht direkt vorher telefonisch angemeldet«, erwiderte Tony Wallace ironisch. »Wo haben Sie das so gut gelernt?«

»Hinweise auf eine vergeudete Jugend, mein Freund.« Sie folgten Masters in die dunkle Wohnung. Scotts Nase bestätigte, dass sie sich am richtigen Ort befanden, noch bevor sich seine Augen auf das trübe Licht eingestellt hatten. Tinte, Papier und alte Bücher hatten eine ganz eigene Atmosphäre.

»Wir werden ein Licht anknipsen müssen«, sagte Masters.

»In Ordnung«, sagte Scott. »Hoffen wir einfach mal, dass die Nachbarn denken, es wäre der alte Mann. Es wäre schon ein bisschen peinlich, von den Kollegen aus Kowloon verhaftet zu werden, bevor unsere eigenen Leute mich erwischen. Mein Gott, seht euch das an!«, fügte er hinzu, als das Licht aufflammte. Er fühlte sich von einem Wald aus Büchern umzingelt.

Al Masters stieß einen ehrfürchtigen Pfiff aus. »Wo fangen wir an?«

Wallace ging bereits zielstrebig zu einem Abschnitt der Regale auf der hinteren Seite des Raumes, der mit überraschend nüchtern wirkenden Ordnern voll gestopft war.

»Es ist nur so eine Vermutung, aber ich denke, wir können beim ersten Durchgang die veröffentlichten Bücher übergehen. Meine Informanten machten vorsichtige Anspielungen auf verschiedene unschöne Vorfälle in der Ummauerten Stadt während der letzten paar Dekaden – wahrscheinlich suchen wir nach Tagebüchern, Aufzeichnungen in Wongs Handschrift, so etwas.«

»Du meinst, wir werden illegal in den persönlichen Unterlagen des alten Mannes herumschnüffeln«, sagte Masters.

»Also … ja.«

»Fein.« Masters schaute sich glücklich um und marschierte auf einen Stoß großer, in Leder gebundener Bände zu, die an altmodische Hauptbücher erinnerten und auf einem der unteren Regalböden direkt neben der Tür lagen. Scott zögerte und näherte sich dann widerwillig den Papierbergen auf dem Schreibtisch.

Wong zündete die letzte Kerze an, als er das Fußende der Treppe erreichte, und ging dann zwischen den verdrillten Steinsäulen weiter zu Temutmas Grube. Singend stellte er die Kerze und andere Paraphernalien an den Rand der Grube, während er hinabstieg. Die Anstrengung ließ ihn ächzen. Seit der letzten Versklavung vor fast zwei Jahren hatte er sich nicht mehr hier heruntergewagt, und die Erkenntnis schockierte ihn, wie sehr seine Kraft seitdem nachgelassen hatte.

Der Boden der Grube war mit Knochen übersät, kleinen, zweigähnlichen Knochen von Ratten, die sich zu nahe herangewagt hatten, größeren Knochen von den regelmäßigen Versklavungen. Wong spürte sie unter seinen Schritten zerbröckeln, als er sich der zusammengeringelten gelben Masse im Zentrum der Grube näherte, den Krug in der einen, die Kerze in der anderen Hand. Das Licht vertrieb etwas von der Dunkelheit, aber nicht die düstere Atmosphäre.

Er ließ sich auf die Knie sinken und hielt die Kerze dicht heran, sang immer noch leise. Weder hatte Temutma letzte Nacht gehungert, noch schlief er allein. Der Körper eines Mannes wurde liebevoll in den sehnigen gelben Armen gehalten; Temutmas unbehaarter gelber Kopf schmiegte sich mit dem Gesicht nach unten an den Hals des Toten. Der Schein von Wongs Kerze flackerte über die Nickelbrille, die schief auf der Nase des Toten saß – gestern noch ein beleibter Mann, der Größe des Anzugs nach zu urteilen, der sich um die vertrocknete und geschrumpfte Gestalt bauschte; ein guter, maßgeschneiderter Anzug, und auch die Schuhe waren von ausgezeichneter Qualität.

Wong schüttelte traurig den Kopf und ließ seinen Blick weiter wandern. Halb versteckt unter den ineinander verschlungenen Körpern lagen die Überreste von mindestens drei weiteren Leichen, vielleicht auch vier, nicht so frisch und bereits auf dem Weg, nur noch ein Haufen Knochen zu sein. Der Fäulnis- und Trocknungsprozess dauerte nicht lange im Nest des *kuang-shi*.

Zeit, anzufangen. Unablässig singend, griff Wong hinab und drehte Temutma behutsam auf den Rücken. »Schlafe«, sang er,

»schlafe …« Er entkorkte den Krug, tauchte den Pinsel ein und malte dann schnell die Runen auf die ledrig gelbe Stirn, als sich die straff über Temutmas vortretende Augen spannenden Lider träge zu öffnen begannen.

»Schlafe, Alter, schlafe …«, sang er weiter und schaute hinab in die großen roten Augen, die benommen und verwirrt zu ihm zurückstarrten. Wong führte den Krug unter Temutmas Nase vorbei und lächelte, als er sah, wie die Augen glasig wurden, als der Dampf sich in die dunklen Schlitze der Nase kringelte. Die Funken, die gerade noch tief in den roten Pupillen aufzuflackern begannen, erstarben. Die schmalen Lippen öffneten sich über Reihen um Reihen nadelspitzer Zähne.

»Schlafe, schlafe …«

Wong beendete die Runen auf Temutmas Stirn, dann tränkte er das leinene Quadrat mit dem restlichen Inhalt des Kruges und drapierte es über Temutmas Nase und halb geöffneten Mund. Langsam schlossen sich Temutmas Lider.

»Schlafe, Alter …«, sang Wong. Er setzte sich auf die Hacken zurück, blickte auf das umwickelte Gesicht des Grauens hinab, bis er sicher war, dass der Haltezauber saß. Schließlich ließ er seine Stimme verklingen. Es war ihm gelungen. Heute Nacht würde Temutma weder die Winde noch die Straßen der Stadt durchstreifen, und mehr als diese eine Nacht brauchte Wong nicht.

Fast Zeit, auszuruhen.

Zuerst löste er die Leiche aus Temutmas entspannt liegenden Gliedern und rollte sie an den Rand der Grube. Die anderen konnte er so lassen. Während er arbeitete, kam ihm ein Bild in den Kopf – ein Blick aus seinem Fenster, als eines Abends die Mutter in der Wohnung gegenüber einen Teddybären aus dem Würgegriff ihres schlafenden Babys löste und das Kind anschließend liebevoll zudeckte. Wong fiel plötzlich auf, dass ein wenig von der gleichen Zärtlichkeit darin lag, wie er jetzt …

Er beendete den Gedanken abrupt. Lächerlich! Seine Pflichten erfüllte er in Hass, nicht in Liebe. Doch der Gedanke kehrte hartnäckig zurück, als er durch die gähnende Gruft schritt.

Pflegte er Temutma nicht mit der gleichen Sorgfalt wie eine Mutter ihr Kind? Wachte er nicht über ihn, nährte er ihn nicht, und sang er ihn nicht in den Schlaf? Suchte er ihm nicht Unterschlupf und beschützte ihn, wenn er schlief? War er nicht bereit, seinetwegen zu töten? Denn während er die Welt vor Temutma schützte, beschützte er da nicht gleichzeitig Temutma vor der Welt?

Der Gedanke ekelte ihn an. Und doch – seit einhundertfünfunddreißig Jahren kreiste sein Leben nun ausschließlich um dieses verhasste Wesen. Für Temutma war er bis ans Ende der Welt gegangen und wieder zurück, hatte alle normalen menschlichen Bindungen aufgegeben, hatte sein Leben zu einem jämmerlichen lebenden Tod werden lassen und der Liebe, dem Licht und jeder Möglichkeit auf Glück entsagt für die fragwürdigen Freuden von Pflicht und Rache. Was für eine merkwürdige Rache war dies überhaupt, die einen Mann dem Objekt seines Abscheus näher brachte, als er seiner eigenen Familie, seinen Freunden und Geliebten je gewesen war.

Diese Erkenntnis dämmerte ihm, als er vorsichtig über die Schriftrolle an der Tür zur dritten Gruft trat. Jeder, der ihm einmal etwas bedeutet hatte, war lange tot; Temutma war alles, was ihm noch geblieben war. Er lachte laut über diese schreckliche Ironie und kehrte nach Hause zurück.

Nachdem der alte Mann fort war, kauerte Joe Fairfield sicherheitshalber noch einige Minuten in der Ecke und hielt den Atem an. Er sagte sich zumindest, dass er aus Sicherheitsgründen noch hocken blieb. Tatsache war jedoch, dass es ihm schon ordentlich an die Nieren gegangen war, als der alte Mann wie Vincent Price bei einer improvisierten Operation am offenen Herzen leise kichernd durch die Tür zurückgekehrt war, und seine aufgewühlten Eingeweide brauchten einige Minuten, bis sie sich wieder halbwegs beruhigt hatten.

Schließlich stand er auf und schob sich an der Wand entlang zur

Tür, wo er vorsichtig in die Schwärze jenseits des flackernden Kerzenlichts blickte. Scheiße. Zweifellos hätte Wunderknabe Sy eine Taschenlampe und Reservebatterien dabeigehabt – Joe wusste nicht mal, wo seine war. Er schoss ein paar Blitzlichtaufnahmen von der Schriftrolle, dann griff er nach unten und nahm einen der Kerzenhalter. Sofort rollte sich die Schriftrolle zusammen. Und noch mal Scheiße, fluchte Joe – das Ding sah alt genug aus, um wertvoll zu sein. Auf keinen Fall wollte er versehentlich darauf treten, falls er hier einen überstürzten Abgang machen musste. Er bückte sich, rollte das Pergament sorgfältig zusammen und legte es neben den Türpfosten. Dann blies er die andere Kerze aus und steckte sie zur Reserve ein. Jetzt fühlte er sich bereit.

Mehr oder weniger. *Topenthüllungsjournalist*, wiederholte er stumm. Die Silben brachten den alten Zauber schlagartig zurück – so hatte es sich früher angefühlt, als er noch jung und ehrgeizig gewesen war und die Energie besessen hatte, bedeutungsvollen Storys nachzujagen, bevor der Alk und die Desillusionierung einsetzten. Wer brauchte schon den Wunderknaben? Er verbannte Sy aus seinem Kopf und machte sich, den Kerzenhalter in der Hand, auf den Weg die Treppe hinunter.

Durch einen merkwürdigen Zufall dachte Sy Yung ungefähr zur gleichen Zeit an Joe Fairfield, und seine Gedanken waren alles andere als freundschaftlich. Er hatte Joes spöttische Nachricht auf dem Anrufbeantworter erheblich früher abgehört, als Joe es vorausberechnet hatte, ziemlich genau drei Stunden nach Joes Anruf. Das lag daran, dass Sy nicht direkt zur Arbeit gegangen, sondern eben erst von den Freuden in Staceys Wohnung zurückgekehrt war, um schnell zu duschen und ein spätes Mittagessen einzunehmen. Joes Worte machten ihn nicht wütend; sie luden ihn mit Energie auf.

Es war nicht weiter schwierig, die erforderlichen logischen Zusammenhänge zu erkennen. Sein erster Gedanke kreiste um die geheimnisvolle Piepser-Nachricht, die Joe am Abend zuvor in der Bar erreicht hatte, und den daran anschließenden Anruf, den vor ihm zu verbergen sich Joe einige Mühe gegeben hatte. Als er wenige Minuten, nachdem Joe hinausgeeilt war, mit Stacey das Lokal verließ, war Sy an der Tür des Obstladens vorbeigekommen, hatte zufällig einen Blick hineingeworfen und dabei Joe gesehen, der konzentriert telefonierte. Sein Gesicht hatte die gleiche gespannte Leidenschaft ausgestrahlt wie ein Jäger, der auf eine frische Kotfährte gestoßen war. Am nächsten Morgen hatte Sy Joes Anruf erwartet, wobei er allerdings davon ausgegangen war, dass es sich um den üblichen Hilferuf handelte.

Sein zweiter Gedanke war, dass er sich den verräterischen Bastard *schnappen* würde.

Er holte ein paarmal tief Luft, um sich zu beruhigen. In seinem Notizbuch stand die Nummer von Joes Telefonservice. Als er die Ziffern eintippte, grinste er breit. Eine Frauenstimme meldete sich auf Englisch.

»Joe Fairfield hier«, ahmte er Joe Fairfield, so gut er konnte, nach. »Tut mir Leid, dass ich Sie belästigen muss, aber ich habe gestern Abend eine Nachricht erhalten und leider den Zettel verloren, auf dem ich mir die Nummer notiert hatte. Könnten Sie vielleicht freundlicherweise ...? Danke.«

Er wartete einen Moment, bis sich die Stimme mit einer Telefonnummer und einem Code wieder meldete. Beides schrieb er auf.

»Danke«, wiederholte er. »Ach, und mein kleines Codebuch habe ich dummerweise auch verlegt, vielleicht könnten Sie ...? Toll, vielen vielen Dank.«

Er unterbrach die Verbindung und betrachtete stirnrunzelnd seine hingekritzelten Notizen. Wer zum Teufel war Samuel Ho? Wer immer das war, er war ein ausgesprochener Glückspilz, denn er stand im Begriff, ein phänomenal gutes Angebot zu bekommen. Wie viele Spione können dieselbe Information schon zweimal verkaufen, und noch dazu beim zweiten Mal zu einem erheblich besseren Preis? Grinsend nahm Sy den Hörer in die Hand.

Bei der ersten Treppe fühlte Joe sich noch blendend. Bei der zweiten wünschte er sich, eine Gasmaske mitgenommen zu haben. Auf halbem Weg in die letzte Gruft fluchte er darüber, wie der Kerzenhalter in seiner Hand zitterte, wodurch die Säulen ein abgehacktes Menuett mit ihren eigenen Schatten zu tanzen schienen, und er bedauerte es zutiefst, überhaupt hergekommen zu sein. Das war noch bevor er in die Grube fiel.

Es war kein schlimmer Sturz, aber die Kerze verlosch dabei, sodass es mehr die jähe pechschwarze Dunkelheit war als der Aufschlag, der Joe benommen machte. Einen Moment lag er bewegungslos da und schnappte panisch nach Luft, bevor ihm einfiel, dass er sich beglückwünschen konnte, das Rauchen nicht aufgegeben zu haben, als ihm sein Arzt eindringlich dazu geraten hatte. Er kramte in der Tasche nach seinem Feuerzeug. Im Schein der kleinen Flamme fand er den Kerzenhalter wieder und zündete die Kerze erneut an. Er stellte fest, dass er wieder normal atmen konnte, nachdem die bedrückende Dunkelheit gewichen war. Obwohl das Atmen alles andere als ein Vergnügen war: Der Geruch in den oberen Kammern war nichts, verglichen mit dem Gestank, der hier unten seine Nase malträtierte. Er hob die Kerze und schaute sich um.

»*O Gott o Gott o Gott o Gott o Gott …*«

Sofort legte er den Rückwärtsgang ein, rutschte auf dem Hintern zurück, bis er mit dem Rücken gegen die Wand der Grube stieß.

»*… o Gott o Gott o Gott o Gott …*«

Leichen. Viele Leichen, die frischeste unpassenderweise in einem grauen, zerknitterten Anzug, eine andere nackt bis auf ein fleckiges weißes Tuch auf dem Gesicht. Andere, bei dem schlechten Licht unmöglich zu zählen, lagen halb verborgen unter der nackten Leiche oder verschmolzen bereits mit der dicken Schicht zerbrochener Knochen, die den gesamten Boden der Grube bedeckte.

»*… o Gott o Gott o Gott o Gott …*«

Die Stimme, begriff er nun, war seine eigene. Er drückte eine Faust auf seinen Mund, und dann biss er fest auf die Knöchel, um das

Geräusch zu unterdrücken, bevor weiß der Himmel wer ihn noch hörte. Ansonsten herrschte absolute Stille. Die Leichen blieben, wo sie waren. Nach einigen Augenblicken am Rande der blanken Panik riskierte Joe, kurz die Augen zu schließen, bis fünf zu zählen – schnell – und wieder hinzusehen. Nichts hatte sich verändert. Auf eine merkwürdige Art fühlte er sich deshalb gleich besser. Bedeutete es doch, dass sich keine von ihnen *bewegt* hatte.

»O mein Gott«, murmelte er. »O heilige gottverdammte Jesus-auf-Krücken-Scheiße.«

Doch dann packte ihn der journalistische Ehrgeiz und drängte seine Angst gewaltsam beiseite, während eine Story grobe Gestalt annahm. Irgendein Totenkult, Grabräuber, Leichenschänder – das war die Richtung, der er jetzt folgte. Konnte er das hier mit den Morden an den Ralstons und der Freundin des Highlanders in Zusammenhang bringen? Worauf du einen lassen kannst, dachte er. Und aus dem alten Mann ließ sich vielleicht ein Oberpriester machen, obwohl er andererseits für den Chefmörder kaum kräftig genug aussah …

Joe verharrte, um noch einmal nachzudenken. Also, wo steckte dann der Chefmörder?

Hier vielleicht? Joe erstarrte, während er in der alles einhüllenden Dunkelheit auf ein Atmen oder verstohlene Bewegungen lauschte. Um ihn herum nichts als Stille. Keiner zu Hause. Er entspannte sich wieder.

Eine gute Story, sagte er sich mit wachsendem Selbstvertrauen, eine super Story …, und sie gehörte ganz allein ihm. Ein paar Fotos, ein schneller Rückzug, und den Rest seines Topenthüllungsjournalismus konnte er in sicherer Entfernung erledigen, vorzugsweise Meilen entfernt, mit einem Bier in der Pranke und einem hübschen Mädchen auf dem Schoß. Vorsichtig kroch er vorwärts zu der Leiche in der Mitte der Grube, der nackten, stellte den Kerzenhalter ab und zog die Kamera aus seiner Tasche.

Es war keine hübsche Leiche. Sie sah uralt und mumifiziert aus, wie eine aus einem unvorstellbar alten Grabmal geraubte Reliquie.

Im Licht der Kerze hatte sie eine abstoßend gelbe Farbe, und die langen drahtigen Gliedmaßen endeten in bösartig gekrümmten Klauen, die Joe an den alten Volksglauben erinnerten, dass Nägel auch noch im Tod weiterwachsen. Er warf den schmutzigen weißen Lappen zur Seite, damit er das Gesicht sehen konnte – kaum menschlich. Im flackernden Licht sah es aussätzig aus und hatte ein merkwürdig fliehendes Kinn und seltsame Zähne. Die stark geäderten Lider wölbten sich wie die Membransäcke von Reptilieneiern über den Augen. Hässlich. Joe verzog angewidert das Gesicht und wartete darauf, dass der Blitz warm wurde, und dann schoss er schnell hintereinander drei Aufnahmen.

Als seine Augen sich nach den grellen Blitzen wieder auf das Dämmerlicht eingestellt hatten, beugte er sich tiefer zu dem ausgemergelten Gesicht hinab. Irgendetwas war in einem wässrigen Rot auf die Stirn gemalt worden, mehrere Symbole, die ihn an diejenigen auf der Schriftrolle in der Tür erinnerten. Er strich mit einem Finger vorsichtig über die kalte Stirn und fluchte, als die Symbole verschmierten – noch feucht. Zum Glück hatte er die Fotos geschossen, bevor er sein Modell verhunzte. Er wischte sich den Finger an der Jacke ab und drehte sich zu der Leiche im Anzug.

Diese war ganz eindeutig noch nicht besonders lange tot – jedenfalls war die Mumifizierung noch nicht sehr weit fortgeschritten. Joe streckte eine Hand aus, um in der Brusttasche des Toten nach einem Ausweis zu suchen, als er plötzlich von einem Geräusch hinter sich erschreckt wurde, ein lang gezogenes Atmen. Fast hätte er vor Schreck die Kerze fallen lassen. Er wirbelte herum.

Nichts. Er war allein. Die einzige Gestalt hinter ihm in der Grube war die mumifizierte Leiche, und er vermutete, dass es schon verdammt lange her war, seit *der* Typ das letzte Mal ein- oder ausgeatmet hatte. Die toten Augen starrten blind zu ihm herüber. Er schüttelte sich und wandte sich wieder ab, stellte den Kerzenhalter auf den Boden und fummelte an seiner Kamera. Noch ein paar Aufnahmen von dem Herrn mit dem viel zu großen Anzug und dann noch ein paar weitere Aufnahmen von all den Knochen hier, und er könnte gehen. Und bei Gott, wie sehr er sich wünschte, von hier zu verschwinden! Wie sehr er sich wünschte, an einem hellen und geschmacklos eingerichteten Ort zu sein, mit unerträglich lauter Musik im Hintergrund, und er ließ sich voll laufen in Gesellschaft von jedem, der den schlechten Geschmack besaß, mit ihm zu trinken! Nur noch ein paar Fotos, mehr brauchte er nicht. Vor Ungeduld zitternd, wartete er wieder, bis sich das Blitzgerät aufgeladen hatte.

Seine Finger wurden steif. Die Kamera knallte auf die Brust des Typen in dem Anzug. Ein winziges Detail, das sich schon eine ganze Weile am Rande seines Bewusstseins regte, schaffte es schließlich in den Vordergrund. Er runzelte die Stirn und versuchte, es sich noch einmal ganz klar zu vergegenwärtigen, denn er hatte das unbestimmte Gefühl, es könnte wichtig sein. Als er sich zum ersten Mal die andere Leiche angesehen hatte, die mumifizierte, waren ihre Augen definitiv geschlossen gewesen. Beim zweiten Mal jedoch, als er sich zu dem vermeintlich leisen Zischen eines Atems umdrehte, da waren diese Augen ganz sicher …

»O Gott«, flüsterte er, »o Gott o Gott o Gott o …«

Hinter seinem Rücken ein tiefes, raues Luftholen. Dann ein Geräusch wie das Knacken von Zweigen, als hätte sich ein Gewicht verstohlen auf diesem Teppich aus alten, trockenen Knochen verlagert.

Joe Fairfield stöhnte. Lange Finger schlossen sich um seine Schulter und drehten ihn zu einer vernichtenden Umarmung um.

Lau mischte die Karten, teilte das Spiel und begann, auf dem Bett eine weitere komplizierte Patience zu legen. Sie warf Julia einen Blick zu, die ein Nachmittagsschläfchen auf dem anderen Bett machte. Die Karten fielen ihr aus der Hand. Julias Gesicht war verzerrt, ihre Augen zuckten unter den geschlossenen Lidern, verrieten Träume, und ihre Hände waren zu Fäusten geballt. Offensichtlich keine angenehmen Träume. Lau war versucht, sie zu wecken – war ein gequälter Schlaf besser oder schlechter als überhaupt kein Schlaf? –, doch sie zögerte noch, als Julias Augen aufflogen.

»Drei …«, sagte sie in einem kehligen Flüstern, »dreimal hell, und so ein leichtes Blut …«

»Julia?«

Julia sah sie verständnislos an, und ein schlaues Lächeln huschte über ihr Gesicht. »Näher … *lilitak* … komm näher …« Verzweifelt sprang Lau über ihr Bett, verstreute dabei die Karten, setzte sich neben Julias Kopfkissen und wollte nach ihren Schultern greifen, doch vorher erreichten Julias Hände Laus Hals, dessen ungeschütztes Fleisch sie sofort mit gierigen Fingernägeln zu beharken begann.

»Julia!« Lau packte Julias Hände und zog sie grob in eine sitzende Stellung hoch. Julia beugte sich vor, grinste sie anzüglich an und streckte die Zunge nach dem leuchtend roten Blutfaden auf Laus Hals aus – Lau schnappte nach Luft, ließ Julias Hände los und verpasste ihr eine schallende Ohrfeige. Sie zog die Hand zu einem zweiten Schlag zurück, doch Julia sah ihr direkt in die Augen, bevor sie zuschlagen konnte, und diesmal war Julias Blick wach und scharf.

»O mein Gott. Was habe ich getan?«

Lau ließ ihre Hand sinken. »Sie haben geträumt.«

»O mein Gott«, wiederholte Julia. Ihr Gesicht verzog sich angewidert. »Nein, ich habe nicht …«

»Was?«

»… drei helle Lichtblitze – und dann …«

»Julia? Sie haben geträumt.«

Julia schwieg einen langen Moment. »Ja. Natürlich«, sagte sie schließlich.

»Es war nur ein Traum.«

»Ja«, sagte Julia bitter, »nur ein Traum.« Sie berührte den Kratzer auf Laus Hals. »Ist das auch ein Traum? Habe ich das getan?«

Lau zuckte die Achseln. »Vergessen Sie's.« Sie stand auf, wischte das Blut mit dem Handrücken fort und holte Julia ein Glas Wasser aus dem Krug auf der Kommode. Dankbar trank Julia das Wasser in großen Schlucken. Als sie wieder aufschaute, sah Lau keine Spur mehr von dem Horror in ihren Augen, nur eine kalte, lodernde Wut.

»Es tut mir Leid, Claudia«, sagte sie, »aber keine Angst, so wird es mich bestimmt nicht mehr überkommen. Das nächste Mal werde ich nicht mehr überrumpelt.«

»Das nächste Mal?«

»Das nächste Mal, wenn ich träume«, sagte Julia grimmig.

Wong San-bor fuhr abrupt aus seinem Traum hoch und sah sich mit weit aufgerissenen Augen verwirrt um. Er saß mit dem Rücken an eine zersplitterte Tür gelehnt auf einer schmutzigen Eingangsstufe. Vor ihm lag die dunkle, mit Pfützen übersäte Abzweigung, die ihn nach Hause führen würde. Er stöhnte und vertrieb mit einem Kopfschütteln den Nachhall des Traumes. Er hatte sich nur für einen Augenblick gesetzt, um seine müden Beine auszuruhen. Wie dumm von ihm, zuzulassen, dass er einschlief. Ein Glück, dachte er mit einem Blick auf die Uhr, dass er nur wenige Minuten geschlafen hatte.

Er rappelte sich auf und machte sich auf den kurzen Heimweg. Er fühlte sich bereits wieder kräftiger, aber auf diesen Traum hätte er gut verzichten können. Zu vieles daran hatte ihn an *die Verbindung* erinnert, und es hatte einen schmutzigen, geschändeten Geschmack in seinem Kopf zurückgelassen.

Drei helle Blitze im Dunkeln – Klauen auf dem Hals – ein intensiver Blutgeruch.

Die Verbindung war natürlich keine mögliche Erklärung. Temutma schlummerte, betäubt durch die Runen auf seiner Stirn und die Dämpfe aus dem Leinenquadrat. Daher musste der Traum etwas anderes bedeuten. Er würde das große Traumbuch zurate ziehen, sobald er seine Bibliothek erreichte und noch bevor er sich zur Ruhe legte, falls es eine Warnung aus den geheimen Orten seines Verstands war.

15

»Ich hab was«, sagte Masters.

»Was denn?« Scott richtete sich auf und massierte seinen schmerzenden Nacken. Viele der Papiere auf dem Schreibtisch waren in einer Schrift abgefasst, die er nicht kannte, und die in chinesischen Schriftzeichen überstiegen zum größten Teil seine Kompetenz. Das Interessanteste, was er bislang gefunden hatte, war die Rechnung einer Apotheke in Mong Kok, auf der verschiedene fragwürdige Mittel der traditionellen Medizin aufgeführt waren. Was Tony Wallace bis zu diesem Zeitpunkt gefunden hatte, riss einen noch weniger vom Stuhl: Mietquittungen, Rechnungen der Stadtwerke, Kataloge von mehreren Spezialbuchhandlungen in London und Johannesburg. Scott war wenig zuversichtlich, dass Masters' Fund so viel anders sein würde.

Doch Masters strahlte triumphierend, als er eines der großen, in Leder gebundenen Hauptbücher zum Tisch schleppte und wartete, während Scott etwas Platz schaffte. Er blies den Staub von dem Band und schlug ihn in der Mitte auf, genau an der Stelle, wo die letzten Eintragungen gemacht worden waren. Wallace – konzentriert – und Scott – erschöpft – beugten sich über die ordentliche Spalte chinesischer Schriftzeichen, auf die Masters zeigte.

»Komm schon, Tony, du kennst doch mehr Schriftzeichen als jeder andere *gwailo* bei der Polizei. Was hältst du davon?«

»Es ist eine Namensliste«, sagte Wallace nach einem Moment.

»Da stimme ich zu. Sieh dir die nächste Spalte an – Daten. Und dann eine Spalte mit, wie es aussieht, Anmerkungen. Darunter ein paar ziemlich merkwürdige Schriftzeichen, aus denen ich überhaupt nicht schlau werde.« Masters trat zurück und wischte den Staub von seinen Händen.

»Vielleicht ist es ein Code.« Scott überflog die Namensliste und gab sich die größte Mühe, die möglichen Bedeutungen der Schriftzeichen zu identifizieren. Auf der Doppelseite befanden sich sieben

Eintragungen, die jüngste war zwei Jahre alt, die älteste zehn. Er blätterte eine Seite zurück und sah sofort, dass es ziemlich das Gleiche war, wobei die Daten bis in die frühen Siebzigerjahre zurückreichten. Ein Name auf der Liste erregte seine Aufmerksamkeit.

»Was hältst du davon, Tony?«, fragte er und klopfte mit einem Finger darauf.

Wallace sah die Seite nachdenklich an. »Wing irgendwas. Wahrscheinlich Wing Man-lie.«

»So lese ich es auch«, sagte Scott. »Al, sagt dir der Name was?«

»Kommt mir vage bekannt vor.«

»Mir nicht«, sagte Wallace.

»Das war vor deiner Zeit«, sagte Scott. »Wing Man-lie – die Zeitungen nannten ihn Geier-Wing. Erinnerst du dich jetzt, Al?«

Masters lächelte gedehnt. »Vielleicht. Drogen und Mädchen?«

»Drogen und Jungs. Wahrscheinlich auch ein paar Morde an Rivalen in der eigenen Organisation. Er stand ziemlich weit oben auf unserer Liste der meistgesuchten Verbrecher, aber wir waren nicht die Einzigen, die ihn haben wollten. Als er verschwand, sind wir davon ausgegangen, dass er von seinen eigenen Kumpanen hingerichtet worden sei.«

»Er ist verschwunden?«

»Spurlos.«

»Wann war das?«

»Irgendwann 1976 oder 77. Wir haben nie auch nur eine Ahnung davon bekommen, was aus ihm geworden ist, Tony – kein Geständnis, keine Informanten und auch nichts aus der Gerüchteküche …«

»Der Eintrag ist auf den Oktober 1976 datiert«, unterbrach Wallace.

Scott zuckte die Achseln. »Interessant. Wenn wir nur einen Sinn für die Anmerkungen in der dritten Spalte finden könnten.«

»Ich glaube, es ist so was wie ein Protokoll«, sagte Masters, »so was wie ein Tagebuch.«

»Ganz offensichtlich ein Protokoll, aber ich bezweifle, dass es ein

Tagebuch ist«, schaltete sich Wallace ein, der in den Seiten mit starken Alterungsspuren zurückblätterte. »Bis zur Mitte dieser Seite scheint alles in derselben Kalligrafie geschrieben zu sein, aber seht euch die Daten an. Der erste Eintrag in dieser Handschrift stammt aus dem Jahr 1894.«

»Und davor?«

Wallace blätterte weiter zurück. »Eine andere Schrift. Hindi vielleicht.«

»Achtzehnvierundneunzig«, murmelte Scott. »Wie alt ist dein Weiser Wong dann, Tony? Alt genug, um schon 1894 ein Tagebuch geführt zu haben?«

Wallace grinste. »Er sieht fast alt genug aus, ja.«

Eine Stimme aus Richtung der Tür.

»Vielleicht bin ich das.«

Die zehn Sekunden Schweigen, die darauf einsetzten, kamen den drei Männern auf der einen Seite des Tisches erheblich länger vor. Der Mann auf der anderen Seite starrte nacheinander ihre Gesichter an, dann schloss er die Tür hinter sich und verschränkte die Arme.

»Wer sind Sie?«, fragte er schroff auf Englisch. »Was haben Sie in meinen persönlichen Unterlagen zu suchen?«

Scott sah Masters an, der wiederum Wallace ansah, der verzweifelt aussah. Scott erholte sich als Erster.

»Wir sind nicht in böser Absicht hier, Mr. Wong – Sie sind doch der Weise Wong, nehme ich an?«

Wong San-bor verbeugte sich kühl.

»Ich bin Superintendent Michael Scott, Royal Hong Kong Police. Diese zwei Herren sind Kollegen von mir.«

»Ich erinnere mich an Inspector Wallace.« Wong richtete einen feindseligen Blick in Wallace' Richtung. »Warum sind Sie hier? Ich habe Ihnen doch schon im Krankenhaus gesagt, ich bin nur ein alter Mann, und es gibt nichts, das ich Ihnen sagen könnte.«

»Mr. Wong …«

»Gehen Sie jetzt.«

»Bitte, hören Sie uns doch an.«

»Haben Sie einen Durchsuchungsbefehl?«

»Nein«, räumte Scott ein.

»Dann gehen Sie. Wenn Sie jetzt gehen, werde ich vergessen, dass Sie hier waren.«

Wallace und Masters rührten sich schuldbewusst und setzten sich Richtung Tür in Bewegung, aber Scott stemmte seine Hände auf den Tisch und musterte das uralte Gesicht. Wallace hatte Recht gehabt; dort gab es keine echte Schwäche, auch wenn der Überzug des Alters jemanden täuschen könnte, der nicht sehr aufmerksam diese Augen ansah. Er war alt, ja, aber er besaß einen stählernen Willen und war es gewohnt, zu befehlen, da war skrupellose Entschlossenheit und unbezwingbare Hingabe – an was? Was immer es war, Scott spürte, dass es ihn zu einem gefährlichen Gegner machte. Warum, fragte sich Scott, hatte er dann aber das merkwürdige Gefühl, dass er und Wong San-bor auf derselben Seite standen? Dass sich alles, was er wissen musste, bereits im Schädel des alten Mannes befand, unter diesem spärlichen weißen Haar?

Den Versuch ist es wert, dachte er. Selbst wenn er sich dabei wie ein kompletter Vollidiot anhörte.

»Weiser Wong«, sagte er freiheraus, »ich habe es gesehen.«

Wongs Gesicht spannte sich an. »Ich wünsche, dass Sie jetzt gehen.«

»Nicht so schnell. *Ich habe es gesehen.*«

Wongs entschlossene Miene geriet ins Wanken. »Ich verstehe nicht. Was haben Sie gesehen?«

»Den Mörder. Sie wissen, wovon ich rede.«

»Ich bin sicher, ich weiß es nicht.«

»Was machen Sie, beschützen Sie es?«

Wong schnaubte mit echter Belustigung. »Es beschützen? Was beschützen? Ich weiß nicht, wovon Sie reden. Ich bin nur ein alter Mann …«

»Ach, hören Sie doch mit den Spielchen auf«, sagte Scott schroff. »Sie wissen, warum wir hier sind. Ein Mörder läuft frei herum, ein abgefeimter psychopathischer Killer. Al Masters hier nennt es Vampir, aber das ist nur Als kleiner Scherz – ich bin überzeugt, Sie können uns sagen, was es wirklich ist.«

»Wie kommen Sie denn darauf?«

Scott überhörte die Frage. »Ich sage Ihnen, ich habe es gesehen. Vor zwei Abenden ist es zu meiner eigenen Wohnung gekommen, Weiser Wong. Es hat meine Frau ermordet, aber ich habe es verletzt, bevor es entkommen konnte ...«

Er sprach nicht weiter, als Wong mit einer Hand scharf in die Luft schlug. Die Augen des alten Mannes waren plötzlich zwei glänzende Schlitze. »Sie haben ihn verletzt?«

Scott grinste. »Das weckt Ihr Interesse, nicht wahr? Dann wissen Sie also doch, hinter was wir her sind?«

Nach kurzem Zögern nickte Wong.

»Dann werden Sie also mit uns reden?«

Ohne zu antworten und mit langsamen, nachdenklichen Schritten, umkreiste Wong den Tisch zum einzigen Schemel des Raumes, auf dem er sich schwerfällig niederließ. Seine Beine ließen ihn wieder im Stich, sein ganzer Körper schrie nach Ruhe; aber nichts davon zählte jetzt. Er schaute zu dem kräftigen Polizisten auf, verbarg seine Aufregung: Könnte dies der auserwählte Nachfolger sein? Durchaus möglich. Sogar wahrscheinlich. Der Mann sagte, er habe durch Temutma einen großen Verlust erlitten, er hatte sich gewehrt, er hatte dem Alten eine kleine Niederlage beigebracht. Forschend hob er den Blick zu Scott. In seinen Augen fand Wong Wut, ja – aber war es auch genug Wut? War da ein Hinweis auf die Verbindung? Konnte dieser Mann lernen, all die Dinge zu tun, die ein Wächter von Temutma tun musste?

»Im Nebenzimmer«, sagte er ruhig, »stehen einige Stühle. Gehen Sie, und holen Sie sie. Ja, ich werde mich mit Ihnen unterhalten.«

Sie brachten die Stühle und stellten sie dicht neben Wongs Schemel. Der alte Mann schien eingenickt zu sein, doch als sie saßen, seufzte er tief und öffnete die Augen.

»Aber zuerst erzählen Sie mir«, sagte er zu Scott, »wie Sie sich verteidigt haben.«

»Mein Dienstrevolver«, erwiderte Scott erschreckt. »Sechs Schuss, und alle haben ihr Ziel getroffen, aber nur einer scheint ihm mehr als eine Fleischwunde beigebracht zu haben – falls man es Fleisch nennen kann –, und selbst diese Kugel hat das Ding nicht gebremst.«

»Im günstigsten Fall wird es ihn vorübergehend geschwächt haben«, sagte Wong nachdenklich, »was die Schweine erklären würde.« Er lächelte über ihre verständnislosen Gesichter, wurde dann wieder ernst. »Außerdem mag er gewisse Geräusche nicht. Während der letzten langen Wachperiode ist mir aufgefallen, dass Schüsse ihm Unbehagen bereiten, wahrscheinlich weil es etwas Neues für ihn ist. Und er besitzt die gleiche Charakterschwäche wie alle Tyrannen und Feiglinge – eigenen Schmerz kann er nicht ertragen. Es ist völlig gleichgültig, ob Sie ihn sechsmal oder sechzigmal getroffen haben – vernichtet hätten Sie ihn auf keinen Fall. Aber er neigt dazu, erst einmal wegzulaufen, wenn er erschreckt oder ernsthaft herausgefordert wird, nur um anschließend noch stärker als zuvor zurückzukehren. Sie können sich darauf verlassen, Mr. Scott, Sie haben ihn nicht das letzte Mal gesehen. Er wird Sie suchen.«

»Gut«, sagte Scott.

Wong warf ihm einen grüblerischen Blick zu. »Man kann ihn nicht für immer verscheuchen. Am Ende werden andere Maßnahmen ergriffen werden müssen. Aber darüber sprechen wir später. Wie viele Menschen hat er ermordet?«

»Zwölf uns bekannte Opfer«, antwortete Masters prompt, »bis heute Morgen. Mit Fragezeichen hinter zwei anderen.«

»Also vier oder fünf mehr«, murmelte Wong und dachte an die Leiche, die er aus Temutmas Umarmung befreit hatte, an die jüngsten Opfer, die jetzt schnell in der Grube mumifizierten. »Sechzehn oder siebzehn Seelen in so kurzer Zeit und vielleicht noch mehr, wer weiß? Er muss sehr hungrig gewesen sein, was zum Teil meine Schuld ist.« Der alte Mann sprach leise, beinahe wie zu sich selbst.

Masters beugte sich vor. »Was – wer ist er?«

Wong sah ihn mit einem Anflug von Belustigung an. »Sie lagen nicht sehr daneben, als Sie ihn einen Vampir genannt haben.«

»Damit können wir nicht viel anfangen«, sagte Scott mit aufblitzender Wut. »Sie werden uns schon etwas mehr geben müssen.«

Wong spreizte die Hände. »Wenn Sie möchten. Junger Mann«, sagte er zu Wallace, »hinter den Büchern auf diesem Regalbrett dort finden Sie eine Kampferholzschatulle. Bringen Sie mir die bitte.«

Die Schatulle rappelte, als Wallace sie auf den Tisch stellte. Wong nahm den Deckel ab und legte ihn neben die Schatulle, dann hob er vorsichtig drei Gegenstände heraus, einen nach dem anderen. Zwei davon legte er in den umgedrehten Deckel; den dritten hielt er Scott hin.

Scott nahm ihn und betrachtete ihn von allen Seiten. »Das Schulterblatt eines großen Tieres, richtig? Ich vermute, ein Pferd oder eine Kuh.«

»Sehr nah dran«, sagte Wong. »Die Scapula eines Ochsen. Aber sehen Sie auch die feinen Markierungen? Das sind Schriftzeichen aus der Shang-Dynastie des alten China, Mr. Scott, vor etwa viertausend Jahren in den Knochen eingeritzt. Die königlichen Archive der Shang wurden ausnahmslos in solche Scapulae geritzt, aber dieser Knochen hier ist etwas ganz Besonderes. Jedes Museum, das von seiner Existenz erführe, würde mehrere hunderttausend Dollar dafür bieten. Natürlich ist es unverkäuflich.«

Behutsam reichte Scott den Gegenstand zurück. »Was besagt die Inschrift?«

»Die Inschrift erzählt eine Geschichte – es ist ein detaillierter offizieller Bericht über Tod und Schrecken entlang des Huang He, des Gelben Flusses, zu einer Zeit, als sich die großen Königreiche meiner Vorfahren gerade erst herausbildeten.«

»Was wollen Sie mir damit sagen?«

Wong ignorierte Scotts Frage. Er nahm einen der anderen Gegenstände aus dem Deckel der Schatulle; ein Papyrusfragment, etwa so groß wie seine Hand, das in einer durchsichtigen Plastikhülle versiegelt war.

»Altes Königreich«, sagte er. »Geschrieben in der ältesten Form ägyptischer Hieroglyphen, viereinhalbtausend Jahre alt. Der Text war ursprünglich länger, aber Papyrus ist nicht so widerstandsfähig wie Knochen oder Lehm. Auch der Papyrus erzählt eine Geschichte von Tod und Schrecken, diesmal jedoch an den Ufern des Nil.«

»Und das hier?« Wallace griff nach dem dritten Gegenstand, aber Wong war schneller.

Er drückte es liebevoll an sich, eine schmutzige, hauchdünne Scheibe, ein paar Quadratzentimeter groß, aus einem Material, das wie Terrakotta aussah.

»Sumerisch, frühe Keilschrift, über fünftausend Jahre alt. Tod und Schrecken entlang des Euphrat.«

»Es ist nett von Ihnen, uns Ihre Sammlung zu zeigen«, unterbrach Scott müde, »aber hier und heute sterben Menschen. Welche Relevanz besitzt das alles für uns?«

Sehr sorgfältig legte Wong seine Schätze nebeneinander auf den Tisch. »Haben Sie es noch nicht erraten?«

»Nun, offensichtlich wollen Sie uns sagen, dass Tod und Schrecken von solchen Monstern verbreitet wurden, wie das, mit dem wir es heute zu tun haben …«

»Nein. Nicht *wie* er. Es ist ein und dasselbe.«

Scott ließ sich zurücksinken. »Wir verschwenden nur unsere Zeit, Al.«

»Niemand hat Sie an diesem Stuhl festgebunden, Mr. Scott. Hören Sie zu oder gehen Sie, es ist allein Ihre Entscheidung.«

»Wir werden zuhören«, sagte Masters schnell. »Geduld, Mike.«

»Dann werde ich es Ihnen erzählen«, fuhr Wong fort. »Die Kreatur ist und war schon immer bekannt als *Temutma* – merken Sie sich diesen Namen, aber lassen Sie es ihn nie hören, wenn Sie ihn benutzen, damit Sie nicht seine ungeteilte Aufmerksamkeit erregen. Ich weiß nicht sicher, wie alt er ist, aber er war bereits alt, als die Pyramiden von Ägypten erbaut wurden. Ihm und seinen Verwandten wurden über die Jahre viele Namen gegeben: *kuang-shi, kasha, empususas, zotzilaha, wampyr,* hundert weitere. Heute leben die meisten nur noch in Legenden und Alpträumen und unserer dunkelsten kollektiven Erinnerung, aber es ist durchaus möglich, dass sogar heute noch einige andere schlaflos sind, manche vielleicht mit Wächtern wie meiner bescheidenen Wenigkeit, andere jagen ungehindert …«

»Kommen Sie auf den Punkt«, sagte Scott abrupt. Masters stöhnte, aber Wong San-bor wirkte erfreut.

»Ich verstehe. Sie wollen nur etwas über diesen … Vampir hören. Die mögliche Existenz anderer interessiert Sie nicht.«

»Genau.«

»Dann werde ich mich auf den *kuang-shi* namens Temutma beschränken.« Wong machte es sich auf dem Schemel bequem. »Hören Sie gut zu. So weit die Aufzeichnungen der Wächter zurückreichen, hat sich der *kuang-shi* namens Temutma stets den Armeen von Kaisern und großen Königen angeschlossen – den Königen von Sumer und Akkad und Babylon, den Kriegsherren von Zhou, den Skythen und den Vandalen, den Cäsaren, den Khans der Goldenen Horde, den weißen Horden des Nordens, den schwarzen Horden des Südens, wer auch immer seine Zitadellen und Burgen in gewalttätiger Absicht verließ – und gelegentlich beteiligte sich Temutma aktiv an ihren Grausamkeiten, doch meistens ernährte er sich von seinen eigenen Verbündeten, denn schon immer hat ihn ausschließlich die ausreichende Verfügbarkeit von Blut interessiert.«

»Das ist doch verrückt«, brummte Scott.

»Wie können Sie das sagen, Mr. Scott? Sie haben ihn doch selbst gesehen.«

»Ich habe eine Bestie gesehen. Einen unmenschlichen Killer. Wir können darauf verzichten, dass Sie uns diesen fantastischen Märchenblödsinn erzählen. Wir brauchen ein paar Fakten, eine realistische Erklärung. Wie sonst können wir dieses Ding aufspüren und vernichten?«

»Ich dachte, ich hätte es erwähnt. Die Angehörigen der Rasse der *kuang-shi* können nicht vernichtet werden. Am Ende metamorphosieren sie vielleicht zu etwas anderem – so lautet zumindest die Theorie –, aber die Essenz ist unsterblich. Ich wiederhole, Sie können Temutma nicht vernichten.« Wong sagte dies so lustlos, als konstatiere er lediglich das Offensichtliche.

Scott schnaubte empört, sprang auf und ging in dem beschränkten Platz zwischen Tisch und Bücherregalen auf und ab. »Kann nicht vernichtet werden, ja? Ich würde gern mal sehen, was eine Granate aus diesem Bastard machen würde.«

»Tatsächlich habe ich genau das schon gesehen«, sagte Wong gelassen. »Er hat länger als gewöhnlich gebraucht, bis er sich wieder erholte – sieben, acht Tage ... Das war während der letzten langen Wachperiode.«

Masters räusperte sich lautstark. »Was ist mit einem Holzpflock mitten durchs Herz? In den Geschichten funktioniert das.«

»Nur in den Geschichten, mein Sohn. Und Kreuzungen und Kruzifixe können Sie ebenfalls vergessen. Und Sonnenschein hat er zwar nicht sonderlich gern, aber es wird ihn auch nicht vernichten.«

»Silberkugeln?«

»Sie verwunden ihn, aber auch nicht mehr als Mr. Scotts ganz gewöhnliche Geschosse.«

»Knoblauch ...?«

»Ach, hör doch endlich auf, ihm nach dem Mund zu reden, Al!« Scott schlug wütend mit der Faust auf den Tisch. Masters beugte sich vor und legte eine Hand auf seinen Arm.

»Mike«, sagte er, »halt einfach den Mund.«

»Hör zu, Al ...«

»Ich weiß, warum du so reagierst – du willst, dass dieses Ding verwundbar ist, und du willst derjenige sein, der es erwischt. Schön. Aber wir könnten doch zumindest Mr. Wong ausreden lassen und ihm bis zum Ende zuhören.«

»Aber …«

»Setz dich, Mike.«

Es war, als hätte man Scott die Luft abgelassen. Er erkannte, dass Masters' Analyse zu achtzig Prozent richtig war; die anderen zwanzig Prozent waren das, was Scott tief in seinem Innersten bereits wusste, aber sich alle Mühe gab, es nicht zu sehen: dass der Mörder wirklich *nicht* aus menschlichem Fleisch und Blut war, dass er nicht nur abscheulich war, sondern auch noch unsterblich, nicht nur widerlich, sondern dämonisch, etwas, das auf dieser Realitätsebene eigentlich nicht existieren dürfte, es aber dennoch tat – eine grauenhafte, mörderische Blasphemie gegen die Natur. Schwerfällig ließ er sich auf den Stuhl sinken.

»Okay, okay«, sagte er müde, »dann ist Te-dingsbums also ein Vampir. Ich werde den Mund halten und zuhören.«

»Der Name ist Te-mut-ma«, sagte Wong und zog die Silben wie bei einer Beschwörungsformel in die Länge.

Sy Yung trank sitzend seinen Tee aus, während er beobachtete, wie Samuel Ho seine dicke Brieftasche in die Gesäßtasche steckte und aus dem Café des *Furama* hastete. Ein habgieriger Mann, sagte sich Sy, dieser Samuel Ho, die Investition allerdings durchaus wert. Dann hatte Joe also zur Abwechslung mal einen Glückstreffer gelandet. Zu schade, dass Sy sich verpflichtet fühlte, es ihm wieder abzunehmen.

Er sah auf seine Uhr – schon halb fünf. Verdammt und zugenäht. Onkel Albert hatte sich schon wieder in seinen Zeitplan eingemischt. Er hätte vor fünfzehn Minuten auf einer Pressekonferenz bei Legco sein müssen, und um Viertel nach fünf hatte er ein Interview mit einer der Oberdreckschleudern – noch so ein Meckerer über mangelnde Lokalisierung innerhalb der Regierung, was für ein Langweiler –, was ihn eine weitere halbe Stunde aufhalten würde, ganz zu schweigen von der Stunde oder so, die es ihn anschließend kosten würde, ein paar Spalten scharfen politischen Kommentar zu schreiben. Und dann der Verkehr …

Der gute alte Joe hätte sich auch einen besseren Tag aussuchen können, um ihn übers Ohr hauen zu wollen.

Er nahm das Mobiltelefon aus seiner Jackentasche und wählte aus dem Gedächtnis eine Nummer. Dies war eine Nummer, die er nicht aufzuschreiben wagte. Als der Anruf angenommen wurde, verschwendete Sy keine Zeit darauf, mit der kalten, tonlosen Stimme am anderen Ende der Leitung Höflichkeitsfloskeln auszutauschen. Er beschrieb Joes Wagen und nannte das Kennzeichen, anschließend gab er einige knapp gehaltene Anweisungen. Der Wagen würde irgendwo in der Nähe der Ummauerten Stadt zu finden sein; der Fahrer war ein *gwailo,* der meinte, in Eile zu sein, es aber tatsächlich gar nicht eilig hatte.

»Natürlich keine ernstlichen Verletzungen«, beendete er entschieden. »Haltet ihn fest, aber tut ihm nichts.«

Die Stimme am anderen Ende der Leitung grunzte – eine Art verbales Achselzucken. Sy grunzte zurück, klappte das Telefon zu und steckte es wieder ein.

Er seufzte zufrieden und bestellte die Rechnung. Selbst wenn er es nicht vor acht Uhr in die Ummauerte Stadt schaffte, und selbst wenn bis dahin der eigentliche Spaß vorbei war …, wenigstens war Joe dann immer noch dort. Dafür würde der Iceman schon sorgen.

Wallace, mit Abstand der rangniedrigste Beamte, war in die Küche geschickt worden, um Tee zu machen, doch während er darauf wartete, dass das Wasser kochte, blieb er ungeduldig in der offenen Tür stehen.

»Wenn man das Ding nicht töten kann«, sagte Masters, »und wenn man es nicht einmal ernsthaft verletzen kann, was *kann* man denn dann tun?«

Wong faltete die Hände über seinem eingefallenen Bauch. Er war inzwischen sehr müde, aber wenn, und das dachte er allmählich, die

Götter ihm diesen Mann Scott als Nachfolger geschickt hatten, dann war es seine Pflicht, jetzt die richtigen Worte zu finden, um ihn zu gewinnen. Fürs Erste musste die Wahrheit sorgfältig portioniert und gefiltert werden.

»Ich bin Temutmas Wächter«, sagte er vorsichtig.

»Was bedeutet das?«

Ehrfürchtig legte Wong das Papyrusfragment und die Keilschrifttafel zurück in die Kampferholzschatulle; die alte Scapula jedoch behielt er zurück und ließ seine Fingerspitzen über die beschriebene Oberfläche gleiten, während er sprach. »Die Geschichte ist hier«, sagte er, »auf dem Schulterblatt eines Ochsen, der vor fast viertausend Jahren geschlachtet wurde.«

»O mein *Gott.*« Scott rutschte verärgert auf seinem Stuhl, doch Masters warf ihm einen warnenden Blick zu, und mit einiger Mühe hielt er den Mund. Wallace löste die Spannung, als er an diesem Punkt mit dem Tablett hereinkam und kleine, dampfende Schalen Tee verteilte. Wong leerte seine sofort, und etwas Farbe kehrte in sein Gesicht zurück. Er hielt die Schale hin, um nachgeschenkt zu bekommen, vergaß ausnahmsweise die Manieren, die man ihm als Kind beigebracht hatte.

»Die Inschrift erzählt uns«, begann er mit kräftigerer Stimme, »dass der *kuang-shi,* bekannt unter dem Namen Temutma, die Untertanen eines gewissen Kaisers der Shang-Dynastie im Tal des Huang He terrorisierte, und dies vor etwa vier Jahrtausenden. Dies für sich genommen war noch kein Grund, etwas zu unternehmen, müssen Sie wissen – es gab eine sehr große Zahl Bauern, und der Kaiser konnte den Verlust einiger hundert pro Jahr leicht verkraften. Als aber Temutma seine Vorliebe für die Bauernschaft verlor und sich stattdessen jene als Opfer aussuchte, die Seiner Erhabenheit ein wenig näher standen, befahl Seine Erhabenheit dem Hofmagier, eine Möglichkeit zu finden, wie die Bestie zu vernichten sei. Dieser Magier suchte mit all seiner Macht, doch das Beste, was er fand, war ein Zauber, der den *kuang-shi* bändigen und ihn im Schlaf fesseln konnte, ihn quasi für viele Jahre an einem Stück lebendig begrub. Dieser Magier wurde Temutmas erster Wächter.«

Wong unterbrach sich, um einen Schluck Tee zu trinken.

»Erwarten Sie allen Ernstes von uns, dass wir das schlucken?«, platzte Scott heraus.

»Nein«, sagte Wong ruhig. »Ich habe selbst Zweifel an der Gültigkeit der Geschichte, auch wenn die Scapula selbst bestimmt echt ist. Wer kann schon sagen, wie es wirklich begann? Aber so viel weiß ich: Seit vielen, vielen Jahrhunderten hat es immer einen Wächter egeben, der bemüht ist, die Bestie in Schach zu halten, und heute bin ich dieser Wächter. Wen interessiert es, wie alles begann?« Wieder unterbrach er sich und lachte ohne jede Heiterkeit. »Temutma festhalten zu wollen, ähnelt leider dem Versuch, Rauch in einer Schachtel ohne Deckel zu halten.«

»Er entkommt immer wieder?« Jede einzelne Falte auf Masters' Gesicht drückte Faszination aus. Scott schnaubte.

»Ja und nein«, antwortete Wong. »Der Zauber ist stark genug, ihn für lange Zeitabschnitte festzuhalten, mit etwas Glück sogar für viele Jahre an einem Stück. Aber in unruhigen Zeiten, ja, da kann er vollständig aufwachen und den Fesseln des Wächters entkommen, und es kann Monate oder sogar Jahre dauern, ihn zur Strecke zu bringen und wieder zu bändigen.«

»Wie lange sind Sie schon der Wächter?«, erkundigte sich Wallace.

»Zu lange«, sagte der alte Mann verbittert. Er legte den uralten Knochen in die Kampferholzschatulle und setzte den Deckel wieder darauf. »Die Zahl der Jahre ist nicht wichtig.«

Scott öffnete den Mund, um auf einer Beantwortung der Frage zu bestehen, beschloss dann jedoch, es dabei bewenden zu lassen. »Ist dies das erste Mal, dass er Ihnen entkommen ist?«

»Nein.«

»Und?«

Der alte Mann schloss die Augen und beschwor mit leiser Stimme aus seiner Erinnerung die Vergangenheit herauf. »Ursprünglich hielt ich ihn in Samarkand, wo mein Vorgänger starb, und dann brachte ich ihn nach Indien und anschließend nach Kairo und dann nach Bukarest. Doch als klar war, dass der Krieg bevorstand, habe ich ihn für kurze Zeit nach Istanbul und schließlich nach Singapur gebracht. Ich glaubte, dort würden wir sicherer sein.«

»Singapur?« Masters schüttelte den Kopf. »Schlechter Zug.«

»Ein sehr schlechter Zug.«

»Sie waren dort, als Singapur fiel?«

»Wir waren dort, ja, und in dem Durcheinander und dem allgemeinen Blutvergießen und der Zerstörung ... konnte Temutma mir entkommen.«

Scott verzog das Gesicht. »Als Nächstes werden Sie uns wahrscheinlich erzählen, dass er sich der japanischen Armee angeschlossen hat.«

»Zuerst noch nicht«, sagte Wong und starrte ihn unterkühlt an, »aber hin und wieder, wenn es ihm gefiel, machte er das tatsächlich. Versuchen Sie sich in meine Lage zu versetzen – auf der Jagd nach meiner Beute in einer durch den Krieg verrückten Welt, überall nur Feinde, immer auf der Suche nach der Bestie mit Hilfe eines Gerüchtes hier, eines Zeitungsartikels da, stets gegen den Strom des Krieges schwimmend, mit nur einem einzigen Gedanken im Kopf – am Leben und in Freiheit zu bleiben, bis ich ihn wieder fand. Die Kriegsjahre waren gut für Temutma, aber sie waren *ausgesprochen beschwerlich* für mich.«

»Offensichtlich haben Sie ihn wieder gefunden«, sagte Wallace.

Wong nippte eifrig an seinem Tee, um eine leichte Woge der Erleichterung zu verbergen. Sie hatten seine Darstellung der Suche akzeptiert und ließen eine heikle Wahrheit unhinterfragt – ohne *die Verbindung* wäre es ihm niemals gelungen, Temutma im Chaos des Krieges aufzuspüren, aber *die Verbindung* wurde fürs Erste besser geheim gehalten ...

»Ja«, sagte er, »ich habe ihn wieder gefunden. Kurz nach Kriegsende, in der Uniform eines japanischen Soldaten.«

»In Hongkong?«

»Nein, Mr. Scott, auf den Philippinen, tief im Dschungel. Eine lange Geschichte. Nachdem ich ihn überwältigte, habe ich ihn in Manila gehalten, bis es mir gelang, eine Passage nach Hongkong zu bekommen – und hier sind wir seitdem.«

Es folgte ein kurzes Schweigen, während die Polizisten beklommene Blicke wechselten, und dann fragte Scott: »Sie sind seit Kriegsende hier?«

»Seit 1947.«

»Und die ganze Zeit befindet er sich unter Ihrer Kontrolle?«

»Ja, bis jetzt.«

»Dann kann er also sogar dann töten, wenn er sich unter Ihrer Kontrolle befindet, verstehe ich das richtig?«

Wong zögerte; dies war ein gefährliches Terrain. Um seine Verlegenheit zu überspielen, griff er über den Tisch nach seiner Pfeife und begann, sie mit Tabak zu stopfen.

»Wir haben das Hauptbuch gesehen«, sagte Masters geduldig.

»Das Hauptbuch?«, wiederholte Wong verständnislos.

»Das Hauptbuch auf dem Tisch. Es ist eine Aufzeichnung seiner Opfer, nicht wahr? Mike erkannte einen der Namen als einen Kriminellen, der etwa zu der im Hauptbuch genannten Zeit spurlos verschwand – ich wette, wenn wir die anderen Namen überprüfen, werden wir feststellen, dass auch sie unter geheimnisvollen Umständen verschwanden, richtig? Und meine Vermutung lautet, dass Ihr Freund Temutma sie getötet hat.«

Wong unterdrückte ein erleichtertes Aufatmen. »So ist es«, stimmte er zu. Stumm dankte er inbrünstig einer großen Zahl Götter für dieses willkommene Missverständnis.

»Ja«, fuhr er fort, »diese Toten sind alle auf Temutma zurückzuführen – aber berücksichtigen Sie bitte, wenn er unter der Kontrolle des Wächters schläft, mag es ein oder zwei Tote pro Jahr geben, wenn er allerdings frei ist, tötet er womöglich fünf oder sechs oder sieben Mal in jeder einzelnen Nacht.«

Wallace und Masters nickten nachdenklich, aber Scott runzelte skeptisch die Stirn. Er konnte einfach nicht glauben, dass die anderen Wongs Arithmetik des Todes einfach so schluckten. »Es ist unannehmbar, dass er überhaupt mordet«, bellte er.

»Das ist der Lauf der Dinge«, sagte Wong entschieden. Die Götter würden ihm diese Beinahelüge verzeihen. Das Schlimmste seiner Geheimnisse war für den Moment sicher.

Temutma wachte träge aus seinem Nickerchen auf. Er lag da und schaute mit seinen runden, lodernden Augen in die Dunkelheit auf. Vorsichtig ließ er seine Muskeln spielen, beurteilte den Rhythmus seiner Herzen, die Struktur seiner Lebensessenz; Kraft und Stärke sprühten durch seinen Körper, entfacht durch den Blutwein, den er kürzlich getrunken hatte, und die anschwellende Angst. Die Verletzung, die der kashlik *ihm beigebracht hatte, war jetzt verheilt, als hätte es sie nie gegeben.*

Draußen in der oberen Welt ging die Sonne immer noch unter – es blieb noch Zeit, etwas länger auszuruhen. Er schloss wieder die Augen, zog den Körper in seinen Armen dichter heran und schnurrte sich selbst in den Schlaf.

»Wie ist er Ihnen diesmal entkommen? Wir befinden uns nicht im Krieg, noch marschiert hier niemand ein.«

»Meine Krankheit kam zu einem ungünstigen Zeitpunkt«, erwiderte Wong unbestimmt. »Und auf gewisse Weise findet hier schon eine Invasion statt. Ihre Regierung zerrt die Menschen der Ummauerten Stadt aus ihren Häusern – und vielleicht hat einer Ihrer Arbeiter Temutma in seinem Versteck gestört.«

»Das ergibt tatsächlich einen Sinn«, sagte Wallace. »Eines der ersten bekannten Opfer war ein Beamter, der das Entwässerungssystem in den Kellerebenen kontrollieren sollte. Soweit ich weiß, wird sein Mitarbeiter immer noch vermisst. Haben Sie das Ding dort versteckt – in den Kellergewölben?«

Wong zuckte die Achseln, ohne zu antworten. Scott beobachtete, wie der alte Mann mit dem Tabaksbeutel herumspielte und es vermied, ihn direkt anzusehen. Misstrauisch spannten sich seine Lippen an. Er beugte sich vor und legte seine große Hand um Wongs schmale, vogelähnliche Klaue und den Tabaksbeutel.

»Sie haben uns noch nicht alles erzählt.«

Wong antwortete nicht sofort. Nach einem Moment befreite er seine Hand, hob den Blick zu Scotts Augen und erschreckte ihn durch die Intensität seines Blickes. »Natürlich nicht. Es gibt viele Dinge, die Sie nicht wissen müssen. Ich habe ein langes Leben, länger, als Sie es sich vorstellen können, damit verbracht, Temutma zu studieren – kann ich Ihnen das alles an einem Abend erzählen?«

»Ich sollte Sie als Helfershelfer verhaften.«

Wong blinzelte, dann begann er zu lachen. Nach einem Augenblick schloss Masters sich an.

»Ach, Mike, Mike«, sagte er, »du hast ja überhaupt keine Ahnung, wie normal sich das anhörte.«

»Was gibt's da zu lachen?«, attackierte Scott seinen Freund.

»Die Situation ist ungefähr so normal wie ein Gorilla in hochhackigen Pumps. Was willst du tun? Handschellen nehmen und Temutma seine Rechte verlesen?«

Scott lächelte grimmig. »Irgendeine bessere Idee?«

»Frag doch den Experten. Was passiert als Nächstes, Weiser Wong?«

Wong wischte sich Tränen des Lachens aus den Augen. »Jetzt, in diesem Augenblick? Im Augenblick, Mr. Masters, werde ich den Raum verlassen und ein Nickerchen halten.«

»Das ist doch wohl nicht Ihr Ernst«, explodierte Scott. »Dieses verdammte Ding könnte genau jetzt irgendwo dort draußen sein und Menschen umbringen …«

»Im Moment nicht, nein. Vertrauen Sie mir.« Wong erhob sich, immer noch leise lachend, von seinem Schemel und schlängelte sich an den anderen Stühlen vorbei zur Küchentür.

»Zu meinem Bett muss ich hier durch«, sagte er. »Sie können gern bleiben. Aber seien Sie doch bitte so freundlich, mich vor Mitternacht zu wecken. Und bis dahin nehmen Sie sich bitte, was Sie brauchen.«

Er war bereits halb durch die Küche, bevor sie reagieren konnten. Sein Lächeln verschwand, kaum dass er ihnen den Rücken kehrte. Einen Augenblick später ließ er sich auf das Bett in dem winzigen Hinterzimmer fallen. Es tat gut, sich hinzulegen, es tat ebenfalls gut, seine eigenen Worte noch einmal zu überdenken und zu erkennen, wie wenige seiner Geheimnisse er preiszugeben gezwungen gewesen war. Aber wie müde er war! Wo war seine Kraft? Wie sollte er Temutma unterwerfen, wenn er doch kaum das Zittern seiner Hände beherrschen konnte?

Er trieb auf einer Woge der Erschöpfung, hörte weit weg durch die dünnen Wände den Klang erregter Stimmen im Arbeitszimmer. Sie stellten ein Problem dar, diese drei. Offensichtlich konnte er die restlichen Rituale der Versklavung nicht durchführen, solange ihm ein Trio großer, sich ständig einmischender, moralisierender Wahrer des britischen Rechts auf die Finger schaute. Diese armen Unschuldigen verstanden nicht den Unterschied zwischen Opfer und Mord.

Es sei denn, sagte er sich … Wenn sie Temutma auf seinem Knochenbett liegen *sehen* könnten, vielleicht würden ihnen dann die Augen geöffnet. Und nicht unbedingt alle drei – der jüngere Polizist und der andere, dieser Masters, waren nicht zu gebrauchen und konnten auf einen Botengang geschickt werden, sobald Wong etwas Gutes einfiel. Dieser Scott jedoch müsste Temutma sehen, und ihm mussten auch einige weitere der verbleibenden Geheimnisse des Wächters erzählt werden, und dann (versicherte sich Wong) würde der Mann bestimmt die Notwendigkeit des verzauberten Blutes verstehen.

Immerhin, falls Scott ausersehen war, der nächste Wächter von Temutma zu werden, welche bessere Nacht als diese konnte es geben, seine Lehrzeit zu beginnen?

16

Sy Yung war verärgert. Genau genommen hatte er den Zustand des *Verärgertseins* bereits eine halbe Stunde zuvor hinter sich gelassen. Jetzt näherte er sich dem Zustand »fuchsteufelswild«.

Er warf einen Blick auf die Rolex an seinem Handgelenk und fauchte lautlos. Fünf nach elf! Drei Stunden hatte er nun bereits in diesem verdammten Nudelimbiss gehockt, neben dem Fenster auf einem hohen und wackligen Hocker an der Theke balanciert, während ihm mieser Kantopop die Ohren voll dröhnte. Drei Stunden, die er auf hundert erheblich produktivere Arten hätte verbringen können und mindestens auf eine, die erheblich angenehmer war.

Draußen vor dem Fenster und auf der anderen Seite des überfüllten Bürgersteigs, gerade mal drei Meter entfernt, stand Joe Fairfields verbeulter weißer Toyota. Unsichtbar auf dem Rücksitz befand sich Iceman Yip, und, verborgen am Körper des Iceman, so vermutete Sy, eine kleine Batterie diskreter Waffen und Überredungshilfen sowie ein Schlüsselring, mit dessen Hilfe man eine breite Palette von Autos knacken konnte. Dann war da noch ein Seil und schließlich eine Rolle Isolierband. Fehlte nur noch Joe Fairfield.

Viertel nach elf kam und ging. Um halb zwölf hämmerte Sy zum siebenten Mal in den letzten drei Stunden Staceys Nummer ins Tastenfeld seines Mobiltelefons. Am anderen Ende wurde der Hörer beim ersten Klingeln abgenommen.

»Und?« In Staceys Stimme lag jener beherrschte Unterton, der andeutete, dass Sy auf Bewährung war und sich ihr Wohlwollen rasend schnell verscherzte. »Bist du unterwegs?«

»Ja«, log er. »Ich muss vorher nur noch ein oder zwei kleine Erledigungen machen …«

»Ach, ja?« Große Skepsis. Sy zuckte zusammen. »Und was meinst du, wann du hier bist?«

»Ich weiß nicht …«

»Tja – und wo steckst du jetzt?«

»Hab's dir doch gesagt, ich bin unterwegs.«

»Schlimmer Verkehr?«

»Schrecklich«, sagte er mit einem Blick auf den glazialen Sumpf von Autos auf der Tung Tau Tsuen Road.

»Und wieso hört es sich dann genau so an, als wärst du immer noch in demselben Nudelimbiss?«

Es folgte ein betretenes Schweigen auf Sys Seite, während er fieberhaft nach einer plausiblen Antwort suchte.

Dann wieder Staceys, inzwischen völlig mit Raureif überzogene Stimme.

»Du bist gar nicht unterwegs, richtig.« Das war keine Frage.

»Also …«

»Mein Gott, Sy«, fauchte sie, »das war mein freier Abend. Glaubst du vielleicht, es macht mir Spaß, meinen freien Abend damit zu verbringen, die Wände dieser beschissenen Bude anzuglotzen?«

»Also …«

»Du hast's versprochen.«

»Hör zu, Stacey …«

Sie war nicht in der Stimmung, zuzuhören. Sy zuckte wieder zusammen, als ihre schneidende Stimme die Leistungskapazität seines Mobiltelefons bis an die Toleranzgrenzen strapazierte. »Journalisten! Ich hab mir geschworen, nie wieder einen von euch Dreckskerlen anzupacken, aber ich war blöd genug, mir einzubilden, du wärst anders …«

»Ich bin anders«, sagte Sy verzweifelt. »Ich bin *reicher.*«

Er wusste sofort, dass er einen schweren Fehler begangen hatte, dass das Schweigen an Staceys Ende der Leitung das schlimmste aller möglichen Zeichen war. »Stacey?«, säuselte er. »Liebling?«

»Du Wichser«, sagte sie ruhig.

Sy zuckte zum dritten und letzten Mal zusammen, als sie den Hörer aufknallte. So viel zur schönen, vollbusigen Stacey, dachte er traurig und verstaute das Mobiltelefon, während er gleichzeitig durchs Fenster Joes Wagen anstarrte. Vielleicht würde er dem Iceman eine Spur mehr freie Hand lassen als ursprünglich geplant, wenn sich Joe schließlich doch noch mal die Ehre gab, aufzukreuzen. Er hätte überhaupt nichts dagegen, Joe Fairfield mit einem hübschen Veilchen zu sehen.

Das Gewirr der Sträßchen und Gassen der Ummauerten Stadt lag dunkel und verlassen, die Stille wurde nur gestört durch das Tropftropf leckender Rohre und das gedämpfte Summen von den hellen Straßen der Umgebung. Wallace hatte einen flüchtigen Gedanken, als er hinter der Gruppe herschlurfte: dass Temutma diese Gegend der Ummauerten Stadt erheblich effizienter geräumt hatte als Robin Cheung und seine vergnügte Bande, trotz all ihrer Bestechungsgelder, Drohungen und aalglatten Versprechungen. Er achtete darauf, sehr dicht bei den drei anderen zu bleiben, als sie an den vernagelten Türen der verlassenen Wohnungen und Geschäfte vorbeikamen.

Einige Fußminuten von Wongs Wohnung entfernt blieb der alte Mann auf einem dunklen Abschnitt eines Korridors vor dem Rechteck einer schwärzeren Finsternis stehen. Auf den ersten Blick hätte es eine Nische sein können, stellte sich dann aber, als Wallace seine Taschenlampe darauf richtete, als Beginn eines schmalen Flurs heraus, der etwa zehn Meter vom Eingang entfernt einen Knick machte.

»Geht's hier lang?«, fragte Scott.

Wong nickte stumm. Sein Gesicht wirkte sehr blass im matten Lichtstrahl.

»Nun«, meinte Masters vergnügt, »ich vermute, es ist nur vernünftig, in der Nähe seines Arbeitsplatzes zu wohnen. Gehen wir rein.«

»Moment!« Wong hob abwehrend eine Hand. »Das hier ist keine Führung. Sie können nicht alle auf einmal mit hinunterkommen.«

»Warum nicht?«, fragte Masters.

»So ist es nun mal«, sagte Wong finster. Etwas Besseres fiel ihm aus dem Stegreif nicht ein. Tatsächlich war er nämlich eingeschlafen, bevor er sich eine gute Ausrede einfallen lassen konnte, um die beiden überflüssigen *gwailos* loszuwerden, und sein Gehirn war immer noch zu benebelt für eine kreative Lösung. Er schüttelte den Kopf, um ihn freizubekommen. In diesem Zustand sollte er sich nicht dem großen Temutma nähern. Wo war nur seine Kraft geblieben?

Er senkte den Kopf auf die Brust, schaute nach innen, konzentrierte seinen Verstand auf den kleinen tanzenden Lichtfleck, der seine eigene ätherische Essenz symbolisierte. Einen Augenblick war da nur die gleiche dämpfende Erschöpfung, eine graue Müdigkeit, die sich wie ein böser Schatten über seine Kraft legte und mit ihrem dunklen Gewicht seinen Elan erdrückte, doch allmählich spürte er, wie sich die Macht regte und nach außen ausbreitete, langsam zunächst, sich jedoch zu einem konstanten Strom aufbauend, der durch die Kanäle seines Körpers flutete, sie füllte wie ein Frühjahrsregen die ausgetrockneten Wasserläufe einer Wüste. Es war getan. Lächelnd hob er den Kopf. Alt mochte er ja sein, aber noch hatte ihn die Macht nicht verlassen.

Temutma erhob sich in der Dunkelheit und schaute sich mit Augen um, die kein Licht benötigten.

Er erinnerte sich, dass er sich in der glücklichen Lage befand, heute Nacht eine Auswahl an Gestalten zu haben. Er benutzte den Fuß, um etwas auf dem Boden umzudrehen. Sich in sterbliches Fleisch zu hüllen war eine reizvolle Option – zwei potenzielle Körper lagen günstigerweise zu seinen Füßen, einer davon frisch. Es war immer eine Herausforderung, sich auf diese Weise zu kleiden: die schwachen, um ihn herum verwesenden Körper, die kraftlosen Muskeln, die auf eine Art auf seinen Willen reagierten, für die sie nicht geschaffen waren, die sich auf seinen Befehl hin auffaserten … Die Sinneseindrücke waren interessant …

Aber vielleicht, argumentierte er, wäre es besser, unbehindert von Fleisch außer seinem eigenen zu gehen. Es würde eine Nacht für Spiele werden; früher oder später müsste er sich in die Lüfte schwingen, um der ätherischen Spur des *kashlik* durch die zahlreichen Türme der Stadt zu folgen. Ja, sagte er sich, heute Nacht würde er den *kashlik* suchen. Er drehte sich zum Gehen um.

Aber die Körper reizten ihn immer noch, und er machte erneut kehrt, um noch einmal nachzudenken. Die Nacht war jung; vielleicht hätte er genug Zeit für beide Arten des Vergnügens. Die Möglichkeiten abwägend, streckte er seinen Arm aus und verwirbelte ihn beiläufig in einen Korkenzieher aus gelbem Dunst, der durch die halbe Gruft reichte.

Wong begriff sehr schnell, dass er sich Masters und Wallace nicht so leicht vom Hals schaffen konnte. Wallace besaß die Wissbegierde eines jungen Forschers, der Indiana Jones spielte. Masters reagierte vergnügt unzugänglich auf Wongs Entmutigungsversuche. Scott ignorierte die Auseinandersetzung und starrte mit grimmiger Miene in die enge Dunkelheit des Korridors.

»Keine Sorge, Ah Wong«, sagte Masters, »wir werden Ihnen nicht im Weg stehen. Wir wollen das Ding einfach nur mal sehen, das ist alles.«

»Es wird viel zu gefährlich sein«, sagte Wong entschieden.

»Umso mehr Grund, dass wir alle zusammen gehen.«

»Ich kann nicht so viele beschützen ...«

»Schnauze! Alle!«, zischte Scott.

Wong verstummte. Die Stille des Korridors war ungebrochen. Nach einem Augenblick flüsterte Masters: »Was ist denn, Mike? Hast du was gehört?«

»Halt die Klappe. *Hör zu!*«

Wallace knipste die Taschenlampe aus. Die vier Männer spitzten die Ohren in die fast undurchdringliche Schwärze des Korridors.

»Hört ihr es jetzt?«, flüsterte Scott. »Es kommt jemand.«

»Unmöglich«, sagte Wong, obwohl er spürte, wie sich eine schreckliche Furcht um sein Herz legte. »Kein Mann und keine Frau der Stadt würde dort hinuntergehen – sie kennen die Gefahren viel zu gut. Und der Weg an die Oberfläche wurde für Temutma versperrt …«

»Ratten?«, schlug Masters vor.

»Nein. Schritte. Wohin führt das hier?«, fragte Scott und drehte sich im Dämmerlicht zu Wong. »Gibt es noch mehr Ausgänge?«

»Nein«, flüsterte Wong. »Nachdem sich vor einigen Jahren ein Kind dort hinunterverirrte, haben mir die Bewohner der Ummauerten Stadt geholfen, alle anderen Zugänge zu versperren …«

Jetzt konnten alle die Schritte hören – zögernde, stockende Schritte, immer noch so weit entfernt, dass sie an jedem Ort unbemerkt geblieben wären, auf dem nicht die Totenstille dieses Höllenlochs lag. Sie kamen unüberhörbar näher. Scott beschlich der sonderbare Gedanke, dass sich der zaudernde Gang nicht unmittelbar auf denjenigen oder dasjenige zurückführen ließ, was sich durch die Dunkelheit vortastete, sondern vielmehr auf einer elementaren Unsicherheit in der Verwendung der Füße basierte …

»Bist du bewaffnet, Tony?«

»Natürlich.«

»Gut. Ich auch. Nur für alle Fälle.«

Masters berührte Scotts Schulter. »Solltest du deine Waffe nicht abgeben?«

»Zum Glück war ich heute nicht im Präsidium, mein Freund.« Scott legte seine Hand auf die beruhigenden Konturen des Dienstrevolvers unter seiner Jacke. »Mr. Wong?«

Wong antwortete nicht. Scott starrte ihn durch die Dunkelheit an. »O mein Gott. Tony – die Taschenlampe.«

Wallace knipste die Lampe an und richtete sie auf Wong. Scott holte scharf Luft.

Die Augen des alten Mannes waren geschlossen, und sein Gesicht war bleich wie der Tod. Er stand in einer merkwürdigen Haltung da, so als stützte der Körper nicht seinen Kopf, sondern baumelte ohne eine feste Verbindung nur daran.

»Was ist los, Mr. Wong? Mein Gott, er hat einen Schlaganfall.«

»Nein.« Langsam die Augen öffnend, stammelte Wong etwas Unverständliches.

»Was haben Sie gesagt?«, wollte Scott wissen.

»Gehen Sie«, sagte Wong leise. Er schüttelte den Kopf und versuchte die letzten ätherischen Schnüre der Verbindung zu kappen … Warum hast du die Verbindung nicht vor Verlassen der Wohnung benutzt, haderte er mit sich selbst. Auf diese Weise wäre er rechtzeitig gewarnt gewesen und hätte gewusst, dass Temutma irgendwie den Fesseln des Schlafes entkommen war, dass er bewaffnet mit dem *grimoire* und der Tinktur hätte kommen müssen, ja sogar mit Marachandras Amulett! So dumm, so übertrieben selbstsicher! Aber die Schriftrolle und die Runen hätten ausreichen *müssen* …

»Gehen Sie!«, wiederholte er, und seine Stimme war kräftiger.

»Was zum Teufel hat er denn?«, fragte Masters.

»Ich habe durch seine Augen gesehen«, schrie Wong verzweifelt. »Temutma selbst nähert sich uns! Gehen Sie, gehen Sie, gehen Sie!«

»Nicht so schnell«, sagte Scott. »Ich kann mich nicht erinnern, dass Ihr Monster Schuhe trägt.« Er zog seinen Revolver. »Und wer immer in einer Minute dort um die Ecke kommt, er trägt auf jeden Fall Schuhe. In Deckung.«

Narren, schrie Wong stumm. Fieberhaft begann er, flüsternd die Worte eines Schutzzaubers herunterzurasseln, die er vor so langer Zeit auswendig gelernt hatte, eines Zaubers, der nur im schlimmsten Fall und bei höchster Gefahr benutzt werden durfte – er hatte ihn noch nie zuvor benutzt, hatte noch nie sehr an seine Wirksamkeit geglaubt, aber andererseits war er auch noch nie zuvor Temutma so bar jeder Vorbereitung gegenübergetreten. Und noch während er die Worte sprach, wusste er, dass sie nutzlos waren.

Inzwischen waren die Schritte sehr deutlich, direkt hinter der nächsten Ecke des dunklen Schlundes unmittelbar vor ihnen. Masters, der nur mit einem kurzen Stück Rohr bewaffnet war, das er aus dem Schutt auf dem Boden aufgehoben hatte, zog Wong mit sich zurück in den Hauptkorridor. Wallace, die Schusswaffe in der Hand, stand neben Scott vor dem Eingang und richtete die Taschenlampe auf den Knick des Ganges.

Eine Gestalt bewegte sich ins Licht und blieb stehen. Nach einer Schrecksekunde senkte Scott seinen Revolver.

So hell – Schmerz durch die Helligkeit, gerade eben noch erträglich mit diesen Augen, aber auf keinen Fall lange zu ertragen. Doch dieses Unbehagen ließ sich leicht vergessen, denn in der Luft hing ein Geruch, der seine Sinne berauschte, Blut, Gefahr, eine Schwingung der Macht …

Hochgefühl! Nicht mehr nötig, den *kashlik* zu suchen – der *kashlik* hatte die Herausforderung aus freien Stücken angenommen! Glücklich trat Temutma einen Schritt vor …

… und blieb wieder stehen. Der *kashlik* war nicht der einzige Herausforderer. Temutma schnupperte in der Luft. Ein anderer Duft hing schwer in seinen geborgten Nasenflügeln, vertraut auf eine Art und einen langen Schatten über Temutmas Erinnerung werfend; eine schon oft gespürte, aber nie wirklich gesehene Präsenz, verbunden mit diffusem Hass als fernem Nachhall von vereitelten Gelüsten, unerwünschten Beruhigungen und lange verabscheuten Abstumpfungen des Willens …

»Fairfield! Was haben Sie denn hier zu suchen?«

Der Reporter sieht mehr als nur angetrunken aus, dachte Scott; er torkelte, beschnüffelte die Luft und grinste dümmlich.

»Kennst du ihn?«, fragte Masters.

»Mehr oder weniger, leider«, knurrte Scott angewidert. »Das ist Joseph Fairfield, der Reporter, der den Ralston-Artikel im *Herald* geschrieben hat und diesen Blödsinn über den Mord an Vergie. Kommen Sie, Fairfield, bekommen Sie nicht schon genug Dreck von Ihrem Freund Bingham?«

Fairfield sagte nichts, aber sein Grinsen wurde breiter und irrer, zeigte seine Zähne und das schimmernde, blutleere Weiß seiner Augen. Er kam ein paar Schritte näher und blieb stehen, um erneut in der Luft zu schnuppern. Wong hörte mit seinem eigenartigen Gebabbel auf und machte einen Satz nach vorn, um Scotts Schultern in einem schmerzhaften Griff zu umklammern.

»Erschießen Sie ihn«, sagte er eindringlich.

Scott schnaubte. »Hören Sie, Mr. Wong, er mag ja ein Arschloch sein, aber ich kann nicht einfach …«

»Erschießen Sie ihn!«

»Jetzt hören Sie mal zu …« Scott wandte sich zu dem alten Mann um, weil er ihm einen missbilligenden Blick zuwerfen wollte, registrierte dann jedoch aus dem Augenwinkel eine Bewegung und drehte sich jäh wieder zu Joe Fairfield. Was dann geschah, passierte so schnell, dass er sich später nicht mehr an die exakte Reihenfolge der Ereignisse erinnern konnte. Fairfield, im einen Moment noch ein grinsender, torkelnder Säufer, verwandelte sich schlagartig in einen verschwommenen Fleck, der im grellen Licht von Wallace' Taschenlampe mit gebleckten Zähnen den Korridor heruntergerast kam.

Unwillkürlich wich Scott einen Schritt zurück und riss seinen Revolver hoch, doch da krachte Fairfield auch schon gegen ihn und stieß ihn zu Boden. Das Licht drehte sich wie ein Feuerrad und kam mit einem Scheppern auf dem Boden zur Ruhe, als Wallace die Taschenlampe verlor – dann ein entsetzter Aufschrei von Al Masters aus einem wirbelnden Gewirr von Körpern, gefolgt von dem nachhallenden Donnerschlag eines Schusses und einem nicht menschlichen Aufheulen – Fairfields Stimme? Dann stolperte Fairfield zurück in den Lichtkeil, der von der hingefallenen Taschenlampe geworfen wurde. Scott drückte zweimal schnell hintereinander ab und beobachtete mit distanzierter Fassungslosigkeit, wie Fairfields Körper unter jedem Aufschlag heftig zuckte – und trotzdem näher kam.

Nicht fair. Das ist nicht fair.

Der *kashlik* sollte sich ihm allein stellen und nicht wie ein Hund in einem ganzen Rudel, dessen Zähne und Fänge diese teuflischen stechenden Feuer-Hammer-Donner-Dinger waren. Ausgehend von dem Epizentrum, wo eines der Geschosse kreischend in ihn gefahren war, spürte Temutma den Schmerz durch seine Essenz explodieren – aber es war diese andere Präsenz, die ihn noch mehr zur Raserei brachte, diese vertraute und so verhasste Präsenz im Hintergrund, vage identifiziert als einer in einer langen Reihe schattenhafter Peiniger, deren Flüstern Temutmas freien Willen schon eine Ewigkeit heimgesucht und in Schranken gehalten hatte; stets im Grenzgebiet zwischen Dunkelheit und Licht, sich niemals richtig zeigend und mit ihren vergifteten Gaben und beruhigend entkräftenden Liedern seine Blutlust betäubend …

Vergiss den *kashlik*, befahl sich Temutma. Vergiss die Qualen der grässlichen Feuer-Hammer-Donner-Dinger, die von dem *kashlik* und seinem Rudel Hunde geführt wurden. Am Ende waren sie ihm doch nicht gewachsen – nicht, wenn er zuerst den Flüsterer im Schatten tötete …

»Fairfield!«

Sie wichen jetzt in den Hauptkorridor zurück, alle vier, während Fairfields zerfetzter Körper Schritt für Schritt weiter auf sie zukam. Scott hob seine Waffe, um direkt zwischen Fairfields glasige Augen zu schießen. Ein kleiner Teil seines Verstandes rätselte ruhig über die Tatsache, dass Fairfields Wunden nicht bluteten.

»Joseph Fairfield!«, brüllte er. »Bleiben Sie stehen! Das ist die letzte Warnung!«

Er spürte, wie Wongs Hand an seinem Ellbogen zerrte. »Das ist nicht Fairfield, Sie Idiot«, zischte der alte Mann. »Es ist Temutma, *Temutma!* Erschießen Sie ihn!«

Aber Fairfield hatte sie bereits erreicht. In aller Ruhe griff er an Scott vorbei und legte eine Hand um Wongs Hals – Wong schnappte nach Luft und hob die Hände in einer merkwürdigen gegabelten Geste, versuchte vergeblich, Worte an der Einengung seines Halses vorbeizuschieben; doch noch als sich die Finger fester um Wongs

Hals legten, brüllte Masters los und schwang das Rohr in seiner Hand hoch über seinen Kopf und ließ es mit einer solchen Gewalt auf Fairfields Unterarm krachen, dass der Knochen zersplitterte, die Hand aufsprang und von Wongs Hals fiel.

»Zurück!«, brüllte Masters und stieß den alten Mann beiseite.

Das Ding, das einmal Joseph Fairfield gewesen war, schrie vor Wut und Schmerz. Die unverletzte Hand legte sich um Masters' Kehle.

Wallace und Scott, die beide keinen sauberen Schuss abfeuern konnten, sprangen vor. Wallace riss seine Waffe hoch, als wollte er sie von hinten auf Fairfields Kopf niederkrachen lassen, doch Fairfield wirbelte mit unbeholfener Eleganz herum, griff mit seinem zersplitterten Arm an, schlug den Polizisten mit einer Wucht über die Brust, die körperlich eigentlich nicht hätte möglich sein dürfen, und schleuderte ihn gegen Scott zurück.

Im schwachen Schein des von den Wänden reflektierten Lichts der Taschenlampe bot sich Scott über Wallace' Schulter ein schonungslos perfektes Bild dessen, was dann passierte. Er taumelte unter der Wucht von Wallace' Aufprall immer noch nach hinten und versuchte verzweifelt, seine Schusshand freizubekommen, als er sah, wie Fairfield sein grinsendes Gesicht über Masters' Hals beugte und sich mit einem großen Fetzen aus Masters' Kehle zwischen den Zähnen wieder zurücklehnte.

Die Bewegung erfolgte so schnell, so geschmeidig und geschickt, dass sich jener Teil von Scotts Verstand, der distanziert beobachtend blieb, zunächst einfach weigerte zu glauben, von den Augen korrekte Informationen zu empfangen. Aber dann schoss der erste dunkle Strahl aus Masters' zerfetzter Halsschlagader, und Scott brüllte den Namen seines Freundes heraus und stieß Wallace aus dem Weg.

Fairfield reagierte darauf, indem er Masters zur Seite schleuderte und auf Scott zuging; das Gesicht ein glanzloser, rot verschmierter Alptraum im reflektierten Licht. Im Näherkommen erhob er eine Hand zu Scott und begrüßte ihn zum Tod. Scott hob seine Waffe.

»Mörder«, spie er aus. Er hielt den Arm ruhig und zielte sorgfältig exakt in die Mitte von Fairfields Stirn. Der Schädel explodierte, doch die von Masters' Blut dunklen Lippen kräuselten sich weiter zu einem Lächeln, und auch die Beine setzten ihre Bewegung mechanisch fort.

»Noch mal! Schieß weiter!«

Scott erkannte Wallace' Stimme, aber die Worte bedeuteten ihm nichts. Er schoss so oder so wieder. Neben sich hörte er, das Echo seines eigenen Schusses überlagernd, das Brüllen von Wallace' Waffe. Und wieder. Und wieder.

Dann klickte sein Revolver nur noch, war leer. Keine Zeit zum Nachladen. Er packte den Lauf wie einen Knüppel, wich zurück und hörte den letzten von Wallace' Schüssen wie einen Donnerschlag durch die Dunkelheit rollen.

Zeit zu sterben, dachte er.

Aber der Horror, der bis vor kurzem noch ein menschlicher Körper gewesen war, hatte seinen tödlichen Vormarsch beendet.

Der Schmerz war unerträglich.

Nicht der Schmerz des zerstörten sterblichen Körpers, den er einfach abschalten konnte, sondern die tobende Agonie, die entlang der Kanäle seiner eigenen Essenz jagte, brannte, stach, vor Beschädigung und Erschöpfung aufschrie. Der *kashlik* besiegte ihn.

Nein! Leidenschaftlich verleugnete Temutma diese Schmähung. Kein *kashlik* hatte ihn am Ende je besiegt! Ja, der *kashlik* hatte es zweimal fertig gebracht, ihn mit diesen unfairen Waffen zu verletzen – aber eine Wunde war kein Tod, und beim dritten Mal würde er für alles bezahlen.

So leicht, wie er einen Umhang von den Schultern gleiten lassen könnte, streifte Temutma den Körper des *bhutik* ab.

Joe Fairfields Körper brach knochenlos auf dem Boden zusammen und lag wie eine Flickenpuppe praktisch direkt vor Scotts Füßen. Scott starrte die Leiche fassungslos an, der Magen drehte sich ihm um, und dann blinzelte er schnell, um den gelben Nebel aus den Augen zu bekommen, der für ein paar Augenblicke vor ihm in der Dunkelheit zu hängen schien. Als er wieder klar sehen konnte, drehte er Fairfields Leiche mit dem Fuß um und ließ sich neben ihn auf die Knie sinken.

»Ich glaube«, sagte Wallace hinter ihm viel zu laut, »dass wir den Bastard erwischt haben.« Er klang genauso schwindlig und schwach, wie Scott sich fühlte. Er hielt die Taschenlampe wieder in der Hand, aber noch richtete er ihren Strahl nicht voll auf den Körper des Reporters; was sie im indirekten Licht sehen konnten, war Ekel erregend genug.

»Machen Sie sich nichts vor. Temutma ist nicht vernichtet.« Wongs Stimme kam einige Meter entfernt aus der Dunkelheit.

»Sieht für mich aber ziemlich vernichtet aus«, meinte Wallace trocken und ließ diesmal den Strahl über den Körper gleiten. Dann drückte er Scott die Taschenlampe in die Hand und taumelte würgend davon.

Scott sagte nichts. Er stand auf und stieg über Fairfields Leiche. »Al? Mr. Wong, ist Al bei Ihnen?«

»Sehen Sie selbst.«

Wong hielt Masters' Kopf auf dem Schoß; der Beton um sie herum war dunkel und glatt vor Blut. Scott leuchtete kurz auf Masters' Gesicht, registrierte die Blässe, die flatternden Lider, die blutigen Schaumblasen, die in seinem Mundwinkel zerplatzten, und bewegte den Lichtstrahl dann weiter hinunter zu Masters' Hals. Er schnappte nach Luft, ließ sich neben Masters auf die Knie sinken und wühlte in der Jacke nach seinem Taschentuch.

»Halten Sie die Lampe.« Er fummelte mit dem Stoffquadrat, faltete es, faltete es noch einmal, legte es über das klaffende Loch in Masters' Hals. Er stöhnte auf, als es sofort rot und durchnässt wurde, warf es beiseite und versuchte verzweifelt, die Wundränder mit bloßen Händen zusammenzudrücken … Wong zog behutsam seine Hände fort.

»Es ist zu spät«, sagte er ruhig. »Es war von Anfang an zu spät. Er war von dem Augenblick an tot, als er mich rettete.« Mit großer Zärtlichkeit verlagerte er Masters' Kopf von seinem Schoß auf Scotts Schoß, hob die Hände und begann sich zu einem gemurmelten Gebet zu wiegen.

Scott spürte, wie Wallace sich neben ihn kniete. »Es fehlen fast drei Zentimeter von seiner Halsschlagader«, sagte Scott, war überrascht, wie ruhig seine Stimme klang. »Al? Kannst du mich hören?«

Masters schlug die Augen auf, richtete seinen Blick kurz auf Scott und starrte dann mit einem kaum wahrnehmbaren Runzeln der Augenbrauen in die Ferne. Scott kannte diesen Ausdruck. Normalerweise war es ein Omen für einen von Masters' berüchtigten Scherzen, das Stirnrunzeln vor der Pointe.

»Albert?«

Masters hob den Kopf, und seine Lippen bogen sich um die Blutbläschen. Dann schlossen sich seine Augen, und sein Kopf sackte gegen Scotts Knie zurück.

»Er war ein guter Mann«, murmelte Wong. Er senkte einen Augenblick den Kopf und fuhr dann mit seinen Gebeten fort.

17

Sy Yung wagte es, sich einen Moment gegen Joe Fairfields Wagen zu lehnen, und gestikulierte Iceman Yip: Bleib-da-nur-Geduld-der-Bastard-muss-früher-oder-später-auftauchen. Iceman starrte finster vom Rücksitz auf und rieb bedeutungsvoll Daumen und Zeigefinger. Sy stöhnte. Es wäre typisch Joe, dachte er, wenn er sich genau diesen Augenblick aussuchte, um wieder aufzukreuzen, aber er schaffte es in vier Sekunden, einen weiteren Tausenddollarschein aus seiner Brieftasche zu fischen und durch den schmalen Spalt des Fensters zu schieben. Dann zog er sich in den nächstgelegenen Hauseingang zurück.

Immer noch kein Joe.

Der Nudelimbiss war inzwischen geschlossen und dunkel. Sy sah nachdenklich über die Straße zu der komplexen Fassade der Ummauerten Stadt hinüber. Die beiden Ausgänge, die Joe höchstwahrscheinlich benutzen würde, lagen beide auf dieser Seite, und genau dazwischen befand sich ein Ladenlokal mit einer zweckmäßigen Nische. Sy überquerte die Straße.

Die Nische war schön dunkel und tief genug, dass drei Türen von ihr abgingen. Aus den Schaufenstern auf zwei Seiten grinsten ihn Regale voller Gebisse an. Sy postierte sich weit genug hinein, damit er die Straße überblicken konnte, ohne selbst gesehen zu werden.

Seltsam. Er schüttelte den Kopf und schlug sich mit dem Handballen aufs Ohr. Einen Augenblick schienen hochfrequente Schwingungen durch die Luft zu kreischen, wie bei manchen Neonlampen, wahrnehmbar weniger als Geräusch, sondern vielmehr als ein summendes Unbehagen auf dem Trommelfell. Sy schlug sich auf das andere Ohr und stellte fest, dass dieses summende Gefühl aufgehört hatte. Achselzuckend richtete er sich aufs Warten ein.

Temutma schoss über den Türmen in den Himmel, die er inzwischen Zuhause nannte. Sein Wutschrei begann so gerade eben oberhalb der Hörschwelle des menschlichen Ohres, sorgte aber dafür, dass sich jeder Hund in jeder Wohnung, jedem Abwasserkanal und jeder müllübersäten Gasse im Umkreis von einer Meile verkroch. Er loderte unter der Qual, verursacht durch die Geschosse des kashlik; *er wirbelte und schoss durch die Luft, versuchte fieberhaft, vor der Schmach seiner Schlappe wegzufliegen, aber sie klebte an ihm mit der Hartnäckigkeit von brennendem Natrium.*

Ein Gedanke tauchte allmählich durch die Qualen auf. Gab es einen besseren Weg, mit diesen Schmerzen und dieser Erniedrigung fertig zu werden, als sie einfach weiterzugeben? Ja, dachte er, ja, ja. Aber es war schon eine sehr spezielle Beute erforderlich, um ihm jetzt zu helfen – ein gewöhnlicher, wimmernder *bhutik* würde da kaum genügen.

Die *lilitak* aus dem kleinen Palast jedoch wäre genau die Richtige.

Er verlangsamte seine Derwisch-Drehungen, betrachtete diese Idee von allen Seiten. Er hatte beabsichtigt, sich den vollen Spaß an diesem Spiel für einen späteren Zeitpunkt aufzuheben, wenn Notwendigkeit und Dringlichkeit keine Rolle bei den Regeln spielten – aber er brauchte die lilitak *jetzt. Könnte er das Spiel derart modifizieren, dass er neue Kraft daraus zog? Die Todesqualen der* lilitak *als heilende Hand auf seinen Wunden? Ihre Schmach als Schleier vor seiner eigenen? Könnte er es zu einem solchen Spiel machen?*

Ja. Er glaubte, dass er es wahrscheinlich könnte.

Hoch über den hell erleuchteten Straßen schwebend, suchte er die Luft nach der ätherischen Spur der *lilitak* ab.

Julia Ralston lag mit offenen Augen da und starrte auf die angeschimmelte Decke des Schlafzimmers in dem sicheren Haus. Claudia Lau schlief friedlich auf dem anderen Bett, auch wenn Julia genau wusste, dass die Polizistin sich erst vor wenigen Minuten erlaubt hatte zu entspannen, als sie glaubte, Julia sei eingeschlafen. Julia wusste das, weil sie, Julia, nur so getan hatte als ob. Ihr Nachmittagsschläfchen hatte ihr die Lust auf Träume gründlich verdorben.

Als Lau eine ganze Weile ruhig und regelmäßig geatmet hatte, verließ Julia lautlos ihr Bett und setzte sich auf den Holzstuhl am Fenster. Die Sitzfläche war hart und unbequem, die Leiste der Rückenlehne berührte Julias Rückgrat an einer Stelle, die maximale Unbequemlichkeit garantierte – ganz klar ein Stuhl, um Schlaf fern zu halten.

Julia wollte wach bleiben. Es war schon gut, dass sie vor ein paar Minuten wach gewesen war, als plötzlich Bilder von Blut und Gewalt in ihren Verstand eingedrungen waren; sich ihnen in ihren Träumen zu stellen war undenkbar. Hoffnungslos starrte sie aus dem Fenster auf die vom Wind durchgeschüttelten Büsche und dunkel aufragenden Bäume im Garten und wünschte sich, nie wieder einzuschlafen.

Aber eines stellte sie vor ein Rätsel, und sie blickte stirnrunzelnd aus dem Fenster. Sie konnte ja noch nachvollziehen, dass sie von Michael Scott träumte – früher am Abend hatten sie und Lau ihm in einem Anfall von Mädchentratscherei neun von zehn möglichen Punkten gegeben –, aber warum, warum, fragte sie sich, war sein Gesicht so deutlich gewesen in diesen Bildern des Grauens, die erst vor wenigen Minuten urplötzlich in ihren Kopf gekommen und genauso schnell wieder verschwunden waren?

Warum, zum Beispiel, hatte sie ihn gesehen, wie er sie mit vor Zorn funkelnden Augen über den Lauf einer Waffe anstarrte?

Unsicher stand Wallace auf. »Wir können hier nicht ewig rumsitzen, Mike. Du solltest besser am Tatort bleiben, während ich den Zwischenfall melde.«

Wongs Sprechgesang verstummte abrupt. »Wo wollen Sie hin?«

»Da ist eine Telefonzelle …«

»Sie wollen doch wohl nicht die Behörden verständigen, oder?«

»Mr. Wong«, seufzte Wallace, »wir *sind* die Behörden, Sie erinnern sich? Wir *müssen* das sofort melden.«

»Nein.«

Scott riss sich aus dem Nebel seiner Trauer und Selbstvorwürfe. »Wir haben hier zwei Leichen, Mr. Wong. Der eine ist ein ranghoher Gerichtsmediziner der Polizei, der andere ein Massenmörder. Das ist nicht gerade ein Tatort, von dem man sich einfach so entfernt.«

»Nein. Dafür ist jetzt keine Zeit. Wir müssen Temutma finden. Ich muss die Versklavung vollenden, bevor er mir wieder entkommt.«

»Versklavung?«, wiederholte Scott. Doch Wallace hockte sich neben den alten Mann und packte ihn behutsam bei den Schultern.

»Ah Wong, der Mörder ist tot. Sehen Sie, dort liegt sein Körper. Es ist vorbei.«

Wong schüttelte Wallace' Hand wütend ab. »Vorbei? Es wird niemals vorbei sein. Sie halten mich für einen senilen alten Mann, nicht wahr? Kind, Temutma ist euch bereits entkommen. Die bedauernswerte Hülse, die dort auf dem Boden liegt, war nur ein weiteres seiner Opfer. Sagen Sie es ihm, Mr. Scott.«

»Was soll ich ihm sagen?« Müde hob Scott den Kopf.

»Sagen Sie ihm, dass dieser – Fairfield – nicht Temutma war. Sie müssen doch wissen, dass es die Wahrheit ist, denn Sie haben Temutma gesehen, als er Ihre Frau getötet hat. Hat Fairfield Ihre Frau ermordet, Mr. Scott?«

»Es war nicht Fairfield.«

»Aber wir haben doch mit eigenen Augen gesehen, wie er Al umgebracht hat«, protestierte Wallace.

»Hören Sie mir zu.« Jetzt packte Wong Wallace bei den Schultern, und das nicht ganz so behutsam. »Es gibt eine ganze Menge, was ich Ihnen noch nicht über Temutma erzählt habe, weil es zu dem Zeitpunkt nicht erforderlich war. Jetzt ist es erforderlich. Er kann seine Gestalt verändern, verstehen Sie das?«

Wallace schüttelte stumm den Kopf. Wong seufzte.

»Er kann seine *Gestalt verändern.* Er besitzt eine natürliche Form, ja, und wahrscheinlich war es diese Gestalt, die er annahm, als Mr. Scott ihn sah – aber seine Essenz ist formbar. Er reist als Nebel, der sich vom Wind treiben lässt, und sickert noch durch die winzigsten Ritzen …«

»Übernimmt die Körper seiner Opfer«, meldete sich Scott plötzlich zu Wort.

»Ja, ja!«, sagte Wong erfreut und überrascht zugleich. »Sehr gut, Mr. Scott. Er besitzt die Macht, sie mit seiner eigenen Essenz zu beleben – dieser Mann hier, dieser Fairfield, hat Ihren Freund nicht umgebracht – vorher ist er Temutmas Opfer geworden, und dann war er Temutmas Gefäß. *Und jetzt hat Temutma ihn verlassen.*«

Wallace befreite sich und wich zurück, bis er mit dem Rücken gegen die Wand stieß. »Sie sind doch verrückt«, flüsterte er. »Es ist vorbei. Der Mörder ist tot.«

»Ich glaube nicht, dass er verrückt ist«, sagte Scott ruhig. Vorsichtig hob er Masters' Kopf von seinem Schoß und legte ihn behutsam auf den blutverschmierten Boden. »Was er sagt, ergibt auf eine merkwürdige Weise Sinn und erklärt manches, was ich bislang nicht verstanden habe.«

»Mike ...«

»Zum Beispiel, wie der Mörder in meiner eigenen Wohnung an mir vorbeikommen konnte – zum Beispiel, dass man das erste Opfer Stunden nach seinem vermeintlichen Tod in voller Lebensgröße herumlaufen sah.«

»Ja«, sagte Wong, »ja.«

Scott griff über Masters' Leiche und schlang seine Finger um das Revers von Wongs Robe. »Was haben Sie uns noch verschwiegen?«, fauchte er. »Warum haben Sie uns unvorbereitet in dieses Schlamassel laufen lassen? Wo war denn all ihr kostbares Wissen, als meinem Freund Al Masters die Kehle herausgerissen wurde?«

»Ich ... ich habe nicht damit gerechnet, dass Temutma wach war. Dieser Mann, dieser Fairfield, muss die Schriftrolle entfernt haben ...« Wong sprach nicht weiter. Seine Kinnlade fiel herunter, die Augen verdrehten sich nach hinten.

Bestürzt ließ Scott ihn los. Wallace kam auf Händen und Knien herübergerutscht.

»Vorsichtig, Mike. Mein Gott, du hast ihn doch wohl nicht umgebracht, oder?«

Inspector Jonathan Lam war an der Reihe, einen netten kleinen Spaziergang um den Bungalow zu machen, die Armalite unter einen Arm geklemmt.

Nach zwanzig Jahren Polizeidienst hatte Lam vor nichts mehr Angst. Er setzte vollstes Vertrauen in seine Ausbildung, seine Fähigkeit zu klarem Denken und ganz besonders in die Armalite, die er schussbereit in Händen hielt. Er hatte gute Gründe für seine Zuversicht.

In den späten Siebziger- und frühen Achtzigerjahren, als die Regierung die Existenz von Triaden offiziell noch leugnete, war Jonathan Lam damit beschäftigt, in den Seitenstraßen von Kowloon gegen genau diese Unaussprechlichen zu kämpfen. Offiziell oder nicht, manche dieser nicht existenten kleinen Bastarde hatten verdammt gut gewusst, wie sie ihre improvisierten Waffen mit erschreckender Zielgenauigkeit benutzen mussten, und Lam war gezwungen gewesen, schnell und gut zu lernen. Viele der Zusammenstöße waren nie öffentlich bekannt gemacht worden, entweder aus Angst vor dem Geschrei der notorischen Bedenkenträger über Polizeibrutalität oder wegen der Blamage des Eingeständnisses, dass die Triaden doch existierten – er hatte keine Ahnung, was es nun war, und es interessierte ihn im Grunde auch nicht. Ihn interessierte ausschließlich die Kampfstärke, die er dadurch gewonnen hatte, die Erfahrung und die Fähigkeit zu blitzschnellem, klarem Denken.

Nichts davon, so schien es, benötigte er heute Abend. Man hatte dem Team nur sehr wenig über den aktuellen Auftrag gesagt, doch soweit es Jonny Lam betraf, war es ganz klar ein Klacks. Eine unfreundliche, kleine *gwaipoh,* für die sich kein Mensch interessierte und deren verschissener Vater wahrscheinlich verdient hatte, was immer ihm widerfahren war; mit Action, gleich welcher Art, war ganz bestimmt nicht zu rechnen. Er grinste, während er den ruhigen Garten überprüfte. Schon möglich, dass sie eine frostige kleine Schlampe war, aber er konnte sich eine Art Action vorstellen, auf die er sich liebend gern mit ihr einlassen würde.

Natürlich absolut unmöglich.

Lam fand sich vor der Haustür wieder, nachdem er bei seiner Runde nichts Außergewöhnliches entdeckt hatte. Er schaute zum Nachthimmel auf. Er war inzwischen vollständig dunkel und ruhig. Zu ruhig. Wenn man wie Lam den größten Teil seines Lebens in einer Wohnsiedlung verbracht hatte, kam einem die Stille des Landes immer völlig falsch vor. Er hob die Hand, um an die Tür zu klopfen, verharrte dann aber und drehte sich um, weil er noch einmal den Blick über den Vorgarten wandern lassen wollte.

Er mochte ja ein Stadtjunge sein, andererseits jedoch schob er nicht zum ersten Mal Dienst in einem sicheren Haus auf dem Land. War die Stille nicht ein bisschen zu umfassend? Müsste es nicht eigentlich wenigstens ein paar nächtliche Geräusche geben: Insekten,

Frösche, Vögel in den Bäumen, das Rascheln kleiner Tiere im Gebüsch? Er hielt den Atem an und lauschte. Nichts.

Na ja, dachte er. Vielleicht war's die stille Jahreszeit. Trotzdem, es konnte nicht schaden, noch eine Runde ums Haus zu drehen, vielleicht noch einmal den Garten dahinter zu überprüfen, und wenn er damit nur die unvermeidbare Rückkehr in die nach Tabak stinkende Küche noch etwas hinauszögerte. Er sagte etwas, um mit seiner Stimme das Sende-Empfangs-Gerät zu aktivieren, hob dann fluchend eine Hand zum Ohr und riss den Empfänger heraus. Ein paar Sekunden später drang Inspector Cheungs schmerzerfüllte Stimme durch die Tür.

»Jonny, was ist mit deinem Sender los? Das statische Rauschen hat mir fast die Rübe weggefetzt.«

»Mir auch. Woher soll ich wissen, was los ist? Vielleicht gibt's hier irgendwo in der Gegend ein Gewitter.«

Schweigen. Dann hörte Lam, wie mehrere Riegel zurückgeschoben und die Tür einen Spaltbreit geöffnet wurde. »Das Mobiltelefon spielt auch verrückt«, sagte Cheung und schaute hinaus. »Komm besser rein, wir werden das durchchecken.«

Lam seufzte. »Ich dachte, ich mach noch eine Runde ums Haus.«

»Probleme?«

»Nein, alles ruhig. Mann, du weißt doch selbst, dieser Auftrag ist ein Sahneschnittchen. Auf die Schlampe hat's kein Mensch abgesehen.«

»Es gefällt mir nicht, wenn ich dich nicht erreichen kann, Jonny.«

»Und mir gefällt's nicht, auf meinem Hintern rumzusitzen. Beruhige dich, ich werde dir ein paar Blümchen pflücken.«

»Vergiss es. Okay, zehn Minuten. Danach werde ich Alarm auslösen.«

»Sagen wir zwanzig, Mama. Es ist so eine schöne Nacht.«

Cheung zuckte die Achseln. »Also gut, zwanzig. Aber keine Sekunde länger.« Die Tür wurde zugeknallt, und Lam hörte, wie die Riegel schwungvoll wieder vorgeschoben wurden. Er drehte sich um und nahm einen tiefen Zug von der warmen Nachtluft. Zwanzig Minuten. Er machte sich auf den Weg, die Vorderseite des Hauses entlang.

Verschlungen in die Äste einer hohen Tanne etwa zehn Meter vom Vordereingang des Bungalows entfernt, beobachtete Temutma, wie der Wachtposten um die Seite des Hauses verschwand. Halb gasförmig, halb fest, dachte er über den Wächter nach. Die lilitak *war im Haus, zusammen mit einer anderen* lilitak, *und ihre Spuren waren intensiv und verlockend, doch die Lektionen des früheren Abends hatte er nicht vergessen. Die Silhouette des Gegenstands in der Hand des Wachtpostens war ihm nicht direkt vertraut, aber Temutma vermutete eine funktionelle Ähnlichkeit mit den Waffen, die ihn zuvor gestochen hatten. Vorsicht war angezeigt; Vorsicht und Listigkeit und ein gewisses Maß an Geduld.*

Er dachte an eine weit zurückliegende Zeit, als er ein äußerst unterhaltsames Spiel mit genau so einer weichhäutigen *lilitak* gespielt hatte, die in einem richtigen Palast mit einem Lustgarten und einer sehr hohen Mauer drum herum bewacht wurde. Auch in diesem Fall hatte er mit Geduld gearbeitet. Zuerst hatte er Angst und Schrecken verbreitet, indem er die Wachtposten einen nach dem anderen abschlachtete. Oft schlug er zu und wartete dann einige Nächte, bevor er wieder tötete. Niemals auf die gleiche Weise. Die Regeln, die er für das Spiel aufgestellt hatte, verlangten es so. Manchmal zwei Nächte zwischen den Tötungen, manchmal auch mehr. Manchmal saugte er den *bhutik* einfach trocken, andere Male verspritzte er das Blut übers Kopfsteinpflaster des Hofes und drapierte die Eingeweide lustig zwischen den Lampions in den Ästen der Kirschbäume.

Und nachdem er dies zwei Monde so gemacht hatte und schließlich beschloss, es sei Zeit, hineinzugehen und der *lilitak* den Hof zu machen, das eigentliche Ziel des Spiels, war der Geschmack ihrer Angst, als er über ihr kauerte, jeden einzelnen Augenblick seiner geduldigen Selbstzucht wert gewesen. Diffus bedauerte er, dass er diesmal nicht nach den gleichen Regeln verfahren konnte; er würde die

Wachtposten einen nach dem anderen ausschalten müssen, das war schon richtig, doch Grund dafür war seine Eile und sein angeschlagener Zustand, er tat es nicht etwa, weil er die *lilitak* beeindrucken wollte.

Dennoch besaß ein solch massiver Aderlass seinen eigenen, ganz besonderen Reiz.

Die Vorfreude half ihm bereits, das Brennen seiner Wunden zu vergessen. Er verwandelte sich in einen Nebel und ließ sich von der Brise über die Büsche und Sträucher zu einem Aussichtspunkt näher am Haus wehen.

Julia schaute zu, wie die Brise einen trägen Nebelschwaden über den Rasen wehte, über die verrostete Schaukel und in die Bäume direkt neben dem Haus. Sie zitterte – gespenstisch. Keine Horrorfilme mehr für das Mädchen, dachte sie; nicht, wenn sie – im Rückblick – allmählich aussahen wie ausgewählte Kapitel ihrer Autobiografie. Dann stöhnte Lau im Schlaf, und Julia stand langsam auf und durchquerte das Zimmer, um auf sie hinabzublicken. Laus Gesicht war verzerrt und schweißgebadet, und ihre Hände waren auf beiden Seiten des Kopfes auf dem Kissen zu Fäusten geballt.

Besorgt beugte sich Julia über sie. »Claudia, aufwachen!«

Lau schrie auf, ein langes, tiefes Schluchzen auf Kantonesisch.

»Claudia, aufwachen! Alles in Ordnung!«

Laus Augen flogen auf. Sie schnappte nach Luft und setzte sich abrupt auf; ihre Blicke zuckten fieberhaft über den Raum.

»Alles in Ordnung«, beruhigte Julia sie, »nur ein Alptraum. Alles in Ordnung.«

Langsam ließ die Anspannung von Laus Körper nach. Ihr Blick richtete sich auf Julias Augen, und sie lächelte ein wenig betreten.

»Eigentlich sollte ich ja auf Sie aufpassen«, sagte sie.

»Schon gut. Es war Zeit, dass Sie sich mal ausruhten. Wenigstens haben Sie nicht im Schlaf versucht, mich zu erwürgen so wie …« Julia ließ den Gedanken unvollendet stehen. »Möchten Sie mir von Ihrem

Traum erzählen? Sie sind kreidebleich. Scheint ja ein echter Knaller gewesen zu sein.«

Lau zögerte. *Nacht in der Ummauerten Stadt, Angst hing wie ein gelber Nebel in der Luft, Schluchzen und Klagen sickerte aus der Leid tragenden Nachbarwohnung durch die dünne Wand; die leisen Stimmen ihrer Mutter und Großmutter – du darfst niemals dort hinuntergehen, so wie Mimi Cheng es getan hat, Kleines, da unten lauert etwas Böses – etwas sehr, sehr Böses …*

»Es ist nicht der richtige Augenblick, darüber zu reden«, sagte sie schnell. »Vielleicht vergleichen wir morgen früh unsere Alpträume, okay?«

»Das«, sagte Julia nachdenklich, »wäre vermutlich das Beste, ja.«

Lau stieg aus dem Bett und zog sich einen Pullover über das T-Shirt. »Tut mir Leid, dass ich Sie geweckt habe«, sagte sie.

»Keine Sorge, ich habe nicht geschlafen.« Julia verzog das Gesicht. »Ich habe die sagenhafte Aussicht bewundert.«

Lau schüttelte rügend den Kopf, als sie um das Bett ans Fenster trat und hinausschaute. »Sie sollten sich nicht zu sehr am Fenster zeigen.«

»Weswegen machen Sie sich Sorgen – Heckenschützen? Spanner? Fehlte uns gerade noch. Lachen Sie mal, Claudia.« Julia schlug Lau verschmitzt auf die Schulter, als sie zu ihr ans Fenster trat, und grinste breit, als Lau sie überrascht und besorgt anschaute. Dann zerbrach ihre aufgesetzte Miene.

»Ich habe Angst, Claudia. Ich habe echte Angst.«

»Ich weiß. Ich auch.«

»Es ist ein Alptraum. Schlimmer als ein Alptraum …«

»Ich weiß.« Lau nahm Julias Hand. Gemeinsam starrten sie durch den Spalt im Vorhang auf den leeren Rasen und den dunklen Himmel, auf die sich sanft wiegenden Bäume, in denen der Nebel hing.

Beide spürten es, aber keine wollte es aussprechen. *Dort draußen lauert etwas Böses – etwas sehr, sehr Böses …*

»Er atmet noch. Der Puls ist noch da.« Wallace zog den zusammengebrochenen Wong von der Mauer weg, vergewisserte sich, dass seine Zunge nicht die Luftröhre blockierte, und legte ihn in die Seitenlage, die Grundstellung für weitere Erste-Hilfe-Maßnahmen. Wong stöhnte und begann, mit kehliger Stimme zu murmeln. Wallace legte sein Ohr an Wongs Mund.

»Verstehst du, was er sagt?«

Wallace richtete sich auf. »Nein – irgendein chinesischer Dialekt, mit dem ich nicht vertraut bin. Weder Kantonesisch noch Mandarin.«

»Die Sprache meiner fernen Jugend«, sagte Wong leise. Er hob den Kopf und rappelte sich mühsam in eine sitzende Position auf.

»Legen Sie sich wieder hin, Ah Wong, ganz ruhig.«

»Keine Zeit. Außerdem bin ich nicht krank, Mr. Wallace.«

»Sie hatten einen Schock …«

»Unsinn. Sie hätten mich nicht stören dürfen. Jetzt muss ich wieder von vorne anfangen.«

Wong griff in die Tasche seiner Robe und nahm einen kleinen Flakon heraus. »Reiswein«, sagte er zufrieden. Er entkorkte die Flasche, trank einen kleinen Schluck und bot sie dann Wallace an, der aber zögerte. »Nehmen Sie auch einen, Sie können's gebrauchen. Mr. Scott, Sie müssen auch einen Schluck trinken.«

Widerwillig nahm Wallace den Flachmann, neigte ihn an seinen Mund, verzog das Gesicht und reichte ihn Scott weiter. Scott gönnte sich einen erheblich tieferen Schluck. Er wischte sich über den Mund und gab Wong den Flachmann zurück.

»In Ordnung, alter Mann«, sagte er, »was passiert jetzt? Sagen Sie uns, was wir tun sollen. Nein, Tony«, fügte er schnell hinzu, als er Wallace' erschreckte Bewegung registrierte, »wir werden es jetzt noch nicht melden. Zuerst werden wir uns anhören, was der Experte zu sagen hat.«

Sein Tonfall war verbittert. Wallace' Blick pendelte misstrauisch von einem zum anderen, und er sagte nichts.

Wong steckte die Flasche wieder ein. »Sehr weise, Mr. Scott. Hören Sie mir genau zu. In einem Moment werde ich wieder krank aussehen – Sie dürfen nichts tun, um mir zu helfen. Nichts, verstehen Sie? Sie werden nur aufmerksam zuhören.«

Wallace wechselte wieder einen Blick mit Scott, der daraufhin nickte.

Wong holte tief Luft, dann noch einmal und ein drittes Mal, und dann verdrehten sich seine Augen, und sein Kopf zuckte von einer Seite zur anderen. Wallace setzte sich in Bewegung, doch Scott legte ihm eine Hand auf den Arm.

»Er hat gesagt, wir sollten einfach zuhören.«

Während sie zuschauten, machte Wongs Gesicht allmählich eine Veränderung durch; eine Veränderung zum Bösen, die Lippen zurückgezogen, die Augen hart und ausdruckslos. Seine Atmung wurde rau und schwer, bekam einen merkwürdig unangenehmen Unterton. Ein leises Knurren, ein Schnuppern in der Luft, das Scott an ein wildes Tier erinnerte, das sich seiner Beute näherte. Und dann kamen die Worte.

»Da ist ein Haus …«, sagte Wong.

Wallace sah Scott verzweifelt an: Für diese Tiefsinnigkeit vernachlässigten sie ihre Pflicht, verwischten womöglich Spuren an einem Tatort, zögerten eine wichtige Meldung hinaus? Scott legte einen Finger an die Lippen.

»Ein Haus … mit zwei anderen, an einem großen Gewässer … einem See … nein, kein echter See, ein von Menschenhand erschaffener See …«

Ein Reservoir?, artikulierte Scott mit Lippensprache zu Wallace.

»… viele Bäume, drei Häuser … zwei sind nur leere Hülsen … es ist das Haus am Ende der Straße …«

Scott richtete sich auf. Ihm fiel die Kinnlade herunter.

»… die *lilitak* ist dort … drinnen … ja, und noch eine … schwarzes Haar und blondes Haar, zwei glatte Häute, was für ein Glück … beide haben Angst … ich sehe sie am Fenster, zwei Gesichter, ängstlich …«

»Wie viele Männer?«, wollte Scott wissen.

Wallace warf ihm einen warnenden Blick zu, doch Wong neigte sein zu einer grinsenden Fratze geronnenes Gesicht und schnupperte wieder in der Luft.

»Vier ... vier ...«

»Mein Gott«, sagte Scott leise.

»Vier Wachtposten ... grimmig ... bewaffnet, wie der *kashlik* ... vorsichtig ... einen nach dem anderen ...«

»Mr. Wong.« Blitzschnell kletterte Scott an Masters' Leiche vorbei, hockte sich neben den alten Mann und hielt seinen Mund dicht an dessen Ohr. »Mr. Wong, es ist wichtig. Sehen Sie sich dieses Haus noch mal an. Steht etwas im Vorgarten? Irgendwas?«

Ein konzentriertes Stirnrunzeln. »Ja ... ein Metallding ... wie auf diesen Plätzen, wo die Kinder spielen ... ein Ding mit daran befestigten Ketten ...« Das groteske Grinsen kehrte zurück. »... mit Ketten ... er mag Ketten ...«

»Eine Schaukel? Eine Kinderschaukel aus Metall?«

Aber die animalische Maske war zurück. Wongs starre Augen waren groß und glänzten. »... der Wachtposten draußen ... ihn zuerst ...«

»Mr. Wong ...«

»... einen nach dem anderen ...«

Jonathan Lam musterte angewidert das üppige Gestrüpp, das den Rasen hinter dem Haus einfasste. Er mochte Pflanzen an ihrem Platz; und ihr Platz war ein Topf auf einer Fensterbank oder ein Beet in einer Gärtnerei. All diese wilde, ungebändigte, nicht essbare Fruchtbarkeit schien so eine Verschwendung zu sein, ganz zu schweigen von einer Gefahr, wenn es ungehemmt hinter einem angeblich sicheren Haus wuchern durfte, wo es beliebig vielen lauernden Kriminellen hervorragende Deckung bot. Wenn er das Sagen hätte ...

Er blinzelte. Irgendetwas stimmte plötzlich nicht mit seinen Augen, so als trüge er eine Brille, die mit einem Mal beschlug. Verdutzt hob er eine Hand vor sein Gesicht; es muss an meinen Augen liegen, dachte er, denn ein gelblicher Nebel schien sich um ihn zusammenzuziehen und mit jeder Sekunde dichter zu werden, wie eine riesige Masse Zitronenwackelpeter, die um eine Kirsche erstarrte. Sehr merkwürdig, dachte er.

Aber ein paar Sekunden später war er noch verdutzter, denn … dieser Nebel besaß ein Gewicht und … *einen Druck* …

»Mr. Wong, machen Sie Schluss!«

»Ganz ruhig, Mike, du verletzt ihn noch.«

»Wong, um Gottes willen!«

Plötzlich wurden Wongs Augen lebendig. »Welcher Gott?«, sagte er kühl. Er zuckte zusammen und fing an, sich die Schläfen zu massieren, tief ein- und auszuatmen.

»Wong, was ist gerade passiert? Die Trance, in der Sie sich befanden, was war das?«

Wieder wurde der Flachmann gezückt. »*Die Verbindung,* Mr. Scott. Ein weiteres Geheimnis der Wächter. Mit der Verbindung kann ich eine gewisse Zeit durch Temutmas Augen sehen, obwohl ich seine Handlungen leider nicht kontrollieren kann. Dieser unglückselige Wachtposten …«

»Eine Verbindung?«, unterbrach Wallace. »So was wie eine übersinnliche Verbindung? Gedankenlesen?«

Ein gereizter Ausdruck huschte über Wongs Gesicht. »Nichts so Primitives. Eine ätherische Verbindung, Mr. Wallace. Eine Harmonisierung zwischen Temutma und – doch vorläufig sollte ich nichts mehr dazu sagen. Später vielleicht.«

»Verdammt wahr«, knurrte Scott. »Ich glaube, ich kenne den Ort, den Sie beschrieben haben. Vier Bewaffnete bewachen zwei Menschen, der eine dunkelhaarig, der andere blond, der künstliche See, ja sogar die Schaukel, alles passt.«

»Wovon redest du, Mike?«

»Es gibt ein sicheres Haus außerhalb von Tai Po in der Nähe des

Plover-Cove-Reservoirs. Vier Typen von T4 sind heute Morgen mit Julia Ralston und einer meiner WPCs weggefahren. Ich wette mein Leben drauf, dass sie genau dorthin sind.«

»Und ich meines«, sagte Wong ruhig, »dass Temutma ebenfalls dort ist.«

Scott sprang auf, zog Wallace auf die Füße und kramte in seiner Tasche nach den Reservemagazinen Munition. »Wir müssen ihnen helfen«, bellte er.

»Gut, gut«, sagte Wong, immer noch auf dem Boden. »Das wollte ich auch gerade vorschlagen.«

Scott beugte sich vor und zog den alten Mann auf die Beine. »Und Sie kommen mit uns.«

»Das werde ich nicht tun. Ich werde hier bleiben.«

Scott packte Wongs Robe. »Hören Sie zu, alter Mann, ich weiß nicht, wie viel von Ihrem Geschwafel ich tatsächlich glaube, aber sechs Menschen schweben in ernster Gefahr ...«

»Nur noch fünf«, sagte Wong.

»Mein Gott! Dann eben fünf! Jedenfalls werden Sie mitkommen.«

Wong blickte gütig zu Scotts Augen auf. Scott versteifte sich. Nach einem Moment ließ er Wong los und trat einen Schritt zurück.

»Danke«, sagte Wong. »So, und Sie müssen Folgendes tun. Fahren Sie so schnell wie möglich an diesen Ort – mit etwas Glück wird Temutma dort noch nicht fertig sein.« Er verzog das Gesicht. »Wie sagt man noch schnell? Er spielt gern etwas mit seiner Nahrung.«

»Sie herzloser alter Bastard«, sagte Scott gelassen. »Was dann?«

»Nun, dann müssen Sie ihn verletzen, verstehen Sie? Ihre Waffen können ihn nicht vernichten, aber wir haben gesehen, dass sie ihn verletzen und verjagen können – also müssen Sie ihn verletzen und wieder verletzen und wieder verletzen, denn ...« Wong unterbrach sich.

»Ja?«

»Denn das wird ihn zu mir zurücktreiben«, sagte Wong leise.

Wallace schaute von der Waffe auf, die er nachlud, und sah Scott an. »Was ist mit Masters und dem anderen Kerl? Wir können Sie hier doch nicht einfach so liegen lassen.«

»Überlassen Sie die mir«, sagte Wong. »Gehen Sie jetzt.«

Wallace zögerte. Scott schlug ihm auf den Rücken. »Er hat Recht. Wir haben keine Zeit mehr. Mein Wagen steht die Straße runter.«

Mit einem beklommenen Blick auf Masters' Leiche drehte sich Wallace um und lief mit großen Schritten Richtung Eingang. Scott wollte ihm bereits folgen, doch Wongs Stimme ließ ihn verharren.

»Mr. Scott! Eines muss ich noch wissen …«

»Was denn?«

»Haben Sie – haben Sie auch schon einmal mit Temutmas Augen gesehen?«

»Nein«, knurrte Scott durch zusammengebissene Zähne. Er machte auf dem Absatz kehrt und rannte hinter Tony Wallace den Korridor hinunter.

Wie ausgesprochen faszinierend, dachte Sy Yung. Zuerst kommt ein junger *gwailo*-Polizist in voller, aber interessanterweise ziemlich unordentlicher Uniform aus dem Eingang der Ummauerten Stadt gestürmt, steckt einen Dienstrevolver in seinen Gürtel – ausgesprochen gefährlich, so was, zweifellos würde seine Mutter das gar nicht gut finden –, und eine Sekunde später stürmt ein älterer *gwailo* in einem schmutzigen und zerknitterten Anzug aus demselben Eingang, steckt ebenfalls eine Kanone weg und schließt sich dem Uniformierten an; und dann galoppieren beide zusammen die Straße hinunter, als wäre der Leibhaftige hinter ihnen her, springen in ein parkendes Auto und donnern blind für alles andere los, als wären Verkehrsvorschriften nie erfunden worden. Um sie herum ein gewaltiges Gekreische von Bremsen anderer Fahrzeuge …

Faszinierend.

Und noch faszinierender war die Tatsache, dass der kräftige *gwailo* in dem ruinierten Anzug ebenfalls ein Polizist war, genau genommen Superintendent Michael Mather Scott, auch bekannt als Mann aus den Bergen, erst jüngst in einem Zeitungsartikel öffentlich niedergemacht von einem gewissen Joseph Fairfield – letzter bekannter Aufenthaltsort: die Ummauerte Stadt in Kowloon.

Faszinierend.

Aber die allerfaszinierendste Tatsache war, zumindest Sys bescheidener Meinung nach, dass der Dreck, mit dem der Anzug des Mannes aus den Bergen praktisch von oben bis unten beschmiert war, beim Laufen eine nasse Spur hinterlassen hatte. Entweder, sinnierte Sy, hatte der Highlander ein Glas Schokoladensirup über sich ausgekippt, oder aber …

Er zog die Taschenlampe aus der Tasche und richtete den Strahl auf den fleckigen Bürgersteig.

Nein, kein Schokoladensirup.

Sy richtete sich nachdenklich auf. Zum ersten Mal kam ihm in den Sinn, dass Joe Fairfield in ernsten Schwierigkeiten stecken könnte. Was ihn weniger kümmerte, als es ihn vor Joes einseitiger Arschlocherklärung beunruhigt hätte, aber trotzdem …

Faszinierend.

Wong San-bor holte tief Luft. Er hatte einige Momente über dem Leichnam gebetet und war dann zu dem anderen gegangen. Sofern sich ihre verletzten Seelen noch im Korridor aufhielten, würde sie dies vielleicht beruhigen. Oder vielleicht auch nicht. Wong wusste nicht, ob er daran noch glaubte. Jetzt war es Zeit für die schwere körperliche Arbeit, etwas, wozu er viel zu alt war, um es allein zu tun; in meinem Alter, dachte er missmutig, sollte ich längst einen rüstigen jungen Lehrling haben, der bereits zu neun Zehnteln ausgebildet ist und sich anschickt, die Pflicht zu übernehmen. Was dachten sich die Götter eigentlich dabei, ihn das Joch so lange tragen zu lassen?

Falls es überhaupt Götter gab.

Im Dunkeln arbeitend, schleppte er Masters' Leiche zur Einmündung des schmalen Korridors und kämpfte sich weiter Richtung Knick vor. Das mit Scott war wirklich zu schade, falls er die Wahrheit sagte. Die Wut, der Hunger nach Vergeltung, Wong war sicher gewesen, genau das in seinen Augen gesehen zu haben; doch das eigentliche Zeichen eines Nachfolgers würde im Auftauchen *der Verbindung* liegen.

Wong suchte nach einem besseren Halt an Masters' schlüpfrigen Schultern und erinnerte sich, wie er selbst das erste Mal durch Temutmas Augen gesehen hatte. Von den Reisfeldern nach Hause rennend, um den Haushalt zu warnen, weil Rauch und Schlachtendonner bereits das nächste Dorf erreicht hatten, und wer immer sich durchsetzte – Taiping oder Manchu –, würde ganz bestimmt die Bauernschaft abschlachten, so wie Armeen es immer taten; doch als er atemlos das Gelände erreichte, musste er feststellen, dass der Tod der Schlacht bereits vorausgeeilt war ... Sein Vater lag mit aufgeschlitztem Bauch auf dem Hof, seine Schwestern und jüngeren Brüder im äußeren Zimmer, im inneren Raum seine Mutter und seine Frau, mit der er ein Jahr verheiratet und die im achten Monat schwanger war, und sein Kind – Sohn oder Tochter, unmöglich zu erkennen aus den Überresten. Beim Anblick dieser letzten Abscheulichkeit hatte Wong laut aufgeschrien, und als er die Augen wieder aufschlug, war er ein gelber Nebel, der durch die Luft wirbelte, blutgesättigt, lachend, und der Bauernhof lag weit unter ihm, denn er *sah mit Temutmas Augen* – und dann fand ihn Marachandra, und dieser erkannte seine Wut und Rachsucht, sah Temutma in seinen Augen, und so begannen die lange Lehrzeit und der lange, sehr lange Dienst ...

Er ließ Masters zurück, wo der Korridor zum ersten Mal abknickte; es blieb keine Zeit, ihn weiter zu transportieren, denn es war noch viel zu tun, bevor Temutma zurückkehrte: den anderen musste er ebenfalls beiseite schaffen, und das Hauptproblem der Versklavung war noch nicht gelöst ...

Er erstarrte. Das Licht einer Taschenlampe schwankte über den blutverschmierten Boden des Korridors, gerade mal ein Dutzend Meter entfernt; er fragte sich, ob die Götter immer noch mit Vorbereitungen beschäftigt waren. Das Licht verharrte, als er stehen blieb, dann zuckte es hoch und um ihn herum und kam schließlich auf seinem Gesicht zur Ruhe. Er riss eine Hand hoch, um seine Augen zu schützen. Schnell wurde die Taschenlampe gesenkt.

»He, alter Mann, Sie haben mich erschreckt«, sagte eine recht zittrige junge Männerstimme auf Kantonesisch.

»Was machen Sie hier?«, erwiderte Wong barsch. »Und wo ist Ihr Respekt?«

Schweigen.

»Es tut mir Leid, Großonkel. Ich heiße Yung Sy-pao, und ich suche einen Freund, einen *gwailo* in einem zerknitterten Anzug – nur, ich glaube …« Die Stimme verklang.

»Was glauben Sie?«

»Wissen Sie, eine Blutspur führt hierher, und ich mache mir Sorgen, dass meinem Freund etwas zugestoßen sein könnte.«

»Haben Sie die Polizei verständigt?«, fragte Wong und versuchte, die Besorgnis aus seiner Stimme zu halten.

»Großonkel, um die Polizei mache ich mir ja gerade Sorgen. Von denen habe ich zwei erst vor wenigen Minuten hier herauslaufen sehen, und sie waren über und über mit Blut bedeckt.«

Wong unterdrückte ein erleichtertes Aufatmen. Offensichtlich hatten die Götter alles im Griff und arbeiteten mit mehr als ihrer gewöhnlichen Ironie. »Kommen Sie her, junger Mann.«

Sy kam nervös näher; die Taschenlampe zuckte in seiner Hand. So kam es, dass unmittelbar bevor er auf Armeslänge an Wong herankam, der Lichtstrahl auf einen ausgestreckten Fuß fiel, mit Schuhen und völlig blutig, auf dem Boden dicht neben Wongs Füßen.

»Was zum Teufel …«

Der Lichtstrahl wanderte langsam das Bein entlang, erreichte den Rumpf, bewegte sich weiter nach oben …

»Mein Gott, das ist Joe!«

… erreichte das verwüstete Gesicht …

»Glaube ich.«

Die Lampe fiel aus Sys Hand, und Wong hörte eine lange Serie schmerzerfüllter Würgegeräusche. Er nutzte die Verschnaufpause, um über die Launen der Götter zu sinnieren: Immer, immer hatten sie ihn zu dem geführt, was er für die Versklavung brauchte, immer war es der Abschaum der menschlichen Rasse, die Mörder und Schänder, die Zuhälter und Profiteure. Jetzt, so schien es, hatten sie ihm diesen vornehm sprechenden jungen Mann geschickt, der obendrein noch zart besaitet war. Er hatte sich viel zu lange übergeben, um ein abgehärteter Mensch zu sein.

Aber es war nicht an Wong San-bor, Wächter von Temutma, die Werturteile der Götter in Frage zu stellen. Er betastete den Gegenstand in der Tasche seiner Robe und wartete geduldig darauf, dass Yung Sy-pao sich wieder aufrichtete.

18

»Pass auf!«

»Ich sehe es, Tony.« Scott riss das Lenkrad nach rechts, streifte den hinteren Kotflügel eines Lieferwagens, verfehlte das Taxi auf der anderen Seite nur um Zentimeter, fuhr einen Slalom um eine Mittellinie, die er sich selbst geschaffen hatte; um sie herum plärrten Hupen und verhallten hinter ihnen.

»Mike …«

»Dann bin ich eben farbenblind.« Eine rote Ampel war gerade über ihnen vorbeigerast. Wallace stöhnte und schloss die Augen.

»Wir werden noch angehalten, Mike.«

»Dann halt schon mal deinen Dienstausweis bereit.«

Wallace öffnete die Augen. »Ein Dienstausweis wird dir auch nicht helfen, wenn du hinten auf einen – *mein Gott,* Mike!«

»War noch ein Kilometer Platz«, knurrte Scott. Über eine Strecke von mehreren hundert Metern erfand er eine zusätzliche Spur, dann fädelte er sich mit einem scharfen Ruck des Lenkrads in den Verkehrsstrom vor dem Lion-Rock-Tunnel ein.

»Ich nehme nicht an«, sagte Wallace kläglich, »dass ich dich daran erinnern muss, dass man im Tunnel nicht die Spuren wechseln kann?«

»Absolut richtig.« Scott zog auf die andere Spur, schoss an einem Mercedes vorbei, zog dann wieder nach rechts. Die Tunnelwand schoss an ihnen vorbei. Wallace schloss die Augen, und diesmal behielt er sie geschlossen. Er versuchte sich darüber klar zu werden, was schlimmer war: die Aussicht, erneut Temutma gegenüberzustehen, oder die durchaus nicht geringe Chance, auf dem Weg dorthin in einen blutigen Brei verwandelt zu werden.

In der Küche des sicheren Hauses warf Inspector Cheung einen beunruhigten Blick auf seine Uhr. Jonny Lam befand sich jetzt achtzehn Minuten auf seinem zweiten Rundgang durch den Garten um das Haus; in weiteren zwei Minuten würde Cheung aus beruflichen Gründen verpflichtet sein, sich Sorgen zu machen. Er fühlte sich unwohl bei dem Gedanken, seinen Mann ohne funktionierende Funkverbindung außerhalb der Wände des sicheren Hauses zu lassen, besonders weil, falls irgendetwas schief ging, es Lam das Leben und Cheung die Eier kosten konnte. Er war mit der Reinigung und dem Durchladen der Uzi fertig und legte sie vorsichtig auf den Tisch neben die Pumpaction-Schrotflinte und das Funkgerät, das ihn direkt mit der Einsatzzentrale im Präsidium verband – oder es getan hätte, wäre es nicht ebenfalls vorübergehend ausgefallen.

Auf Einzelbetten im einstigen Esszimmer hielten die Inspektoren Tse und Lo für den Rest ihrer Freischicht ein Nickerchen. Cheung wusste, dass sie sofort hellwach und kampfbereit wären, sobald er rief, und sie würden nicht mal daran denken, zu murren, falls Lam Sekunden später unbeschadet durch die Tür hereinspaziert kam. Besser zu wachsam als zu tot. Der Sekundenzeiger seiner Armbanduhr sprang über die Minutenmarkierung.

Er stand auf, entschied sich beinahe, die Uzi mitzunehmen, doch die 9-mm-Browning lag ihm besser in der Hand, und außerdem handelte es sich hier nicht um eine Krisensituation. Nach einem weiteren Blick auf die Uhr trat er leise in die Eingangsdiele, um durch den Spion in der Haustür zu sehen. Draußen rührte sich nichts, bis auf die sich sanft wiegenden Bäume. Wachsam, die Browning entsichert und schussbereit auf Taillenhöhe gehalten, zog Cheung die Riegel zurück und öffnete die Tür einige Zentimeter, lauschte konzentriert in die Nacht.

Nichts. Nichts, bis auf einen Nebel, der sich an Cheungs Füßen durch den Türspalt kräuselte und ihn an Trockeneis und die Rockkonzerte erinnerte, von denen seine Töchter gar nicht genug kriegen konnten. Bei dem Gedanken verzog er das Gesicht, schloss die Tür und verriegelte sie wieder sorgfältig.

Erneut sah er auf die Uhr; die letzten paar Sekunden von Lams Zeit verstrichen. Mit steinerner Miene drehte sich Cheung zur Esszimmertür, um die anderen zu wecken.

Etwas erhob sich vom Boden zwischen seinen Füßen – gelb, formlos, trüb; er konnte durch es hindurch auf das dunkle Rechteck der Esszimmertür blicken. Er öffnete den Mund, um zu brüllen, doch sofort lösten sich Tentakel aus der gelben Masse und schlängelten sich in seinen Hals, erstickten das Geräusch, zogen ihn mit einem festen, beharrlichen Druck näher; Cheung würgte und biss zu, doch die Tentakel zogen sich bereits zurück, waren plötzlich hart wie Stein, krachten an seinen Zähnen vorbei, rissen die Zähne mit heraus, Zähne und Blut flogen, gelbe Klumpen zogen merkwürdig zerrissene Fetzen hellroter Schläuche und pulsierenden Gewebes hinter sich her – und die Masse hatte sich wie eine lebende Decke um ihn gelegt, er konnte den Arm mit der Waffe nicht heben, und außerdem gab es sowieso keinen Festkörper, auf den er schießen könnte, und irgendetwas kniff sein Handgelenk wie eine Garrotte an der falschen Stelle, und etwas anderes, *o mein Gott,* bildete sich vor seinen Augen in der gelben Masse heraus, *o mein Gott,* es sah aus wie Augen, *o mein Gott,* die ihn anstarrten, *o mein Gott,* und ein Mund, *meine Fresse,* und Zähne …

… einen nach dem anderen ausschalten …

Julia drehte sich um, warf einen misstrauischen Blick zur Tür. »Claudia, haben Sie das auch gehört?«

»Nur die Jungs von T4 auf ihrer Runde«, sagte Claudia.

Schlingernd schoss Scott aus dem Lion-Rock-Tunnel und führte einen beinahe selbstmörderischen Wechsel quer über die Fahrbahnen durch, um auf die leere Busspur zu kommen. Er bremste leicht ab, damit Wallace dem erschreckten Angestellten in dem Mauthäuschen seine Dienstmarke zeigen konnte, dann trat er das Gaspedal voll durch und raste auf den Highway. Die vor ihnen liegende Straße war nicht zu schlecht, der leichte Verkehr in den frühen Morgenstunden floss zügig und bot große Abstände zwischen den einzelnen Autos.

»Wie weit noch bis zu dem sicheren Haus?«, nuschelte Wallace.

»Ungefähr zwanzig bis fünfundzwanzig Minuten bei gutem Verkehr wie jetzt«, sagte Scott. »Allerdings«, fügte er hinzu und trat das Gaspedal wieder ganz durch, »werden wir's in zehn schaffen.«

Der dumpfe Schlag auf dem Flur war gerade laut genug, um Inspector Tse aus seinem Nickerchen zu reißen. Sofort alarmiert, aber noch nicht in Bewegung, lag er auf dem schmalen Bett im Esszimmer und lauschte angestrengt.

Ein kaum hörbares Klappern – nicht viel, aber doch genug, dass sich dem gut trainierten Tse die Nackenhaare sträubten. Er rief nichts, griff aber über die schmale Lücke zwischen den Betten und weckte Lo mit einem leisen, fast unhörbaren Fingerschnippen. Er deutete stumm auf den Flur. Lo nickte.

Lautlos rollten sie sich von den Betten und näherten sich der offenen Tür, einer auf jeder Seite, jeder seine 9-mm-Browning schussbereit. Im Halbdunkel beobachteten sie das Gesicht des anderen und zählten stumm bis drei, dann sprangen sie gemeinsam durch die offene Tür, landeten in Hockstellung im Flur und schwangen ihre Waffen in kontrollierten Bögen von links nach rechts.

Als Scott sich der Brücke über den Shing-Mun-Kanal näherte, jaulte irgendwo hinter ihnen eine Sirene – Scott fluchte und umklammerte das Lenkrad fester, ohne das Tempo zu verringern, doch der Polizeiwagen scherte auf die Ausfahrt Fo Tan aus, als er noch hundert Meter oder mehr zurücklag. Irgendein Verbrechen oder eine Katastrophe in Fo Tan hatte eindeutig Vorrang vor einem Raser auf dem Highway.

Bitte, lieber Gott, betete Scott, lass es so bleiben. Halt uns die Straßen frei. Lass uns rechtzeitig kommen. Bitte, lieber Gott, lass uns rechtzeitig ankommen.

Der Flur war leer. Tse und Lo schauten sich um und sahen sich dann stirnrunzelnd an. Tse deutete mit dem Kopf auf die Haustür, deren Riegel alle vorgeschoben waren; Lo nickte. Er gestikulierte den Flur hinunter zu dem Schlafzimmer, in dem die beiden Frauen untergebracht waren; Tse antwortete mit Handzeichen, die bedeuteten, dass er die Küche und die dahinter liegenden Räume überprüfen und dann zurückkehren würde. Worte waren nicht erforderlich; ihre Partnerschaft hatte ihre Ehen überdauert.

Lo schaute Tse nach, der durch die Küchentür verschwand, bevor er den Flur hinunterging. Das Zimmer der *gwaipoh* befand sich am Ende, vorher gab es aber noch zwei Räume, die zu überprüfen waren, beide dunkel und abweisend. Das kleine Bad zuerst – leer bis auf die hastig weglaufenden Kakerlaken, als er das Licht anknipste. Unerschrocken knipste er das Licht wieder aus und ging weiter zur Tür des Arbeitszimmers direkt neben dem Zimmer der *gwaipoh*. Im Näherkommen konnte er die leisen Stimmen der Frauen hören und war erleichtert – ihr Schützling schien nicht in Schwierigkeiten zu sein. Unmittelbar hinter der Tür des Arbeitszimmers blieb er stehen und streckte die Hand nach dem Lichtschalter aus.

Etwas griff durch die Dunkelheit nach seiner Hand.

»Mein Gott, was war das? Claudia, haben Sie das gehört …?«

Lau legte einen Finger an die Lippen. Sie winkte Julia vom Fenster fort, tapste lautlos zur Tür und drückte ein Ohr gegen die verblichene Türfüllung. Nicht zum ersten Mal wünschte sie sich, die weiblichen Constables der Royal Hong Kong Police Force wären bewaffnet.

… einen nach dem anderen … Und dennoch könnte dies der richtige Zeitpunkt sein, sich die dunkle lilitak *und die blonde* lilitak *vorzuknöpfen, denn drei der Wachtposten waren bereits tot, und den vierten könnte er problemlos auch noch später ausschalten; es war gut gewesen, zu lernen, dass die Feuer-Hammer-Donner-Dinger nicht gegen ihn gerichtet werden konnten, wenn er ihren Besitzer auf kurze Distanz energisch packte – andererseits jedoch, dachte er und tadelte sich wegen seiner Ungeduld, wäre es besser, sich zuerst um den letzten Wachtposten zu kümmern, denn dann könnte er die* lilitaks *ohne Störung genießen …*

Runter vom Tolo-Highway, rauf auf die Tai-Po-Umgehungsstraße, in den Kurven betend, dass die Reifen mitspielten …

»Bleiben Sie hier«, flüsterte Lau über die Schulter.

»Wo gehen Sie hin?«

»Keine Angst, ich sehe nur mal kurz nach Inspector Cheung. Wird nicht lange dauern.«

»Ich komme mit.«

»Nicht nötig, Julia.«

»Wer sagt was von nötig? Ich will nicht allein hier bleiben.«

Lau drückte wieder das Ohr an die Tür, um eine Antwort hinauszuzögern. Ihr Verstand sagte ihr, dass da draußen vier knallharte, nüchterne Dreckskerle mit Nerven wie Stahlseilen und großen, hässlichen Kanonen waren und dass weder sie noch Julia etwas zu befürchten hatten. Aber das war nur ihre Vernunft, der Rest ihres Körpers kribbelte unter dem instinktiven Gefühl, dass irgendetwas überhaupt nicht in Ordnung war, und das Einzige, was sich auf der anderen Seite dieser Tür bewegte, war so ziemlich das allerletzte Wesen auf dieser Welt, dem sie jemals begegnen wollte.

Sie lehnte sich mit dem Rücken gegen die Tür und musterte Julia sorgfältig. Ein bisschen nervös und angespannt vielleicht, aber keine ausgemachte Panik; das Gesicht war blass, und die Augen hatten dunkle Ränder durch zu wenig Schlaf, doch ihre Miene war ruhig, entschlossen und – inzwischen kannte Claudia Lau diesen Ausdruck sehr gut – störrisch. Sie seufzte.

»Hören Sie, Sie wollen mich doch nicht in Schwierigkeiten bringen, oder? Sie bleiben hier an der Tür stehen, während ich den Flur hinuntergehe, um mit Cheung zu reden. Keine Angst, Sie werden die ganze Zeit sehen, wo ich bin.«

»Okay. Hören Sie, Claudia, ich habe keine Angst davor, allein gelassen zu werden, ich will einfach nur wissen, was passiert. Diese Typen sind uns gegenüber nicht gerade sehr gesprächig.«

»Ich verstehe.«

Lau drehte den Schlüssel und drückte die Tür einige Zentimeter auf. Der Flur war friedlich, gedämpftes Licht fiel von der Deckenbeleuchtung am anderen Ende. Lau öffnete den Mund, aber aus irgendeinem Grund, den sie selbst kaum verstand, rief sie nicht Cheungs Namen. Stattdessen raunte sie Julia über die Schulter eindringlich zu: »Bleiben Sie hier. Halten Sie sich bereit, sofort wieder ins Zimmer zu gehen und die Tür abzuschließen, falls irgendwas passiert. Verstanden?«

Julia nickte, runzelte die Stirn.

Lau reckte die Schultern und machte sich auf den Weg den Flur hinunter.

Plötzlich war es wie in einem Flur, an den sie sich aus der Ummauerten Stadt erinnerte, anders nur insofern, dass sie diesen Flur nicht aus der Höhe eines Kindes sah – dunkel und schmal und nach Feuchtigkeit riechend, ein bisschen schmuddelig, ein Flur, der schon bessere Tage gesehen hatte und immer noch von der Erinnerung daran zehrte; und irgendwie besaß dieser Ort auch eine ähnliche

Aura, besonders groß war die Ähnlichkeit mit der Ummauerten Stadt in den letzten Monaten bevor ihre Familie sie für immer verließ, kurz nachdem Mimi Cheng verschwunden war …

Fast hätte sie es übersehen. Ihr Blick war auf das Ende des Flurs gerichtet, nicht auf den Boden. Aber irgendetwas, vielleicht eine winzige Bewegung, zog ihren Blick zur Seite und nach unten, als sie an der Tür des Arbeitszimmers vorbeikam, obwohl sie in den ersten ein, zwei Sekunden nicht begriff, was sie sah. Und dann schnappte sie nach Luft und wirbelte herum und ging vor der Tür des Arbeitszimmers auf die Knie und streckte eine Hand aus …

Etwas griff durch die Dunkelheit nach ihrer Hand.

Um die lichtgesprenkelten Türme von Tai Po jetzt, dem gelegentlichen Verkehr ausweichend, sich an die Stoßstange eines grünen Taxis hängend, bis dieses an den Bordstein schwenkte; durch die offene Seitenscheibe schüttelte ihnen jemand die geballte Faust nach.

»Wer ist das?« In klarer Missachtung ihrer Befehle kniete sich Julia neben Lau vor die Tür des Arbeitszimmers.

»Pssst. Es ist einer der T4-Typen – Lo, glaube ich. Können Sie mich verstehen, Lo?« Sie beugte sich dicht zu seinem verwüsteten Gesicht hinab, hielt mit beiden Händen die Hand, die in der Dunkelheit nach ihr getastet hatte. »Was ist passiert? Wo sind die anderen?«

Er sperrte den Mund auf, und unter Mühen löste sich ein ersticktes Geräusch aus seinem Hals, aber keine Worte, und Lau war nahe genug, um zu sehen, warum nicht. Sie schüttelte sich und drängte Julia behutsam beiseite; Julia sollte die leere Höhle nicht sehen, völlig schartig, zerfetzt und pulsierend, wo Los Zunge einmal gewesen war.

»Ganz ruhig, Inspector, wir werden Hilfe holen«, flüsterte sie auf Kantonesisch, aber die Hand in ihrer erschlaffte bereits, der Kopf sackte zurück, die erstickten Laute wurden leiser und hörten schließlich ganz auf.

Vorsichtig legte Lau seinen Kopf auf den Boden und seine Hände auf den zerfetzten Brustkorb. Dann griff sie nach der Waffe, die immer noch neben ihm lag.

»Er ist tot, stimmt's?«, konstatierte Julia nüchtern.

Lau war zu benommen, um zu antworten. Sie überprüfte die Browning, stellte fest, dass sie geladen und gesichert war.

In der gleichen tonlosen Stimme sagte Julia: »Ich glaube, das da in der Ecke ist Inspector Cheung. Ich werde mir seine Waffe holen, Claudia, aber Sie müssen mir zeigen, wie man sie benutzt.«

Jetzt rasten am Straßenrand auf beiden Seiten Bäume und metallgedeckte Häuser vereinzelter Dörfer vorbei, deren schmutzige Fenster das Scheinwerferlicht in einem Morsealphabet von Geschwindigkeit, Eile, verzweifelter Gefahr zurückwarfen …

»Sind fast da«, brummte Scott.

Er kauerte in der Küche über Tses Körper und ließ sich Zeit. Es gab wirklich keinen Grund zur Eile, und es wäre geradezu eine Schande, das Blut von diesem hier so zu vergeuden, wie er das der anderen vergeudet hatte. Er trank mit großen Schlucken, sammelte gründlich jeden einzelnen Tropfen, hob von Zeit zu Zeit den Kopf, um in der Luft und im Äther zu schnuppern. Der Schmerz seiner Wunden verringerte sich bereits, und auch wenn es noch Tage dauern könnte, bis er völlig verschwunden war, beeinträchtigte er doch nicht sein Interesse an dem Spiel …

Plötzlich hörte er auf und erhob sich in die Luft, schleuderte Tses Überreste achtlos beiseite. Ein Raunen war aus dem Flur zu ihm gedrungen.

»Die anderen …«

Lau legte einen Finger auf die Lippen. »Nicht so laut«, flüsterte sie. »Die anderen sind wahrscheinlich auch tot. Wir sind ganz allein.«

Sie gab Julia zu verstehen, ihr zu folgen und den Rest unausgesprochen zu lassen. Sie musste nicht erst sagen, dass *es* bereits bei ihnen im Haus war. Julia war intelligent genug, auch von allein darauf zu kommen. Sie schlichen den Flur hinunter zur Haustür, wobei die Brownings in ihren Händen unpassend groß wirkten.

Als sie um die Ecke kamen, war Lau überrascht zu sehen, dass alle Riegel an der Tür noch sicher vorgeschoben waren – sie hatte damit gerechnet, die Tür sperrangelweit geöffnet vorzufinden, die Schlösser herausgesprengt oder -gebrannt. »Julia«, sagte sie, »machen Sie die Tür auf, ich gebe uns nach hinten Deckung.«

Julia schob sich vorbei und legte ihre Waffe auf den Boden, während sie mit den Riegeln kämpfte. Lau stand breitbeinig zwischen ihr und der bedrohlichen Stille des Hauses, versuchte, die Browning in alle Richtungen gleichzeitig zu halten, mit jeder Faser auf das geringste Knacken oder Flüstern lauschend.

»Wie sieht's aus?«, flüsterte sie.

»Fast fertig«, flüsterte Julia zurück. »Einer der Riegel klemmt ...« Sie ächzte vor Anstrengung.

Lau warf einen Blick über die Schulter – Julia zerrte mit beiden Händen an dem Riegel, das Metall bewegte sich mit quälender Langsamkeit, aber es bewegte sich, und es war der letzte –, und als sie ihren Blick wieder in den Flur richtete, quoll eine dichte Wolke eines trüben gelben Dunstes durch den Spalt unter der geschlossenen Küchentür hervor und streckte träge Tentakel nach ihren Füßen aus.

»Julia«, sagte sie schluckend. »Julia, beeilen Sie sich.«

Lau sah, dass die Wolke jetzt dichter war, sich nach oben schraubte, eine vage Gestalt annahm; gegen ihren Willen fasziniert schaute sie zu, wie das Ding wuchs. Jetzt war der Kopf als Kopf erkennbar, und die Wirbelsäule gabelte sich bereits, während sie aus der gelben Pfütze aufstieg, entwickelte Beine, unterhalb des Kopfes schossen zwei Äste heraus, Äste, die sich ausdehnten und dann schnell zu langen Fingerformen gabelten, Klauen, die wie von Zauberhand erstarrten und sich verlängerten und anspitzten, noch während sie zuschaute ...

»Hab's geschafft!«

Lau spürte eine Brise im Nacken, als Julia die Tür aufriss, dann hörte sie, wie Julia scharf einatmete.

»Raus! Laufen Sie!«

Aber plötzlich berührte Julias Schulter ihre, und Lau riss ihren Blick los von dem unbehaarten, grauenhaften Affending, das vor ihnen Gestalt annahm, und sah, dass Julias Lippen in einem angewiderten Grinsen von den Zähnen zurückgezogen waren, und die Browning lag immer noch gesichert auf dem Boden, als ob Julia glaubte, ihr Hass wäre die erheblich effizientere Waffe. Sie spuckte dem Ding ein einziges Wort entgegen und brach damit den Bann.

»*Mörder.*«

Lau schoss.

Zuerst Fassungslosigkeit, dann stechende Nadeln des Schmerzes, Speere des Schmerzes, die blutrot durch die Essenz schossen, aber es war die Fassungslosigkeit, die ihn mehr verletzte.

Eine *lilitak* führte die Waffe eines *kashlik?*

Nicht fair! Nicht fair! Nicht fair!

So sollte die Welt nicht sein!

Ein klägliches Meer verratener Unschuld, und Temutma explodierte nach oben durch die Decke, durch den dunklen, fensterlosen Raum darüber, durch das keinen Widerstand leistende Dach und schrie seine Verwirrung zum Himmel.

19

Lau hatte das halbe Magazin leer geschossen und war fast taub von den Detonationen. Sie senkte die Waffe, starrte ungläubig in den völlig zerschmetterten Flur und hörte durch das Klingeln in ihren Ohren die wütenden Schreie draußen langsam ersterben. »Los, los, los!«, brüllte sie, packte Julia und stieß sie durch die Haustür.

Draußen war alles still. Keine Brise bewegte die Bäume, keine

Insekten oder Vögel, einfach nur absolute Stille, überzogen vom Summen des Verkehrs in der Ferne. Dieses jaulende Schreien hatte aufgehört.

»Es ist weg«, hauchte Lau und schaute sich nervös um. »Vielleicht hab ich's getötet.«

»Nein«, sagte Julia nach einem Augenblick. »Er ist nicht tot.«

Lau warf ihr einen neugierigen Blick zu, zuckte dann aber die Achseln und nahm den Arm der jüngeren Frau. »Kommen Sie, wir gehen zur Straße und versuchen, ein Auto anzuhalten, zu einem Telefon zu kommen ...«

»Er beobachtet uns«, sagte Julia. »Wir sehen so klein aus.«

»Kommen Sie einfach!«

Aber Julia suchte mit ausdruckslosem Blick die Baumkronen ab, arbeitete sich systematisch zum Haus vor. Lau fluchte und zog am Arm des Mädchens, dann ließ sie ihn los und drehte sich mit einem Schrei um, als ein brüllender Lärm von hinten auf ihre Ohren einschlug.

Wallace hatte sich inzwischen an Scotts Fahrstil gewöhnt. Er zuckte mit keiner Wimper, als Scott mit dem Wagen genau auf das verriegelte Tor zuhielt und den Motor aufheulen ließ, und er war bereits halb aus seinem Sicherheitsgurt, als der Wagen unmittelbar hinter den zertrümmerten Überresten des Tors schlagartig zum Stehen kam. Trotzdem war er noch langsamer als Scott, der bereits über den Rasen auf zwei zierliche Gestalten unter den Bäumen zustürmte.

»Claudia – Miss Ralston! Alles in Ordnung? Wo zum Teufel steckt T4?«

Lau stand steif stramm – ein Detail, das Scott später nicht mehr loslassen sollte.

»Zwei bestätigte Tote, Sir«, sagte sie ruhig, »und die anderen ...«

»Vergessen Sie's, ich kann's mir denken. Und was ist mit dem ... dem Täter?«

»Ich weiß es nicht, Sir, ich glaube, ich habe ihn wenigstens einmal getroffen, aber Miss Ralston sagt ...«

»Er ist auf dem Dach«, sagte Julia klar und deutlich, registrierte Scott nun zum ersten Mal. Ihr Gesicht war sehr weiß, erschreckend im Halbdunkel unter den Bäumen, aber ihre Stimme war fest. Wallace kam angelaufen, den Dienstrevolver in der Hand. Scott deutete mit einem Nicken aufs Dach.

»Sie bleiben bei Miss Ralston«, befahl er Lau. Dann sah er, dass Lau eine Browning hatte und tauschte diese schweigend gegen seinen Dienstrevolver aus. »Halten Sie sich von den Bäumen fern, bleiben Sie, wo Sie es kommen sehen können. Und wenn Sie es kommen sehen, schießen Sie und hören nicht mehr auf zu schießen.« Er beobachtete, wie Lau die stumme und wachsame Julia ein paar Meter weit hinter sich herzog, dann nickte er Wallace zu und bewegte sich einige Schritte Richtung Haus.

Dann schaute er auf und sah einen Alptraum.

Der kashlik *war gekommen! Der Verrat der* lilitak, *die Wunden, der Flüsterer in den Schatten, all das verblasste und trat in den Hintergrund. Dies war nicht der rechte Augenblick für ein Spiel, sondern für eine Abrechnung, eine Strafe für Unverschämtheit. Was kümmerten ihn die Waffen des* kashlik, *die zwar stechen und verletzen konnten, aber niemals vernichten? Wenn die Starken starben, wurden sie genau wie die Schwachen Futter für die Würmer und verwandelten sich zu Schleim. Er allein würde für immer und ewig leben. Er schwoll an auf dem Dach, zweimal riesig, dreimal riesig, brüllte laut und katapultierte sich in die Luft.*

Scott feuerte gleichzeitig mit Wallace. Die gewaltige Fledermausgestalt war gar nicht zu verfehlen, allerdings auch nicht aufzuhalten. Die Kugeln schienen durch das verdünnte gelbe Grauen zu fetzen wie ein Funkenregen sich durch eine Gardine brannte ... und trotzdem kam es näher, landete lautlos vor ihm auf dem Gras, glitt in seine Richtung, ragte hoch über ihm auf ...

Die Browning in seiner Hand bockte unvertraut, und ohne hinsehen zu müssen, wusste er, dass sie Ladehemmung hatte. Eine abgefeuerte Patronenhülse hatte sich im Auswerfmechanismus verklemmt. Er warf die nutzlose Waffe fort und wich zurück, war sich dabei vage bewusst, dass Wallace immer noch schoss und Lau brüllte. Automatisch griff er nach der .38er in seinem Halfter, griff ins Nichts und erinnerte sich, seine Waffe Lau gegeben zu haben, verfluchte sich dafür – und dann war die Bestie auch schon über ihm.

Über ihm, um ihn herum, unter ihm. Er spürte, wie sich etwas um seine Taille schlang und ihn *hochhob,* und dann neigte sich der Boden und kippte einfach weg, der Himmel drehte sich, die Bäume standen plötzlich in betrunkenen Winkeln. Er krümmte sich und zappelte, und die Klammer um seine Taille zog sich weiter zusammen, zerschmetterte seinen Brustkorb. Er versuchte verzweifelt, nach unten zu sehen, begriff kaum die gigantische gelbe Hand, die sich um ihn gelegt hatte, die Finger mit ihren Krallen, so lang wie Brotmesser, berührten sich fast in seiner Mitte … Und dann hob er die Augen und sah das Gesicht, Temutmas Gesicht, vertraut in jeder einzelnen abstoßenden Falte, aber vergrößert wider jede Vernunft, es beugte sich jetzt herab, und der grinsende, lippenlose Mund öffnete sich hungrig …

Scott, kurz davor, ohnmächtig zu werden, als sich die Finger etwas weiter oben um seine Brust krallten, bemerkte verträumt, dass Al Masters diese Zähne ausgesprochen zutreffend beschrieben hatte … der gute alte Albert …

»Lauf!« Claudia Lau stieß Julia auf das zertrümmerte Tor zu. Die .38er in beiden Händen gehoben, nahm sie eine Schussposition neben Wallace ein, der sich verzweifelt mit einem Schnellladermagazin abmühte. Für den Augenblick war das Grauen anderweitig beschäftigt.

Laus Finger schnippten den Sicherungsbügel. Die Augen dieses Dings funkelten sie über Scotts erschlafften Kopf hinweg an – runde, vorspringende rote Augen, die in den Tiefen ihrer Erinnerung den richtigen Ton trafen, und sie verharrte. In ihrem Kopf hörte sie die Stimme ihrer Großmutter, ein Flüstern in der Dunkelheit des Bettes, das sie vor so langer Zeit in der Ummauerten Stadt geteilt hatten, und sie erzählte warnende Geschichten, die Lau vor langer Zeit unter einer Schicht der so genannten realen Welt begraben und vergessen hatte: *Temutma der Gestaltwechsler, meine Kleine, Temutma der Bluttrinker, aber du darfst ihm niemals seinen Namen sagen – er wird zu dir kommen, wenn du ihm seinen Namen sagst.*

»Temutma!«, schrie sie. »Temutma, du mörderischer Bastard, ich weiß, wer du bist!« Ihre Finger legten sich um den Abzug.

Seine Ohren schnappten den Laut auf.

Er erstarrte einen Augenblick, war schockiert von der Vertrautheit des Wortes, und dann warf er den Körper des *kashlik* in einem jähen, verheerenden Wechsel der Prioritäten zu Boden. Den Rest des Gekreisches der dunkelhaarigen *lilitak* bekam er nicht mit; schon vor langer, langer Zeit hatte er sein Interesse an den quecksilbrigen Sprachen der niederen Rassen verloren. Aber dieses eine Wort hallte nach.

Temutma …

Erregt über Gelüste hinaus, beugte er sein Gesicht auf die Höhe der dunklen lilitak *hinab. Vielleicht würde sie das Wort wiederholen – er dürstete danach, es zu hören; doch stattdessen sprach das Feuer-Hammer-Donner-Ding in ihrer Hand, und er schnellte zurück, verletzt und wütend, beinahe krank vor Beleidigung. Und er riss die dunkle* lilitak *mit einer angeschwollenen gelben Hand hoch.*

Und drückte zu.

Scott wurde von Hustenanfällen geschüttelt, als die Luft wieder in seine Lungen strömte, und er drehte sich auf den Rücken und zog die Knie an, um den schrecklichen Schmerz zu lindern. Der purpurrote Nebel in seinem Kopf begann sich zu heben, aber seine Brust fühlte sich an, als würde sie von innen platt gewalzt, und er spürte eine warme Flüssigkeit aus seiner Nase sickern und über seine Wange laufen. Irgendwo weit entfernt hörte er durch das Tosen des Blutes in seinen Schläfen Schüsse, das Brüllen eines Mannes und einen hohen, schrillen Ton, der vielleicht der Schrei einer Frau gewesen sein könnte, wäre er nicht so unmenschlich in die Länge gezogen. Er schaute auf und sah den gelben Turm Temutmas über sich aufragen, sich von ihm entfernen, und unmittelbar darunter stand Wallace in einem merkwürdig roten Regenschauer. Lau konnte er nicht sehen, aber verwirrenderweise ging Julia mit einem tiefen, konzentrierten Stirnrunzeln *genau auf die Bestie zu.*

Diese dumme, selbstmörderische Schlampe, dachte er stöhnend.

Er rollte sich wieder auf seine schmerzende Vorderseite, rappelte sich mühsam auf und erkannte erfreut, dass er ganz in die Nähe der offenen Tür des sicheren Hauses zu Boden geworfen worden war. Sein Kopf wurde wieder klar.

Waffen. Es müsste mindestens eine automatische Waffe im Haus sein und wahrscheinlich auch noch eine Pumpgun-Schrotflinte und vielleicht die anderen Brownings. Der alte Wong hatte gesagt, sie sollten auf die Bestie schießen, wieder und wieder und wieder auf ihn schießen, und das harmonierte wunderbar mit Scotts eigenen Wünschen. Vielleicht konnte er Temutma ja wirklich nicht töten, aber er konnte den Rest seines Lebens – wie kurz auch immer dieses sein mochte – damit verbringen, die Bestie zu verletzen und dann beinahe glücklich zu sterben.

Er stürmte ins Haus.

Vor einigen Momenten hatte Wallace seinen Dienstrevolver leer geschossen, trotzdem stand er immer noch beinahe an den Knien des gelben Riesen, ließ die Hand mit der nutzlosen Waffe an seiner Seite herabhängen und starrte hinauf, als die letzten Tropfen von Claudia Laus Blut in sein Gesicht klatschten. Dann spürte er jemanden an seiner Seite und drehte sich ein Stück, um Julia Ralston zu sehen, die ebenfalls nach oben starrte, die Hände trotzig in die Hüften gestemmt, das Gesicht verzerrt vor Abscheu. Das riss ihn aus seiner Trance. Er packte ihre Schultern und wollte sie wegschleifen, doch sie schüttelte seine Hände beinahe verächtlich ab. Temutma blickte zu ihnen hinab, und ein unheimlich menschlicher Ausdruck des Interesses huschte kurz über sein flächiges gelbes Gesicht. Er schüttelte die Fetzen von Laus Körper aus seinen Fingern und streckte die Hand erneut aus – doch Wallace, der immer noch verzweifelt versuchte, Julia von den Wurzeln loszureißen, die sie anscheinend im Boden geschlagen hatte, wurde von einer Bewegung hinter den massigen gelben Beinen abgelenkt. Einen Moment starrte er mit offenem Mund hin, dann warf er sich mit seinem ganzen Gewicht auf Julia und riss sie zu Boden.

Zuerst die Schrotflinte. Scott stand in der Tür und schoss methodisch, pumpte, schoss, pumpte, schoss, pumpte, war sich bewusst, dass Temutma herumgewirbelt war, um sich ihm zu stellen. Er brüllte, wich zurück, näherte sich wieder, griff nach Scott, riss dann die Hand wieder zurück, die von erbarmungslos stechenden Schrotkugeln gebissen wurde. Temutmas Reaktionen sind eigentlich nicht weiter wichtig, dachte Scott, genauso wenig spielte es noch eine Rolle, wo die anderen waren, ja nicht einmal, ob sie in Sicherheit waren. Das Universum war auf ihn, die Schrotflinte und sein Ziel zusammengeschrumpft, und mehr musste er nicht wissen.

Für den Rest seines Lebens.

Dann war die Uzi an der Reihe. Ohne Eile überprüfte er, dass sie auf Dauerfeuer gestellt war, zog den Sicherungsbügel zurück und zielte genau auf das alptraumhafte gelbe Gesicht, das selbst jetzt noch zu ihm herabstieß, nur noch wenige Fuß entfernt, und drückte den Abzug. Die Uzi spie ihre volle Ladung in weniger als zwei Sekunden aus, und er ließ sie fallen und bückte sich ruhig, um die vor seinen Füßen liegende Browning aufzuheben; doch dann richtete er sich verdutzt auf und klopfte die Waffe nachdenklich auf seine Handfläche und setzte sich abrupt hin, denn gerade eben war ihm aufgefallen, dass etwas Entscheidendes in der Gleichung fehlte.

Das Ziel war weg.

… es war nicht die explodierende Qual der Geschosse, auch nicht, dass seine kostbare Essenz vor der Gefahr weiterer Schmerzen zurückschreckte, sondern vielmehr der irrsinnig knatternde Fluch der Waffe, die Feuer und Stahl spuckte – nicht fair, nicht fair, die Welt hatte sich zu sehr verändert …

Wallace ließ Julia im Schneidersitz auf dem Boden zurück, warf einen finsteren Blick zum Himmel und schwankte über das verschmutzte Gras zu Scott. Scott rappelte sich mühsam auf, um ihm entgegenzugehen.

»Es ist … weg«, sagte Wallace unbeholfen.

»Ja, mein Freund, ist mir auch schon aufgefallen.« Trotz seiner Schmerzen wusste Scott, dass die Arbeit dieser Nacht noch nicht beendet war, und holte mehrere Male flach Luft. »Bist du schwer verletzt, Tony? Du bist von oben bis unten voller Blut.«

Wallace wischte sich mit einem blutigen Ärmel das Blut aus dem Gesicht. »Ist nicht meines«, sagte er kläglich.

Scotts Miene wurde hart. »Wo sind die Frauen?«

Kurzes Schweigen. »Die kleine Ralston ist dort drüben. Sie scheint unverletzt zu sein.«

»Und Claudia Lau?«

Das Schweigen war noch länger. Wallace schien einfach nicht die richtigen Worte zu finden. Als Scott schließlich verstand, ließ er den Kopf sinken und fragte leise: »Wo ist ihre Leiche?«

»Sehen Sie auf den Boden, Mr. Scott«, schaltete sich Julias angespannte Stimme ein. »Oder lieber nicht. Lassen Sie's besser. Er hat die arme Frau *explodieren* lassen, er hat sie einfach hochgehoben und …«

»Schluss!« Scott ertappte sich dabei, wie er einen der schimmernden Brocken im Gras musterte, dann schaute er schnell fort, denn das Wiedererkennen war ein todsicherer Weg schnurstracks in den Wahnsinn, aber sein Blick blieb auf etwas hängen, das einmal ein Unterkiefer gewesen war …

»Wir haben sie umgebracht«, sagte Julia steif, »wir beide zusammen, Michael – darf ich Sie Michael nennen? –, denn wir sind diejenigen, die sie hergebracht haben.«

»Schluss!«, wiederholte Scott. Es war genau das, was er gerade selbst gedacht hatte, nur im Singular: Es war seine Schuld, *seine* Schuld, dass Claudia Lau jetzt als Gehacktes auf dem Scheißgras lag; er war für ihren Tod so verantwortlich wie für den Tod der armen Vergie. Er hörte Wallace fluchen und in die Sträucher hinter sich kotzen.

»Natürlich ist es noch nicht vorbei«, fuhr Julia fort. »Das Ding ist nicht tot, wissen Sie.«

Scott sah sie grimmig an. »Soweit es Sie betrifft, ist es vorbei, denn ich will nicht auch noch Ihr Leben auf dem Gewissen haben. Hören Sie mir jetzt genau zu. Tony Wallace und ich müssen jetzt fort, aber wir werden Sie in Tai Po in der Nähe des Polizeireviers absetzen – Sie werden hineingehen und denen sagen, wer Sie sind, Sie werden ihnen sagen, das sichere Haus ist überfallen worden. Aber sagen Sie ihnen auch, Sie hätten nichts gesehen, die Gangster wären gekommen, als Sie schliefen, und die hätten Ihnen die Augen verbunden und die anderen umgebracht, aber Sie wären entkommen …«

»Bin aus einem fahrenden Auto gesprungen, nehme ich an? Vergessen Sie das Action-Drehbuch, Michael, ich werde dorthin gehen, wohin auch Sie gehen.«

»Das werden Sie nicht …«, setzte er heftig an.

»Ein dunkler Ort«, unterbrach sie, »dunkel und verlassen, triefend und stinkend, mit vielen Treppen, die dort hinunterführen; und ganz unten ist ein alter Mann, ein alter Chinese, der auf das Ding wartet – der auch *mich* erwartet.«

Scott packte ihren Arm. »Woher wussten Sie das mit dem alten Mann?«

»Woher«, erwiderte sie, »wussten Sie denn, wo wir zu finden sind?«

Scott zögerte.

»Schon gut«, sagte sie. »Auf eine seltsame Art weiß ich solche Dinge eben. Der alte Mann hat durch die Augen der Bestie gesehen, so haben Sie uns gefunden. Und jetzt bringen Sie mich zu ihm.«

»Nein.«

»Sie verstehen nicht, Michael.«

»Ich werde nicht …«, setzte Scott an, doch sie unterbrach ihn mit einem ungeduldigen Schnalzen, ließ ihre Hände auf seine Schultern gleiten und schüttelte ihn.

»Auch ich habe durch die Augen der Bestie gesehen«, sagte sie.

Die Rückfahrt zur Ummauerten Stadt erfolgte ohne Ausnahme im Rahmen der vorgeschriebenen Höchstgeschwindigkeit und beinahe in absoluter Stille. Bevor sie das sichere Haus verließen, wuschen sie sich an dem Wasserhahn im Garten das meiste Blut ab, ließen mit Bedauern und Trauer die sterblichen Überreste von Lau und den T4-Männern *in situ* zurück, damit andere sie finden und sich darüber den Kopf zerbrechen konnten. Kaum mehr als eine Stunde nach Laus Tod tasteten sich Scott und Wallace durch eine Abfolge dunkler Kellergewölbe, die sie durch den Zugang erreicht hatten, den sie von Wong kannten, und taten, als seien sie nicht von Julias Eifer beunruhigt, die selbstsicher vor ihnen herging. Als sie das Kopfende der letzten Treppe erreichten, wurde die Dunkelheit unter ihnen durch ein sanftes weißes Glühen abgeschwächt.

»Kommen Sie.«

Wong klang überhaupt nicht überrascht. Das Glühen stellte sich als ein Lampion heraus. Wong war in eine Robe gehüllt und schwebte daneben. Scott und Wallace stolperten auf der Treppe, aber Julia schritt einfach weiter und stellte sich neben den alten Mann, dem sie konzentriert ins Gesicht schaute. Sie waren etwa gleich groß.

»Zeigen Sie ihn mir«, sagte Julia.

Immer noch keine Überraschung in Wongs Stimme. »Natürlich, mein Kind. Komm. Sie auch, Mr. Scott und Mr. Wallace – Sie haben gute Arbeit geleistet, und ich habe getan, was ich tun musste, deshalb ist im Augenblick nichts zu befürchten.«

Sie standen am Rand der Grube, Julia neben dem alten Mann; ihr Gesichtsausdruck war interessiert und prüfend, sehr ähnlich seiner Miene. Wallace atmete scharf ein, als er den Inhalt der Grube registrierte, sagte aber nichts; Scott jedoch schaute schweigend hinunter und packte Wong dann unsanft am Ärmel.

»Was ist hier los? Den da kenne ich, er ist Journalist, ein Kumpel von Fairfield.«

Wong betrachtete ihn gelassen. »Wirklich sehr bedauerlich – aber notwendig. Sie haben den *kuang-shi* verletzt oder ihm Angst eingejagt, jedenfalls schlimm genug, um ihn zu dem einzigen Zufluchtsort zurückzutreiben, den er in dieser langen Wachperiode kennt. Um ihn aber hier festzuhalten, mussten gewisse Maßnahmen ergriffen werden. Traurig.«

Knurrend sprang Scott in die Grube und beugte sich über die zwei ineinander verschlungenen Körper auf dem Knochenteppich. Temutma und die anderen menschlichen Überreste ignorierte er; er hatte nur Augen für Sy Yung, nackt und geschrumpft, kreidebleich unter dem komplexen Filigranmuster aus schwarzen Runen, die jeden Quadratzentimeter seiner Haut bedeckten. Temutma schmiegte sich tief schlafend an ihn, sein gelber Körper war anscheinend makellos, und das Gesicht hatte er in Sy Yungs Kehle vergraben. Scott streckte eine Hand aus, um die tote Haut zu berühren, doch Wong hielt ihn mit einer leisen Warnung zurück. Scott schaute kalt zu ihm auf.

»Sie haben diesen Mann umgebracht. Nicht Temutma, sondern *Sie.*«

»Nein, Mr. Scott. Ich habe das Blut verzaubert – ich habe das Opfer vorbereitet –, aber der Erwählte lebte noch, als der *kuang-shi* ihn umarmte.«

Scott beugte sich vor und kämpfte gegen die aufbrandende Übelkeit an, die in seinem Magen tobte, dann kletterte er aus der Grube und ging drohend auf Wong zu. Wong rührte sich nicht.

»Ihr Hauptbuch, Weiser Wong – Sie haben nicht über Temutmas Opfer Buch geführt, stimmt's? Es waren die Namen *Ihrer Opfer.*«

»Es ist eine Aufzeichnung jener Erwählten, die im Versklavungsritual geopfert wurden, ja«, sagte Wong höflich, »aber das werden Sie niemals verstehen, Mr. Scott, denn Sie werden niemals der Wächter sein. Sie haben nie durch Temutmas Augen gesehen.«

»Aber ich«, sagte Julia mit klarer Stimme.

Wong drehte sich zu ihr. »Ich weiß, Kind. Ich habe dein Kommen gespürt, und in deinen Augen kann ich die Verbindung sehen. Ich werde dich unterrichten, sofern du willens bist.«

»Was?« Scott wich entsetzt einen Schritt zurück. »Lassen Sie sie aus dem Spiel.«

Sie schienen ihn gar nicht zu hören. Julias Augen strahlten. Gierig starrte sie zu Temutma hinunter, sah dann wieder Wong an.

»Können Sie mir beibringen, wie ich ihn leiden lasse?«

Wong lachte bitter. »Leiden bedeutet sehr wenig. Mr. Scott hat herausgefunden, dass jeder mit einer Schusswaffe ihn leiden lassen kann. Tochter, ich biete dir eine viel bessere Rache. Ich kann dich lehren, wie du ein gewisses Maß an Macht über ihn bekommen kannst.«

»Er ist verrückt, Julia. Lassen Sie sich von mir an einen sicheren Ort bringen.«

Wong lächelte Scott über Julias Schulter hinweg an. »Denk über seine Worte nach, Tochter. Das Leben, das ich dir anbiete, ist lang und hart – länger und härter, als du dir vorstellen kannst. Du musst dir sehr sicher sein.«

»Ich bin mir sicher.«

Wong nickte. »Genau diese Antwort habe ich auch gegeben, als Marachandra mir vor vielen Jahren dieselbe Frage stellte. Die Jugend ist sich immer sicher.« Er seufzte, lächelte immer noch und schloss die Augen. »Dann soll es so sein.«

»Zum Teufel auch«, explodierte Scott. »Julia, kommen Sie mit. Kommen Sie *jetzt.*«

Die junge Frau und der alte Mann betrachteten ihn mit unnahbaren Gesichtern. Julia sagte: »Das hier hat nichts mit Ihnen zu tun, Michael.«

»Aber …«

»Es ist besser, wenn Sie jetzt gehen.«

»Er ist ein Mörder, Julia.«

»Nein, Michael, der Mörder liegt dort unten in der Grube«, sagte sie geduldig. »Ich danke Ihnen für alles, was Sie getan haben. Ich komme jetzt allein zurecht.«

Sie wandte sich von ihm ab und nahm Wong San-bors Arm in einer Geste, die sowohl respektvoll als auch stützend war, die Geste eines Schülers. Es war außerdem eine Entlassung. Sie sah Scott nicht wieder an.

Scott holte tief Luft. Das hier war alles völlig falsch, das wusste er; er wusste ebenfalls, dass alles auf eine seltsame und schreckliche Art völlig richtig war. Er hatte dieses Schicksal auf sie zukommen sehen, schon seit dem sicheren Haus – vielleicht, dachte er, sollte ich dankbar sein, dass die Vision ihr zugefallen ist und nicht mir. Er senkte einen Augenblick den Kopf in Trauer um das Leben, das Julia Ralston weggab, und um das Leben, das sie nun aufnahm.

Sie und der alte Mann unterhielten sich inzwischen mit gedämpften Stimmen und hatten sich bereits in ihr eigenes kleines Universum zurückgezogen. Scott warf einen letzten, langen Blick auf das Zentrum dieses Universums: ein obszöner Fötus, der zusammengekugelt in der Grube vor seinen Füßen lag. Dann berührte er Wallace' Schulter und folgte ihm zur Treppe. Keiner von beiden warf einen weiteren Blick zurück.

Epilog: 1997

Scott wandte sich vom Abfertigungsschalter ab und steckte die Bordkarte zusammen mit seinen anderen Dokumenten ein. Entscheidungspunkt: Aber er hatte sich vorher gesagt, dass er die Entscheidung den Ereignissen überlassen würde, es den Launen des Verkehrs, der Schlangen und der Zufallselemente der Zeit überlassen würde, die Entscheidung für ihn zu treffen. Er sah auf die Uhr und empfand keine uneingeschränkte Freude darüber, dass die Antwort ja lautete.

Ihm blieb noch eine gute Stunde bis zum Aufruf seines Fluges, was gerade ausreichte. Es waren nur ein paar Minuten hin und wieder zurück, und er hatte nicht die geringste Absicht, länger als unbedingt nötig an dem Wallfahrtsort zu verweilen. Resigniert warf er sich die Reisetasche über die Schulter und machte sich schnell auf den kürzesten Weg, die Fußgängerbrücke zum Hotel, dann hinunter auf die Straße, und von dort ein kurzer Fußweg die Carpenter Road entlang zum Parkeingang. Von da aus würde er bereits aus der Ferne das ummauerte Gelände sehen können, und schon das könnte ihn zufrieden stellen.

Ihn überraschte dieses schreckliche Verlangen, den Ort noch einmal zu sehen. Nur etwas so Wichtiges wie seine Aussage für Andy Halley und gegen John Bingham in dem Korruptionsverfahren hatte ihn näher als bis auf einen Umkreis von tausend Meilen um Hongkong zurückbringen können; nachdem er aber hier angekommen war, hatte der Gedanke an die Ummauerte Stadt ständig am Rande seines Bewusstseins geschwebt. Er konnte nicht für immer fortgehen, ohne sie wenigstens noch ein einziges Mal gesehen zu haben.

Als er die Carpenter Road entlangging, empfand er eine tiefe Befriedigung bei dem Gedanken, dass seine Zeugenaussage geholfen hatte, die Anklagepunkte gegen Andy Halley zu reduzieren; Halley war im eigentlichen Sinn nicht korrupt, er hatte vielmehr einfach Pech gehabt, und ohne ihn wäre der ganze verfluchte Schlamassel vor sechs Jahren für Scott möglicherweise völlig anders ausgegangen. Halley war es nämlich, der ganz richtig darauf bestanden hatte, dass es eine Verbindung zwischen dem Mord an Vergie und den anderen gab; und er war es auch, der – nicht richtig, aber basierend auf stichhaltigen Beweisen – darauf bestanden hatte, dass Al Masters' Verschwinden und das Massaker in dem sicheren Haus auf die gleichen zwielichtigen Drogeninteressen zurückzuführen waren, die man auch für die Morde im Haus der Ralstons verantwortlich machte. Es war nicht weiter überraschend, dass Halley nie die Querverbindung zum Verschwinden der beiden Journalisten erkannt hatte; dieser Fall war nie abgeschlossen worden, doch man ging davon aus, dass sie sich offenbar an einer Story über die Triaden übernommen hatten. Die einzigen Lügner in diesem Fall waren genau genommen Tony Wallace und Scott selbst gewesen.

Und deshalb war es ihm jetzt ein Vergnügen, Andy Halley dabei behilflich zu sein, zumindest einen Teil seiner Pension zu behalten. Ein nicht geringeres Vergnügen bereitete es ihm, John Bingham eine noch etwas tiefere Grube zu graben. Auch war es ihm eine Freude, zu sehen, dass Tony Wallace' Karriere bei der Polizei noch nicht beendet war, und es war ihm eine ganz besonders große Freude, nun über die Carpenter Road zu blicken und zu sehen, wie vollständig sich das Areal der Ummauerten Stadt verändert hatte.

Wieder warf er einen Blick auf seine Uhr; immer noch jede Menge Zeit. Der Medienrummel um die Übergabefeierlichkeiten war längst vorbei, und man war wieder auf der Jagd nach einem anderen bedeutsamen Ereignis, mit dem man Leser und Zuschauer unterhalten konnte. Er schlenderte durch den äußeren Bereich des Parks und sinnierte über die Ironie der Mauer. Jahrzehntelang war die Ummauerte Stadt eine Stadt ohne Mauer gewesen; jetzt gab es dort ein massives, fast mannshohes Mauerwerk, das hier und da dekorativ von Toren und Gittern unterbrochen wurde, aber die Stadt selbst war fort, dem Erdboden gleichgemacht. An ihrer Stelle und innerhalb der immer noch wie neu wirkenden Umfassungsmauer befand sich nun ein landschaftlich gestalteter Park, durchzogen von Fußwegen und Blumenbeeten, weißen Plastiken, raffinierten Felsnasen und mit Pagodendächern versehenen, vielfach gewundenen Bogengängen. Von den bedrohlichen, grauen Steilwänden der schmuddeligen Wohntürme war nichts geblieben.

Er spazierte weiter, um am Vordereingang an der Tung Tau Tsuen Road den eigentlichen Park zu betreten, doch als er drin war, zögerte er. Warum machte er das? Hier gab es nichts, was ihm helfen könnte, einen Schlusspunkt zu setzen; nichts, das die Fragen beantworten würde, die sich ihm in tiefer Nacht immer noch aufdrängten. Der einzige Mensch, der ihm dabei helfen könnte, war Julia Ralston, und sie …

… trat aus dem Bogengang auf seiner Linken, lächelte, hielt die Hände ausgestreckt. Ganz offensichtlich eine Halluzination; verwirrt setzte er sich wieder in Bewegung, doch die Frau, die aussah wie Julia, beschleunigte ihren Schritt und rief: »Michael.«

Er blieb stehen, wirbelte mitten auf dem Weg herum und blinzelte sie im hellen Sonnenlicht an.

Es bestand kein Zweifel; sechs Jahre hatten sie verändert, hatten ihr Selbstsicherheit und Reife geschenkt, aber er hätte sie jederzeit noch unter tausenden sofort erkannt. In der Einflugschneise hundert Meter entfernt schwebte ein landendes Flugzeug über die Dächer von Kowloon City und übertönte die Worte, die sie ihm zurief. Beide blieben stehen, bis der tosende Lärm verklungen war, und dann ging er die wenigen Meter, die sie noch voneinander entfernt waren, und ergriff ihre Hand.

»Ich glaub's einfach nicht, dass Sie hier sind«, sagte er.

»Glauben Sie's. Schön, Sie zu sehen, Michael.«

»Was für ein Zufall …«

»Es ist kein Zufall. Ich bin hier, weil ich Sie sehen wollte.«

»Woher konnten Sie denn wissen, dass ich hier sein würde? Bis vor wenigen Minuten wusste ich es ja selbst nicht.«

Sie lächelte ihn an. »Ich war sicher, dass Sie kommen würden.«

In stillschweigendem Einverständnis fielen sie in Gleichschritt und gingen schweigend den Weg weiter, der zum westlichen Ende des ummauerten Parks führte.

Scott war beunruhigt über Julias wundersames Erscheinen und rechnete halb damit, dass Ausdünstungen des Bösen aus dem Boden von der Stelle aufstiegen, wo, nur Meter unter ihnen, Temutma über vierzig Jahre lang geschlafen hatte; aber eine ganz gewöhnliche Brise wogte durch die Sträucher, und Julias Schritt neben ihm war unbeschwert und gelassen. Eine ganze Weile schlenderten sie, ohne ein Wort zu wechseln, weiter, bis Scott schließlich das Schweigen beendete.

»Okay, dann sind Sie also hier, weil Sie mich sehen wollten. Aber warum? Und woher wussten Sie, dass ich in Hongkong sein würde?«

Sie zuckte die Achseln. »Ich halte mich immer noch auf dem Laufenden, was Neuigkeiten aus der Stadt betrifft, und ich habe gehört, dass sie wegen des Korruptionsverfahrens zurückkämen. Ich habe einfach geraten, dass Sie ohne eine letzte Wallfahrt an diesen Ort das Territorium nicht wieder verlassen würden. Ich komme seit einer Woche jeden Tag her und warte auf Sie.«

»Dann ist es also so einfach?«

Sie lächelte ihn an. »Was haben Sie denn erwartet? Zauberei? Übersinnliche Kräfte? Tut mir Leid, Michael.«

»Sie haben mir aber immer noch nicht gesagt, warum.«

Julia nahm seinen Arm und zog ihn in den Schatten des Bogengangs. »Sündhaft reich zu sein, hat seine Vorteile. Ich habe Sie im Auge behalten, Michael, ich wollte wissen, wie es Ihnen geht, wohin Sie gingen, nachdem Sie das Territorium verlassen haben, und so weiter – aber da ist eine Kleinigkeit, die mir meine Informanten nicht verraten konnten.«

»Und das wäre?«

»Sind Sie glücklich, Michael?«

»Glücklich? Das wollten Sie wissen?«

»Ja.«

»Tja«, sagte er ausweichend, »ich mag Vancouver. So langsam fange ich an, mich dort zu Hause zu fühlen. Und mir gefällt, was ich dort mache.«

»Sie arbeiten als Sicherheitsberater, richtig? Schön für Sie. Aber, sind Sie auch *glücklich*?«

Er blieb stehen und drehte sich zu ihr um. »Nein, um ganz ehrlich zu sein, nicht besonders. Ich schleppe zu viel Gepäck aus der Vergangenheit mit mir herum. Sie sind ein Teil davon.«

»Dachte ich mir. Vielleicht bin ich deshalb hier.«

»Um mir zu sagen, was danach passierte?«

»Nicht direkt. Aber um Sie zu beruhigen, so weit mir dies möglich ist.« Sie setzte sich auf die niedrige Mauer des Bogengangs, lehnte sich gegen die Säule zurück und schaute mit einem angedeuteten Lächeln zu Scott auf – beinahe ein nachsichtiges Lächeln, dachte Scott wütend; er war kein kleines Kind, das umhätschelt und beruhigt werden musste. »Ich wollte Ihnen sagen, dass es mir gut geht«, fuhr sie fort, »und dass Sie sich keine Sorgen mehr machen müssen.«

»Das genügt mir nicht«, sagte er schroff. »Sie haben Hongkong damals praktisch umgehend verlassen – wohin sind Sie gegangen? Was ist aus dem alten Mann geworden? Wo ist …«

»Temutma?«, beendete sie seinen Satz. »Michael, diese Dinge müssen Sie nicht wissen. Vertrauen Sie mir einfach, wenn ich Ihnen sage, alles ist unter Kontrolle.«

Plötzlich war er stocksauer. »Alles unter Kontrolle? Bedeutet das, Sie haben die Bestie irgendwo behaglich untergebracht, in einem dunklen Winkel irgendeiner anderen nichts ahnenden Stadt?«

»Das müssen Sie nicht wissen. Temutma geht Sie nichts an.«

»Und ob. Mit was füttern Sie ihn, Julia? Um Gottes willen, reden Sie mit mir!«

Julia blieb ruhig. »Es gibt nichts, das Sie wissen müssen«, wiederholte sie. »Vielleicht haben Sie Recht, oder vielleicht sind wir auch vor sechs Jahren mitten in der Nacht hergekommen, der Weise Wong und ich, und haben mehrere Dutzend Tonnen frischen Beton in die Gruft kippen lassen, während Temutma schlief. Wären Sie dann zufrieden?«

»Vielleicht. Wenn ich es glauben könnte.«

Sie lachte. »Sehen Sie das Blumenbeet, Michael?«, sagte sie und streckte eine Hand aus. »Diese Blumen wachsen genau über Temutmas Grube. Das habe ich von einem Landvermesser feststellen lassen. Versuchen Sie zu glauben, dass er immer noch dort unten ist. Es könnte sogar die Wahrheit sein.«

Scott sah sie scharf an. Mit plötzlicher Klarheit erkannte er, dass mehr als nur die inzwischen verstrichene Zeit sie verändert hatte. Sie trug jetzt ein Schild um sich, unsichtbar zwar, aber hart wie Glas, ein Schild, wie es durch große Zielstrebigkeit, Hingabe und Distanziertheit zu den gewöhnlichen Sorgen der Menschen entstand. Johanna von Orléans könnte ein solches Schild getragen haben, dachte er. Auch Mönche, Messiasse und Irre der Sorte, die sich auf einen Berggipfel setzen und kontemplativ über den Nabel des Universums nachdenken können.

»Sind *Sie* glücklich?«, fragte er mit aufrichtiger Neugier.

Sie stand auf und nahm wieder seine Hand. »Natürlich. Michael, ich habe alles gesagt, was ich sagen wollte. Sie sollten jetzt gehen und in Ihre Maschine steigen. Vergessen Sie nur eines nicht – Sie können unbesorgt die Vergangenheit vergessen. Sie müssen jetzt Ihr Leben leben.«

»Aber was ist mit Ihrem Leben? *Sind Sie glücklich?*«

Sie lächelte wieder und ließ seine Hand fallen. »Leben Sie wohl, Michael. Ich werde hier warten, bis Sie fort sind.«

»Sie haben mir noch nicht geantwortet. Was, wenn ich Ihnen folge, Julia? Was, wenn ich meinen Flug einfach vergesse und anfange, Ihnen zu folgen? Was würde ich dann finden?«

»Nichts, was Sie wirklich finden wollten. Leben Sie wohl, Michael.«

Das war's dann, dachte er. Sie würde niemals Antworten für ihn haben, und vielleicht hatte sie Recht, dass die Fragen besser ungefragt blieben. Nach einem Moment beugte er sich traurig vor und gab ihr einen Kuss auf die Wange.

»Sie sind eine verirrte Seele.«

»Sollte ich mich verirrt haben, dann auf einem Weg, den ich selbst gewählt habe. Gott segne Sie, Michael. Bitte, gehen Sie jetzt.«

Ohne ein weiteres Wort drehte er sich um und ging schnell den Weg hinunter zur Westmauer. Er schaute erst zurück, als er die Schatten neben dem Tor erreichte. Sie war noch genau dort, wo er sie verlassen hatte, aber jetzt hatte sie ihm den Rücken gekehrt, und ein Mann in der Livree eines Chauffeurs schob aus den Tiefen des Parks einen Rollstuhl zu ihr. In diesem Rollstuhl saß, trotz der Hitze in eine karierte Decke gewickelt, die gebeugte Gestalt eines sehr alten Mannes. Als sie bei ihr waren, übernahm sie den Rollstuhl, und die kleine Gruppe machte kehrt und entfernte sich von Scott in Richtung auf das Haupttor. Scott schaute ihnen nach, bis sie nicht mehr zu sehen waren.

Über die Autoren

Rebecca Bradley, 1952 in Vancouver geboren, studierte Archäologie, promovierte in Cambridge und betrieb Feldforschung in Ägypten und im Sudan. In Nordirland heiratete sie und zog mehrere Kinder auf. 1987 zog sie nach Kuwait, wo sie als Technik-Redakteurin arbeitete, während ihr Mann an der Universität lehrte. Kurz vor der irakischen Invasion trat ihr Mann eine Stelle am Polytechnikum in Hongkong an. Dort widmete sich Rebecca Bradley ganz dem Schreiben. Ihre Romane *Hong Kong Macabre* und *Hong Kong Grotesque* sind bei Hong Kong Horrors erschienen. Für den Verlag Victor Gollancz, London, hat sie eine Fantasy-Trilogie geschrieben *(Lady in Gil,* 1996, *Scion's Lady,* 1997, und *Lady Pain,* 1998). 1997 kehrte sie nach Calgary zurück, wo sie neben dem Schreiben an einem College Archäologie unterrichtet.

Stewart Sloan lebt in der dritten Generation in Hongkong. Er schreibt seit 1988 Geschichten für verschiedene Magazine. 1994 gründete er zusammen mit Rebecca Bradley *Hong Kong Horror Publishing,* wo er den Roman *Thc Sorceress* und *The Isle of Rat* herausgab, beides Geschichten, die in Hongkong spielen. Stewart Sloan lebt mit seiner Frau und zwei Söhnen in Hongkong und führt eine Privatdetektei. Den größten Teil seiner Freizeit verbringt er mit Schreiben. Wenn er nicht gerade schreibt, taucht er gerne, weil, wie er sagt, man unter Wasser niemanden wimmern hört.

Der Übersetzer

Jürgen Bürger wurde 1954 im Sauerland geboren und lebt seit 1975 in Köln. Studium der Volkswirtschaft, Politischen Wissenschaft und Geschichte. Arbeitet als literarischer Übersetzer u.a. von Larry Beinhart, Thomas Adcock, Andrew Vachss, Jerry Oster und last but not least Jerome Charyn. Dilettiert mehr oder weniger vergnügt als Kommunalpolitiker sowie gelegentlich auch journalistisch.

Kleine Geschichte von Kowloon Walled City

Nach dem Ende des »Opiumkrieges« 1842 sahen die Friedensverhandlungen die Rückgabe der Halbinsel Kowloon an China vor, mit Ausnahme eines kleinen bewohnten Teils von zirka 2,6 Hektar, der 1898 ummauert wurde. China beanspruchte politische Souveränität für diesen Teil, die die Briten allerdings nicht anerkannten, weil Kowloon zum Territorium Hongkong gehörte. Die unklaren und politisch sensiblen Verhältnisse schufen einen de facto rechtlosen Raum, der seinen Bewohnern schöne Entfaltungsmöglichkeiten bot: Die Ummauerte Stadt galt bald als Laster- und Opiumhöhle, Spielhölle und Vergnügungsviertel. Die ursprüngliche Ummauerung wurde 1943 abgerissen, um auf die ungeheure Bevölkerungsdichte – schon damals die höchste der Welt – zu reagieren.

Als 1949 die Volksrepublik China gegründet wurde, ließ sich noch zusätzlich eine große Anzahl Emigranten hier nieder. Die Walled City wuchs nach oben. Zwischen drei- und fünfhundert Hochhäuser, jeweils zwischen zehn und vierzehn Stockwerken hoch, standen eng gedrängt aneinander. Die Abstände zwischen den schnell und billig hingestellten Betonklötzen betrugen teilweise nicht einmal einen Meter. Ungefähr fünfzigtausend Menschen lebten hier, dazu kamen rund tausend »Sweatshops«, Fabriken, in denen billige Exportgüter zu Niedriglöhnen hergestellt wurden.

Unter diesen Verhältnissen blühte natürlich jede Art von Illegalität, Schwarzmarkt und sozialen Elends. Aber nicht nur: So hatte die Walled City zum Beispiel 87 Zahn- und 63 Allgemeinärzte, die in der Regel während der Schönwetterperiode zwischen Moskau und Peking in der Sowjetunion ausgebildet worden waren und während Maos Kulturrevolution die Volksrepublik China verlassen mussten. Für die Kronkolonie selbst waren ihre Lizenzen nicht gültig, also konnten sie nur in Kowloon praktizieren, was der dortigen Bevölkerung zugute kam. Eine Gestalt wie der Weise Wong San-bor ist für die Walled City eine absolut plausible Erscheinung.

Als Temutma von den städtischen Kanalarbeitern geweckt wird, steckt das ganze Biotop Walled City tief in der finalen Krise. Walled City wurde seit 1991/92 regelrecht »entmietet« – man versuchte, die Bevölkerung ganz einfach »umzusetzen« –, und schließlich 1993 total abgerissen.

Da, wo vielleicht auch Temutma ruht, ist jetzt ein schöner, »authentisch« chinesischer Park zu besichtigen.

UT metro

Jean-Claude Izzo *Total Cheops*
»Total Cheops«, rappen die Kids vom Marseiller Hafen, wenn es drunter und drüber geht. Daran ist Fabio Montale nicht ganz unschuldig, der Polizist mit dem Hang zum guten Essen und einem großen Herz für all die verschiedenen Bewohner der Hafenstadt.

Helen Zahavi *Donna und der Fettsack*
Kampf der Geschlechter oder Duell um die Macht? Donna, das Mädchen von nebenan, und Henry, der fiese Kredithai, haben sich ineinander verbissen. Als die Achterbahn der Gefühle zum explosiven Ende kommt, ist völlig ungewiss geworden, wer hier der Sieger ist.

Walter Mosley *Socrates in Watts*
Nach siebenundzwanzig Jahren im Knast will Socrates wieder ein ordentlicher Mensch werden. »Mosley ist ein Künstler und ein Meister des Kriminalromans zugleich.«
New York Times Book Review

Stan Jones *Weißer Himmel, schwarzes Eis*
Als sich im Städtchen die Selbstmorde häufen, wird Nathan Active neugierig. Bald steckt er in einem Umweltskandal, der ihn Kopf, Kragen und Karriere kosten kann. »Eine packende Lektüre, die einen seltenen Einblick in die Kultur der Inuit ermöglicht.«
Extreme Conditions

Christopher G. Moore *Haus der Geister*
Privatdetektiv Vincent Calvino kennt sich bestens aus in den Unter-, Ober- und Halbwelten von Bangkok. Nicht immer zur Freude derjenigen, die die ganz großen Räder im Fernen Osten drehen. »Bangkok – hier lebe ich. Ganz nah bei den Knochen, unter der samtenen Haut.« *Christopher G. Moore*

Rebecca Bradley, Stewart Sloan *Temutma*
Ein Mörder macht Hongkong unsicher. Das ist nichts Ungewöhnliches. Aber dass in seinen Opfern kein Tropfen Blut mehr ist, fällt auf. »Hongkongs Schauplätze, Geräusche und Gerüche rasen an uns vorbei im Rennen gegen die Zeit.« *South China Morning Post*

Chester Himes *Plan B*
Das Finale furioso des legendären »Harlem Zyklus«: ein visionäres Szenario des Aufstands der schwarzen Bevölkerung der USA. »Mit fast selbstmörderischem Vergnügen nimmt Himes den Leser mit in die Hölle.«
Fréderic Vitoux

Jon Ewo *Torpedo*
Oslo ist zur Drehscheibe geworden: Alkohol, Drogen, Macht. Selbst einem hartgesottenen Geldeintreiber wird es da zu heiß. Aber wie aussteigen, wenn er Schulden hat? »Was wir über die osteuropäische Kriminalität wissen, macht aus dieser Geschichte mehr als eine Fiktion.« *Bergens tidende*

Mongo Beti *Sonne, Liebe, Tod*
Zam, der Journalist, kommt zwischen die Mühlräder: eine Leiche in der Wohnung, die Geliebte entführt, Überfälle. Was ist los in dem fiktiven afrikanischen Land? Unter der sengenden tropischen Sonne ist rein gar nichts und niemand unschuldig.

Jerry Raine *Frankie Bosser kommt heim*
Dumm gelaufen: Kaum ist der Ganove Phil Gator wieder in England, bringt er versehentlich einen alten Mann um. Peinlich, dass dessen Sohn ein ganz anderes Kaliber ist. »Jerry Raines Prosa ist unwiderstehlich, und sein Blick ins Innere der Verbrecher großartig.«
The Times